文采飞扬的日子

王勉　主编

山西出版传媒集团

山西人民出版社

图书在版编目（CIP）数据

　　文采飞扬的日子:2017云间笔会/王勉主编. － 太原 : 山西人民
出版社,2017.12

　　ISBN 978-7-203-09994-9

　　Ⅰ．①文… Ⅱ．①王… Ⅲ．①中国文学－当代文学－作品综合集

Ⅳ．①I217.1

　　中国版本图书馆CIP数据核字(2017)第309921号

文采飞扬的日子:2017云间笔会

主　　编：王　勉
责任编辑：吕绘元
特约编辑：许　平
复　　审：刘小玲
终　　审：阎卫斌
装帧设计：张永文

出 版 者：山西出版传媒集团·山西人民出版社
地　　址：太原市建设南路 21 号
邮　　编：030012
发行营销：0351—4922220　4955996　4956039　4922127（传真）
天猫官网：http://sxrmcbs.tmall.com　电话：0351—4922159
E—mail：sxskcb@163.com　发行部
　　　　　sxskcb@126.com　总编室
网　　址：www.sxskcb.com

经 销 者：山西出版传媒集团·山西人民出版社
承 印 厂：山西省教育学院印刷厂

开　　本：787mm×1092mm　　　1/16
印　　张：29.25
字　　数：378 千字
印　　数：1—2000 册
版　　次：2017 年 12 月　第 1 版
印　　次：2017 年 12 月　第 1 次印刷
书　　号：ISBN 978-7-203-09994-9
定　　价：54.00 元

如有印装质量问题请与本社联系调换

我们的使命与担当

忙忙碌碌中，岁末将至。

时光易逝，人生苦短，除了慨叹，我们还能做些什么？如美国总统肯尼迪所言："不要问你们的国家能为你们做些什么，而要问你们能为国家做些什么。"这未尝不是一个好的答案。由国家而文学，我们能为文学做些什么，而文学能为我们做些什么？其实，回答这样一个问题，并不是件轻松的事情。

从周作人的《人的文学》，到毛泽东《在延安文艺座谈会上的讲话》提出的为工农兵服务，再到钱谷融的《论文学是"人学"》，核心的是为谁服务的问题，是文学性与政治性的关系问题。文学为政治服务，文学为普罗大众服务，文学为我自己服务，自娱自乐，似乎也说得过去。

抛开这一切不说，理论上的争议自有人去解决，而我们所关注的，是我们通过文学，叙述了什么，反映了什么，批判了什么，讴歌了什么；通过文学，我们呈现在世人面前的，是什么样的社会与人生。其实，这也可以算作是对前面问题的一个回应，风花雪月、顾影自怜固然不能少，但家国情怀、社会民生亦不可缺。

很庆幸，我们文学协会的会员有担当，我以上提到的，在作品中都有充分的体现，涉及方方面面，比如对影视界某些有劣迹的"小鲜肉"的批判，对老艺术家敬业的肯定，就很是正能量的东西。比如现在国人出国观光的机会多了，能够客观地对待中外差别，再也不是一味地外国的月亮比中国的圆。我们是有差强人意的地方，但是也要看到中国在发展，人的素质也在提高。比如对祖国壮美河山的称颂，包括对生养我们的这一方水土松江的感恩之情，在我们会员的作品中多有反映。正如艾青的诗句："为什么我的眼里常含泪水，因为我对这土地爱得深沉。"再比如对童年故事、对过往的记忆，不仅是个人历史和社会变迁的一部分，也成为我们作品的一部分，永远地留存了下来。从这个意义上考量，文学自娱自乐的功能似乎就没那么明显了。……

十八大之后，习近平总书记逐步提出和完善了四个自信，文化自信作为其中之一，写进了十九大报告。因为"文明特别是思想文化是一个国家、一个民族的灵魂。无论哪一个国家、哪一个民族，如果不珍惜自己的思想文化，丢掉了思想文化这个灵魂，这个国家、这个民族是立不起来的"；因为中国优秀传统文化，"可以为治国理政提供有益启示，也可以为道德建设提供有益启发"，"我国今天的国家治理体系，是在我国历史传承、文化传统、经济社会发展的基础上长期发展、渐进改进、内生性演化的结果"；更因为"只有坚持从历史走向未来，从延续民族文化血脉中开拓前进，我们才能做好今天的事业"，"没有文明的继承和发展，没有文化的弘扬和繁荣，就没有中国梦的实现"。我们有博大精深的优秀传统文化，它能"增强做中国人的骨气和底气"，是我们最深厚的文化软实力，是我们文化发展的母体，积淀着中华民族最深沉的精神追求。十九大报告同时强调："中国特色社会主义进入新时代，我国社会主要矛盾已经转化为人民日益增长的美好生活需要和不平衡不充分的发展之间的矛盾。"

上海之根、历史文脉深厚绵长的松江，为我们提供了文化自信的天然礼物及宝贵财富，将人文松江建设的重担，历史性地落在了我们这一代人的肩上，成为我们的使命与担当。

如何在作品中表达文化自信以及满足人民的这种需求，是文学乃至文艺的题中之义，也是对我们提出的要求。

是为序。

许　平

2017 年 12 月

目录

小　说

散　文

诗　歌

文采飞扬的日子

小　说

FICTION

鞋

一见面，潜水教练就问她是不是一个人来的海南。这话，今天已被无数人问过，用他们疑惑的眼神。

是的，她的独来独往，太显眼。海水中、沙滩上，天南地北的游客，拖家带口的、呼朋唤友的、情意绵绵的……唯她顾影自怜，漫无目的地在海滩上徘徊又徘徊……

做着下水前的准备工作，教练大叔又问："旅游，不找个伴一起来呀？"

她捕捉到教练眼中的那一丝担心，一针见血地反问："师傅，你不会是担心我自杀吧？"

话被说破，教练有点尴尬："你不知道，我那些伙计，看你老半天了，说这么漂亮的姑娘，身边怎么也没个人陪，一个人在海滩转悠半天……还说这姑娘看着心事重重，让我小心点……"

是的，这大半天，她独自漫步在海边，眼神迷离，心事满腹，任凭海浪打湿她裙子、亲吻她肌肤……情不自禁地，她轻轻哼起："但愿那海风再起，只为那浪花的手，恰似你的温柔……"

"那浪花的手，恰似你的温柔。"你那双温柔而有力的手，还会再拥我入怀吗？她问大海，问晚风，问自己……没有答案，只有成串成串的泪，随风飘散……脑海里又放起电影，热恋时的一幕一幕，就在昨天，就在眼前。

那时的她和他，心有灵犀一点通，想法常常惊人的一致。第一次避开朋友们单独外出，她提议各自把最想去的地方写在手机上同时亮出，他写的是"大海"，她写的是"我们看海去"，两人一个脑袋啊！那时的他们不吵架，每一次相聚都是欣喜，都是甜蜜，总觉得时光太短暂，短暂的时光总被幸福填得满满……看海，是她和他共同的最爱，他们的蜜月旅行，也选择了看海。看着浪花奔腾跳跃，听着海风轻声吟唱，她半躺在他怀里，全身每一个细胞，都沐浴着爱的甘霖……"面朝大海，春暖花开"，海子的诗，她喜欢，他也喜欢，在两人齐声吟诵中，她仿佛看到，眼前宽阔的海面上，早已鲜花烂漫……那一刻，她真觉得自己是世界上最最幸福的新娘……

此刻，也是面朝大海，可哪里还有春暖花开？她只觉得心里一阵阵发冷，当初的幸福感，似已无处找寻。真没想到，当花前月下变成柴米油盐，任何鸡毛蒜皮都成了引发矛盾的导火索，一次次吵架、冷战，再吵架、再冷战……曾经的幸福与甜蜜，被一点一点撕成碎片……

这次又是为了什么吵的？她低头看了看脚上的鞋，起因就是这双鞋。

那天本来她心情很好，送走幼儿园最后一个小朋友，明天就可以享受暑假的悠闲了。她和他计划着，等过几天他休年假，就一起去看海。晚饭后两人逛超市，她一眼看中这双鞋，网眼软塑料，很适合夏天出门旅游，不怕下雨，不怕大太阳下沙滩烫脚，灌了两脚沙用水一冲就干净，更让她欣喜的是，有她偏爱的天蓝色！她选了一双试穿，眼前立马闪现画面：她穿着这双漂亮的天蓝色软底鞋，脚步轻盈，和他手牵着手，在海滩上漫步、奔跑……

"这种鞋你也买？便宜没好货！"想象中美好的画面，即刻被冷酷的现实撕破，他拉着她就要走。他的那套购物理论，她压根就不认同，她买东西的原则从来就是：适合我的才是最好的，管它贵还是便宜呢！为此多次和他意见分歧激烈辩论，每次都无果，谁也说服不了谁。

"这种鞋怎么啦？适合在沙滩上穿，又好看！"她挣脱他的手，继续挑选鞋。

他一脸不屑："沙滩上穿，也不能这么没档次！我不是给你买了双playboy沙滩鞋吗？"是的，他送她的美国名牌，可她不太喜欢。

"你以为贵的就一定是好的？那双playboy，上次在海边穿进了沙，都嵌在缝隙里半天洗不干净呢！"

她选了鞋试穿，他早就不耐烦了："那你买吧，我先回去了，今晚还有篮球决赛实况转播。"

他竟然自顾自地走了，她心里好委屈，结婚前他不是这样的，他不对她发脾气，更不会扔下她独自走掉。难道，婚姻真的就是爱情的坟墓？想想身边的闺蜜，已有两人把红本子换成绿皮本了，一个结婚才一年多，一个还不到一年。都说80后是独生子女，从小做惯了小皇帝，谁也不肯让谁，一直吵到分手为止。听说还有更夸张的，就因为挤牙膏方式不同，一个习惯从中间挤，一个非要从底部挤，最后闹得分道扬镳。独自走在回家的路上，她一路胡思乱想。

她进门，他看都不看她一眼，只顾盯着电视机看篮球赛。她故意穿上新鞋在他面前走来走去："你看，是不是挺好看的？走路也蛮轻巧。"

他的眼睛都没离开电视机，只轻蔑地扔过来一句："这种档次的鞋，我是不穿的！"

她一听就来气，立马迎头反击："又说档次！算你档次高，我档次低好吗？那你当初干嘛找我，你找个档次高的呀！"

他嗓门也粗了："你这人讲不讲理呀？我是说鞋，又没说人！你怎么总要胡搅蛮缠呢？"

她一下子感到天大的委屈，嗓音也不由自主地高八度起来："我胡搅蛮缠？好啊！我倒要和你算算账，有几次吵架是我胡搅蛮缠，有几次是你的错！"这一算账，她越发委屈，觉得那么多次吵架，明明都是他的错！心中积压了太多委屈，此刻就像决了堤，化成滚滚不断的泪，止都止不住，停也停不下……

让她哭烦了，他扔下一句："烦死了！我出去看球赛！"摔门而去。

离家出走是吧？谁不会呀！一气之下，她上网订了机票独自飞海南：谁离不开谁呀？我自己看海去！

漫无目的地在海边游走了好久，无意中看到潜水广告，让情绪低落的她一下子兴奋起来，潜水去？尝试一下！兴奋过后，又久久犹豫。她生来是个矛盾体，对一切新鲜事物充满好奇心又天生胆小，之前的许多第一次，过山车、攀岩、蹦极……都有他的鼓励和陪伴，有他在，她就不怕！可今天他不在，自己一个人潜水行吗？想起那次在重庆坐过江滑索，她以为能两人一起过，付完钱才知道只能一个一个过，她害怕了，想打退堂鼓。他率先过去，在对岸大声鼓励呼喊，她硬着头皮坐上滑索，双手死死抓紧绳索，还没到江心，就感觉心要从胸膛里跳出来了……终于到得对岸，一把抓住他那双有力的手，她就浑身瘫软，一下子倒在他怀里……可今天，他不在……她几乎要放弃了，脑中一闪而过的念头：等下次和他一起来时，再潜水。只一闪而过，她立刻把自己臭骂一顿：看你那点出息，怎么又想到他了？没他在，你就什么都不能做了吗？要真离婚了，你还活不活？马上报名交钱，不给自己退路！

"师傅你放心，我才不会自杀呢！"她语气坚定。

想起有一次她和他也是在海边，齐声诵读海子的诗，她问他："如果碰到过不去的坎，你会像海子那样自杀吗？"

他一字一顿地说："当然不会！不管碰到什么坎，都绝对不会！"她很满意他的回答，她也绝对不会，这一点他们俩又很像。或许正是两人太像，性格都硬，所以才互不相让谁也不服软？

"我不是海子，才不会那么傻！"她喃喃自语。

教练耳尖还是听见了："姑娘，我也没把你当孩子呀！"

她扑哧一声笑了："师傅，不是孩子，是海子！"

教练大叔一脸蒙："海子是谁？"

她缓缓轻语："一个诗人，自杀了，很年轻，还不到我现在这年纪……"

教练重重叹息："这父母不白养了吗？年轻轻的，有啥过不去的？人活一辈子，大大小小要过好多道坎，咬咬牙，都能过去！"

"师傅你说得对，都能过去！我今天要过的，就是潜水这一关！"

开始往下潜了，她确实有点紧张，毕竟是第一次啊！可当她的身体进入那个美丽的海底世界时，那一点点紧张早已烟消云散……海水清澈，水草柔美，五颜六色的鱼儿自由自在，忙碌地穿梭在水草与珊瑚之间……那一刻，她感觉自己已融入美丽的海底王国，成了海水中一条一天到晚游泳的鱼，多么自由、多么轻快……突然，右脚抽筋使不出力，她一下子慌了，本能地想张嘴喊叫，可呼吸器紧紧套在嘴上，哪张得了口？慌乱中她拼命蹬脚，身体开始下沉……"我要死了吗？我会死在这里吗？"那一瞬间，她想到了他，心中呼唤，"老公，对不起，我不该一个人跑出来，我要跟你永别了！这是老天要惩罚我吗？"

此刻，有个声音神奇地在她耳边响起："别惊慌、别害怕，我来了，我就在你身边！"她感觉他真的就在她身边，给她呵护、给她力量，教她镇定、使她冷静。她马上想起教练教过的求助动作，赶紧伸出右手拇指，做出往上的手势。一会儿，教练带着她上浮、上浮，终于浮出海面……"有惊无险，终生难忘！"换下沉重的潜水服，她长长出了一口气。

热辣辣的太阳终于收敛起最后一丝威力，乖乖地下班休息了，把烫脚的沙滩还给了轻盈的晚风和激荡的海浪。甩着湿漉漉的长发，赤脚走在沙滩上，她感到身心一阵轻松，海浪冲走了心中的烦忧，眼前一片海阔天空。

教练追了过来："姑娘，这是你的鞋吗？"手里提着她那双天蓝色塑料鞋，跑得气喘吁吁。

"师傅谢谢你！这鞋……我本来不想要了……"她说话支支吾吾。

"不要了？这鞋看起来还是新的呢！"

"是新的，但穿着……有点打脚……"她没说出口的原因是，看见这鞋，她就想起和他的这次吵架。

"新鞋打脚，穿穿就好了呀！鞋和脚也是要磨合的，等到脚习惯了鞋，鞋也适合了脚，那就舒服了嘛！"

她伸手接过鞋："师傅谢谢你！你的话很有哲理性。"她想起以前读到过一篇文章，就是讲婚姻如鞋，需要磨合，还记得这么几句："世间本没有一双鞋是为你的脚量体定做的，也没有一场婚姻是为你的个性而设计的。其实，鞋子穿久了，脚就适合了鞋子，鞋子就适合了脚；两个人相处久了，他便适合了你，你也便适合了他。"

突然很想很想他，想他温暖的怀，想他热烈的吻……思念如海水涌来，感觉已分别了很久，恨不得马上飞回他身边，一刻都不能等！她马上打开手机，一长串未接电话、一长串信息，都是他！电话一通，马上传来他急促的声音："贝贝，你在哪儿呢？为什么不接电话？"

"对不起……我在海南，刚去潜水了，手机不在身边……"她的声音里，满是柔情与歉意。

"贝贝，等着我，把地址发给我，我马上过来！"

"你马上过来？你在哪儿啊？"她有点不相信自己的耳朵。

他竟然说："我也到海南了，刚下飞机！"她惊讶，她欣喜，脸上笑开了花，眼泪却如珠子般滚落。

"坏蛋！你怎么知道我在海南，你克格勃啊？"坐在海边，她把头轻轻靠在他怀里，尽情撒娇。

"孙悟空十万八千个跟头，也翻不出如来佛的掌心嘛！猜不透你那点小心思，我还做不做你老公了？"

看他得意的！她软软的身子又往他怀里靠了靠："告诉你件事：今天潜水，我脚抽筋，我以为我要死了……那时我想到了你……"

他凝神听她描述那生死一刻，再次搂紧怀里的她，好像一松手，她真的会离他而去。

"贝贝，你知道吗？一个人临死的时候，第一个想到的，一定是他（她）最爱的人。如果我要死了，肯定也会第一个想到你……"

"不！不许说死……"她伸手去捂他的嘴。

"好，不说死！我们不死，我们俩好好活！"他轻吻着她乌黑的秀发，她把头更深地埋进他怀里……

"明天，我们去天涯海角，好吗？"她抬起头，眼中泪光闪闪。

"好啊！陪你去天涯海角，陪你到天荒地老！"

她含泪而笑。那一刻，面朝大海，春暖花开。

魏 勇

是谁惹的祸

鹿城市人民终于盼来了新一任的市委书记，但他上任后的第一件实事，却令全市人民大跌眼镜——《鹿城报》副刊停刊，改为理论专版。也就是说，我这个循规蹈矩办了十年副刊的编辑莫名其妙地下岗了。

人称"现代弗洛伊德"的吕明问我，这位老兄停掉副刊的理由是什么？没有理由。他还反问有关负责领导，有什么理由要停办这个副刊。当然没有理由，哪敢有理由？吕明思索了一会说，这不正常，除非他有心理问题。怎讲？比如他心灵是否受过创伤，小时候是否遭受歧视或失去父爱母爱，恋爱是否严重受挫……得了，你这个假弗洛伊德，又在卖弄心理学了，理由就是权，权能随心所欲。

朋友到底是朋友，吕明见我闲着，就介绍我去帮一位家乡的女明星写自传。无意中我对女明星谈起这事，想不到她却笑笑说："这是偶然事件，必然结果。"我闻之肃然起敬，毕竟是名人，讲话富含哲理，莫测高深。

女明星的自传终于写到最勾人眼球的《情爱篇》了，她讲起了第一次的恋爱，并一再声明是人爱她她不爱。这我知道，她如承认，不是自掉身价吗？管他人爱她爱，读者爱就行。

女明星的第一个男朋友，照她的话说其实也不算是男朋友，是她小学中学时的同学，他分配进厂后一直追着她，那种执着的言行有时真令她感动，感动得出泪，当然不是出情。但在我听来，有点起鸡皮疙瘩，详细情节我现在不能说，她关照的，她说不想伤他的心，再说人家现在好歹也算是个有点身份的人。那时她不能当面断然拒绝他，她知道，他那种性格，很容易走极端。她思来想去，想出一计，她对很喜欢写写的他说，两年里，他如能在省市级的报刊上发表一篇文艺作品，她就跟他谈朋友。我一听有点皇帝不急太监急："真发表了怎么办？"

　　她笑笑说："我不是说'谈朋友'吗？又不是说'结婚'。再说他写的东西，两年里顶多能上厂报。"我在想，这也真够缺德的，这不是在玩弄他吗。

　　他于是天天写，真有点废寝忘食的地步，连纠缠她的时间也少了，他说自己要是真发表了，还怕没时间陪她。于是他不分昼夜地写，全国各地的投。可命运捉弄人，他的退稿信几乎达到了两天一封的地步。看到他那天天盼着邮递员来、拆信后又无比失望的神情，她差点心软了。有时，或许是编辑发善心吧，写了一两句点评，他便欣喜若狂，非要请她吃饭，说离发表的目标不远了，并叫她耐心等他。"可我是真的不喜欢他呀！"女明星突然又同情又怨恨地说。就在两年的时间快要在他的痛苦中过去时，而她也差点要将就着同意他时，他的耐心反倒没了，他恨，他发泄。"他恨什么？你自会明白的。"她笑笑卖个关子说。他于是每次收到退稿信，当晚必烂醉如泥，整天恍恍惚惚，上班开始吊儿郎当，也不再找她，并私下对人说总有一天要报仇。

　　后来听说，他有一个在部队当兵的亲戚，劝他好好学习理论，学习为人处世之道，走从政之路，因为那亲戚就是因为在部队学老三篇学得好才当上政委的，有了地位有了权，还怕发表不了文章找不到老婆……

　　等等！我腾地站起来对女明星说，今天就写到这儿，我要去请一个人吃饭。我顺便还要给《鹿城文艺》刊物的几个老夫子通个信，叫他们也做好下岗的准备。吕明这小子，看来心理学没白学呀。

文采飞扬的日子

换车记

刚从外县调任 S 县委书记的朱文，第一天上任，就一早乘坐县里配给他的桑塔纳 3000 赶往边远乡镇去考察，中午又风尘仆仆地赶回县委参加县干部廉政建设工作会议。

不知为何，朱文今天感到浑身不适，头昏无力，连中饭都粒米未进。当他在热烈的掌声中坐上主席台时，更是肠翻头晕，欲吐难忍，只想睡觉。所以讲话时只简单地做了一下自我介绍，最后用一句"在廉洁勤政上，我这个书记一定会带头的"，便结束了他的讲话。

开完会，朱文突然提出要换一辆面包车，且态度坚决。这在县委、县政府引起了不小的震动。S 县是全省的首富县，从乡镇到县里，凡带"长"的哪个不坐轿车，在开完会的当天就来这一招，让县里所有坐轿车的都感难堪。或许这是朱书记廉洁勤政的第一个举措。所以大家暗地里骂管骂，但面上谁也不敢提意见，做出头椽子；善于察言观色的人则自动放弃了小车，而有的则暂时停用，想看看再说。

S 报的陈记者闻讯便找朱文让他谈谈设想，正急着外出的朱文说："光谈设想有啥用？你们记者要多动脑子，多报道那些即将实施或已经实施的实事。"莫非即将要实施？陈记者回去连夜赶写了一篇眉题为"S 县吹起廉政之风"，主题为"书记上任头把火，烧得百姓热乎乎"，副题为"县班子人员带头不坐轿车"的通讯，登在了 S 报上。没几天，地区、省及全国的一些报纸都转载了这篇文章，由此，许多地区掀起了"学 S 县、抓廉政风"的运动，当朱文看到这些报纸时呆了好久，讷讷道："越搞越大了。"

话说这天，朱文的大哥从老家来访，兄弟相聚，随意小酌，无话不谈。半酣间，大哥说："二弟呀，你想出那一招，你知道别人都在骂什么吗？不是人哪！"

朱文呷了一口，苦笑道："老哥你有所不知，咱也是迫不得已，你知道，咱家乡最穷，都坐惯了面包车……唉！谁知他们越搞越大，那狗日的陈记者！咱也只好将错（车）就错（车）了……"

"此话咋讲？"

"不瞒老哥你说，咱一坐那'伤他妈'的鸟车就、就要吐……"

"晕车！"老哥惊叫起来。

小　葱

　　小猫阿驼出走快半年了，师傅似乎还没有从悲伤中走出来，对于她的思念就像青藤一样不断攀缘。他不无感伤地说，我对阿驼一往情深，而她却说走就走，连头也不回，真是让人伤心透了。人生也是如此，越是痴情越是觉得失落。而失去了小伙伴的小狗小葱却像个没事人似的，凌晨5点不到，他就在楼下呼唤师傅带他到外面去撒欢。小葱话不多，央求主人时就来一声短促的"哦"，即使你不能办到，也要设法满足他的要求，不然就不停地呼唤。师傅只得硬着头皮牵着小葱出门。

　　和阿驼一样，小葱以前的日子过得挺凄惨的。他居无定所，食不果腹。要不是师傅的父母看他可怜，时常周济他，他还不知道在哪里漂着。可是，好景不长，师傅的老宅赶上拆迁，小葱急得几天不吃不喝。搬家的卡车一启动，他就发了疯似的在后面追赶，泪水在眼眶里一个劲地打转。师傅鼻子一酸，心一软说，停车，我输了，带上这可怜的小家伙吧。于是，小葱逆袭成功，住进了师傅的花园洋房，过上了上等狗的生活。

　　早晨是宠物的社交时间。小葱没见过大世面，模样并不讨人喜欢，举止也不合时宜，受关注度自然不高。狗爸狗妈们只是礼貌性地过来跟师傅打个招呼，然后摸摸小葱的头，勉强从嘴里吐出一句赞美的话："不错！"

嘴角却挂着一丝不屑。而小葱却不以为然，照样玩得很欢。他看什么都觉得新鲜，到处嗅、到处舔，还到处撒尿，标记领地。现在，几乎每一棵树上都留有他的气味，每一片草地上都留有他翻滚的痕迹。见到陌生的狗就冲上去打架，不管对手实力有多强大，他都毫不畏惧。有一回他和一条块头是他两三倍的大狗开打，三两个回合下来就被撕下了一块肉，鲜血直往下淌，但他忍住疼痛，毫不退缩，狂吠不已，吓得对方主人赶紧把他们拉开。从此以后，他好斗的名声开始在朋友圈传播开来。狗爸狗妈们远远见他来了，就心惊肉跳，赶紧叮嘱自己的狗儿狗女离这个小霸王远点，生怕碰上了要遭殃。

现在，遛狗成了师傅每天必做的功课。也不知道是他遛狗还是狗遛他，总之，一趟下来，师傅已经大汗淋漓，气喘吁吁，而小葱就是不依不饶，一定要玩到尽兴为止。小葱是一条土狗，既不高大威猛，也不英俊潇洒，但他却是察言观色的好手，能够领会主人每一个举动的准确含义，分辨主人每一个表情的细微变化。现在，只要师傅拿起车钥匙，他就知道师傅要去上班，不能继续陪他玩了，只得心有不甘地回到自己的一方天地。而师傅抱着癞痢头儿子自家好的心态，对他偏爱有加，甚至美其名曰中华田园犬。有了响亮的名号，似乎就能和那些世界名犬媲美了。

师傅不在家，小葱就成了主人。等待主人回家的时间是漫长的，也是难熬的。他无数次地直起身子向远处眺望，希望看到主人熟悉的身影，结果当然令他失望。他极具运动天赋，浑身有使不完的力气。所以，除了偶尔思考一下"狗生"，小葱更多的时间用来破坏，当然还有运动。于是，破坏每天都在发生。花盆被打碎，皮球被咬碎，隔壁的小朋友被吓得哇哇大哭。而那条曾经咬下小葱一块肉的大狗又来挑衅，两条狗隔着围墙吵了一个下午，震天的吼声把邻居们都快逼疯了。

最近，小葱显得兴奋异常。因为他认识了一位漂亮的"小姐"——白雪公主。每天一大早，他必然要到"女朋友"的窗外等着。两条狗含情脉脉，互诉衷肠，说起情话就没有尽头。怎奈"岳父"嫌他出身低贱，死活不同意这门亲事。他把门关得牢牢的，不让小葱进去。一对"牛郎织女"只能隔着围墙谈起了恋爱，浪漫而又温馨。当然，由于"女方家长"的强烈阻挠，这场轰轰烈烈的爱情最终还是夭折了。那一刻，小葱的世界里没有了声音。他把自己关在家里想了几天，出来时眼圈都红了，再也不提"女朋友"的事了。我们在为小葱惋惜的同时，也为他的成熟感到高兴。

所以，有时在外面看到年轻人谈恋爱时疯疯癫癫、要死要活的样子，师傅从来不觉得有什么不妥，而是善解人意地说："想想小葱。"

"想想小葱"，那倒也是。

文采飞扬的日子

散　文

PROSE

施新土

特殊的聚会

    人间四月天的某日上午，原华政 61 届毕业的 16 位校友，怀着沉痛的心情早早地来到了宛平南路 750 号小阁楼酒家。就在三个月前的这一天，为我们所崇敬和钦佩的郑其涛同学走了。之所以选在小阁楼来缅怀他，是因为这里离他家最近，只有一路之隔，且生前又是他（校友沙龙召集人）组织同学聚会最多的场所。见楼思人，触景生情，这样一位阳光帅气、聪慧过人、才华横溢、热心为同学服务的学友，突然不告而别，怎能不令人扼腕痛惜，伤心落泪。

    其涛逝世的时候，我们无法去送他，因为他是一个从来都不愿意麻烦别人的人，他在遗嘱中写道："不设灵堂，不举行告别仪式，福建老家的亲友不要来上海，遗体捐赠红十字会供解剖之用。"何等的高风亮节！对这样一位特殊材料造就的学友，我们只能采用特殊的同学聚会来弥补与他的告别和悼念。虽然迟了三个月，在天之灵的他也能感受到同学们对其的依依不舍和片片真情。

    这次聚会很多同学都是有备而来，尤其是三位他的福建老乡兼同学更是情真意切，或口未开已泪流满面，或讲着讲着泣不成声，其中陈朝玉同学抱病写了《哭其涛》一文五千余字，他生怕念不下去，也为了节省时间，带了复印件分发予各位。回松后我噙着泪水连看几遍，对其涛那种总是坚韧不拔、勇往直前，无论顺境还是逆境，都能显示出其独特的风采，令我感动与震撼。知其涛者朝玉也！

聚会上我很想讲几句，听着听着竟成了一位虔诚的倾听者，同学们列举的郑其涛为人处事的品质和风格深深地吸引了我。曾记得他在《诗言联语总关情》一书中有首《自鉴词》："来自山沟里，混迹文苑中。终生无成就，做个勤杂工。"这首《自鉴词》是他低调做人、高调做事的真实写照。在文苑中他是一位出色的园丁，用他的辛勤和汗水换来了春色满园、硕果累累。比如，在上海歌剧院工作时当政治老师，他博览群书，知识渊博，备课认真，把枯燥的政治课讲得通俗易懂，生动活泼，神采飞扬，学生听得津津有味，好评如潮，不少上海的文艺团体闻讯前来听课、观摩、索取教案。他还登上了上海音乐学院的讲坛，而后升任歌剧院办公室负责人，分管艺术档案资料室，主编《舞剧艺术》《歌舞之窗》，政绩突出，荣获市文化局的表彰和奖励。国家文化部组织南方各省市有关人员到上海歌剧院取经，听取郑其涛的介绍。1985 年至 1998 年，他调任上海市文联任办公室副主任，兼任上海之春办公室主任，牵头和参与操办的各类大型艺术活动有数十项之多，他总能根据不同的特点和要求，开动脑筋，求新求变，精心操作，服务到位，交出了一份又一份优异的答卷。

人有旦夕祸福，月有阴晴圆缺。由于超负荷的运转，身体透支，1993年他就病倒了，一查罹患恶性淋巴癌，这无疑是晴天霹雳。然而他处变不惊，泰然自若，保持乐观、开朗的心绪，经过短期治疗，急不可待地返回工作岗位，投入一个又一个大型文艺活动的运作之中。不久，精神上更大的打击突然袭来，比他小十岁的妻子提出离婚，真是雪上加霜。他忍着内心极大的悲痛，反而耐心说服了站在他一边的岳父、岳母和两个舅佬，他说，她已挡不住大克拉钻戒的诱惑，留不住的，让她走吧，只要她能过得比我幸福，比我快乐就好。多么豁达大度的男子汉啊！从此他抱病独自一人担负起照料有病的女儿的重任。

1998 年初其涛退休了，他退而不休，视退休为人生的第二春，以更加昂扬的生活态度，揽下了许多分内分外的事，风风火火，开辟新的阵地，站上了人生的又一高度。如担任市文联离退休党支部书记、校友沙龙召集人，20 年来为同学、同事、同乡、居委会尽心尽力做好事办实事，经常关心患病的同学和朋友，为进"十"的寿星举办庆寿活动，编辑修改校友通信录，参加大学毕业 50 周年纪念册《风雨五十载，多彩人生路》的编辑工作，牵头召集同学季度聚会，为居民提供法律咨询，不定期做时政报告和保健知识讲座。更值得一表的是退休后，他接连出版了《银丝飘落的回响》《我的"砖"集》《我玩打油诗》《诗言联语总关情》等著作。这些作品出自一位身患绝症 23 年的退休老人之手，实属不易呀！

2016 年 3 月 29 日由倪正茂同学做东为华政 61 届 8 位 80 岁同学祝寿，其中其涛和我也在内。同年 11 月 16 日我在九亭农家乐回请原班人马。那天在餐桌上其涛兴奋地说，新土，接到你邀请的电话，足足激动了一个礼拜，我怕来不了啦，今天大家又相聚了真开心。说实话我也十分担心其涛的出行，为此我特意致电拜托正茂，来往务必要陪伴在其涛的左右。那天我见到其涛来了，握手夸他，你真棒，你总是风度翩翩、笑容满面，你怎么会如此坚强乐观？他微微一笑道："人啊！要向烧水壶学习，你看它屁股被火烧红了，照样唱歌，吹哨子。"想不到这是其涛给我们讲的最后一个笑话，更想不到的是九亭农家乐竟成为我们与其涛的最后一次聚会。斯人已逝无奈何，唯有衷心祝愿其涛学友在天国，涛声依旧。

失而复得的良师益友

《华亭风》复刊的 2007 年 1 月 3 日，令我十分欣喜，一度消失的良师益友，突然又见面了，且复岗了，真有故友重逢、失而复得的惊喜。

松江是我的第二故乡，作为松江人自然要关心《松江报》。忽然不见了《华亭风》，再翻《松江报》总感到淡而无味，因为它缺乏文化内涵啊！倘若《新民晚报》没有《夜光杯》，将给读者何种感受？我肯定不再订阅。

复刊后的《华亭风》开拓创新，辛勤耕耘，智慧加才干，旧貌换新颜。它大气、精致，海纳百川，精品美文吸引着广大读者。在《华亭风》的吸引和熏陶下，我尝试着学写散文和随笔，七八年来写了五十余篇。记得第一篇散文《享受快乐》在《华亭风》面世，竟意外地接听了好多只赞许的电话，原中山小学周校长还写信予以鼓励，特别提及文中"人间皆说春光好，独爱金秋更辉煌"一句令他欣赏不已。《不同寻常的母亲》刊登后，当天晚上原松江县劳动局陆局长来电道："老施，我为你有这样平凡而伟大的母亲而骄傲。"平时在路上、公园、会场遇到朋友同事，我说好久不见了，他们却诙谐地说哪有呀！在《松江报》经常看到你。如果有一两个月不见我文，他们又会调侃我，你忙点啥，怎么好长时间没有在《松江报》与你见面啦！《华亭风》成了我与朋友保持联系、增进友谊的纽带和桥梁。

我的文章也引起原松江二中一些同学的注意，有的还特意上门请教如何写散文。连散文定义也说不清的我，颇感为难，不说吧，他们还以为我故弄玄虚，无奈，只得硬着头皮乱说，散文是不是一种描写见闻、表达感悟的自由灵活的文学样式？说完有些后悔，怕误人子弟啊！幸好，学生们文学功底比我好，悟性也强，像 67 届高中生张林琪一两年前才给《华亭风》投稿，竟呈一发而不可收之势，写农村、农民、童年、乡愁，朴实无华，优美流畅，如沐春风。《华亭风》成了我们师生互相切磋、取长补短的窗口。

　　在我家里《松江报》也吃香起来，像我的老伴、女儿、外甥女，她们都喜欢看《华亭风》，如果有我的文章，我的女儿还会自说自话地转发到亲朋好友的微信群，《华亭风》成了我与亲朋好友学习交流、沟通思想的平台。

室小天地大，品藏见天下

——访"立而不声，藏而不露"的朱震

窗外，春雨淅淅沥沥；室内，挂钟已敲两下。夜已深，我的心情仍处于亢奋。下午，任会长亲自驾驶别克爱车与笔者等去九亭专访朱震的所见所闻，像电影似的仍浮现在眼前，使我难以入眠。

朱震，新近出版的《云间十人书法作品集》的作者之一，区、市书协会员，以书法闻名远近，但他"立而不声，藏而不露"，涉足收藏。名人字画、古碑名帖、文房四宝、古陶瓷器，有质有量，令收藏圈内的人士惊讶！为此，区收藏文化研究会派笔者等多人，专程去访问。

主人介绍，他退休前在农村任职数十年供销合作社营业员和会计。年轻时，对书法很感兴趣，业余勤于练字。偶然，他的毛笔字习作被当地书法造诣颇深的天马中学黄玉峰老师看到，毫不客气地评道："这哪里是书法，简直是涂鸦。"在这位老师的点拨指引下，朱震步入正轨，书艺突飞猛进，成了当地小有名气的书法高手，作品经常入选展览，他还被区、市书协吸收为会员。

为了提高书法艺术，他认识到临习古碑名帖、观摩古今名人书法真迹的重要性，因此涉足收藏圈，醉心于名人字画与碑帖的搜罗。渐渐地，他

对文房四宝也有了兴趣，后来古陶瓷与文玩杂件、凡是有文化内涵的器物都成了他搜集的对象。

九亭及邻里泗泾，历史悠久，文脉丰富。昔日，达官贵人的后代，在历次政治运动中成了被批判的对象，他们哪有闲情逸致，甚至把先辈遗存下来的古砚古墨、字画碑帖等上了年头的老物件，都视为历史包袱、家庭累赘，不仅不珍惜，而且还想脱手变为现钞。朱震适逢历史机遇，凭他有准备的头脑与智慧、职业上有优势，能经常出入名门大户人家，他心明眼亮，觅宝游刃有余，实现了他收藏的梦想。他如披着青蓑戴着笠帽的渔翁，游走在深湾水塘的边岸，藏得再深的大鱼也被他钓起来，归入他的鱼篓。朱震的收藏宝库，藏品日益丰富，不少还是市场上难得一见的珍品。

别克车在九亭镇一座老的公寓停下，笔者等进了朱震的居室。房间面积并不大，陈设简陋又零乱，除一电脑，再也没有像模像样的家具。室内被缸罐、陶俑之类的老物件塞得满满当当，局促狭窄得不留余地，我们犹似误入博物馆的库房。我们在一张铺有软绒毯的条桌前坐下。主人说，他已购了百余平方米的新居，不久要搬迁，所以藏品都已打包装箱。他搬出几只纸板箱，打开层层纸包，将这些陶瓷藏品轻手轻脚地放在桌子上。从年代上说，有晋、唐直至明、清、近代；从窑口上看，有越窑、钧瓷等；从釉料看，有单色釉、青花、釉里红、黑釉等；从器形上看，有壶具、茶盏、酒器、梅瓶、炉、印盒。林林总总，藏品产地天南地北，时代从古至今，真可谓"室小天地大，藏品见天下"。

"为什么这么多的精陶细瓷集中到你的藏宝库呢?"客人向主人询问。

主人毫无保留，坦诚地说出他的奥秘："我在收藏方面有第六感觉，自信第六感觉能帮我搜得许多好东西。"有一次，他与朋友逛地摊，看到一件瓷器，准是好东西，向朋友推荐。朋友上手左顾右盼，未能看出它的妙处，还是放下了。朱震就对朋友说："你不买，那我就不客气地买下了。"后来，专家鉴定确实是一件好东西。这位朋友追悔莫及，自责眼力不够，让好东西在眼皮子底下溜走了。

在条桌上，陈列着许多名窑新瓷仿品。主人发现我们诧异的神色，连忙解释说："这些都是反面教材。"为了提高分辨真伪的眼力，他搜罗了许多新仿品，甚至还到瓷厂拜师学艺，亲手制作，对仿制品的每个环节都了如指掌，谙熟于心。

有人说，现在的收藏市场，95%的人用 95%的钱买了 95%的赝品。许多马大哈式的人物混迹于收藏市场，真的说假、假的说真，市场热闹却很混乱。这话或许有些调侃之意，但也真实地反映出了市场乱象。笔者钦佩朱震，他有魄力，在混乱的古玩市场上大显身手，与马大哈们周旋，取得傲人的业绩。俗话说"浑水好摸鱼"，赝品遍地也隐藏了许多真品，凭着好眼力，朱震说搜集到的好东西还真不少呢！朱震广交朋友，在朋友的帮助下，他心仪已久的藏品源源不断地寄来，遗憾的是，他受制于经济，心有余而力不足，只能让有些国家级的藏品在鼻子底下溜走。

谈到他的第六感觉，朱震的谈兴更浓了。他说，地摊上有一幅册页，因破烂不堪，许多人都不看好，但是他断定是宋人遗墨，以普通的出价捡了个"大漏"，经他装裱整修，成了他个人收藏的"镇馆之宝"。还有一幅老画，作者落款用的是别号，过目的人都不懂，朱震却发现了它用笔的妙处，以较低的价格收入囊中，后来断定为扬州八怪之一边寿民的作品。

第六感觉不是凭空产生的，朱震勤学苦练，经常去博物馆参观，盯住一件展品，左看右看，钉在原地好半天，连博物馆的专家都对这位不同寻常的参观者很诧异。朱震藏书很多，一本陶瓷史，翻烂了，把知识藏在心底里，哪个窑口、哪个釉色，他都了如指掌，随手可以在哪页上对上号。对于藏品，如何区分赝品与真品，从制作到鉴定，他都有切身的体验。

收藏是一门学问，需要综合性的学习，要达到的境界是：画外求画、书法求诗、言外求音。这就需要勤学苦练，读书求知。用朱震的话来说，就是要用心提高眼力，要心明眼亮。这话说起来容易，做起来却很难。像朱震这样的"老克勒",是在摸爬滚打中历练出来的。

为了筹措收藏资金，朱震近年也不得不忍痛割爱自己心爱的藏品。他说，好东西要卖给识货的人，只有找到心明眼亮的主顾，才能把他藏品潜在的价值发挥出来。这样做，圈内人士美其名曰"以藏养藏"。

窗外，淅淅沥沥的雨已经停了，春夜格外静悄悄。回想朱震富有传奇色彩的收藏历程及他的不少趣闻逸事，我渐渐进入梦乡。

章绍岩

女　儿

女儿发来微信：

"……此刻，在这一树凤凰木下，面对清爽的雨和火红的花，依然想对昨天记录一下。

"昨天一早，我们赶去白云机场接帮皓皓从新加坡带药回来的琴姐，同去的还有深圳宝安报社和电视台的记者，所有的媒体都仅有一个目的：为皓皓再筹点款。现在所余的所有费用不足维持他一周的治疗费用了。看到捧着两盒药走出机场的琴姐时，大家的眼眶都热了。十四年前，我们一起照顾过先天肛闭的孤儿希希，今天为了皓皓我们又重聚了。接到药后，马上驱车南方医院，小心翼翼拆开包装，写上名字，直到看到药盒送进移植仓，大家才吁出一口气。此时皓皓由于腹腔积液，已出现了血压升高，呼吸困难，抽出的积液几乎全是血水。下午 1:40，皓皓终于输上了特效药。

"在十五楼儿科移植病房外，有一排椅子，坐满了患儿家属，压低声聊天。听他们聊的，都是'今天血小板涨了两个点！''红细胞还在每天往下掉啊。''14 床我家昨天借了你一个血小板，明天还哦。''6 床你们还有人血蛋白吗，可不可以先借我们一个？'……这些专业术语在这些看似很普通的家长口里已经说得很顺了，语气也很平常，就像说'借我一个鸡蛋'一样平常，只是，我听着，还是觉得心里酸酸的……

"晚上，在开车回家的路上，我突然泪珠慢慢滚下。瞬间，老爸，我想起了你和妈妈，想起你们说的：有仁义之心，才能让眼里常含泪水。"

皓皓小朋友，地中海贫血患儿，贫困单亲家庭。女儿和她的义工联伙伴正在帮助这户家庭。记得去年此时，他们帮助地中海贫血患儿茗茗成功地进行了骨髓移植。

女儿章蛮大学毕业后独闯深圳。为何用"蛮"字为女孩儿取名？她生于"文化大革命"时期——知识分子吃尽苦头的年代，我自怨一介书生软弱无力，希望她"粗野"，不受欺凌。时过境迁了，她遇上好时代，心，绵柔。

她曾问我，我们的家风是什么。我说："情感为本，大度为怀，诚信立身。"

女儿笑了："这不是你当校长时倡导的学校文化吗？还有一句是'精品立校'。"她说："家风，我来续上一句：'民主持家。'"

女儿孝顺。春节回家抢着买菜做饭，逼着我们去看电视，她变魔术似的即刻摆出了一席；妈妈腿疼，她快递来了拐杖；听说我们身在上海却从未去过新天地——我们不会点咖啡，怕闹笑话，她执意带我们两位老人去新天地享受。她有时也会发飙。一次，我帮陌生人从电梯里往外搬卸大捆大捆的铝合金废料，他一人无法对付。老妻劝不住我，事后向女儿告状了。女儿在电话中指责我，"年近八十不自量力""自残""存心和政府医保过不去""唯恐天下不乱"……就差斥我"为老不尊"了。还团结家人以多票对我一票，对我制裁：罚我洗碗。家风里添上"民主持家"，明摆着就是冲着我。

休假，我们带女儿去福建蒲城祭祖。一座十米多长两米高的影壁赫然伫立，鎏金隶体，书写着我们章氏传承千年的家训："传家两字，曰耕与读；兴家两字，曰勤与俭；安家两字，曰让与忍；防家两字，曰盗与贼；亡家两字，曰嫖与赌；败家两字，曰暴与凶。休存猜忌之心，休听离间之语；休作生忿之事；休专公共之利；吃紧在尽本求实；切要在潜消未形……"后六句翻译成白话为："不可存怀疑别人的心，不要听不利于团结的话；不干引起公愤的事；不要有贪图公共利益的行为；不良行为在萌生意念时就应当及早遏制，切不可发展成恶习；最要紧的是实事求是，万事以诚为本。"字字珠玑。中央电视台《百家讲坛》列章氏家训为中国古代十大家训之一。中央纪委、国家监察部网站全文介绍，并做评论。女儿说，这是我章氏传承千年的道德行为准则。

不少早期来深圳的人有两份职业，白天公职，夜晚私职。女儿与闺蜜合伙开了一酒吧，生意兴隆。义演、帮困解难捐助会、义工联盟沙龙、心连心演说会……成了常态活动。男女闺蜜一大群，互相帮衬，报纸、电视台多有赞扬报道。女儿公婆心疼，图啥？她宽慰老人，指着胸口："图这儿安逸，图有这么多好朋友。"

她有仁心，也重义。市民不服警察执法而扭打警察的事发生了，社会上流传着各种议论。她不畏"拍砖"，站出来议论："如果逢事自以为不公，就可以和警察厮打，那社会就成一锅粥了。我们期待一个文明、法治的社会，可法治的严肃和温情是有前提的，就是当你必须接受法治对你的审查时，你不能反抗管制措施。配合警察执法是尊重法治威严的表现，是公民的义务，也是对国家的爱。"一大批人点赞。

外孙受他父母影响，也有爱心。考上深圳名校外国语中学，父母奖励他选择一地外出旅游，他选择去山东看望还在农村种地的爷爷奶奶，一个假期帮老人在花生地里锄草，晒得黝黑。妈妈搞义捐，他总去站台，还掏尽自己的压岁钱。今年，外孙被美国名校波士顿大学录取了，据说，美国学校很看重他这份爱心活动简历。

真人无须秀

我不喜欢"小鲜肉"这个称谓，追求颜值，觉得有点"肉腥气"，还带着"色"。

一位当红的一线明星"小鲜肉"L，前不久在娱记面前张扬地毫不讳言地宣称自己接片约的三个原则：一是钱多，二是戏少，三是离家近。是在迷妹前作乖弄秀，还是在世情前真情流露，未考。公之于众，就有影响。想及报纸近日披露的"慢就业"现象——"工资少上班苦，不如歇着爸妈养。""'小海龟'为何宁愿当'海带'？"与这类"榜样效应"多少有点关联。

听本届全国文代会代表许平老师归来介绍，见着李雪健老师了。雪健老师身体欠安，憔悴了，背有点伛偻。在会议的接待饭厅里，他谢绝帮助，悄然静坐在一角，默默进食。一旦有代表认出他来，上前要求合影，他总是谦和起立，热情配合，还不忘补上句："您看照得行不？不行，咱再重来。"许平讲得动情，我们听得动容。

雪健老师是大师，还是中国文联副主席、中国电影协会主席，他始终谦虚地称自己"就是一个演员"。他演了很多电影、电视剧，他演的《焦裕禄》《杨善洲》，把人物刻画得烙进了观众的心里——他们就是这样的人！

散文

33

"为国家立心，为民族铸魂，为人民立传"，雪健老师们正是这样做的。

许平老师记下了李老师自述的接戏四原则：一是剧本好。二是我能完成。三是剧组是一个敬业的团队，尊重艺术规则。四是不重复自己。

从未见过雪健老师参与剧本主观臆造、人物无本之木的拍摄。他不考虑人物"戏份"的多少，而思考的是"立得住、留得下"的创作准则。据闻他曾应邀赴某剧组与演员对戏，他到了片场，却不见对戏的演员。导演声称该演员乃一线当红明星，同时串演多部戏，分身乏术，让雪健与替身先对演。雪健老师扭头就走，丢下一句话："自己不来，拿钱，让替身演……无耻！"

舆论揭露影视圈怪象、乱象："畸形片酬，一线明星每部片酬五千万"，而替身比明星本人演得还要多；个别明星演员竟可绑架创作。所以经典影视作品难现，而烂片充斥市场就不奇怪了。

但还是有用生命演戏的演员。

20 年前李雪健主演《水浒传》时的动人一幕。虽然整场"劫法场"的戏只有他一句台词，导演也建议他用替身，但李雪健仍坚持将自己五花大绑押上囚车，双膝下跪。记者被李雪健的敬业精神感动，写下了《跪绑八天，台词一句》的报道。雪健老师自我调侃："我有共产党员的职业病——自找苦吃。"

94 岁高龄的表演艺术家秦怡，在这次第十次文代会上，习总书记搀扶着她，尊敬她。她在 92 岁高龄时，自导自演了《青海湖畔》。为记录下一段为事业、为理想不畏艰险在高原上奋斗的青年人的故事，她随剧组赴青海实地拍摄，不提报酬，与剧组齐心协力，"不用替身，每天 12 个小时……有些污泥浊水的地方连站都站不稳"。她无奈用过一次替身，那是一场从大雪覆盖的高坡上往下滚的场景，秦怡要坚持自己来，全剧组惊恐，导演坚决不准，秦怡只得无奈。这是又一位用生命演戏的演员，"'责任'两字始终伴随着她的从影生涯"。

旁逸斜出地想到了毛主席所行草书，章法控制，大小得体，左右顾盼，气势奔放。他们有共同的美，真真地透着精神，又浪漫得超脱。

那些为钱爱上真人秀，钱多、戏少、离家近的艺人诸位，你相信凭你的自毁形象，能让观众相信你所讲的"中国故事"吗？

中　奖

给您讲个我中奖的故事，但得从我妻的老哥说起。

大舅哥聪慧，临近米寿，还在辅导孙子数理化。这位老理工男，当年从松江考入南京中央大学，据说当时被三所公立、两所私立大学同时录取，他有句名言："上海不是读书的地方。"他不喜欢喧嚣，选择了离沪。毕业时新中国成立了，先是在长春第一汽车厂，后又调至富拉尔基第一重型机器厂工作，最后随部分技术人员内迁，在四川德阳重组第二重型机器厂，任高级工程师。

按说够幸福美满了，老妻是高级会计师；儿子建工专业硕士，注册建筑师，下海任房企副老总，收入颇丰；女儿和女婿也在第二重型机器厂，高级工程师。但一家人还要看老头的脸色：老头敞开房门闷声玩电脑，那就说明在生闷气，乌云压城，全家就要格外赔小心了。他心脏不怎么好，全家人都让着他。

我妻每年去探亲一次，最受欢迎。只有见到老妹，他才有话。操着实在不敢恭维的松江普通话，把妹妹"小郁"叫成"笑鱼"；知道老妹爱旅游，为妹妹详尽地介绍各地名胜，如曾亲临其境，实质从未去过，凭借电脑，秀才不出门，便知天下事。

但对他的固执，亲妹子也受不了。大舅哥对生活过于满足了，现状他不许变动。他自己怕麻烦，更怕麻烦人，即使是子女亲人，他也不愿开口伸手："帮不上子女，就别再添麻烦。"我妻最不习惯他两件事：煮饭，不用电饭煲，还用着那不知哪朝哪代买的高压锅，刻刻担心会爆炸；洗澡，不用热水器，还用着东北带过来的大澡盆，时时忧心水狼藉一地。妻和儿女都进言改善，老头一句"不必，蛮好"。斩钉截铁，谁也不敢再提，怕他生闷气伤身体。

　　理工男竟然不享受现代科技生活？

　　5月，我陪妻又一次赴蜀探亲。闲时，我独自从超市捧回一个大电饭煲，未等干预，我已烧出一大锅饭。同时我捧着说明书，向大舅哥虚心地请教它的各项功能。大舅哥为我开了"讲座"，从他偶露的微笑中，我看到了他的满足。我装作不经意地告诉他，买电器，一周后还有开奖机会。一周后，我带着热水器安装工进门，喜形于色地大呼小叫："快来看，真幸运，中了台热水器。"大舅嫂很喜欢，我妻很惊讶："有这等好事？"大舅哥关起房门玩电脑，似乎在抵制对他安详生活的破坏，但中途还是借故出来瞥了几眼，终于作了指示："龙头不能挂得太高。"

　　妻和大舅嫂幸福地淋着浴，大舅哥隔天也无奈地淋起了浴，但他没有赞扬。说他无奈，因那大澡盆已经被儿子及时运走了，说是孙儿做实验正好用。大舅嫂、侄子、侄女都夸奖说："这个奖来得真巧，太好了。"我妻喜滋滋地说："他今年幸运，上趟章氏宗族大会，他抽奖还抽到一只拉杆旅行箱呢。"

　　三天后，孙儿向他奶奶咬耳朵报告："不好了，爷爷已经知道姑爷爷中奖是假的，他告诉我他去过超市了。他还说：'嗨，蒙得过我，真把我当小孩了。'"全家惊愕，妻用拳头捶我，但又偷偷为我竖起大拇指。

　　大舅哥不动声色，还是开敞着门玩他的电脑，把新闻告诉"笑鱼"，对我诡秘一笑。

惩罚来了，大舅哥准备了一大纸板箱吃食，要我带回：酱肉、卤兔子脑袋、牦牛肉干、麻辣怪味豆、天府花生、叶儿粑……可我还要继续旅行哩，成都、重庆、遂宁、大足，咋好？

张家四姐妹，姓名藏密码

我说的张家四姐妹，就是声名远扬的张元和、张允和、张兆和以及张充和。

说来别人不信，有天晚上，我竟然鬼使神差地破解了这四姐妹姓名中的密码，而且是梦解。

深秋的夜里，我靠在床上随意翻书，正好翻的是《红楼梦》。贾府四位千金的姓名，引起了我的兴趣。她们是：元春、迎春、探春、惜春。为什么要按照元、迎、探、惜的顺序排序呢？仔细一想，就会释然。元春：意为春天的开端，春之首；迎春：是指春天刚到，早春时节；探春：已进入仲春，人们正享受浓浓的春意；惜春：春天即将或已经离去，使人惋惜，甚至痛惜。这中间，有相当严密的逻辑性，是不能随意颠倒的。记得，我读过一位著名红学家的一段文字。他说："元迎探惜，真正的含义，是'原应叹息'，这是作者曹雪芹，为贾氏家族的衰败埋下的隐语。"

就这样，随手翻着，想着。忽然，又翻到《读者》杂志上的一篇文章。文中，有一张照片，下注"张家四姐妹：元和、允和、兆和、充和"。我凝视着张家四姐妹的玉照，渐渐地迷迷糊糊地进入了梦乡……

梦中，我竟然幸遇了四姐妹的老爸张老先生。晤谈间，我向他求问：

"这四姐妹的姓名，是否也有什么暗藏的密码？"张老先生一听，就像他乡遇故知，突然碰见了知音似的，竟然激动得热泪盈眶。他说："百年已经过去，时至今日，终于有人向我问这个问题！今天，我将把其中的密码彻底揭开，以消除心中的块垒，报答知遇的情谊。"

"你想，"张老先生慢慢地平静下来，娓娓道来，"我生活在旧文化、旧思想非常浓厚的旧社会，又生长在旧风俗、旧习惯根深蒂固的古庐州，也就是今天的合肥市，竟然一连生了四个女儿，内心深处能没有想法和波澜吗？"

"不知你注意没有？我这四个女儿的名字中，都有一个'儿'字！元和的'元'字下面一半，是个'儿'；允和的'允'字下面，也是个'儿'；兆和的'兆'字中间，是个'儿'；充和的'充'字底下，还是个'儿'。什么意思？'儿'在古文字中是'兒'的另一种写法，是'儿子'，即男孩的意思。在生了一个又一个女儿的时候，我想儿子呀，梦里都想！

"四个女儿都姓张，无须多说，那是家族的胎记；四个女儿的名字中都有一个'和'字，也无须多说，那是辈分的标志！

"所以，生第一个女儿时，我取名元和。"元"字拆开来，是'二''儿'，我期望：第二个孩子能是男孩。不料，第二个孩子又是女孩，我取名允和。'允'字的上一半可看作是三笔，我盼望：第三个孩子能是男孩。没想到，第三个孩子还是女孩，我取名兆和。'兆'字除去中间的'儿'，有四笔，我热望：第四个孩子会是男孩。结果，第四个孩子依然是女孩，我便取名充和。'充'字的上面亦可看作是五笔，我祈望：第五个孩子会如愿以偿，生个男孩……"

"哦，我懂了！"我恍然大悟，高兴地接下去说，"您生第一个女儿时，虽然略有失望，但还是十分高兴，故取名元，表示开头、开始；到生第二个女儿时，取名允，表示虽然失望，但尚能允许，还可接受；等生第三个女儿时，取名兆，就有点烦躁了……"

"对了,对了!"张老先生连连击掌,"咱们都是合肥人,这个'兆'字,别人不懂,你是懂的!"

"是啊,是啊!合肥人说兆了、兆了,意思是行了、行了,够了、够了呀!"我接着说。

"最后,第四个女儿出生时,我只好起名充和,这个'充'字,是满了、到顶了的意思!"

我劝张老先生:"张老,您就知足吧!您的四位千金,不仅个个才貌俱佳,是中国现代如雷贯耳的名媛,而且四个女婿人人杰出,全是卓尔不群的英才,还有什么不满足的呀?!"

"何况",我又提醒道,"您后来不是心想事成,也终于有了儿子吗?"

"是呀,是呀!"老先生被我说得哑口无言,嘿嘿直笑。他的心,是甜美的!

在笑声中,我忽然从梦中醒来……

窗外,明月正朗照着大地;秋虫,在低吟浅唱……

文化之火，人性之光

——追忆罗洪先生

春节过后的一个月中，我已经跑了三次殡仪馆。一次是亲属，一次是老同事，这一次，3 月 3 日，是师母罗洪先生。

师母的先生是朱雯老师。朱先生是著名的翻译家，曾译过俄国文学家阿·托尔斯泰的名著《苦难的历程》（三部曲）。朱先生又是上海师范学院（今上海师范大学）的著名教授，曾实实在在地教过我们外国文学，时间将近两年。朱先生的课上得极好，学生对其特别敬重。这就是我称罗洪先生为师母的缘由。

第一次接触罗洪先生，是在 1989 年 4 月松江文联成立的时候，她作为嘉宾（记得是顾问）而与会的。会间午餐时，我正好跟她相邻而坐。其间，记得我曾自报家门，说我是朱先生不折不扣的学生，应该尊她为师母。而她，则满脸慈祥地微笑说："今天，我们的关系，一是同志——在文学上，二是同乡——同是松江人。"那天，唐西林先生还为我和她留下了合影。

记忆最深的一次，是在新桥镇春申村春申君祠堂建成、举行揭牌剪彩仪式的那天。罗洪先生是作为松江籍的文化名人被请来的。那天，与会的领导很多，各界的嘉宾更多，仪式的形式有点烦琐，天气又异常闷热。我发现罗洪先生一个人（那时已九十高龄左右）孤零零地坐在廊棚下的石凳上，既没人照顾，也没人跟她讲话。我立即拿了两瓶矿泉水，坐在她对面，陪她聊天。那天，我们聊了很久（仪式久久地延续着），也谈得很随意。我说，我是朱先生故乡小昆山的女婿；她说，那么，我就是小昆山的媳妇了。我说，我是1961年大学毕业分配到松江的；她说，我是生于斯长于斯，土生土长的本地人。交谈中我知道，她一辈子坚持做了三件事：教师、编辑、写作，或者说，教书、编书、写书。我告诉她，我和妻子一个教中学一个教小学，也都是教师。她还说，小昆山是一个文化积淀很深厚的地方。我顺便告诉她，小昆山学校的创办者，就是我的岳父岳母（已经写入校史）。

说起健康长寿，罗洪先生给我印象最深的是，她说，她一辈子从不伤害别人，不做违背良心的事，所以，心态一直平和。

那天的谈话，一直烙印在我的心里。老人毕生教书、编书、写书，是一位忠实的文化传播者，或者说，是文化的播火人。终其一生，老人永远善待别人，从不伤害任何人，在她身上，闪射出人性善良的光芒。怪不得，那天坐在老人旁边，会感受到一种气场：既使你肃然起敬，又使你如沐春风。我终于明白，原来，文化，是有力量的，而人性，是有光芒的。

后来，罗洪先生还专门给我寄过她的著作，有《春王正月》《孤岛岁月》等。起先，我有时和她通通电话，后来她的听力渐渐不济，就中断了。

罗洪先生走了，我怀着虔诚的心情送别这位可敬的老人。但愿，老人留下的文化之光和人性之光，能发扬光大，温暖人间，照亮人心！

《心无旁骛》序言

这是王元祚先生的第三本文学专著。

我和元祚先生是同行，同样从事教育工作多年，而且，同样任职语文教师。

我和元祚先生又是文友，数十年来，我们在文学的园地里，默默地耕耘，辛勤地播种——我们，为文学之花的绽放而挥洒汗水；我们，为文学之果的丰硕而浇灌心血。是的，我和他，数十年来，同样地！

因此，我和元祚先生的心，必然是相通的；情，必然是相融的；行，必然是相连的。这，就是我为他写序的缘由。

当聪明人都去赚钱的时候，元祚先生，却在追求文学；当人们都在追求物质享受的时候，元祚先生，却在夸父追日般地，追求精神的富有。这样的人，我们能不敬重?!

我和元祚先生的共识是：我们这些在文学之路上终生跋涉的人，也许，在物质上是贫穷的，但我们的精神，是富有的；也许，在地位上是卑贱的，但我们的灵魂，是高贵的！

在本书中，王元祚先生，向读者奉献了许多美文和诗歌。无论是文是诗，您只要认真阅读，就能感受到时代脉搏的热度，感受到作者心灵的温度。在一篇又一篇美好的诗文中，作者展现给大家的，是情感的"真"，内容的"善"，文字的"美"。思考再三，我不敢重点推荐某篇某首诗文，因为，我实在难以取舍，又生怕挂一漏万。还因为，我深信尊敬的读者，都会有高品位的鉴赏水准，无须我唠叨置喙。

我深信，作者这些紧跟时代节奏，紧贴泥土和草根的作品，将来，也许在有意无意之间，就留下了历史的足迹，记录了人民的心声。同时，也就使作者的灵魂，穿透书页和文字，放射出不灭的光辉！

以上心语，谨以为序。

刘长海

真实奏响美学主旋律

——读《赵丽宏散文》

　　我收到《赵丽宏散文》好长时间了，在扉页上赵丽宏用毛笔题请"长海先生雅正"，真不敢当。随书他还给横云文学社 30 周年题了幅字"横云不散　文采飞飏（扬）——贺横云文学社成立三十周年。乙未仲秋赵丽宏"，让我好感动。记得 30 年前，他就曾为我创办的横云文学社题过如下的话语："文学能使心灵成为云霞流动的天空——赵丽宏　一九八七年七月"。此话成为学生们热爱文学的一种动力，促使一些学生成为诗人、小说家和评论家。

　　认识赵丽宏似乎很久了，当年在华东师范大学中文系那座白楼里，我曾到他们班教室里听过几堂现代文学课。那年月，华东师范大学青年作家群正处在萌发期，一批文学新秀在墙报、班刊上崭露头角，惊人词语与瑰丽诗行常常在走廊里闪亮……

　　赵丽宏一贯关心青年学子的阅读，鼓励他们热爱文学。2016 年，他在松江二中的文学讲座上告诫学生们："现在是自由的阅读时代，艰难的阅读时代。"他希望学生们挑选一本好书，体验一种人生。

　　他赠予的《赵丽宏散文》是由人民文学出版社编辑出版的《中华散文

珍藏版》中的一本，该套书汇集了中国现当代 42 位作家的作品。应该说这是本好书，真实情感带来的真实写作，奏响了美学主旋律。他说："散文不是小说，应该记录真的事情，发掘自己的真情实感。这些真实、真诚来自哪里？来自生活、来自阅读的经历和积累。"

读他的散文，更感到真实的分量，即使短短一篇《咬人草》也真实记录了他的感情："啊，咬人草，它终于咬了我！"他虽然被咬了，却没有忌恨，相反，倒生出一种敬佩的心情来——"这任人践踏的，可怜的小草，性格的刚强不屈竟至于此！"小小遭遇反倒成了难忘的事。同样，赵丽宏第一次躺倒在寸草不生的新疆戈壁滩，他会"瞬间的迷惑"，望着那"龙蛋"般的卵石，似乎是睁大的眼睛，让他感到恐怖，陷入了梦境。

赵丽宏热爱土地、热爱家乡。"我的故乡在长江入海口，在中国的第三大岛崇明岛……崇明岛是长江的儿子，崇明岛上的土地，集聚了我们祖国辽阔大地上各种各样的泥土。"他发自内心赞美："故乡的泥土，汇集了华夏大地的缤纷七色，把它们珍藏在心里，我就拥有了整个中国……"他大声呼唤："人们啊，请记住，你的根，在母土之中。只有把根深扎进生你养你的土地，只有把土地的色彩和气息珍藏在你的心里，你的生命和人生之树才能枝繁叶茂，开花结果……"真实地接地气，有温度、有激情。这正是赵丽宏可贵的情怀与风格，也是他对美学境界的追求。

赵丽宏从事写作四十多年，业余时间喜欢书画、音乐，他说："其实是在用文字绘画，绘我眼中所见，也画我心中所思，梦中所想。"正如他在悼念孤独的守灯老人时从心里涌出的几行诗句："你死了，你的灯亮着，在茫茫夜海上，我永远看得见你温暖的光芒。"我们再读他那篇《蟋蟀》，从草稿到成文相隔 18 年，可见赵丽宏对此印象多么深刻。他"挑了整整一天大粪……肩胛被扁担压得皮开肉绽，血水粘住了衬衣……傍晚收工时，身子如同散了架一般……回到我的草屋里……只想躺在那一堆干草上"。他在梦中回到了童年，自己变成蟋蟀，可是醒来后强烈的感觉却是饥饿！这些都是赵丽宏真实生活的经历。记录真实的印象，形成有美感的文本意象，便产生了来源于生活的散文作品。

赵丽宏始终忘不了住在荒僻乡野一间草屋的日子，音乐的光芒照亮了他。"一个浸透了动人音乐的灵魂是不会被空虚吞噬的。"而大自然的音律，"只能用你自己的心灵和思想去感受、去体会、去遐想。而这种无拘无束、自由自在的遐想，是人生旅途中何等诗意盎然的境界"。我认为正是这种真实生活，磨砺了他，成就了他，苦痛亦可成为精神财富。赵丽宏散文的美学价值正是由这些不显山露水的彩片构成的，即使"沉默本身也是一种思想和心境的流露，是灵魂的另一种形式的回声"。我觉得赵丽宏常常是沉默的，作家的眼神常常是沉郁的、平静的。这些应该得益于天性和大自然的滋养培育，得天独厚的崇明岛水土造就了赵丽宏。

再读那篇怀念父亲的《挥手》，我从平静的叙述中体会到了那份父子情深的真情实感。三次"送我"，最后他发现"父亲花白的头发比以前几年稀疏得多……父亲是有点老了"。赵丽宏承认："在我所有读者中，对我的文章和书最在乎的人，是父亲。"父爱如山，平淡之中见真情。父亲三次挥手告别的形象，永远定格在他的脑海里，无法遗忘！赵丽宏过了耳顺之年，年岁渐长，这种刻骨铭心的父爱印象将越来越深。我又读那篇《母亲和书》，真是母爱如水，润物细无声，含蓄而深沉。"母亲，却从来不在我面前议论文学，从来不夸耀我的成功。……其实，把我的书读得最仔细的，是母亲。"赵丽宏发现母亲的书橱里，整整齐齐按出版年份排列着他的书。"我想，这大概是全世界收藏我的著作最完整的地方。"母亲告诉他："我读过你写的每一本书。"赵丽宏发自内心深处书写下："世界上，还有什么比母爱更美丽更深沉的呢？"

赵丽宏在怀念父亲的日子里，不断思考关于死亡的命题。《死亡印象》这篇文章讲述了他亲身经历与听到的种种死亡的故事，然后升华为诗一般的赞美词："只有死亡是不死的！"而"死，其实是生命在庄严地宣告：请记住，我曾经活过！"正是，你以为自己活在当下，其实，往昔就在你身后，像一道影子，跟随着你。孔夫子如是说"生死有命"。人啊人，"不知将白首，何处入黄泉"。似乎诗人都喜欢谈论死亡，赵丽宏特别引用了朗费罗的美妙诗句：

> 从来就没有什么死！
> 表面上的死实际是一种过渡：
> 活人生存的世界只是天国的郊野，
> 天国的大门就是我们所谓的死。

赵丽宏家国情怀、忧国忧民的思绪万千，在那篇1.5万字的长篇散文《遗忘的碎屑》里，夹叙夹议，用亲身经历、亲眼所见或公认的历史事实，深入探讨那种"可怕胚芽"。他反思"文化大革命"动乱中可怕可怖的一幕幕，"早已成为历史的'文革'，对于当年的中国人来说，当然是灾祸。对一个民族来说，过去的灾祸，也可能成为财富"。他忧心忡忡，不能让这样的灾祸重新侵袭我们的生活。他大声疾呼："中国人，珍惜这笔历史的遗产吧！"

是的，赵丽宏就是那会思想的芦苇。他在《会思想的芦苇》一文中坦白地说："我当年在乡下所有的悲欢和憧憬，都通过芦苇倾吐了出来。"帕斯卡说："人是一棵会思想的芦苇。"他对此比喻感到亲切。"以芦苇比人，不仅喻示人的渺小和脆弱，其实也可以作另外的理解：人性中的忍耐和坚毅，恰恰如芦苇。"赵丽宏就是个芦苇诗人，在他的诗中，芦苇是有思想的，它们面对荒滩、面对流水、面对南来北往的候鸟，舒展开思想之翼，飞翔在自由的天空中。

我从《赵丽宏散文》的首篇《天籁和回声》读到尾篇《天上人间》，心里总念叨该说点什么呢？吾乃七七老翁，比他大一轮，能说什么呢？

"览四时风月，读百家文章。""渊鱼喋月有诗思，野禽随风无俗声。"大概算是赵丽宏的自我写照，思想者天马行空，读书人孤帆航海。他的书法对联可见诗品文采如人也，记住书末一段话："和心灵联系的，应该是脚下的大地，是活着的人间。来自人间的声音，才是诗的灵魂和根。"我相信赵丽宏是清醒沉静的，"老年读书如台上玩月"矣，啰唆地唠叨了一大堆"玩月"之乐，不能说是"雅正"，只能算作读后感吧。

《人民的名义》随想

　　《人民的名义》播放完毕，可对此的议论尚未尘埃落定。期间评论不少，最为引人注目的是"大尺度的反腐"，所谓"大尺度"体现在哪里呢？说是腐败官员的级别，"大"到了副国级。

　　可我却不以为然。赵立春是副国级，但却没有安排副国级的实职。用剧中人物其子赵瑞龙的话说，"是虚的"。换言之，就是手中无有副国级的大权。这"大尺度"是打了折扣的。

　　尽管如此，我还是认为此剧反腐的尺度是"大"的，具体的表现有三：

　　一是反映出最能体现社会公平正义的司法系统，出现了"老虎"，公检法均不能幸免，这就可虞了，问题严重了。

　　二是官场的生态极不正常，汉大教授出身的省纪委书记高育良，他的学生也纷纷走上了重要岗位，不仅此也，凡汉大毕业走上工作岗位者，经常聚餐，形成了汉东省内一个影影绰绰的"汉大帮"，这种生态实足堪虑。可汉东省一位县委书记易成功，勤勤恳恳工作了几十年，政绩不可谓不佳，却永远无法晋升。何故，剧中用了一个词，叫"政治资源"，易成功没有高育良这么一位恩师，在汉东省朝中无人，升官难矣。这岂是易成功的悲哀？是人民的悲哀，是国家的悲哀。而且这"政治资源"的震撼性在于，不仅是官场，"资源"问题可以派生到社会各层面，手中没有"资源"，任凭才高八斗，脱颖而出的比例是不会高的；手中没有"资源"，任凭医术何等高明，晋升的机会是不会多的；手中没有"资源"，任凭学问功底多深，想评教授，说得雅一点，良是不易。西晋的左思不是说过"英俊沉下僚"这样的话吗？"英俊沉下僚"在封建时代可谓正常，但在今天就不正常了。

三是此剧揭示腐败的幽灵，几乎在社会各层面都在徘徊。小学里抄作业付钱即成，以致陈海之子承揽这项"业务"然后"发包"，赚取差价；大学里教授们培育英才没心思，费尽心机想谋个处长干干，汉大基建处处长不就说处长就是"资源"吗？他希冀与反贪局处长冯亦可结秦晋之好，目的是攀附"汉大帮"的掌门人、冯亦可的姨夫高育良，以图更大的发展。是处几乎皆有腐败的幽灵，这就不是疥癣之疾而是国家的心腹之患了。反腐的尺度，能说不大吗？

末了还有一点随想，剧中三个重要人物——反面人物——省公安厅厅长祁同伟、巨贪处长赵德汉、山水集团美女老总高小琴，皆出身贫家。这有一定的社会现实的依据，但比例是否高了一点，是不是贫家子弟都"穷怕了"（赵德汉语）一定会走上不归路呢？"穷人的孩子早当家"，此刻成了"穷人的孩子易变坏"，这情节有没有社会统计学上的意义呢？我看不见得有。

漫步花间留晚照

不敢滥充读书种子，何况早已垂垂老矣。揽镜自顾，连自己也觉得不忍卒睹，岂敢在人前把脖子扭几扭？

但不是读书种子也不妨碍喜欢读书，年迈也不妨碍精气精爽。于是乎读书不辍，尤其是读到些绝妙好辞，那不啻是如饮醇酒，如品佳茗，令人微醺，齿颊留香了。

谈起绝妙好辞，当然不能不提那曹娥碑文。那是年仅 13 岁的邯郸淳所撰。东汉大学者蔡邕路过时天已昏，用手摸读，然后在碑背刻了八字："黄绢幼妇外孙齑臼。"后孟德与他的秘书杨修路过，读碑背八字一时不明所以。孟德就问杨修，杨修说让我想一想，片刻后说明白了。曹孟德伸出一根手指摇了摇让他别说。两人一前一后驱马行了 30 里，孟德猛省道："我知道了。"然后两人把意思写在纸上，原来碑文八字意即绝妙好辞之意。什么道理杨修说了，我不说也罢。因我记得榛子曾言，你写文章总喜欢言尽，不妨让读者也想想。那就想想吧。

曹娥碑文究竟"绝妙"何似，暂且不提，但那是蔡邕的评价。此公是写惯典重文章的，太过典雅古朴，我却并不喜欢，我喜欢的好辞是脍炙人口、口口相传、雅俗共赏的。

说起口口相传、脍炙人口的好辞，古往今来也似乎不很多，似乎诗词曲中比较多。《红楼梦》中宝黛偷读《西厢记》，黛玉就觉得口角噙香，"良辰美景奈何天，赏心乐事谁家院。……"要多美有多美。

绝妙好辞有时只需一阕、一首，甚至一句，就能让作者名重天下。20世纪写作者不是有"一本书主义"的说法么，在古代咱有一首诗主义、一阕词主义、一句辞主义。

先说一句辞主义，那宋代的张先算是一个，他那《天仙子·水调数声持酒听》是一阕词，全文咱嫌麻烦不引了，就说其中两句："池上并禽沙上暝，云破月来花弄影。""云破"句就成了绝妙好辞。时人以此句和他的《归朝欢·双调》中"娇柔懒起，帘幕卷花影"和《剪牡丹·舟中闻双琵琶》中"柳径无人，堕絮飞无影（或作'堕轻絮无影'）"三句，并称张先为"张三影"。依我看来，三个带"影"句中，当以"云破"句更传神。此句不胫而走遍天下，并非浪得虚名。

大宋的宋祁，也是因一句妙辞而耸动天下的人物。喜欢宋词的读者都知道，此公就是"红杏尚书"。

宋祁，官翰林学士、史馆修撰、工部尚书，他以词名满天下，以"红杏"句耸动天下，句出他的《玉楼春·东城渐觉风光好》，原句是"红杏枝头春意闹"。

这个宋祁词写得好，不胫而走，传到皇宫里边，又因人称小宋，"小宋"的名头也传入皇宫，由此还引出了一段佳话。

那是一次宫内车驾出游，一辆接着一辆，按当时的术语叫"内家车"。车过繁台街，恰逢宋祁骑马过街，其中一辆车掀开窗帘，看到了宋祁就发出一声娇音："小宋也。"车马如流而过，宋祁驻马不前，浮想联翩。调寄《鹧鸪天·春景》赋词一阕云："画毂雕鞍狭路逢，一声肠断绣帘中。身无彩凤双飞翼，心有灵犀一点通。金作屋，玉为笼，车如流水马如龙。刘郎已恨蓬山远，又隔蓬山一万重。"

没想到此词又传入宫内，仁宗知后就查问："内人第几辆车子上何人呼小宋？"有个内人自己说："曾侍候皇上的御宴，听得皇上宣过翰林学士，当场宦官悄声说，这就是小宋。那天出宫恰巧在车内看到他就叫了声小宋罢了。"仁宗听后把宋祁传来，和颜悦色提起此事。不料宋祁有贼心无贼胆，差点吓煞。仁宗见状笑曰："蓬山并不远。"传来宫女赐给宋祁。

　　把女人不当人，当物赠送，在今天看来太不人道，在当年算作佳话。

　　因一句而成名的还有秦观。他的词美极，"纤云弄巧，飞星传恨，银汉迢迢暗度。金风玉露一相逢，便胜却人间无数……两情若是久长时，又岂在朝朝暮暮。……"这词句够脍炙人口的了，但还是抵不住他《满庭芳·山抹微云》中那句"山抹微云"，山体侧淡淡的薄薄的云彩浮动着，这云彩是造物之手轻轻"抹"上去似的，也许是山也爱美自己抹上去的。就凭这四字，秦观就号称"山抹微云郎君"了。

　　讲来讲去，总是讲外地的，难道松江古代就没有一句绝妙好辞？眼下松江正大讲特讲人文，你此举不是有些不合时宜吗？且慢，能赋绝妙好辞的松江人来了：此公就是明初的袁凯。

　　平心而论，在中国文学史（古代部分）上，松江籍人士能登上文学史的，屈指可数，但袁凯绝对算得上是中国文学史上明初时期的一个人物。此公明洪武三年（1370）当过监察御史，但因一件小事险些送命。

　　那年录囚（皇帝一年一度复核将要处决的囚犯），朱元璋批完复核意见后让袁凯拿去听听太子的意见。太子把那些予以重处的囚徒多数改成轻处。朱元璋看完后问袁凯有何看法。袁凯极为为难，就说，陛下之法正，太子之心慈（不去查核了，大致是这个意思）。朱元璋由此对袁凯大为不满，认为他"左右逢源"，"取巧"，甚至公开场合斥责他投机取巧。弄得袁凯狼狈不堪，为逃一命，残酷地让自己装疯。

　　袁凯后来终于逃回松江，胆战心惊过完一生。

　　袁凯的那首绝妙好诗大约是写于朱元璋登基前，也就是元末明初那段时间。这期间是大文豪杨维祯寓松期间，江南才子常来松江斗文，谓之文会。车旅费用自然是松江富家埋单。评审委员会主任专家即杨维祯。一次以《白燕》为题请各地才子赋诗。斗下来，袁凯得了第一。诗也确实妙，请看：

> 故国飘零事已非，旧时王谢见应稀。
> 月明汉水初无影，雪满梁园尚未归。
> 柳絮池塘香入梦，梨花庭院冷侵衣。
> 赵家姊妹多相忌，莫向昭阳殿里飞。

从此以后袁凯就不叫袁凯了，也不叫景文、海叟了，就叫袁白燕。

这是一首绝妙好诗，好到袁凯自己的名头都屏蔽了。全诗无有"白""燕"字样。"旧时王谢"寓"燕"，"初无影"寓"白"，不露一丝痕迹，传神的白燕如见。"莫向昭阳殿里飞"的警告，满含辛酸，饱蕴爱意。其余数句就不一一解说了，否则榛子老友又要吐槽了也。

走笔到此，口占一绝，以收全文。

> 人生常恨欢娱少，勤向诗丛觅逍遥。
> 发稀鬓霜何需怯，漫步花间留晚照。

王元祚

听董卿谈诗与远方

　　为能当面聆听几位名家学者与中央电视台节目主持人董卿的高品位演讲，享受一次文化盛宴，2017 年 8 月 16 日下午，我早早地来到上海友谊会堂。只见人头攒动，排队的人挨挨挤挤，到跟前一看，原来要凭主办单位发的邀请函才能参加。可我只是从报纸上得知，何来邀请函？一男一女两位工作人员对像我这样没有票的群众反复解释，会场有人员数量限制，最多 600 人，所以要凭邀请函才能进场。我反复解释自己是文学爱好者，是一名退休教师，是从很远的地方赶过来的，又是 75 岁的老人——总之不管我如何说情都不能通融，这可如何是好？正在此时，一位年轻姑娘匆匆赶来，可能听到了我的话，忙说我这里正好多一张票送给你。万万没有想到，柳暗花明，让我得到这张珍贵的邀请函，我连忙对她说感谢不尽，真正是心诚则灵！

　　到两点钟演讲开始前，演讲厅早已坐满了人，两边过道上几乎也已站满了人，真是盛况空前。董卿最后出场，在她之前还有复旦大学教授陈尚君、南京师范大学教授郦波、中央民族大学教授蒙曼。后两位在中央电视台的《诗词大会》等节目里已被大家熟知。主持人曹可凡在介绍了有关情况后，文化讲坛正式开始。三位教授入场时，全场听众报以热烈的掌声，而董卿进场时不但有热烈的掌声并且伴随着震耳的欢呼声和喝彩声，可见大家对她的喜爱程度。陈尚君、蒙曼和郦波教授的演讲分别从不同角度阐述了诗歌与今天人们的联系。最后出场演讲的是董卿，今天她一袭白色长裙，不施粉黛，仿佛一名青年教师、公司白领、邻家女儿那么真实平凡，端庄得体。董卿十多年来在中央电视台各类节目的主持，得到了全国人民的热爱。她大方亲和，气质高雅，妙语连珠，成为观众心目中的女神。董卿娓娓道来，讲述她创办《朗读者》节目的许多动人故事，其中有90岁老人的执着认真，不惧辛劳的配合；有等候八九个小时为了在朗读亭里朗读三分钟的青年；还有无数坐在电视机前被节目紧紧吸引的观众——董卿说，诗，不仅是诗词，而是诗意的生存；远方不仅仅是遥远，而是志存高远的意境。

在讲坛上，董卿深情朗诵了习近平总书记当年在陕北插队当知青时，想方设法找书读，阅读莎士比亚作品的一段故事。四十多年前的往事，在董卿聊家常一般的声调中，传播文化，展示生命，让今天不同年龄的人们从自身的不同经历，感悟诗与远方，感受生活的启迪。

唐风宋雨，穿越千年；诗词歌赋，如山如河。读书让我们有了不一样的人生，今天有幸从这些教授和董卿的叙述中，让平凡的生活有了升华。

清东陵一日

　　清东陵位于北京东、秦皇岛西、唐山北、承德南的河北省遵化市昌瑞山南麓，是中国现存规模最宏大、体系最完整、布局最得体的清代皇家陵墓建筑群。在这80平方公里的15座陵寝中，长眠着161位帝、后、妃及皇子公主们。清东陵是国家5A级景区，2000年就被列入世界文化遗产名录。

　　在今年夏季高温持续不退的日子，我们选择了到北方避暑旅游。我们浏览了山海关、秦皇岛、承德避暑山庄、坝上乌兰布统草原等，其中在清东陵的一天印象犹深。7月26日，早饭后，旅行团的大巴载着我们早早出发，因为这是我们八天行程中，唯一一整天只在一个景点游览的去处。沿途山势不高却连绵起伏，河水蜿蜒而水势平稳。对皇陵景区的好奇和向往，让大家充满期待。大巴到达景区山下的游客服务中心要全体下车，购门票（70周岁以上凭身份证免票，65岁至70岁半票92元）后换乘景区内的小巴进入。不算宽的神道引导部分（水泥路面）长达六公里，时而笔直，时而弯曲。可以想象三四百年前，帝王嫔妃及皇族大臣们，在这样的沙石路上骑马或步行也够辛苦的了。

　　据说清世祖顺治皇帝福临，当年到这一带围猎，被这一片灵山秀水所震撼：北有昌瑞山如锦屏翠帐，南有金星山如持笏朝揖，中间影壁山做书案可凭可依，东西两边的山峦，如青龙盘卧、白虎雄踞。当即传旨"此山王气葱郁可为朕寿官"，从此昌瑞山下便有了规模浩大、气势恢宏的清东陵。

车在慢慢行驶，导游娓娓道来皇家故事，尤其是民国 17 年（1928）东陵大盗军阀孙殿英率重兵用炮火盗墓的故事讲得绘声绘色，吸引人眼球。车子不时在石牌坊、大红门、顺治神功圣德牌楼、石像生等处停留，让游客下车拍照。各种动物石像巨大，在此守灵，栩栩如生。石人、石马、石雕大象好像比真人、真马、真的大象还大，凝重朴拙，造型生动。导游说："摸摸石象，一生吉祥。"人们纷纷拿起手机，摸着石象拍照，自拍或互拍，摆出各种姿势，随即忙着在朋友圈里晒图。长长的孝陵神路，两端不见头尾，平坦开阔肃穆，气势磅礴，可以想见当年的气韵恢宏。神道两边的绿化非常好，灌木乔木搭配协调，高低错落，葱葱郁郁，修剪得十分整齐大气。这和散落四周远近村落的守陵人及他们后代的劳动不无关联。

上午的重点是参观乾隆的裕陵和康熙的景陵。两处陵寝皆规模宏大，一路经过六柱五门的康熙圣德神功碑楼、石像生等处，层层宫殿，处处庄严。终于来到地宫，地宫的拱门高大威严，大石块砌的砖墙有两三层楼高，往下走的坡道在灯光指引下，清晰可见。愈往下走，冷气愈重，如同开着空调。走到最底下，大约已经在几层楼的地下深处，里面宽广高大，此处便是千古一帝康熙的安息处。气势巍峨的康熙陵，记载了这位风雨一生的皇帝，少年智擒鳌拜，鏖战平定三藩，北方遏制沙俄，南方收复台湾。其卓著功勋，陵寝焉能尽载？据史料记述，康熙南巡曾五次亲谒明孝陵（二十多年前我去南京旅游时到过），也许大明皇帝朱元璋的陵墓规制对清朝的帝王不无影响。乾隆的裕陵似乎更豪华，这位在位 60 年的十全老人、文雅皇帝驾崩后栖身地下佛堂。裕陵地宫的空间仿佛更大，不知几百年前工匠们在没有现代挖掘器械的帮助下，是如何建造如此精美宏大的工程的。八大菩萨、四大金刚，雕琢之精美，造像之生动，妙相之庄严，足以千古流芳。

午餐后稍事休息即步行前往慈禧陵。慈禧陵规模好像稍逊康熙与乾隆，但奢华程度有过之而无不及。慈禧地宫的金殿全部用的是名贵黄花梨，以黄金装饰。三殿仅贴金一项达四千五百多两黄金，整座殿堂金碧辉煌，其精美豪华令人瞠目。至于"凤引龙追"石栏板、"凤上龙下"丹陛石都是石雕中的精品。

清东陵在营建过程中将山川自然美与建筑人文美有机结合起来，被誉为"人类具有创造性的天才杰作"。我相信作为历史遗址，清东陵的历史文化价值会越来越彰显出来。

汤炳生

人生从醉白池起步

1961年那个冬天的早晨，我带着自然灾害留给我的菜黄脸色来到了榆树头，来到开园还不到三年的醉白池的大门前。我见大门紧闭边门开着，便径直往里走，园内的工作人员指指售票处贴着的开放时间和"每位贰分"的字样，示意我出去。我说我到曲艺团去。他狐疑地看了看我说，我怎么不认识你？我说我是县戏曲培训班的学员，被分配到曲艺团的，并拿出了介绍信。他笑了笑，手往西南方一指说，曲艺团和文工团在同一个地方，去吧。我只是青涩地一笑，还不会说谢谢。

走进这陌生的醉白池，迎接我的是门内的一丛翠竹。这时又听得远处飞来咿咿啊啊吊嗓子的声音。我循声沿着小径走了五六十步后向南拐弯，一眼就看到在荷花池边、在走廊里、在凉亭中散落着身穿运动服的青年男女，他们搁腿、弯腰、运手……实在是心情急切的缘故，那满眼的古树、假山、亭阁楼台，尤其是这冬日里荷绽雪花的美景我都视若无睹。我走进月亮门，看见对面那个坐南朝北的门，正挂着松江县曲艺团的牌子（现在安放竹叶诗和魁星像碑刻的地方），那两边的房子自然是文工团的了。

在这里，曲艺团和我签订了学习期为三年的合约，从此，我走上了终老的演艺生涯。

在距离跟随老师出码头还有 20 天的时间，我们新来的学员在师兄师姐们的示范下，也分散到荷花池周边拿起钹子仓仓仓地练习起来，而后按计划师兄师姐们为我们教唱开篇，那西乡调在冬日里弥漫于醉白池的每个角落，升腾在公园的上空，传向悠远……自此，我慢慢地知道了王朝更迭导致的战乱兵燹、家国兴衰带来的喜怒哀乐，也懂得了世事艰难和忠孝节义。基于此，我开始注意走廊里的邦彦画像，并认识他们、熟悉他们。到后来，每当自己站在画像前，那是在向他们致敬，和他们对话，聆听他们的教诲。

盛夏，是公园最漂亮的季节。在那个漂亮的季节里，曲艺团搬迁到莫家弄新建的团部，自此每月必到的醉白池就很少来了。在后来的几十年里，有时候我还必须得来。例如我陪同外地的朋友看看松江的景点，醉白池自然是首选，而且还很怀旧地告诉友人曲艺团原来所在的位置，讲那些发生在这里的故事；例如在写作缺少构思而寝食难安时，我会到醉白池来。尤其在 2001 年到 2005 年的那段日子，我正为上海电视台大型室内情景剧《新上海屋檐下》编剧时常常会来这里走走，找一个幽静的角落或独坐或踱步，灵感突现时会激动不已；有时会觉得好长时间不去醉白池了，突然间会想去"见见老朋友"，自然就丢下一切毫无阻拦地去了。

我在这里说的醉白池大多还是指"雪海幽境"以内的，而今它早就成了园中园了。

醉白池在 55 年中的巨变，让那些海外归来的老松江人都认不出来了！那天，我在醉白池内眷恋地走了一圈，然后登上高处，面对这迷人的景色，不禁感慨：朋友，我夕阳红了，你青春漂亮了！

爱花人的悲喜剧

花能装扮家园，点亮生活；花能明目提神，悦心怡情，所以，我和许多人一样，也是个地地道道的爱花人。然而又不得不承认，我还是个名副其实的"虐"花人。

此话怎讲？说我爱花，我一点儿都觉得没什么不好意思。自落下这个"病根"后，我在养花种草上的确是花了些时间的。再者，对于我这个比较"做人家"的人来说，在这方面也是很舍得花一些钱的，买花盆、买成品花卉、买花肥等常常出手很大方。记得我曾出手五百多元买过一盆五针松，花一千多元买过两盆君子兰，至于几十元上百元一盆的花卉一年之中也出手过好几次。平时浇水、疏枝、翻盆、施肥等忙得有模有样。爱花之心，可见一斑。然而，我这样赤胆忠心、怜香惜玉、忙忙碌碌，花儿们却不待见。常常，养着养着，那些水灵灵、鲜艳艳、活泼泼的花儿们始而精神萎靡，继而蔫头蔫脑，最后都一个个离我而去，着实让我伤神，令我心疼！我曾给五针松挂过葡萄糖，为君子兰喂过蜂王浆，叫牡丹喝过人参汤，其目的无非是想让她们长得茁壮些、精神点，然好心没得好报，她们一个个都不买我的账，有的连招呼都不打一声，这实在既让我百思不得其解，又欲哭无泪。最最让我不能释怀的是那棵米兰，那是我从数百里外的杭州请回来的主儿。那天，我在那里的一家花鸟商店里游荡，看到一盆有些高大的米兰，叶片之间缀着许许多多的小白点儿，时有暗香浮动。我顿时爱不释手，一番讨价还价后以50元的价格买了下来。回家后往那书桌上一放，顿时满室生辉，坐在那里读书看报，有一种置身林下的感觉，特别舒适。就这样，我小心翼翼，日夜呵护，适时让她沐阳饮露。她倒也争气，不仅为我陪伴了整整一个夏天，到初冬时还是一副枝繁叶茂的模样。一整个冬天我是将她挪出搬进，翻盆换土，还专门去请教过一位花匠，实指望她到了来年依然是容光焕发。谁知到了翌年的四五月份，不仅没一点动静，而且还渐渐显露出一些萎靡的样子，这下我又一次慌了，赶紧换盆换土，浇水施肥。可她依然是一副一蹶不振病恹恹的样子，其结果可想而知。

后来我也想通了，这倒不是从此就收心，不再养花种草了。这花花草草肯定还是要种养下去的。不过在品种上选择了一些耐热耐寒或是耐旱的主儿，譬如仙人掌（球）、菊花、水仙、多肉植物等。今夏气温奇高，我一直不敢将那盆精气神十足的多肉植物移居到户外，我想，再耐热耐旱的植物也经不起40摄氏度高温的炙烤，还是小心着点吧。但这样的天气水还是要浇的，于是十天半月的就浇上一回。至8月初，这精神抖擞的多肉植物的叶片上出现了一些斑点，心想这大概是太干了的缘故，于是就隔三岔五给她浇水，晚间还挪到露台上。到了中旬，有的叶片开始变黑而且卷缩起来。大事不好，看来连这盆多肉也保不住了！就这样，我眼巴巴地看着她一天天地萎缩下去，而我实在是黔驴技穷，就像一个医术平平的医生，眼睁睁地看着他的病人一天天地走向死亡而束手无策。

我还有这样的"本事"，居然还能将一盆仙人球养死，把几盆菊花也养没了！爱花近乎痴迷，"虐"花如此癫狂，你说这世上还有比我更有"能耐"的养花人吗？看来，世上万事万物都有它的规律，我把花儿养到这个地步，肯定是在什么地方做了有违她们生长规律的事。养花如此，育人不也一样吗？

趣味横生表情包

互联网时代，微信和 QQ 大行其道，成为人们使用频率最高的聊天通信软件，其中要数微信最为热门，是老少咸宜的一种聊天工具。

自我学会电脑后就开始使用 QQ，后来有了微信，实践下来，微信似乎更适合普罗大众，建群、视频比起 QQ 更为便捷。至今，我已有了三个学生群、两个文友群、一个家人群、一个同学群、一个亲戚群、一个驴友群，还有许多"散客"。每天晚上群里群外，叮咚叮咚，煞是热闹，也常常会收到一些精彩的文图、有趣的视频，给波澜不惊的生活平添了许多乐趣。

在聊天过程中，有不少人喜欢发送一些表情包。开始没引起我多少重视，也很少使用。后来我渐渐悟出了其中的一些妙趣来，一是可以节约时间。因为既然是表情包，几乎每个表情都能表达一种含义，只要选择恰当，轻轻一点，就替代了你想要说的话，省得再打字浪费时间；二是一些不便说的话就用表情包来替代。有些话用文字表达太直白，弄不好还会伤及对方的感情，那就发个表情包吧，既能让对方心领神会，也不至于得罪人。再是还能增添点小情趣，看着一个个可爱的表情包，每每会心一笑。

一些小人或动物头像的表情既丰富又可爱，有龇牙的、苦恼的、抓狂的、汗颜的、发怒的、微笑的、疑惑的、傲慢的、卖萌的、流泪的、无奈的、欲言又止的……应有尽有。总之，你想要表达什么样的心情总能找到与之匹配的表情包，而且特别能传情达意。彼此聊天时发送一些表情包，接收的一方心知肚明，彼此也心照不宣。

　　除了一些小人头像，还有诸多的动物表情。有一幅狗狗头像，甩着可爱的小脑袋，眼睛一闪一闪时就问你什么情况？有一个表示奸笑的表情包，一只猫咪坐在小板凳上，摇着鹅毛扇，左腿一张一合，眉眼之间盛满了笑意，当然那不是善意的笑，而是地地道道的奸笑，但不会惹人不舒服，即便是被它"奸笑"了，也觉得特别可爱。还有一幅猫咪发怒的图像，那猫咪站在一张小桌前，两"手"拍着桌子，不时地将桌上的茶杯拍跳起来，杯中的水也时不时地溢出来。用这样的表情包发给对方，表达你生气之意，对方见了不仅心领神会，而且还能愉悦地接受你的发怒，故而你若生气发怒时最好选用这个表情包。有两只雪雪白小狗狗，作直立状，双手（前肢）各自举着一束鲜花，憨态可掬，口中念念有词："早上好!"早晨醒来见到这样的一个表情包，心情顿时大好……还有一些手指动作，竖起大拇指表示佩服或点赞，抱拳表示感谢，大拇指朝下则表示不肖，握手表示对你有好感，竖起并分开的食指和中指表示胜利，摇摇手表示再见……其他如一杯咖啡、一块西瓜、一束鲜花等都表示对你的善意和关心，虽有画饼充饥之嫌，但还是令人如沐春风。

　　一些孩子表情和动作的表情包，显得特别天真和幽默。前段时间，中印边界形势有点紧张，有个朋友发来了一个表情包：一个还穿着开裆裤的男孩身背炸药包向着中印边界爬去，其含义不言自明；有个想哭又哭不出来，不哭又极其难受的孩子头像，传达了发表情包人此时此刻的微妙心情；有个穿着一身戎装的孩子，迈着军人的步伐，唱着《打靶归来》，眉宇之间充满了豪情壮志，这种年龄与豪气的落差既让人忍俊不禁，又令人若有所思……

行文至此，我真的很佩服发明这些表情包的人们。聊天时有这些趣味横生的表情包做伴，芸芸众生不乐翻天才怪！

临海怀古

　　暮春夏初的一天，我来到浙江临海，冒着潇潇春雨，登临了心仪已久的临海长城。没想到在这郁郁葱葱的锦绣江南，竟然还隐藏着这样一座记载着千年烽火岁月的古长城！

　　临海长城北枕龙固山，南接巾子山，灵江、始丰两江之水绕城而过。城倚山、山傍水、水抱山，山、水、城相倚相融，浑然一体。长城倚山就势，曲折腾跃，既有虎踞龙盘之气势，更是御敌防守之要地。它历经唐、宋、元、明、清五朝修筑增扩，虽历经兵火、风雨侵袭以及人世沧桑之巨变，但长达六千多米的主体部分依然保存完好。沿江修筑、依山就势、逶迤曲折又不乏雄险壮观是这座江南长城的特点。犹以龙固山一带最为险峻，建于危崖之巅，一路飞舞盘旋，敌台林立，雉堞连云，城楼高耸，与北京八达岭长城南北呼应，堪称双绝。临海长城还有个独特之处，那就是一路逶迤腾跃于青山绿丛之间。假如说北京长城雄伟壮观，那么临海长城在坚固中透着一种灵秀；北京长城是苏东坡的《赤壁怀古》，那么临海长城就是柳永的《雨霖铃》了。更为重要的是，临海长城在明代的抗倭斗争中发挥了重要作用，使倭寇从此不敢觊觎浙闽沿海。

明王朝到了中晚期，海防空虚，许多地方更是有海无防，致使倭寇入侵愈来愈频繁猖獗，嘉靖年间（1522—1566）简直达到了疯狂的程度。他们勾结沿海土豪、奸商、匪盗，占岛为巢，攻城略地。为了阻止倭寇入侵，打击其嚣张气焰，抗倭名将戚继光从蓟州调防临海，镇守绍兴、宁波、台州三府，并会同台州知府谭纶，一方面主动出击，一方面对长城的结构进行科学改造，将墙基增高增厚，并创造性地修筑了两层空心敌台，有效地增强了防御能力。戚家军以临海古城墙为依托，策应浙闽沿海防守。明嘉靖三十八（1559）年春夏之交，数千倭寇入侵临海桃渚，戚家军奉命从宁波出征，前往桃渚救援。他在勘测了桃渚一带的地形后，果断地将倭寇放入南起前所，北到健跳这个山水相依、进可攻退可守的狭长地带予以痛击，在临海花街先后五次与倭寇作战，大获全胜，后又在白水洋一带九战九捷，全歼倭寇精锐，致使倭寇一听到戚家军就闻风丧胆，从此结束了台州长达二百多年的抗倭历史。

"封侯非我愿，但愿海波平"，这是戚继光的名言。戚家军抗倭名扬全国，在台州临海一带更是声名显赫。当地老百姓为这位抗倭名将建祠造馆、刻石立碑，以表彰他"平倭寇、保家乡"之功业。临海长城的建立，不仅在抗击倭寇上发挥了巨大作用，同时还兼有抗洪的功能。长城的三分之一是沿着灵江修筑的，而台州府城临海正位于灵江的入海近处，江水与海水经常在这里摩擦碰撞，致使水位升高，时常漫进城内，而城墙犹如一道坚固的江堤，将洪水阻挡在城外。

后朝廷调谭纶、戚继光到京城，一面设防，一面整修万里长城。戚继光北上时，将追随他剿倭并有修筑长城经验的江东三千子弟兵一起带到北京，戍边修长城。如今，八达岭、蒙田峪、司马台、古北山、黄崖关、山海关的老龙头，以及蓟州、昌镇、宣府、大同等古长城巍然屹立，这与戚继光当年带领部下经年累月的修建是分不开的。

我冒着淅淅沥沥的春雨，一手撑伞，一手抚摸着古老的城墙，缓缓行走在湿滑的山道上。城墙无语，山林幽寂。遥望山下，曾经是台州府城的临海轻笼在薄烟雨雾之中，远处的鹧鸪声此起彼伏，端的是一派江南烟雨的和平景象。然而耳畔却时而响起鸟铳与短笛之音，还有金戈铁马之声，因为这里曾是痛击倭寇、扬我国威的古战场啊！

朱正安

狮子国历险记

　　狮子国是哪里？斯里兰卡，过去叫锡兰，《梁书》称其为狮子国。今年——2017 年春节前后，笔者赴狮子国旅游，说出来害臊，差点在该国的加勒走丢了。

　　加勒是斯里兰卡靠西南海岸的一个古城。加勒有蔚蓝色的海洋和迷人的海滩，有粗大的榕树、硕果累累的芒果树和椰子树，有摄人心魄的眼镜蛇和蟒蛇表演……斯里兰卡曾先后沦为葡萄牙、荷兰和英国的殖民地，因此加勒又有许多独特的殖民文化遗迹——古朴的要塞、城墙和灯塔，富丽堂皇的荷兰归正会和政府大楼……当然，纵横交错，古色古香，分布有许多教堂、清真寺、寺庙的古城区，更是加勒一道独特的风景线。

　　我们一行三家人是除夕晚乘包车走进加勒古城并住进一家穆斯林民宿的。大年初一早晨，我被一阵熟悉的诵经声唤醒。我在宁夏生活了三十多年，一听就知道这是从附近清真寺里传过来的。开灯看表：正是当地时间 5 点整。我起身稍做洗漱，就出了门，我想看看这里的穆斯林与国内的穆斯林有啥区别。想不到一出门，一座灯塔的塔顶把我吸引住了。我不由自主地上了海堤，走近灯塔。塔下是清澈的海水，在晨光里摇曳出五彩缤纷的光斑，令人眼花缭乱。一大早已有许多人在海里游泳。我一边信步走去，一边贪婪地欣赏着眼前的一切，竟然流连忘返，直到饥肠辘辘，才想起回去吃早饭。

可是，我找不到我所住的民宿了！据来前看到的旅游攻略介绍，加勒古城也就四百多座房屋、横七竖八十来条街巷，可是我走过来走过去，就是认不准哪家是我们住的民宿。我听不懂当地通用的僧家罗语和英语，所以几次求人指点都未果。我看见一个中国人面相的青年从对面走来，如获至宝，连忙上前搭讪，自报家门，告诉他迷路的经过。这是一个长得很帅气、待人很温厚的陈姓青年，宁波人，据他说在上海也住过一段时期。他问我记得不记得住的民宿门口有啥特点，我说门口有几张桌椅的，因为进出要脱鞋，我坐过那里的椅子。于是我俩就一条一条街巷地去找。遗憾的是，这里的民宿门口大多置有桌椅，所以走了几个来回还是一无所获。他又让我打电话给家人，我说，我出来时没带腰包，手机、钞票啥的都在腰包里。他又让我报出我和家人的手机号，用他的手机打。老婆和我自己的，都因没办国际漫游接不通；女婿的手机号只记得前面六个数字，根本没用；女儿的手机号后面四个数字我记不太清，他就给我变换组合排列，不停地打，还是打不通（后来得知关机）。我失望了，也不忍再麻烦人家，于是说："实在对不起，这样吧，我就去灯塔下等他们，那是个主要景点，他们肯定要去那里参观的。"他说，这不把你一家人急死了。正说着，身旁开过来一辆摩的，陈先生还没招呼，一个强壮如牛的本地青年就停下车来，然后从车上下来与他打招呼，很熟的样子。两人嘀咕了一阵后，陈先生就让我坐上那个人的摩的，戴上头盔，骑在摩托上又在加勒古城街巷中兜圈子。说实话，当时我还心生疑虑——万一这两个家伙是个歹徒，把我拉到哪个窝点……可是已经坐上了他的车就只能听天由命了。就这样，我用英语"NO"了一路，最后还是回到老地方。我有点绝望了，对陈先生说，我就在灯塔下等吧，你给我把车钱代付了，请你把通信地址留给我，我回头一定给你寄还的。说实话，当时我脑海里已经浮现出了许多不堪设想的画面——衣衫褴褛地在垃圾箱旁徘徊踯躅的我，被当地警察押解着走进阴森恐怖的看守所，头套黑袋走下飞机舷梯……他却说，这个人是土生土长的本地人，只要说出哪怕是民宿老板胖瘦、年纪他都能给你找到的。再找找？我别无选择，只得遵命。也巧，我坐上摩的只一个转弯，就在一条小街路口几米远的地方，看见我们那伙人正在门口廊檐下吃早餐呢……

惊魂甫定，饭后我们出去游玩，正在一边与卖传统面具的摊贩讨价还价时，那个帮我找到民宿的的哥突然出现在我们面前。他此时开的是一辆三人座的三轮摩的，是来拉客的。为了报答他，我们就让他找四辆摩的拉我们游览古城。他一招手，旁边就来了三辆，可他数了数我们的人数后，用英语告诉我女儿他们，八个大人两个小孩，两个小孩与两个妈妈挤一辆，三辆就够了。我们都惊讶得面面相觑。一路上，那的哥兼任导游，热情而又负责，还常夸张地学我穿街过巷找住处时一路叫着"NO""NO"的惊慌样子，不时引来阵阵笑声。

回来后我查阅相关资料，玄奘《大唐西域记》里有这样的记载："僧加罗国……土地沃壤气序温暑。稼穑时播花果具繁。人户殷盛家产富饶。其形卑黑其性犷烈。好学尚德崇善勤福。"这使我又想起一件事：到斯里兰卡第四天我们驱车从霍顿平原向美瑞莎进发时，同行的小王突然惊叫，说他的结婚钻戒昨晚洗澡时忘在卫生间了。大家一边为他惋惜，一边宽慰他破财消灾，小王却抱着试一试的心态向随行导游阿耶什说了，不想阿耶什一个电话打过去，一歇歇回话说戒指找到了，次日由下一个团的导游在美瑞莎交还。第二天，当小王从阿耶什手里接过那枚钻戒的同时将送给导游和宾馆服务员的两个红包递过去时，阿耶什笑笑，将红包推了回来。

狮子国与我们中国相比，还很落后、很穷，但那里的景色很美，尤其是那里的人。

张林琪

落馓屋

落馓屋是江南水乡的旧式农民住宅，松江地区分布尤广。砖木结构，坐北朝南，有三开间、五开间、七庐头、九庐头、前后堞等，因屋面由四个斜面组成，有六只向上翘起的馓肩，故亦称四六馓。馓肩内各置有两三米长的铁抢（铁板条）一根，一端向上翘起，外面用糯米浆及纸筋石灰调和而成的胶合剂固定，再粘贴各式花纹，后用黛色颜料涂抹，线条分明，图案精湛，左右对称，落落大方。座座落馓屋，犹如只只凌空展翅、翩翩起舞的大鹏，为旧时乡村增添了无限的生机和灵气。

落馓屋的屋面，由弧形瓦片从檐口铺陈至馓肩底下，层层叠叠，弧形向上的称为瓦槽，向下的则为瓦抢，瓦抢、瓦槽相互咬合，风雨不透。瓦片底下是望板（底瓦）和椽子，檐口瓦槽处有一张折弯成105度的特制滴水瓦。椽子钉在粗壮的杉木梁上，木梁两端均与榫卯结构组合的帖柱衔接，柱子下面各有定磉石垫底。方形的木架稳如泰山，支撑起整个沉重的屋面。旧时民房建筑的独特工艺和精雕细琢的匠人精神，令人叹为观止。

落馓屋大都建于明清时期，每个村庄20至50座不等。门前场地外一般都有几棵高大的榆树或云杉，屋后是一片飒飒的竹园。我家所在的姚家村，最为壮观的要数江家大屋了。两座前后堞落馓屋并排坐落，高大挺拔，四周空旷，宽敞明亮，宁静安谧，后埭客堂间的地面，均由40厘米见方的青砖（方砖）铺就，整洁舒坦；靠近天井，是一排雕龙刻凤的仪门，气度不凡。1958年，这里曾被用作集体草包编织厂。暑假期间，我在那里帮助大人为草包锁过边、摇过绳，至今记忆犹新。

落戗屋冬暖夏凉。冬季一场大雪，屋顶白雪皑皑，屋内温暖如春。遇上天气转暖，融化的雪水，沥沥淅淅地顺着瓦槽往下淌，一旦寒风袭来，滴水瓦的下端便结成一支支晶莹剔透的冰棍，排列成一字儿的雄赳赳队伍，煞是壮观。炎炎夏日，外面太阳火辣，屋内阴凉有加，那些开有后门、后窗的屋子，微风习习，暑气尽消；富裕农家的落戗屋，后埭高大宽畅，加上庭院深深的天井，更觉凉爽。

我家的落戗屋是前七后九式（七庐头拔披），太祖父年轻时翻建，至20世纪70年代初已有一百多年的历史，西边傍有小屋三间，冬天尚暖，夏天闷热，纳凉只能去竹园。祖父时流行“造屋不如置田”，未曾扩建过一间屋子，父辈四兄弟成婚时，还勉强过得去。待我辈一代长大，人口增至25人，实在拥挤不堪，哥哥姐姐们只能借宿邻居家。

落戗屋具有抗击风灾的能力。1980年起，新浜建设农民新村，拆老屋建新楼成风。因经济拮据，建房户大都以泥浆砌墙，极少掺有石灰，更无水泥砂浆，稳固性很差。1987年3月6日21时05分，一股罕见的强大龙卷风横扫新浜乡11个村庄，毁坏庄稼房屋无数。赵王村一座刚落成的两上两下楼房被卷至半空，毁为瓦砾，户主当场遇难，惨不忍睹，而陈旧的落戗屋竟全都安然无恙。这场特大风灾惊动了市、县两级政府，抗灾救灾工作持续了三个月之久。

农民对落戗屋感情笃深。我的一户亲戚，儿女事业有成，分别在上海、松江购置了商品房，请父母搬到城里居住，老两口就是不肯，说是舍不得老屋。直到有关部门征地动迁，才依依不舍地搬离。拆房那天，夫妻俩面对有着200年历史的落戗屋，茶饭不思，足足发了一天呆。真是“天长地久有时尽，血脉相连无绝期"。

2006 年，新浜仅剩一座落戗屋未拆。该屋主人均住在城里，也未遇动迁工程。因坐落位置在新村规划点上的前后两幢楼房之间，倒也无妨，老屋新楼互衬，绿树翠竹相映，反而成为一道亮丽的风景。有怀旧者常去驻足观望，絮絮念叨，颇有留恋不舍之意。一年后，此屋却被莫名其妙地拆除了，众人扼腕。至此，历尽沧桑的落戗屋寿终正寝，藏于存史资政的志书里，留在我辈一代的记忆中。

七仙泾

　　七仙泾（曾称三秀塘），地处新浜镇境内，宽 60 米至 80 米，因七转八弯，犹如仙女飘带，故而得名。七仙泾西接天目山来水，经红旗塘、伍子塘，浩浩荡荡，一路向东，连茹塘，入浦江。我老家所在的姚家村，坐落于南北向的七仙泾西岸，九幢楼房傍水而建，东边水波粼粼，西边麦浪滚滚。

　　千百年来，潮起潮落，祖祖辈辈繁衍生息于这一方水土；情深深，意绵绵，我辈一代也是依着江水而长大。最近，市政府泄洪通道建设工程涉及部分农户动迁，家家顾全大局，人人通情达理，纷纷为泄洪通道让路出力，不仅签约爽快，而且有十余户人家先后腾出住房，供施工队安营扎寨，工地上热气腾腾，一派祥和融洽，展示了新时代农民的精神风貌和高尚情怀。

　　在我童年的记忆里，七仙泾帆船徐徐，风光旖旎。水上运输繁忙，船头犁开层层波浪拍击两岸，惊起芦苇丛中白鹭野鸭无数，扑腾着翅膀飞向远方；河堤两岸水车咿呀，牵引上来汩汩河水刮进农田，滋润片片秧苗，精神抖擞笑迎农人。辛勤的父老，春播、夏耘、秋收、冬藏，年复一年劳作；丰饶的水土，粮油、棉花、蔬果、鱼虾，源源不断产出。我与村民们笑迎丰收，摸鱼抓蟹，七仙泾跟着心花怒放。

不知从何年起，三熟制取代了两熟制。从此，传统的农耕生活秩序被打乱，田地无法休养生息，社员们没日没夜地忙着干不完的农活；各类害虫趁机横行，无情地吞噬着稻麦和棉花；磷胺、1605、呋喃丹等剧毒农药粉墨登场，水土被污染，小动物遭难，鸟无影，蛙无声，田螺、泥鳅灭亡，螃蟹、蝤蛑绝迹，而害虫的抗药性却越来越强；更为悲惨的是，社员们缺米少柴，食无荤腥，其中有的莫名得病，过早地离别人世。我与村民们无可奈何，七仙泾也是五内俱崩。

改革开放春雷惊。20 世纪 80 年代，重新恢复两熟制，落实家庭联产承包责任制，农民重获种田自主权，加上灌溉电气化、耕田机械化、收割自动化，劳动力获得极大解放。农民精耕细作，少用化肥，多施有机肥；禁止剧毒农药，改用低毒高效的，庄稼一片绿油油，"交足国家的，留够集体的，余下的都是自己的"。政策好，天帮忙，人努力，粮油蔬菜绿色有机，河里鱼虾初现生机，物资匮乏一去不返。我与村民们重又过上了富足的生活，七仙泾为此笑逐颜开。

20 世纪 90 年代，为配合太湖流域泄洪，市政府重点实施西部防洪工程。河道两岸不断加固，石驳筑堤屡屡增高，可每逢汛期，潮水猛涨，道道水闸紧闭，排涝水泵日夜轰鸣，满江洪水还是"漂洋过海"，淹没农田万顷，粮食蔬菜歉收；更有村民住宅进水，坐在床沿可以洗脚，日常生活受到影响。各级政府投入大量人力物力，无奈"水能载舟，亦能覆舟"。待到洪水退去，大家立即抢救抢播农作物，尽可能减少损失。我与村民们望洋兴叹，七仙泾几乎失魂落魄。

为彻底改善西部地区作为上海米粮仓的环境，加强水域治理，近两年，市政府投入巨资，对市级所有河道泄洪设施全面改造，工程规模之大，前所未有。村民们积极参与环境生态建设，散户养猪清除了，鸡鸭管理规范了。农场主小何，每年播种红花草养地，尽量减少化学除草剂；王家李婶，配合河长日夜巡查污水排放、乱倒垃圾。浦南和浦北，城乡一体化，小河连大河，同属松江城。天蓝地绿水清，农产水产丰盛。我与村民们欣逢盛世，享受优惠政策，七仙泾一派莺歌燕舞。

建设泄洪通道，事关国计民生，造福万千百姓。我家地段的泄洪通道，西起响水港，东至油车浜，总长度 4605.64 米。泄洪不畅，何以为家？生我养我的七仙泾，饱经沧桑的三秀塘，我怀念儿时的舟楫白帆，更期盼明天的碧波荡漾。"露从今夜白，月是故乡明。"今日与你道别，明朝我来看你，"记得绿罗裙，处处怜芳草"。

养猪那些事

　　庄稼一枝花，全靠肥当家。在没有化肥的时代，养猪积肥是农民的头等大事。从我懂事起，父母在农田里忙活，我就带着弟妹们在岸边学着割猪草。鲜嫩的，用开水搅拌在糠麸里，作为猪的主食喂养，清香扑鼻；稍许老的，直接撒在猪圈里；吃不完的，猪会合着屎尿及稻草垫料，自行践踏成优质有机肥。七八个月后，苗猪长成肉猪，肥料堆满猪圈，农民笑了，庄稼乐了。

　　公社化以后一段时间，农户私人养猪停止，只有生产大队饲养场有猪。那个年月，人的温饱都没有解决，猪的饲料也就成了问题。印象最深的要数寒冬腊月，父辈们摇着木船，不厌其烦地一次次去浙江那边捞水草（俗称木排草），用铡刀铡断后充当青饲料，每年冬季，饲养场总要消耗掉好几堆小山包似的木排草。因为精饲料短缺，场里的那些猪，多数瘦骨嶙峋，少有膘肥体壮的。现在回想起来，当时人们吃肉要凭票供应，实在是无奈之举。后来，农户家庭养猪业恢复，情况才逐渐好转。

　　不久，家乡所在的公社种畜场和方家哈大队相继办起了以蚕豆为原料的粉丝加工厂，大量的粉丝副产品豆渣和豆浆水及时填补了精饲料供应的缺口，促进了养猪业的繁荣发展。凡是连续喂食豆渣、豆浆水的肉猪，长膘快，体重大。1973 年，方家哈大队集体饲养场竟然养出了重达668 斤和 585 斤的两头大肥猪，威震上海全郊区。价廉物美的粉丝副产品受到了农户的青睐，各个生产队里的水泥船几乎倾巢出动，争相前往粉丝厂等候货源。每到秋冬季节，我也曾与人合伙摇船在那拥挤的河浜里排队等候，数次买过豆渣和豆浆水，家里喂养的肉猪出售时每头体重都达150 斤以上。

20 世纪 80 年代初，实行家庭联产承包责任制，粮食产量猛增，各类小宗经济作物也跟着遍地开花，农民养猪再也不用担忧饲料的短缺，精料有麦子、玉米、小杂粮和稻米副产品，粗料有干草和各种农作物秸秆粉碎而成的混合糠，青料有鲜草、山芋藤和各类瓜果蔬菜。作为以食草为主的猪，真是过上了"养尊处优"的好日子。记得我下班回家第一件事，就是吱嘎吱嘎地挑上麦子和各种秸秆去加工厂加工，回来还要急急忙忙地铡断稻草，为猪圈铺上垫料。星期天更忙，那满圈的猪塒要一担一担挑往责任田。那个时候年轻，上班、种田、养猪，天天无空闲，也不觉得有多累。供销社食品站生猪收购处，每天上午，是农民交售肉猪的黄金时段，我也时常夹在拥挤的队伍里，伴随着人们的喧闹声和猪猡的嗷叫声，排队卖猪。中午，汽笛声一响，运输船队便拔锚起航，满载着农户们半年多心血喂养而成、滴溜滚圆的肥猪劈波斩浪，一路驶往大上海。卖完猪回家，顺便买上两包好烟，逢人发上一支；请人扛猪的，晚餐还要酒肉招待，优哉游哉，其乐无穷。那些年，猪多肥多粮多，每到夏季，猪肉总要数次降价，最便宜的时候，每斤售价仅 5 毛钱，鲜美可口、香气四溢的红烧肉成为人们餐桌上的家常菜，农民生活红火，姑娘美如花，小伙壮如牛。

20 世纪 90 年代，家乡养猪业悄然发生了变化。含有各种添加剂的颗粒饲料取代了农家自产的精、粗、青饲料，食堂饭店的泔脚料也乘虚而入，猪的生长期缩短；供销社生猪收购站解体，出售肉猪改由小贩上门收购；农户养猪由饲养肉猪、供应大上海为主逐渐转入饲养母猪、繁育苗猪并且大量销往外省市为主。进入 21 世纪，养猪业式微……一度红透城乡居民副食品供应半壁江山的"草头猪"从此难觅踪影。每当回到老家，望着本人亲手翻建一新、却空置了二十余年的两间猪舍，百感交集，怅然若失，脑海中不时盘旋起年轻时亲力亲为养猪的那些事，久久无法平静。

钱明光

如烟往事

我最近碰到的几件让人激动无比的事都与城北公社有关。

那天我在朋友的帮忙下与邬水林校长约会了。掐指一算，我们这次相见已经相隔了 45 年。那是 1973 年至 1974 年间的事了，那几年我在城北公社搞团的工作。那时农村的习惯，下午三点多后就极少有人来办事，四点半下班，也就是说三点半后到吃晚饭一段时间是空着的。机关远没有现在忙碌，连派出所也没有，一个公社才一个公安员还常让他下乡蹲点。邬老师风琴弹得极好，板书又漂亮，人又时尚，再加上教卫组常有许多新玩意儿如电子管录音机、电动唱机、新书等，我一有空就喜欢往教卫组跑。那天上面发下来几盘胶木唱片，有一首沪剧表演唱《毛泽东思想放光芒》极为好听，在那个枯燥的娱乐环境下更觉新鲜。开始是他教我，后来两人常跟着唱片唱，旁若无人，陶醉于此。这次相见，邬校长已经 81 岁了。45 年不见，我一见他，不知怎么的，马上就唱出了当时的沪剧唱词："拿起铁锤能做工，开创时代新风貌；拿起锄头能种田，斩出共产主义革命道；拿起枪，就能打敌人，全民皆兵威力大，无产阶级江山保得牢又牢；拿起笔，能写文章……"这 45 年间我与他再没联系过，我也再没复习过这段唱词，一见面不知怎么会脱口而出，大概是老人"眼前事情都忘记，过去事情记得清"的规律吧。两人相见，激动无比，碰杯连连。

城北中学首届高中毕业生要聚会，邀请我这位老师一起参加。我其实在那儿才教了一个月的书，很难为情的，我的教育生涯也就是这一个月。当时我们几位委培生刚到学校报到，时逢考试前夕，教语文的教导主任秦祖才老师要去公社参加学习班，我就提前上岗顶替教语文。总复习啊，需从头到脚重新备课的，好在秦老师的笔记留给了我。我本来是学化学的，这样，我吃住在学校，一个月内与同学们相处甚欢，我不仅与他们一起复习语文，还复习化学，与他们建立了友谊。这批同学吃苦耐劳，每逢农忙，都要顶正劳力回乡务农，吃得不好，穿着朴素。不久，除少部分人进入高等学校学习外，其余都回到了农村。我不久也离开了学校，到公社工作了。让我难忘的是，我刚到公社就得了急性肝炎被关在香家弄肝炎病房，好多学生在已经毕业回乡后，还抽空来探望我。好几个同学在总复习阶段那样需要营养的环境下，因经济条件所限，中饭时买了饭不买菜，淘了勺免费的汤躲到一边去了。几个人来探望我时，还买了当时时行的玻璃水果罐头，令我至今难忘。这批同学，现在个个都退休了，个个都成了爷爷奶奶。热热闹闹相聚一起，最让我难堪的是好多同学涌上来问我："钱老师，叫得出我名字哇?"与同学们相处一月，相隔四十多年，我能认出一半已属不易，当然，他们也在嘻哈中原谅了我。

这次来了七位老师，龚、邬二位校长依然豁达；85岁的秦老师依然睿智，白皙的脸上没有一点老人斑；余华渔老师退休后成了社区活动的达人。大家相谈甚欢，都说不会忘记当时那段难忘的经历。现在想想，这些学生当时的师资配备是不低的，教物理的范老师后来当了松江二中的校长，陈老师后来去复旦大学教数学了，教体育的康老师后来是少体校的负责人。我们也没有愧对他们了。

旧时那些吃的菜

富庶的松江，自日本侵略者轰炸、侵入后，再加上棉纺织业一蹶不振，大多数老百姓日子过得十分艰辛。好在这个鱼米之乡水好地好气候好，还不会饿死人。

这个自给自足能力极强的区域，除盐外，基本都能自己解决。稻米，自己种、自己碾；鞋，自己种棉、自己纺纱织布、自己做；菜，自己种；酱，自己晒；瓜，自己腌。所以尽管没有分文，日子也能一天天过下去。

"穷人的荤菜。"那时候，除春节外，一般日子是买不起肉的。鸡蛋尽量少动用，积攒起来换零钱以备头痛脑热之需。蚬肉，就是又便宜、营养价值又高、又好吃的美味。好多老百姓都自嘲这是"穷人的荤菜"。它可以与咸菜炒，可以与豆腐煮，可以与蛋一起炖，味道都是相当好。蚬子有着海水河水不论、清水浑水不究、南方北方不分、春夏秋冬不辨的特性，且生长期又短，因而量多易捕，造成了价格特低的状况，而且松江、金山、青浦的蚬子个头最小，也就是说，同样一斤蚬肉，我们这里的比别处的个数更多，富含更多的营养。

"不用花钱买的蔬菜。"穷人的蔬菜就是不用种、不用买、只要到田边地角、河岸桥堍去挑取的荠菜和马兰。这两种菜鲜嫩味道好，而且与多种菜有多种配置烧法。今天来看不仅有营养价值，而且还有美容价值、药用价值。过去，春节后，正是人们家中没有多少存货而春耕又在眼面前的"营养空缺期"，荠菜、马兰比菜苋更早地露世了。老人说，荠菜到处有，挑一漏了九，不要到处寻，只要往下蹲。马兰也是一堆一堆生长的。这两种菜量多分布广，而且是在其他蔬菜都没有生长起来的时候提供给人们的，穷苦人说成是救命菜。杜甫当年饥寒交迫时就只能靠挖已开花的老荠菜充饥，"墙阴老春荠"，就是他对此的记录。

"最便宜的酱小菜。"指的是青头萝卜干。如果自己家里腌的菜吃完了，那就要到酱园或杂货店买酱小菜；如果什锦菜、萧山萝卜干都买不起，那就只能买青头萝卜干了。青头萝卜干的最大特点就是刮油水，而只能去买青头萝卜干的人家一般都是油水最缺的人家。人体内缺油水吃了这种萝卜干后，胃会一直感到特别"潮"。吃一顿还熬熬，连续吃时有的人就干脆盐花拌饭了。小孩偷懒或读书不用功，大人就会训斥："你这样下去，长大了只能天天吃青头萝卜干。"可见，穷人对它是又厌又没有办法离开它。

"最有名气的菜。"这最有名气的菜是一荤一素，荤的是醉蟛蜞，素的是酱落苏（酱小茄）。松江过去盛产蟛蜞，蟛蜞是一种形如蟹也横爬的水中动物，它躯干和脚很小而两只螯特别大，松江过去街头有专门卖蟛蜞螯的。醉蟛蜞是松江的特产，味道特鲜，是老上海出名的下酒菜。酱落苏的小茄只有松江一地有，它长大成熟了也只有人的无名指那样大。腌后即可食用，叫腌落苏；腌后再酱，就成了远近闻名的松江酱落苏。它是松江人吃早饭和暑期晚饭的伴饭菜。施蛰存离开松江三十多年后还在文章中记述当年在松江淘茶饭酱小茄的生活实况。

"晒干烘干的菜。"过去没有冰箱，一下子吃不完的菜，人们就想办法晒干烘干保存下来。最常见的就是马兰头干和莴笋干（莴苣干），当然还有红花草干、笋丝干、咸瓜干等，都是把这些菜在锅中煮了放在太阳下晒干，存放着供日后随时食用。马兰干现在还有，不少人还喜欢把马兰干与红烧肉组合，而过去最常见的莴笋干却由于鲜莴笋的价格莫名其妙地论只卖而变得不可能成堆成干了。

松江旧时的叫卖声

松江街头几百年间传承的叫卖声，现在已经听不到了。但每每想起，总感到很亲切、很悦耳，那回响在街弄中的叫卖声，让城里的小巷小弄充盈着生气，那穿街走巷的叫卖声就是老城一种流动的音乐。

这种叫卖声可以分为三种：一种是整个上海市都能听得到，语音、叫法、韵律都一样的，一种是不靠嘴喊靠道具发声的，再一种是松江独有的。

那流淌在街头最多的、现在人们还记得起的叫卖声，如"削刀磨剪刀""坏格棕棚修伐""白兰花要伐""修洋伞"，尽管地域不同，但叫卖声像一个培训班培训出来的一样，同一种方言、一样的声调、一样的语气。干削刀磨剪刀、修洋伞这活的，苏北一带人较多，他们把前面几个字音拖得很长很夸张，后面几个字变成了急刹车的短促音，如"削刀——磨剪刀""修——洋伞""坏格棕棚——修伐"。这里要说明的是，修洋伞担是铁骨洋伞、油布伞、油纸伞都修的，松江城内外主要是修油布伞、油纸伞；棕棚床过去很常见，叫作"外国人困弹簧床（席梦思）""穷人困硬板床""有点钞票困棕棚床"，由此也不难理解为什么修棕棚床会成为一个行业了。卖白兰花的往往是带点苏锡软糯口音的本地人，卖花时头发衣着都是干干净净，手挽着个平底的竹篮，叫卖声是轻轻的，如同白兰花一样散发着幽香。穿着蓝印花布的斜襟衣服，梳着个长辫，"白兰花要伐"，在粉墙黛瓦的街弄中边走边喊边飘着香，你一定会想到这就是烟雨江南的美景了。

换糖担、馄饨担、剃头担、铜匠担、补碗的、补镬子的，是不叫的。换糖担是用你家的废铜烂铁、空瓶空罐、废报废纸换取他的饴糖，叫"斩白糖"，穿街走巷时边挑着担边手夹着两片铜片敲打着；馄饨担是专卖柴爿馄饨的，一副竹架担子上一头是炉子、柴爿、锅子，上面还挂有勺子、漏勺；另一头盛满着两桶水，一是洗的，一是用以烧的。水上面是几格抽屉，放着皮子和肉馅，再上面放碗盏，馄饨担的叫卖声是像敲木鱼那样敲打着一段竹节。而其他行业担子都是在担子的一头上挂着一串形如鞋拔的铜片，边走边响。补碗的都是江西人，虽然搭一只碗才一二分钱，但他的手艺是拜师专学的，金刚钻是贵重的，"没有金刚钻，休揽瓷器活"说的就是这个意思。铁镬子漏了，可以用生铁烧熔了补上去，铁镬子不是经常坏的，补只铁镬子也没有几分钱，所以，干这一行的自叹："生铁补镬子，吾奴苦恼子。"

松江独有的叫卖声也要分两种：一种是在松江、金山、青浦一带独有的，如糖芋艿担、驳灰担。糖芋艿担前后两只圆圆的木桶，一只炭火上温着热的糖芋艿，一只桶内放着碗盏、水、抹布，用松江方言叫卖"糖芋艿厚——"最后一个上翘的长音是指糖芋艿汤不薄还是语气词，我也弄不懂。"驳灰呕——"这个叫卖正好相反，叫卖人挑着两只很大的空篮子，在收购家家户户的灶灰。我小时候就见过人挑着硕大无比的空驳灰担被弄堂风吹得无法前行的场景。

真真正正松江独有的叫卖声是"螯呕——"那专卖蟛蜞螯的声音。对于老上海人和松江、金山、青浦、平湖、嘉善一带的人来说，松江出名的是四鳃鲈、蟛蜞螯和酱落苏。蟛蜞各地都有，唯独松江的又多又大，成为松江的特产。方的身躯不大。而两只螯特别大，不少松江人喜欢吃螃蜞胜过吃河蟹，松江醉螃蜞、螃蜞糊（酱）就成了松江的美食，街头就有不少人卖螃蜞螯。

需要一个真实的"那时"

有朋友来看我，说想以松江 20 世纪二三十年代至解放为背景拍部市民生活的电视剧，我举双手赞成，因为那个年代是松江出赵家壁、施蛰存、程十发、朱雯、罗洪等文化名人的年代。但看了创意的片花后，我直说他没有生活体验，拍不好的。我很反感如今的快餐式制作，佩服老文艺为拍好一部电影体验生活几个月的踏实劲。我不客气地指出了这部剧的硬伤。

我说，那时公共场合是不可能接吻的。这儿过去很传统，公众场合是不能示爱的。只要是有人看到的地方，是不可能拥抱、接吻的，那时这些都属外国现象，松江人不习惯这套，最出格也就是手指头拉手指头。女子不可能性感，妇道还奉行笑不露齿、挥不露袖、行不露趾；姑娘是要束胸的，胸大了会被认为不正经；张嘴大笑会被认为太放荡。

我说，饥饿是极痛苦的、无法抗拒的，现在的人是无法感受到的。那时不可能很随意地说"晚饭不吃了，明天再说"的话。现在我们饿一两顿无所谓，因为我们肚子里油水多着呢。为什么过去说小孩"刚吃好上顿就想下顿"，因为上顿没吃饱，还饿着，大脑神经系统始终提醒着这件事。饿肚子是无法工作、无法入眠的。

我说，代写书信是件很沉重的事，表情不能太轻松。过去文盲多，就有了代写书信的行业，松江岳庙、阔街、马路桥都有代写书信的摊。夫妻亲友长期分开，实在需要联系了就只能请人写书信了。常有妇女在摊前边说边擦泪的。你想，夫妻长期分居，小孩了、公婆了、屋漏了、亲戚啥事了，多少事多少委屈，既想叙述又不想转移痛苦，分寸感呀，代笔者这碗饭也是不好吃的。再说，过去代写书信都是用毛笔的，钢笔是后来的事。

橡胶雨鞋是后来的事。铁骨洋伞是有身份的人用的。过去天下雨一般人就不出门了。非要出门就戴箬帽或撑油纸伞，穿布鞋，裤管外包一层油纸。干活的人就上身穿蓑衣，赤脚穿草鞋或蒲鞋。所以，那时候穿着旗袍撑着黑洋伞在松江雨巷中走是不可能的事，这是今人对过去诗意化的创作。日常生活中是不穿旗袍的，穿旗袍都是有黄包车迎送的。这里与上海在观念上、习俗上差得远着呢。

松江城除中山路、阔街、长桥街、里馆驿外，一般路都很窄，其他巷弄中拉黄包车是不可能跑的。

穿街走巷做小生意的，除了铜匠担、补镶子、补碗、修雨伞外，还有驳灰、通烟囱、挑砻糠、换糖、卖柴爿馄饨、卖稻柴、卖平湖嫩姜的，更不能忘了卖蝤蛑蝥的，这是松江的特色。

过去松江城内家家户户都有客堂、灶间，客堂会客，灶间有灶头、大水缸、各种甏和稻柴、柴爿，灶头都是四眼五眼的，这些就占满了一间。极个别人家烧单眼行灶，住灶床一统单间的都是没有家庭的"独个头人"，所以，男人是不会到别人家卧室去的（松江人叫困间），没有订婚的男青年是不可以赴卧室约会的。

松江顾绣那时候已经在民间有点声誉，但老百姓是看不到的。它一定是既懂画画又会绣花的高手才去女红研习班学习，因为这是"画绣"，一定是有钱人家的闺秀才能去学，所以穷人家的姑娘想学顾绣来改善生活是不现实的。

我是个松江原住民，一讲到松江我的情感就不能平静，我只知道我要阐述，也就没有顾及对方的感受了。

回忆新浜的渡和桥

新浜多水，也多渡口和桥梁。当年，我插队的金星大队被茹塘、南界泾、湾良泾三条大河团团围成岛状，进出往来全靠三个渡口。东西两个渡口黎明开渡，日暮收渡，唯有南面的湾良泾渡口，因老渡工吃住在渡棚，晚上也可渡河，是夜间进出的唯一通道。

某冬日，我从公社开完会回家，到渡口时，天已乌黑。我向对岸大声呼唤，或许因逆风，老人听不见；或许他已睡下，懒得起来，始终没有动静。渡口位于荒滩野地，没遮没盖，北风如刀。我又冷又饿蜷缩在渡口边的石块上一筹莫展。在我的呼叫变得有气无力、几乎绝望的时候，想不到绝处逢生，渡棚里亮起了灯光，人影绰约，是对岸有人要摆渡过来。正是这位渡客救了我，如果没有他，真不知如何熬过这一晚。

过大河靠摆渡，其不便无须多说，其潜在的危险更让人揪心。在我插队期间，船翻人亡的事故时有发生，其场面惨不忍睹。然而，过小河也不省事，当年架的都是跳板桥，即用三块木板搭成的简易木桥。为了便于行船，木桥搭得很高，坡度极陡，但桥面只有两三尺宽。我在乡下时，常有城里的朋友来看我，这些神气活现的城里人，过桥时大多战战兢兢，如履薄冰，如临深渊，窘态可掬，如是女士，必须有人搀扶，方能过得桥来。

过跳板桥有两怕：一是怕刮风下雨天，窄窄的跳板上，雨水、烂泥使桥面变得十分光滑，要是脚头不硬，这"平衡木"走不好，摔下河中，事情可就大了。二是怕挑担过桥，特别是挑稻，前后两捆稻影响视线，一旦遇上大风，不管是什么风向，走在岸上都吃力，更不要说过桥，再要遇到对面正巧也有人挑担上桥，桥上不能迎面过两人，必有一方要退回桥下，实在让人上火。

20世纪70年代起，新浜公社开始建桥撤渡。友谊大桥、林家埭大桥最先建成。1975年，金星大桥建成。当时我已在公社文化站工作，某晚我跟一位公社领导骑了自行车到金星大队处理急事，经过金星大桥时，有桥真好的感慨油然而生，这种感觉只有经历过没桥痛苦的人才会发自肺腑。此后，新浜境内的农桥建设进入高潮。原先设渡的大河上架起了宽敞的公路桥，钢筋水泥桥逐步替代旧时的简易木板桥。如今，新浜早已完成建桥撤渡的历史任务，无论在村落，还是在农田间，都已寻找不到当年跳板桥的踪迹。多少年来危及农民安全、出行不便的问题得到全面解决。新浜不再闭塞，境内公路成网，公交线路实现了村村通。

去年冬天，我重回湾良泾，站在新建的第二代又高又宽的湾良泾大桥上，放眼四周，熟悉的旧貌已换新颜，满眼是整整齐齐的农田、平平坦坦的道路和排列有序的村舍。不远处是金星大桥，她已显得老迈，桥身斑驳，桥下的渡口遗址依稀可辨。在昔日候渡的石块上，我坐了很久。渡船、木板桥、我的插队生涯，无不历历在目，清晰得宛如昨天。对我来说，所有的回忆，不管是甜蜜的，还是苦涩的，都是人生的财富，它们历练我成长，砥砺我奋进。

剥毛豆

妻子从微信上看到毛豆富含纤维素、维生素，属健康食品、保健蔬菜，多食有益，加上家里人都爱吃，不管是烧鱼烧肉，加上点毛豆好像更有味道，故近来买菜总有毛豆。她的指甲薄，一剥毛豆就会开裂，剥毛豆的任务自然落在我的身上。现在差邀小辈做这种小事是很繁难的，弄不好还要被抢白几句："小菜场里剥好的毛豆不要忒多，还要自家剥，能省几个钞票。"好在任务不重，剥斤把毛豆花不了多少时间，而老人的时间也不值钱，一面剥毛豆，一面和妻子白话，可看作是休闲式家务。

小时候家里经济拮据，凡有创收的机会绝对不会放过，为伙食团体或菜场剥豆便是其中之一。能揽到剥毛豆的生活，是靠了我家的两位邻居。一位是县委食堂的饭头师傅，一位是城中菜场的营业员，两人都十分随和友善，和我家的关系处得不错，出于照顾性质，在蚕豆或毛豆上市时节，他俩有时会叫我母亲去食堂、菜场领些豆荚回来，剥好后再送去。有时多，有时少，每次总在一二十斤。母亲会把领回的毛豆平均分成四份，我们姐弟三人各一份，一份留给她自己。为单位剥豆是不好拖拉的，基本上都要当天交货。回家看到一大坨毛豆放在那里，就知道今天的开饭时间必定要调整，不剥好毛豆母亲是不会开饭的。记得有次食堂、菜场都有毛豆要剥，两方面凑在一起，估计共有四五十斤，全家人剥了小半天才完成任务，肚子饿得咕咕叫。

凡坏豆、瘪豆、枝叶、豆壳都不可以扔掉，剥好的毛豆和毛豆壳等要一起交回食堂，过秤后，与领豆荚时的分量基本相同，食堂管理员会当场付现金给我们，每剥一斤毛豆二分钱。当时全家一天的菜金不过两三毛钱，剥毛豆的所得在母亲的眼里很是可贵。那时的人诚实，剥过那么多的豆，从未私下留点自己食用。

下乡插队后，因为种豆省力，不用施肥管理，便每年在自留地上种毛豆。到青毛豆可以食用的时候，收工后顺手拔两三棵毛豆回家，一面烧饭，一面在豆萁上剥豆，饭烧得差不多了，豆也剥好了。从咸菜甏里摸几根咸菜，再弄几只辣椒，炒一碗辣椒咸菜毛豆子，比平时至少多吃二两饭。

一面剥毛豆，一面将过去的琐事说与妻听，无非想表达小孩子应该学做点家务，虽然谈不上历练，但至少有益于今后的生活这类想法。妻不以为然，现在小囡读书紧张，学习成绩好是硬道理，哪有时间做家务。我说，当年我的同学大多和我一样，什么家务都做，还不照样上中学、进大学。妻说，当年有家教补课、有兴趣班、有辅导班哇？人家都在与时俱进，你还在翻老皇历，有意思哇？我响不出。

俞福星

横店"小鲜肉"

浙江东阳境内的横店影视城名气越来越大，到底是什么玩意儿，挡不住诱惑，我跟着老年驴友团去"扫荡"了一回。

一进横店，顿感热气腾腾、人影幢幢，除了旅行团，时不时就会看到三五成群的群众演员走过。而住宿的小旅馆里，天天可以见到进进出出各种化了妆的正要去拍影视剧的年轻的群众演员。

摄影师张黎兵回忆，他在横店拍摄剧照，看到了很多来自全国各地的群众演员："我每天都会拍他们，不管他们的生活多糟糕、穿着打扮如何不入时，但面对镜头时永远是笑嘻嘻的，这样的精神非常打动我，好像什么都难不倒他们。"

许多怀揣明星梦的年轻人从这里开始拼搏，无数个剧组在这里来了又走，走了又来，一张张照片、一段段影像从这里流出，传遍四面八方。

"中国影视行业蓬勃发展"，这句话如果成立的话，横店功不可没，在国内的影视基地中毫无悬念稳坐第一把交椅。

"拿着本子来，带着片子去。"是横店影视城的宗旨。在整个影视作品的生产过程中，所有关于影视的要素在横店都可以找到，如道具、戏服、发电车、运输车辆、烟花、化妆、群众演员等。以前来横店拍戏，一个剧组要来二三百人，如今只需要导演带几个主演过来就可以了，其他在横店都能找得到。横店影视城影视道具库，有一百多万件道具，不是一百多个。此外，甚至连影片的审查环节都可以在横店实现，国家新闻出版广电总局把审片的权限委托给了浙江省广电局，由浙江省广电局组建成立影视审查机构，就在横店就地审片。

横店影视城被更多的人知道，除了拍戏外，旅游业也是原因之一。从提供影视拍摄基地起步向影视文化娱乐等全方位拓展。横店影视城现有三个组成部分：影视旅游公司、影视制作公司和遍布全国的一百余家横店院线，已形成一个完整的产业链。

横店影视城只用了20年，就拔地而起，成了一个规模可观的新型城镇，没有任何旧建筑，条条街巷都是簇新而时尚的。人口也已达数十万，据说不久将被列入县级市行列。我突然想，在新兴城市中，横店是否就是一位最年轻、最出挑的"小鲜肉"呢？

所谓"小鲜肉"，说白了就是美男子、帅哥，指那些年轻潇洒、颜值极高的小男生。网络将其定为"年龄在18—30岁之间的性格纯良，感情经历单纯，没有太多情感经验，并且长相俊俏、身材健硕的男人"。比如胡歌，就是影视界"小鲜肉"的代表。

然而，近来"小鲜肉"出现负面效应，被人诟病，美誉度受损。编剧宋方金卧底横店后发声："98%的小鲜肉不敬业，这话我负责。"《闯关东》编剧高满堂说："电视剧成本1亿，小鲜肉片酬8000万。"吃瓜群众的认知底线一次次被刷新。

然而在横店，除了网红"小鲜肉"，还有踏实乐观的群众演员。在我眼里，他们才是真正的"小鲜肉"，觉得更加可爱。而那些所谓的网红名角"小鲜肉"，实在已经不是"小鲜肉"，而是比虎皮龙肉还要贵无数倍的不知什么肉了。一想到"唯利是图""欲壑难填"这些词，对照那些网红"小鲜肉"，就会觉得面目可憎。

横店影视城是亚洲最大的影视拍摄基地，被誉为"东方好莱坞"，以其厚重的文化底蕴和独特的历史场景而被评为首批国家 4A 级旅游景区，现已为国家 5A 级旅游景区。影视城共有七大景区，分别是秦王宫景区、清明上河图景区、梦幻谷、大智禅寺景区、广州街香港街景区以及明清宫苑、屏岩洞府景区。

创始人徐文荣原是村会计，改革开放以后，工厂办得如鱼得水，继而尝试旅游业，建起了"五个村"：神话荟萃的文化村，体育馆、电影院俱全的娱乐村，建有全国最大室内大佛的天堂村，以及民俗村和度假村。1995 年，徐文荣等来了更大的机会。怀揣着《鸦片战争》构思的谢晋，在四川、上海、杭州等地造景无门后，鬼使神差地跑到了徐文荣的家门口。横店终于迎来了徐文荣企盼已久的热闹景象，导演、演员、游客纷至沓来。而徐文荣的造城运动，也从最初的无意识渐渐走上了清晰化的发展道路。在周围的亲友、乡民看来，没念过几年书的徐文荣，怎么也没法跟"文化"两个字搭上边，然而他以高度的政治责任感和强烈的事业心，独创性地走出了一条具有横店特色的发展之路。他所创造的社团经济，被经济理论界概括为：横店式共有制、市场型公有制，称之为"中国农民实现小康之路"。

徐文荣的工作业绩和无私奉献精神得到了社会的肯定，他是第八届全国人大代表，并先后被评为全国劳动模范、全国优秀乡镇企业家、省优秀共产党员。横店集团拥有下属子公司六十多家、上市公司三家。此外，还有半紧密型和松散型相关企业一千多家，是中国特大型民营企业。创始人徐文荣，持有横店集团 10% 的股份。

这样的人物可谓"高大上"，值得点赞，从某种角度看，这恐怕才是真正的"小鲜肉"。

新马游

"新马泰"，早就成了东南亚旅游的一句熟语。在下我泰国去过三次，新加坡、马来西亚则是刚刚去，迟了一点。游后归来，想想也没啥可回顾的，介绍新马风景的文章多了去了。再说如今的国人，但凡到过香港、上海、深圳的，眼界都已高了，面对那些以高楼大厦为标志的繁华海外世界，也几乎再难有什么能引发激情的时刻了。所以，愚以为，谈旅游观感，从小处着眼，抓细节分析，或许倒还有点意思，对认识这个多元世界会有些帮助。

"女士们，先生们，欢迎你们来新加坡旅游！新加坡实在太小太小了……"

在华人占人口近80%的新加坡，导游当然是操比较纯正汉语的华裔。女导游一迭声地声明新加坡的小（我查了查，真的小，面积仅比松江略大一点），但她又不无自豪地说新加坡是个法制严明的国家。一下子勾起了我的回忆，在给学生讲课时曾举过两个例子，美国和澳大利亚游客在新加坡违法被判鞭刑，惊动美国总统和澳大利亚总理出面与新加坡交涉要求取消鞭刑，但不被采纳仍坚决执行。新加坡还由此在全世界爆得大名。据说1965年新加坡脱离马来西亚独立建国后大力推行法制建设，并以鞭刑开道：狱警在法医的监督下用藤条鞭蘸上锰水惩罚罪犯，一鞭子下去便皮开肉绽，半年好不了，更别说几鞭子了。黑社会老大们在鞭刑的震慑下纷纷金盆洗手，不敢再涉险犯罪。

"鞭刑！"我下意识地脱口而出。导游连忙接过我的话来说："是是，我们新加坡处罚很严，所以社会秩序很好，犯罪率很低，也没有人随地吐痰、扔垃圾。特别是不会将口香糖随意吐地上，否则要被当作犯罪。"她的用意当然是在提醒我们必须注意文明出行。在乘大巴从马来西亚前往新加坡的一路上，导游除了介绍将要游览的主要景点外，反复强调的还是新加坡的社会秩序如何规范。"新加坡没有炒房的，房价十分稳定。"为什么呢？她解释说，因为政府规定每个家庭只能购买一套房屋，而且一旦买下就不能私自出售。如果有人要购买第二套住房，必须缴纳高出房价若干倍的税金。假如有买了不住的空置房，那政府就要收回，所以无法炒作。在如此严厉的制度下也就没人想多占房子了。

然而，在领略了新加坡的种种美好之余，也有驴友说，在街头曾几次看到垃圾桶边有乱丢的烟蒂与纸屑。最让我不解的是，明明是禁止买卖的鳄鱼肉，却一方面鼓励游客多买，另一方面又指点游客怎么藏之箱底，以躲避海关的查扣与处罚。结果还是有不少人中招。

最近又看到报道，共享单车在发达国家也遭遇城市居民违章停放、蓄意破坏甚至占为己有等难以经受素质考验的困惑，其中包括新加坡在内。这是否叫作"盛名之下，其实难副"？

狮身鱼尾像，是新加坡旅游的标志，其喷水英姿十分迷人。可惜正在维修，被绿网罩着，裹得严严实实，未能见真容。大开眼界的倒是在马来西亚，最后一晚住在一个乘了超长索道才到达的山顶宾馆，上有号称全球海拔最高的赌场，且规模也堪称世界第一，我看至少不比澳门小。当然还有商场和娱乐场所等配套设施，电梯上上下下有好多层。宾馆接待游客的房间就有 7000 个，可同时入住 1.4 万人。

马来西亚不比新加坡，不是发达国家，但我觉得并非什么都落后，在某些方面甚至令人惊喜与钦佩。一路上，总要如厕吧，我发现居然每个公厕都备有厕纸和洗手液供游客随意使用，且多数是没有厕所管理员的。我印象中在国内并不多见，更难以启齿的是，曾在"三分钟新闻早餐"手机版上看到"成都一公园 7 天消耗 1500 卷厕纸，洗手液被卸走"的奇闻，叫人无语。

给我留下很深印象的，还是某一天傍晚，乘旅游大巴赶路，在某处暂停，供游客下车透气或去解手。从车窗望出去，见是一处不大的中途停车场，周围亮着不少灯，有两三间售卖水果的店铺，此外就是一片荒野了。

我刚跨出车门，突然，觉得耳朵像被什么声音猛烈地冲击着，几乎要被震聋了。咦，是什么声音这么巨大？侧起耳朵辨别，发现都来自树上，来自周围那一大片高大的树木，不可想象到底有多少鸟类栖居在这些树上，能聚合成震耳欲聋的声音。我思忖，有这么多鸟类生活得欢天喜地的地方，生态该是怎样的一种良性、美好。

自然，我也想，或许马来西亚经济还不够发达，工厂之类污染环境的因素不多，所以生态未遭破坏。但是，经济发展了，就必定要付出牺牲生态的沉重代价吗？这个所谓的魔咒真的难以打破吗？

冯 韬
∵∵∵∨

我当"马大嫂"

"马大嫂"即买汰烧也，是上海、松江土话中对买菜、煮饭、烧菜一类家务活的形象说法。自老妻第三次手术住院后，我重操旧业，承担起"马大嫂"的重担，一晃两年多了。

说重操旧业，是因为结婚后的很长一段时间，我就是家里的"马大嫂"，后来因为工作越来越忙，妻就接盘过去了。这次重操旧业，说穿了也是无奈之举，我虽然退休了，但还在一家学校上课，教的是中复班，日常的教学工作也挺忙。可是老伴病倒，儿子媳妇上班，孙女上学，请一个全职保姆，似乎也没有这个必要（当然，经济实力也是一个原因），我不接收"马大嫂"这一重担，又怎么办？好在我们学校不用坐班，只要处理好日常教学事务，有些事可以带回家处理，于是忙完了学校的事，我就悄悄地溜回家，从事"马大嫂"工作。

每天早上四点半，我就要起床，烧水煮粥，等家人起来，水也开了，粥也好了。我就到秀野桥菜场买菜，那里菜的品种虽然不是很多，但有很多农户在卖自己种的蔬菜，绿色无公害。我买菜的时候，很少问价，更不还价。一是因为同一个菜场上，同样的菜价钱差不多，货比三家在这里起不到什么作用；二是那些颤巍巍挑着菜篮出来卖菜的老头老太也不容易，何必为一毛两毛争个脸红耳赤？有时我甚至会帮摊主算算账，不让他们吃亏。一次我买了几个紫薯，摊主是个小老太，左手还有点残疾，她说两块五一斤，我称了一点。她说四斤差一点，放个小的算四斤。我递给她一张十元的钞票，她边接我的十元钞票，边在算："两块五一斤，四斤四块。"

我说："两块五一斤，四斤怎么四块啊？"

她说："噢，四斤，八块。"

我笑了，说："你这样做生意，要折本的，两块五一斤，四斤应该十块，我这十块钱正好。"我往回走的时候，听她在背后对别人说，这真是个好人……

我添购的调味品尽量选用天然食物调制而成的，少用甚至不用可能对身体造成伤害的调味品（如味精、糖精等）。用油尽可能多使用被誉为"液体黄金"的橄榄油，确保油在高温下不被氧化；用其他植物油，我也尽可能考虑多样化，家里备有两种以上的植物油，每天有两道以上的菜，我就用不同的植物油烧菜，尽可能达到营养均衡。

按照现在的生活理念，我买的食材荤素搭配，素多荤少。烹饪的时候，也接受新观念，更注意一些基本的烹饪技术，在炒、炸、煎、蒸等方式中，我比较看重蒸。按照中国传统的膳食观念，炒就是吵，各种食材放在一起炒，吵闹杂乱，杂味旁生，辨不出各种食材的本来滋味；炸就是诈，炸制食品，外表的焦脆掩盖了内在的绵软，只有表层的焦香，里外不一，对味觉有一种欺诈的意味；煎就是奸，煎的食品缺乏本质性的表达，在煎的过程中，食材失去了本味而增加了别的滋味；只有蒸才能保存食材真正的滋味，营养成分流失少，致癌物质产生少，食材的营养得以保证，其他有碍人体健康的油脂和焦变物质则不存在，而且蒸菜的油脂要比炒菜的油脂少一大半，确实有益于健康。因此，清蒸应该是最健康的烹饪方式，它能锁住营养不流失。当然，由于不同人的口味不同，不能全盘否定炒、炸、煎等烹饪方式，但蒸必须排在第一位。

当了"马大嫂",我的一些生活习惯也悄然有了些变化：看电视，有时也看看《人气美食》之类的节目，顺便学一两道菜。现在，我有几道拿手菜，就是从电视节目里学到的。和好友小聚，以前只是胡吃海塞漫天胡侃，现在要细心琢磨每道菜，心里想的是怎样学几道回家做给家人尝尝……

"马大嫂"的任务，事实上并不轻松，但是我很喜欢这样的生活。在家的时候，备课、写作一段时间，我就拣拣菜、烧烧水，然后再写点东西、备备课，真正做到脑力劳动和体力劳动交替进行，颇有点自得其乐的感觉。老妻基本康复后，要把"马大嫂"的担子接过去，我也没答应……

当"马大嫂"，我不求什么回报，主要是让家人吃得满意、吃得健康，尤其是看到老妻身体的康复、脸上的光泽，我就心满意足了。每天晚上，家人先后回来，有说有笑、津津有味地吃着我烹调的各种菜肴，看他们吃得心满意足的样子，很有成就感，我当"马大嫂"的劳累也不翼而飞了……

我的奇葩学生

当过老师的都知道，能让老师记住的学生通常只有两种：一种是成绩极好、品行极佳的，一种是成绩极差、品行不佳，拖班级后腿的。而让老师"咬牙切齿"的主要是那种智商不错，明明可以为班级争光、为自己争气，却又极其不肯努力，似乎杀了他都不肯往前一步的学生，自己前程不要，也影响班级声誉，成天惹出点什么事。只要一想到这种学生，不少老师就感到头皮发麻，太阳穴突突突地跳，有时候甚至逼得要爆粗口。这样的学生，用现在的时髦词语来形容，可以称之为奇葩学生。

在我四十多年的教学生涯中，称之为奇葩学生的多少总有一些，印象深的有小 D、小 A 等。

我与小 D 的相识很偶然。当时有个学生在我这里补课，效果比较明显，那学生的父母和小 D 的父母不知是亲戚还是朋友关系，就介绍小 D 到我这里补习语文。我通常不收学生补课，因为与当时的有关政策相悖，只是有时推不开朋友、同事甚至领导的相托，不得不悄悄收下一二。小 D 来时，我早已经办理了退休手续，也就没有那么多顾忌了。

几节课下来，我发现小 D 很聪明，对考点的悟性很强，很多东西一点就透，文笔也不错。没多久，他的作文《酒席上的水果拼盘》获得第

23 届全国中小学生暑假征文书画大赛一等奖，另一篇《跨过那道坎》获得 2013 年全国中学生新课标作文大赛一等奖，说真的，对这样的学生，我还是比较赏识的。

可渐渐地我就发现有点不对劲了。上课时，他精神恍惚，与旁人叽叽喳喳，笔记记得不那么认真了，而且常常自以为是地打断我的讲解。接下来的几次考试，成绩忽上忽下，波动很大。他的班主任是我以前的同事，从她那里了解到，小 D 平时好表现自己，有时他会不顾上课内容，与老师你一言我一语地争论个不休，以致课都不得不停下来。我当时以为，这是年少气盛、好胜心强的表现，随着年龄的增长、学业的加重，他会有所收敛。

但事情的发展并不如我所愿。初三第一学期开学后没多久，常在该他来上课的前几分钟接到他母亲的短信，说他身体欠安，请假一次。我信以为真，随手回个短信："祝他早日康复。"后来才知道，小 D 此时已深陷网络游戏而不能自拔，双休日自然是他玩游戏的最好时段，不肯来上课了，他母亲就找个借口为他请假。初三第一学期期中考试到中考，仅我这里的补课，就缺了 13 次，占总数近三分之一，补课的效果可想而知。初三第二学期，学习更紧张了，但听到有关小 D 的消息却更是令人不安。大概是 5 月份吧，他借口体育课上脚部受伤，在家休息。结果白天他睡觉，晚上精神抖擞地上网打游戏。后来就干脆自己在家复习，不去学校了，天天过着这种昼夜颠倒的生活。6 月初，有人告诉我说，小 D 不参加中考了。我大吃一惊，从教几十年，教过三十余届初三学生，这种情况倒真是第一次碰到。开始我以为是讹传，但后来证实是真的。

我立即与他母亲进行了短信联系（先后大约百次），得知他依然昼夜颠倒，不参加中考是报复家长干涉他玩网络游戏。在他母亲的要求下，我去家访过一次。对这种编外学生的家访，这是破天荒的一次。中考前（当年中考是 6 月 13 日），我到他家。他还在呼呼大睡，他母亲好不容易唤醒了他，我同还睡眼蒙眬的他聊了很久，最后他终于答应参加中考（因为所有的报名手续都已办妥，只需考试那天到考场就行）。我松了一口气，自以为做了一件天大的好事，又鼓励、安慰了他几句就离开了。

中考这一天，学生进考场后，不知为什么，我心里依然是空落落的，就发短信给他母亲，得知他还是没有去参加中考。我傻眼了，天下真有这样因为网络游戏而不顾自己前途的学生？我这才意识到，对这种奇葩学生，我了解得真是太少太浅了。

中考后，我与他母亲多次联系，为他的前途忧虑。上海地区，一个青年人连高中都没有读，将来如何生存？但谁都想不出什么好办法。

9月初，新学年刚开学一周，小D出现在我任教的中复班里。我很意外，也很欣慰，因为不管怎么样，经过一年的复读，小D应该会有一条出路，但愿他能逐渐摆脱网瘾，施展出他的聪明才智。

遗憾的是，小D正常上学没几天，就故态复萌。下课与几个同学滔滔不绝，上课心不在焉，哈欠连天，作业爱做不做。据了解，他自以为聪明，与他父母约定：每天晚上7点到9点是他做作业的时间，早一分钟不做，晚一分钟不行。在目前应试教育盛行的形势下，一个复读的"初四"学生，每天几门课的作业，怎么可能在两个小时内完成？但是，他说的话就是"一言九鼎"，谁也无法改变，一旦父母早一分钟催他做作业，或希望他多做一会作业，他要么置之不理，要么暴跳如雷，扬言不去上学了。有一次他母亲催他做作业无效，说了一句气话"以后随便你干什么我都不管了"，他就冲到住在一起的外婆面前说："你女儿××（直呼他母亲的名字）惹我生气了，我明天不去读书了。"第二天他真的没来上学。复读的第二学期，每个星期他至少有一天不来上学，而一天不上学，他就有两天的作业不做。早上，别的学生已经进入早自修，他匆匆忙忙地赶做前一天的作业，更多的是明目张胆地抄袭。

我自以为与小D有两年多的师生情分，做事又比较顶真，对他的关注就多了一些，对他提醒、批评也多了一些，结果引起他极大的反感，由于他不愿意与我坦诚交流，我根本不知道他内心到底想的是什么。出于一名教师的良知，尽管身边有很多人劝我不要去管他，不必去理他，但我还是忍不住想劝劝他、提醒他，可每次都以无效告终。相反，他一次次把怨气撒到我身上。一天早自修，我发现他正在赶做前一天的作业，便问他："这是昨天的作业吧?"

他理直气壮地拖长声音，回了一个"嗯"字。

我又问："那昨天为什么不做?"

他竟回答："这需要理由吗?"

噎得我半天说不出话来。他让他母亲写给我一张字条，说他能管好自己，让我别去管他。如果真能管好他自己倒也罢了，可是他能管好自己吗? 有时，可以明显地感到，他在一次次地挑战我的道德底线和师德底线，在倒逼我，故意引我批评他，甚至责备他，然后他就以此为由，可以不来上学。到后来，只要发现某一天他没来上学，我就要神经过敏地反思，昨天对他有没有说过过重的话。

二模考试，小 D 语文考了 132 分，全班第二名，全年级 230 名学生中名列第三，这应该是一个很不错的成绩。说心里话，我是真心希望他再接再厉，考得更好一点，至少应该保持这样的成绩。可接下来，他每周缺课一天以上，不做作业的次数也越来越多。到 5 月考，他的语文成绩一下子跌到 107 分，是全班倒数第二，全年级第 219 名。知道这个分数后，他立刻给他母亲发短信，说语文考得不好，没兴趣了，下午的课不上了。果然，下午我去上语文课的时候，他早已逃之夭夭了。以后，他语文作业一律不做。有一天催得紧了，他竟说，明天我叫我妈写一张表意更明确的字条。他的意思很明白，我不能对他目前的这种状况表示任何异议，于是他又是几天没来上学。

我非常愕然，网络游戏的危害我也听说过一些，但是这样活生生地出现在我眼前的例子，我还真是第一次遇到。由于长期沉溺于网络游戏，小D与初到我这儿补课时已大不一样：情绪低落、态度消极、精神萎靡，上课的时候，要么趴在桌子上睡觉，要么东张西望，就是不肯好好听课。

我一直在思考，到底是什么原因使小D走到今天这样的地步：是网络游戏的毒害，使他深陷其中不能自拔，自甘堕落？是个人意志不坚定，使他放弃学习，自毁前途？是家庭教育的缺失，使他感受不到温暖，自毁青春？还是学校、老师的教育不到位，使他听不进去任何批评，以致迷失了方向？好像都有一点，但好像又不全是，或许是几个方面负面影响的合力，才使他成为今天这个模样吧？

2015年，我遇到了更为奇葩的学生小A。

第一学期，小A表现很正常，成绩中等偏上，应该说，通过复读，还是很有前途的。但到了第二学期，她身上的反常现象越来越多。一是天天迟到，很多时候，我已在上课，她姗姗来迟，进门时如入无人之境，一推门就直冲进来，连小学生都明白的迟到要喊"报告"都没有。二是开始不交作业（其实就是没有做作业）。做老师的都知道，这种情况，只要老师批评几次，学生多少还是会有些改变的，我找她谈过几次，每次她只是愣愣地盯着我，毫无反应，当然事后也毫无变化，语文成绩直线下降。3月考，她语文考了126分（班级均分116.8）。一个月后的二模考，她的语文成绩降到112分（班级均分112.06分），名次跌倒全年级177名（全年级197人）。

二模考后的一天，我在课前检查学生的作业，发现她又是一字未写。想到她长期不做作业，后果越来越严重，为了不影响其他学生上课，我把她拉到她班主任那儿（我们学校有专职的班主任），请班主任协助做思想工作，我继续上课。不料这下捅了马蜂窝。第二天她上课没来，班主任与她家长联系，答复说她身体不舒服，我也没放在心上。第三天是周五，我还没上班，学校就打来电话，说小A的家长来了，家长的意思是我那天对小 A 的批评，使她受到了伤害，因此，要来讨个说法，如果解决不了，家长要上告。学校让我早点到学校。我赶到学校，把情况说了一遍。我说，学生有错误，老师就不能批评了？这件事我一点错的地方都没有，纯粹是那个家长无理取闹，学校领导也认为如此，但他们已经接触过这个家长，发现这是一个胡搅蛮缠的角色，一时无法给这种人讲清道理，劝我能不能设法大事化小、小事化了？我理解学校的难处，我也知道，忍，会化解各种矛盾。于是，我先后两次，当着这位家长和这位学生的面说，为了学校，为了工作，为了学生的成长，我愿意向小 A 和家长道歉，并向他们连鞠三躬，然后向他们表示：仍然会一如既往地关心小 A 的学习，小 A 在语文学习上遇到什么困难，只要向我提出来，保证给予圆满的解答，同时也希望小 A 认真学习，按质按量完成作业。一场矛盾被化解了，那位家长临走时还抛下一句话："其实，有关材料我已经带在包里了。"言外之意，他确实是准备上告的，威胁的语气很是强烈。这到底是个什么样的人？说来也巧，几天后，我教过的一届学生搞聚会，把我也拉去了，在几十个都已人到中年的学生中，我竟然看见了小 A 的父亲——原来他是我当年教过的学生！一阵悲凉感涌上心头：假如那天我坚持说我没做错，他会不会对向我痛下杀手？而此刻，他学生时代的一幕幕也闪电般地浮现在了我眼前：我教过他三年，他姐姐也是我当年的学生，成绩极好。他和姐姐相比，就差远了，印象最深的是，他也经常迟到，进门也从不喊"报告"，而且平时极其沉默寡言，让他回答问题，他从不开口。毕业前夕，我曾对他说："我教了你三年，没听你说过一句完整的话。"这也算得上是一个奇葩学生（只是那时似乎还没有"奇葩"这个词）。

可是，情况还在继续恶化，小 A 依然迟到，依然不做作业，有时课堂上让学生做作业，她会呆坐十分二十分钟后才动手，怎么说也没用。5 月考，班级语文均分 122.98，她才考 94 分，这还是给她作文硬加 10 分才达到的。因为她的作文才写了九行半，180 字左右，按阅卷细则，只能得

10 分，但如果给 10 分，一来她就要不及格，二来担心她父亲再来胡搅蛮缠。可就这样，她还是全年级最后一名，中考也是全年级最后一名。

小 A 和她父亲的表现，让我想起了曹植的一句诗："千里不唾井，况乃昔所奉。"这句诗是说对从前对自己有恩的人，就像饮过水的井一样，不能因为要远行到千里之外，就对那口井鄙夷地吐口水。对默默无闻的水井，只要饮过一瓢一勺，就要有一份感恩的情意，不能随便吐口水，那么，该怎么对待曾经或正在教他文化、教他做人的老师呢？

说实在的，对那些奇葩学生，我平时的关注、关心比一般学生更多，虽然那些学生，有时真把我气得咬牙切齿、把我急得团团转，但是我从来没有放弃过他们，因为我坚信，他们会慢慢变好，正所谓"学生虐我千百遍，我待学生如初恋"。庆幸的是，大部分的奇葩学生走向社会后，都和我保持着一定的联系，而谈到当时他们的言行，都羞赧地表示当时年幼无知，少不更事。小 D 升入高中一年后，他母亲发来短信，说小 D 要她转达他对我的谢意，感谢我多年的教育，感谢我在语文方面的指导，这些年我在语文方面的指导使他的语文成绩在高中班级里一直名列前茅，说他经历的事多了，有了新的感悟。后来又听说，他在一篇文章中专门提到了我对他的指导，我一时真有点百感交集……小 A 会怎么样呢？现在还不知道，但愿小 A 经过生活的磨炼，会有所改变……

我期待着，期待着……

想起当年读书时

有书读的日子，是特别幸福的日子。

大概小学二三年级的时候，我迷上了读书。记得最早读的一部长篇小说是《铁道游击队》，好像还是竖排版。书中有不少生字，开始还翻翻字典，后来嫌麻烦，遇上不认识的字，一跳而过，疙疙瘩瘩地把这部书读完了。从此一发而不可收，书越读越多，只是由于家境贫寒，没有多少书，于是就常常到同学家去串门。到了同学家里，聊得最多的话题就是读书，提的最多的要求就是借书。每次借书，都是苦苦地哀求人家，一遍遍地保证，不会弄丢的，不会弄脏的，一定按时还……记得一个小学同学家里有一套六卷本的《十万个为什么》，眼馋得我不知说什么好，问他借，他就是不肯，两个人还为此差点闹掰。有的时候，同学家里大人不在，孩子不敢自己做主，我就死皮赖脸地求，同学抹不开面子，只好答应让我看一个晚上。我抱着书，飞奔回家，等做完作业，就在油灯下抓紧看。为了能及时看完归还，读书的速度越来越快，有时难免有囫囵吞枣之弊，眼睛也就是从那时开始渐渐变近视的。

1968年秋，我被命运抛到了乡村。超强度的劳动、枯燥乏味的生活，使我更想从书中寻找精神寄托。乡村里，又经过"文化大革命"的洗涤，能借到的书更少，但手头只要有书，我就会忘记一天的劳累，扎在灯下连夜看。很快，很多人都知道我喜欢读书，便有人告诉我，谁谁谁那里有书，可以借来看，因此，乡村几年，我看的书依然不少。

1971 年，到上海师范学院参加师资培训，是我正式买书藏书的开始。师院有个小书店，在食堂旁边，每天饭后，我都要拐到那里，看是否有心爱的书。范文澜的《中国通史》、郭沫若的《中国古代社会研究》、浩然的《艳阳天》，乃至马克思、恩格斯的《共产党宣言》，列宁的《国家与革命》等，都是在那个时候抱回宿舍的。师院培训期间我感到最满意的，就是图书馆一次可以借八本书。那时，我早上 5 点钟起来，晚上 11 点睡觉，挤时间多读书、多学习，这个习惯，一直保持到现在。

工作后，每月工资才 33 元，父母规定每月上交 10 元至 15 元准备成家，我把每月伙食费和回家的车费控制在 8 元至 10 元，剩下的就全进了书店。日积月累，逐步有了自己的藏书。我自己的第一件家具就是一个书橱，是父亲托人做的，运回来的时候，还是白坯，上下一共有五层，我自己弄了点漆，给它装饰了一下，专门放自己的书。经过几十年的增补、淘汰，我目前的藏书主要有三大类：第一类是常翻常用的，包括各类教学用书及《辞海》《辞源》《现代汉语词典》等大中型工具书；第二类是随便翻翻的，包括各种文学作品和各类期刊（如《读者》《阅读与写作》《思维与智慧》等）；第三类是备而不用的，包括各类资料性的典籍和哲学、历史类著作，备课、写作查阅资料时，它们就起大作用了。

我没有别的爱好，每天工作之余，最爱做的事就是读书、写作。我的读书习惯与别人不同，常常是几本书同时读。有大段的时间，就读教育理论书籍和语言文字专著；枕上、厕上的零碎时间，就翻阅文学作品和有关期刊。这本书读累了，就换另一本。文学作品读得快些，理论专著读得慢些。这样，既让大脑得到调节，又保证了每天的读书量。这个读书习惯到今天也没有改变。

书读得多了，便有了提笔爬格子的想法。20世纪80年代末，我结合自己的工作实践，开始撰写教学论文。经过一次次历练，先后在各种教育报刊上发表了数百篇教学论文，并多次获得省市级、国家级的论文奖。在有关资深老师的关心帮助下，我参与编写了《初中语文复习》《中考议论文写作指导》《议论文构思》《新语文写作》《中考语文金钥匙》等教辅类读物。后来经过长期准备，我独立编写的几本语文专著——《走近名牌高中》《中考语文新考点全面解读》《上海中考课外文言文名段精讲精译精练》《上海历年中考作文真题点拨与佳作赏析》先后由上海百家出版社、上海大学出版社、上海交通大学出版社出版。看到凝聚着自己心血的著作出版，我的欣慰无以言表。

蓦然回首，一路走来的读书时光，在阳光丽日里、在暗夜孤灯下，温暖、生动、可爱、亲切。从少不更事的学子，到满身尘土的农夫；从三尺讲台边的教师，到白发苍苍的老叟，读书一直是我的最大爱好。这一辈子的读书往事，想想就笑意盎然，怎不值得终生记忆？

回想这些，我深有感触，买书丰富了我的生活，读书开阔了我的视野，藏书增添了我的财富，写书充实了我的生活……

有书读的日子，真是特别幸福的日子。

游黄果树瀑布

今年 6 月 21 日，我有幸和同伴游览了著名的贵州黄果树瀑布。

进入景点大门，顺着平坦的青石砖漫步向前，映入眼帘的是一大片的各式盆景：有盘根错节、亭亭如盖的，有悬崖倒挂、凌空欲飞的，有枝展叶舒、婀娜多姿的，有鲜果累累、红艳欲滴的……无一不苍劲雄浑、潇洒飘逸。盆景园中矗立着一尊明代地理学家徐霞客的雕像，导游介绍说：明崇祯十一年（1638）四月，徐霞客来到这里，被黄果树瀑布的气势所震撼。他看到瀑布周围一带广泛生长着未见过的树，就问附近的村民，村民回答说"黄葛树"，由于口音不同，他听成"黄果树"。他在《徐霞客游记》里是这样描写黄果树瀑布的："一溪悬捣，万练飞空，溪上石如莲叶下覆，中剜三门，水由叶上漫顶而下，如鲛绡万幅，横罩门外，直下者不可以丈数计，捣珠崩玉，飞沫反涌，如烟雾腾空，势甚雄厉；所谓'珠帘钩不卷，匹练挂遥峰'，俱不足以拟其壮也……"他认为在他所见的瀑布中，"高峻数倍者有之，而从无此阔而大者"。从那时起，黄果树瀑布就逐渐被人们所认识，经过历代名人的游历、传播，成为我国的知名景点。

我们搭乘长达 340 米的自动扶梯（分为两段）而下，扶梯两侧都是关于贵州美景的广告牌，向我们展示着多彩贵州的魅力。走下扶梯，穿行在

散文

117

一条长长的蜿蜒曲折的精制木栈道上，路面平整美观，充满人性化，与路两侧的各势树木交相辉映，凸显出独特的艺术风格。没走几步，瀑布的咆哮声已愈闻清晰，蒙蒙的白色水雾在身边缭绕，我们知道，我们离瀑布不远了，心中充满了期待……

转了几个弯，黄果树瀑布的真容就出现在我们的眼前：巨大的宽而厚的瀑布似银河决口，从九天崩泻而下，冲向下面的犀牛潭，飞瀑跌落处，掀起大波，碎玉四溅，银珠轻扬，如蒙蒙细雨，似点点飞雪，大有"素影空中飘匹练，寒声天上落银河"之壮观。水流拍打着山石，发出轰隆的巨响，震得地颤谷摇，如千人击鼓，万马奔腾，声似雷鸣。激起的浪花，好似万马奔腾，千军冲锋，气势磅礴。阳光的照射使飞泻下来的水珠泛起闪亮的光泽，整个瀑布在亮亮的光辉中，闪烁着星光般的神秘与壮观，虹霓隐现，缥缥缈缈，似实如虚，神奇美妙。漫天的水雾，不，更多的是水珠，将我们笼罩，一会儿，身上已是湿漉漉的了。水雾水珠温柔地打在脸上，这是一种未曾感觉过的舒坦。水是凉的，在初夏的时候落在脸上，能感觉出一种舒坦、一种爱抚，让我们静静地不想动弹也不想离去。站在瀑布对面，仿佛置身于圆形的乐池中，静静地聆听流水奏响铿锵有力、激情飞扬的交响曲。在这人间仙境里，使人心旷神怡，无限陶醉……

我想到，数年前到庐山观赏李白写到的庐山瀑布，看到一挂细流形如一线，从崖顶垂落下来，当时就怀疑，这怎么算"飞流直下三千尺，疑是银河落九天"呢？现在看来，也许是李白一生未见过黄果树瀑布，看到庐山瀑布就有点大惊小怪的。

黄果树瀑布后有一长达134米的山洞，拦腰横穿瀑布而过，由五个大小不一的洞穴组成，被人们称之为水帘洞，是电视剧《西游记》中齐天大圣孙悟空"花果山福地，水帘洞洞天"的仙境。我们很想去观赏一番，从水帘洞内观看大瀑布，肯定是一番更为奇特的感觉，可是却被告知，因为水势太大，暂不开放，这不能不令人感到遗憾。

后来我们看当地报纸的介绍：瀑布高 77.8 米，宽 101 米。瀑布的流量，平时每秒 75 立方米，分成几支，铺展在整个岩壁上。但贵州 6 月 19 日暴雨，瀑布上游白水河的水位暴涨，瀑布流量大增，20 日瀑布的流量达到每秒 690 立方米。我们到的这一天，流量小了不少，但仍然有每秒 560 立方米。我们深感幸运：既避开了暴雨，又观赏到了如此壮观的瀑布……

带着万千的满足、万千的不舍，我们离开了黄果树瀑布。大自然带给我们的美景总是让人震撼，观赏最美的景色，放松自己的心情，迎接更美好的未来，这应该是我们旅游的初衷吧？

吕六一

树

欣赏风景，镌刻在人们心坎上的那道最深的印痕，应该共通，我想是树，是大树。

笔者曾在美国中南部的得克萨斯州生活数月，那里有美国的第四大城市休斯敦。出休斯敦机场，就发现路边的柏树高大参天，枝干笔直，顶部参差横斜着数个枝丫，类似的景象，在北京的天坛和曲阜的孔陵等地也见过。得克萨斯州是一个农业州，有着大片的农田和草场，放眼望去，总有大树在地平线上兀立，成为醒目的剪影。去友人家中聚会，房前屋后的大树，往往成了话题。这些树彰显着活力，凝聚着亲情，见证着历史。是呀，你只要想象：一幢别墅，边上有巨大的橡树庇荫着；树下，一侧停着一辆皮卡、一部轿车；另一侧挂着一只摇椅、一架秋千，你一定会赞许、羡慕。这番景象，可说是人与自然和谐发展的生动写照。这一景观的核心是树，是那些数百年屹立着的大树。

是的，对树的眷恋，其实是人们与生俱来的情结。那一片绿色、那一抹清凉、那一番宁静、那一页历史、那一脉生命，其他的任何事物与之相比，往往都苍白、简陋、短暂。

松江袜子弄两侧的大槐树，默默伫立，不下百年。树根青筋暴突，抓着大地，树干合抱不能、东西歪斜、疤痕累累、铁骨铮铮，但绿茵遮天蔽日，显现勃勃生机。这样的树下，你一定有过凝神，有过浮想，有过敬畏，有过感恩。谷阳路上的香樟苑小区，以大树得名。树下，围栏开阔，培土高高，大树得到尽善尽美的保护。松江石湖荡镇的古松，是松江人的自豪。那树，已有千年历史，乾隆提笔命名"江南第一松"。虽然古松已逝去数十年了，大家仍然不愿意把矗立的枝干搬走，并且修建纪念庭园，想方设法让新栽的松树能再现繁茂。

最近高温，踏上西林路，顿时感到阳光柔媚、清风习习，行道树悬铃木为人们架起一条绿廊。抬头仰望，光线经过枝叶的过滤反射，星星点点，在绿荫中跳跃变幻，让人赏心悦目。其实西林路开辟只二十多年，但树已成景。2012 年西林路被评为松江地区唯一的上海市 20 条林荫道之一。

今年初春，看到思贤路和人民路上，园林工人在为香樟树整枝，不由得心中泛起孔明和周瑜在赤壁之战前同时摊开掌心看到"火"字的感觉：城市的管理者和市民想到一起去了。

因为有树的情结，骑车街上转悠。这样可以说走就走，想停就停，而坐车视野受限，会忽略很多细节。松江的行道树，一多半是樟树。樟树确是一个好树种，江浙一带的风景名胜之地，点睛之笔往往就是大樟树，并且伴随传说、神话。人民路、思贤路和谷阳路上，阳光下远远望去，因为树冠压着，樟树的枝干显得黝黑。近看，急于膨大的是树根，根部覆盖的水泥护板很多已被顶起，护板上的水泥条有的已被顶掉，一时顶不掉的，根部会出现一圈箍痕，由此显示树的力量。再看树皮，皲裂如鱼鳞，裂缝中深深浅浅地透出丝丝绿色，那是附生的苔藓。这些枝干已脱去稚嫩，稳稳地擎着初显硕大的树冠。修剪过的树冠，枝条疏朗，龙腾蛇行，张扬着伸向各自的远端。枝头，万千叶片，迎着阳光，摇曳旋转，荡漾成明黄和翠绿的海洋。清风中，叶片窃窃私语，展现属于他们的清纯美丽的世界。

散文

相比于艳阳暴晒的道路，行道树下，行人的神态变得悠闲，原先的匆匆赶路变成了惬意的漫步。荣乐路上，几处车站因为修路，树被移开，等车的人只为一片清凉，远远退到两侧的树荫下。

我们不知道树在私语着什么，但我们谁都知道树的恩惠。松江的树一定会得到更多的关爱，松江一定会有更多高大、茂盛的树。

再去看看

清晨，小区里又响起久违的婉转悠长的鸟鸣声。料峭之中，春天到了，街上的行道树又将一片翠绿，树荫会更加沉实，又到踏青赏春的时节。松江赏春的地方还真是多：醉白池内白墙青瓦映衬着的芭蕉应该悄悄抽出了凝碧的新叶，方塔公园里石道上的迎春藤想必已显橙黄鲜亮的花瀑，佘山的茂林修竹，辰山植物园的满园春色，还有月上柳梢时华亭湖上清幽荡漾的中外名曲的旋律，夜色中市民广场上日渐增多的轮滑儿童的轻灵身姿，月光下思贤公园里萨克斯爱好一族的忘情陶醉……都是我记着的家乡春色美景。

但是还有三个地方，不去看看，我会感到今年的春天还缺了点什么。

先是溯源黄浦江。也许曾在浦江边插队七年的缘故，我对那里有一种来自肺腑的亲切感：江畔空气温润，视野开阔，一片青葱，置身江边，神清气爽。这一路大河乡野，是现代城市人的奢华享受。浦江的北岸，从米市渡向西，新翻修的防汛公路乌黑锃亮，贴江蜿蜒，只是此行不宜坐车，一是路口有石墩拦着，小车能过，要点技艺；再是坐车而行，就如走马看花，恐怕连花都是看不清楚的。选一融融春日，或偕家小，或约同好，用上一天，骑车欣赏，该是最惬意的事了。和风轻拂，水润、土腥、花香裹

散文

123

挟。放眼远眺，大片的菜花、苜蓿，流金飞红，错杂镶嵌，尽显江南春色的瑰丽。江中大小船只穿梭，沙石船隆隆卸货，大河略有疲惫壅塞之感，这是母亲河尽力托举松江的需要和无奈，看着也令人动情。路边河畔，一柄抄网、一根钓竿、一位摸螺蛳的老汉、一群追蜂戏蝶的小孩、一条游鱼、一簇野花，都会让人欣喜，让人流连，让人遐想。浦江各条支流河口，与水闸配套，都建有闸口花园，得到江水的滋润，各有一番景色，值得驻足。沿江而上，上海市梨树研究所、跨江的高铁长虹和飞驰的列车游龙、浦江源头公园，直至斜塘江上沪杭铁路高高的铁桥、长长的石条砌成的风雨剥蚀的引桥、桥边淞沪战争前修筑的碉楼和晚清留下的拱门，还有大港镇西面的上海东方高尔夫球场……相信会激起你的快意或幽思。再上溯，鱼塘多了，清波粼粼；白鹭多了，起起落落；茭白田多了，片片绿浪翻滚，比稻浪浓郁，比芦荡妩媚，一幅无比巨大灵动养眼的水彩画，怎能不让人怀念。

再是赏花陈家村。辰山植物园南门对面偏东，大石砌就的引道，牌楼高耸，十分醒目。一弯浓荫遮蔽的小河、一道竹篱、一条小公路并进。稍稍前行，不尽的桃树梨树迎面扑来，曾看到千树万树梨花如雪，曾看到雨打梨花哀婉凄美，曾看到人面桃花欢愉欣悦，曾看到春意渐浓落红无数。这里该是松江人踏青赏花最方便和理想的地方。

还有一处，在乐都路和永丰路岔路口的东北侧。冬日一天，骑车转悠，发现一片陈旧厂房中，一圈花墙内处处绿意。探头时，服务生邀我进去，不由得惊叹如此洞天：一亩地方圆，山石、亭台、回廊、曲水、奇树、名花……江南古典园林的要素有如神聚。这里竟是现当代中国著名的古典园林专家、纽约大都会博物馆中国园林明轩的设计者、同济大学教授陈从周先生的作品。先生亲书"天工园"，以此命名，真是天工开物、巧夺天工，自信和得意之情"溢于字表"。春色点染，这里当会更有一番情致。

这三条河

　　据报载，上海有两条治理得满分的河流，都在松江境内。一条叫作大丘泾，就是区政府后面的那条河。那是中央公园的北面边沿，波光粼粼自不必说。河道时而开阔如湖泊，时而小岛阻隔，河岸围着欧式的石栏铁链，河边镶着草坪，错落摆放着石墩，情侣面河依偎，享受着宁静自由，也点缀了风景。草坪边上，大道开阔。缓缓走去，透过桃红柳绿，岛上乡野风景的雕塑、水中游弋的野鸭，甚至如毛球翻滚的小鹧鸪，次第映入眼帘，颇有移步换景、美不胜收之感。大道的另一边，大树林立，草坡开阔，并且完全开放，儿童可以尽情地跑跳翻滚，这在城市是不可多得的享受。通过思贤港转向思贤公园的那一段，波光潋滟的水面烘托一弯绿荷，夺人眼球，潮水河中如此壮美的浓墨重彩，着实不多。就在那弯绿荷边上，有一个很大的西式凉亭，夏日晚上，萨克斯爱好者集聚此地，乐声舒徐有致，水面荡漾，你远远聆听，犹如天籁。大丘泾的东端，支起一大片木质平台，临风眺望，自然是心旷神怡。这一片风景，已成为松江人民的休闲胜地。

　　如果说大丘泾美轮美奂，可归为一个"艳"字，那么另一条得满分的河流则具村野意趣，素面朝天，可归为一个"素"字。从嘉松公路向北过辰花公路上桥，左侧河中小岛上有一石碑，三个大字"百花港"，即此河也。此河两侧没有一幢现代建筑，北面是荷池鱼塘，南面是苗木基地。河边有砖砌小道。一路漫步向西，时而白鹭惊飞，时而灰鹭斜抓渔民插在水中的竹竿又扑向水面，时而水中游鱼扑棱跃起。岁月在这里似乎凝固，不同时间来河边走走，古人诗歌中的"日出江花红胜火"（碧水绿树，凸显红火）、"长河落日圆"（背景素旷，尤见日圆）、"野渡（滩渡）无人舟（渔舟）自横"等景迭现。临近村庄，狗吠鸡鸣，炊烟袅袅，你可向村民买到时鲜的菜蔬和刚捕捞出水的鱼虾。

就在百花港和大丘泾之间，还有一条河，叫作张家浜。沿河砖石小径，浓荫蔽路。路边有亲水平台多处：有半圆形突向水中的，有正前方斜插到水面下的，有两侧斜向水中的，有一如水乡传统滩渡的，一些平台上还修筑了缆船的桩头，该是为数年之后的环城水上游览预备。沿河向东有上海最古老的捕鱼工具"簖"。向西走去，更有一处小岛，犹如一幅淡墨写意画：一座没有栏杆的平桥引人上岛，围岛小道几乎贴着水面，一路走去，氤氲水汽裹挟，竟如水上漫步。岛上绿树疏朗，高处有一小亭，石板小路通往。小岛宁静、清丽，让人欣悦，让人神清气爽。如此幽静之地，就在御上海小区高楼之下，真该为城市的造景者击节叫好。河的南面是上海外国语大学所在地。上海外国语大学的教学楼都是按所属语系国家地区的建筑风格建造的，择一水边石凳坐下，你会发现，其他都已隐去，绿水环绕，绿树烘托，各种异域风格建筑的顶层错落映现。打上一抹斜阳，胜过海市蜃楼，那真是最好的建筑博览了。

日月如梭，忽已退休，浮生得闲，到处走走。神交于松江的时空，实实在在感受到有人在精心打理着，家乡变得越来越美丽了。

杨国光

古城春色

　　我投向穿着绿色制服投递员不经意的一瞥时，折射回来的光波仿佛是一块石子，不偏不倚正好飞向了我，它产生的阵阵涟漪波及我的心房，打开了一个尘封已久的文件夹。我呆呆地对着文件夹里看，这不就是几十年前我的生涯写照吗？我漫步在自家小区弯弯的绿荫小道上，手上拿一本书，书中有景致，景在书本外。追溯到当年俺也是正儿八经的绿衣天使。发呆驻足之间，我转而看到了一个曾经的化身，一个熟悉年轻萌萌哒的背影，树影下的我背着邮包，跃然在田间阡陌，稻浪歌声飘香自我。夕阳西下的小巷弄堂穿梭身着绿衣的我，左转右弯骑着那辆邮政自行车，上上下下，打着滴铃铃，残垣颓墙夹道，我一紧二步，把一张张散发出油墨香的报纸信件，准确无误地投送到亲民的报箱里。在我们那个无网络也没雾霾的年代，我瞅到让巷子发呆的更多是小街碧玉，从哪里来？她的青丝倚着门框，邓丽君曲子悠扬地从斑驳的门缝里不急不慢地挤出来。我的神经连着大河流水，四通八达。我眼梢上一叶轻舟，转眼踏过轻浪拱桥。我的脚底下，青石板上一级下一级，步子一踩上去就散发出来自古人清纯遥远的幽思哎。

　　那年，从松江镇到市区徐家汇办事抑或逛街，我坐上的公交车要磨蹭三个多小时，要命呀，车辆气喘吁吁，上气不接下气，几乎堵得来要窒息，我心里闷得要发慌唉。那一年呀，我循着常年天天滚动过的邮路，这儿没有堵车；踩着两边布满青苔的砖街，青苔上有掉落的细屑石灰，这儿没堵车，时间掌握在我的手里。凹凸不平的石皮街边上几丛青草，打趣地滑过车轮，似乎在说，小兄弟悠着点，安全不是第一，哪还有什么是第一呢？我打着滴铃铃，表示回应知道了。侧目瞅着公用自来水龙头前的阿伯阿奶，笑着打个招呼。转转耳朵和甩甩眸子不时采集到时新的远近美景：一声声纯真的上海姑娘的话，我坐在乡镇大食堂的饭厅长凳上用午餐，扎肉青椒茄子白饭，我身后的她那鸟儿般的话语和串串香味一起氤氲。两边是垂暮的悬山屋顶公寓，商店一家紧挨一家小巷的大街上，我停住邮政自行车，忽儿见街边冒出一位摩登少妇，她一只手提着裙裾，缓缓蹲下，另一只手斯斯文文地捡起丢在地上的东西。邮路写真示真谛：只要你做有心人，处处美景皆属于你。光阴如梭，多年以后，让座驾悄然发呆，我顺着它的目光看过去，在老式的小区公寓之间我邂逅了当年大街上的美少妇，她仿佛是牡丹枯萎，如同咱一样难觅当年的青春背影。岁月蹦跶在无情的记忆里，留在数了又数仍然数不清的脚步里，终将初秋的那份影子揽在了怀中。

我寻根恋旧时去了松江的松汇中路老街歪墙前，越过幢幢新楼，穿过片片旧宅，向南一阵发呆。一如旧日的衣衫，大凡在当年古城刷新视觉几幢老式的洋房，早已魂归西天，想象我们到了光纤 4G、微信短信视频铺天盖地的时代，这些残墙断壁，不被岁月抛弃那才怪啦。我在感叹人生秋色已经见分晓，那么生命的暮色还能远吗？记得有一次，我嗒嗒地奔上一条新邮路，发现在白墙林立的小巷小街中，皇皇地兀着一幢骄人的洋房，我不知怎的，心动，真真切切如同见了一位可人，望、闻、问、切，中医的那一套祖传的诊法，全给我胡乱挪用上了。在异域，洋房俯拾即是，我从不动心，可在古城，隶属自己的生活区域里乍见似曾相识，我对它的亲切感油然而生；绛红墙瓦，屋面起伏，房桄高低参差有致，我想，在千百间一样的黰黑屋面之中兀立的它，显得鹤立鸡群，从古老的空气里，我握住一股独有的温馨。

那一年呀，那一天我是一位不速之客，径直走近了它，手中的几份大报一如我发呆。只见楼梯的扶手上赤豆色的漆水所剩无几，方砖地板，缺角开裂，我不忍心再踩上去，只因楼梯级子磨损得面目全非。奶黄色墙体更是脱尽了本色，我说它们无地自容，不过毕竟是爷爷奶奶的辈分，可以看得出它们也心安理得。我打破砂锅问到底，知它是新中国成立初期营建的，能容六七户人家。我揣摩昔日造楼的主人设计者是为握权者富豪营造，可人世沧桑，几秩嬗变，主人易换。不过我想它既然来到平民区，就应该属于百姓，尽管它通身的洋派，但是沐浴于古城风化里，我思忖它的骨子里已罔洋味可言。

我司职投递员认路认房，一半是上上下下作业的需要，一半是为了鼻子上面的一对眼睛，要让视觉折射出环境的美，欣赏它可以是全屏的，也可是局部的，路过不可错过的审美大餐呀。我说的古城春色，是十里长街上的秀野桥堍旁——袁三房，素负盛名。临街的那幢东欧式建筑，令多少民宅仰望着顶端有古代装饰物似的头盔，它在蓝天白云里亭立俯视群宅；可谓黰黰黑瓦，十里有古塔。我站在南北宽畅无比的露台，有一种浓重的感染团团围着我，从脚心一直到头顶。我从这间房子跳到那间房子，开门式的落地长窗，让我仿佛回到了20世纪30年代的十里洋场。马赛克地砖上的图案花纹，我好像听见留声机传来的小夜曲，它们都无不打上了那个年代无法抹去的烙印。我降到底楼，一排凹凸雄壮高耸的廊柱再次扑入我的眼帘，我插到廊柱的前面，让高大的迎客松与我面对面，虬枝舒缓地伸展，层层叠叠，针叶茂密而葱绿。在它的东侧，有几幢民族特色的、气宇不凡的领军建筑，当时是我们邮电局的通信器材仓库。我是近水楼台先得月，曾经几度站在它的面前呆思，门裙上的花卉，室内盆大的礁石，雕梁画栋，和皖派建筑相媲美。我纵身一跃，进入曲径小花园，树木扶疏，沁我心脾。名贵树种比比皆是，我踩在掉入泥土上的树叶上，摸摸香樟树，拍拍榉树，我对着银杏树说，我该叫爷爷啦？一旁有二乔玉兰，更有那金桂银桂，前后园中即是，一俟秋分时，满街匝地飘香。我的脚下是鹅卵石，平视是假山石，低头是小桥流水，抬头是攒尖顶亭四立。我忖度主人历时十多年，呕心沥血、倾尽所有金银财宝建造的这幢大洋房，审视着它的姿态迥异中透着华贵，华贵又不失典雅。我再回首，再回首她呀，她曾经风流了一条街，风流了将近半个世纪的华亭故里。她的自居，无疑给古城松江一抹厚重的光彩。不知多少年过去了，我直到今天仍然对她神往，她崇尚的建筑艺术风格令我挥之不去。

司职投递员正中下怀，其实即使不在这个也在那个行当里，用心关注，我们转身之间照样能欣赏到这类奇景。这不禁使我联想到，那异域的洋房也何尝不是如此。毛泽东归逝的翌年，我当时在哈尔滨飞行部队维修飞机，如今改名叫飞行学院。这个夏天上海酷热难熬，我和家人索性去东北一趟纳凉，顺便看望多年未曾谋面的老首长、老战友。早春的这年，我有幸捷足先登观瞻毛泽东主席从苏联归来居住的别墅洋房。那天，我是凝神屏气，生怕漏掉了有情趣的细节。待见洋房外饰的红墙蔚为壮观，它通体是俄罗斯的原汁风味。正巧，这个夏日，我们去参观哈尔滨伏尔加庄园，工作人员跟我说，他们是去俄罗斯按照原版复制设计建造的。且说那年我去开开洋荤，排队鱼贯而入，绕了两道弯弯逼仄的红木楼梯，在二楼发觉室内红木甬道极其神秘，有数道门，我无法断定哪一间里有人；内装饰精华绝伦，全部选自地道的红木。我从靓丽的女讲解员那里获得信息，主席叫警卫员带来打补丁的被褥，撤下那套豪华的床上用具。我看着这张古典的黄铜大床上的书籍、文具沉思，主席这般简朴的生活和这幢房内富贵的摆设是如此的格格不入，但是，我又想，为之这般，才能衬出伟人之所以为伟人的光辉点。

人生的职业犹如一处不动产，它一不小心为我打开了一扇别开生面的心灵窗户，让我赏心悦目，尽享与人与物缔结的那份久违的情趣。人总是需要用表情去渲染自己得到情感后的喜悦，这是我被他（她）或者说物征服的一个标志，就仿佛我喝了白酒后脸会把酒盅映红一样的道理。因此，无论是大洋彼岸的洋妞，还是土生土长的葫芦娃，在洋式和民族建筑里头，只要有个性的艺术铸就在里边，就会成就那个时代的奇葩。我瞄她，是视觉美；我读她，可以了解人的历史和建筑的历史，又可毗连松江历史的一部分；我思她，可以得到某些启迪，我也可比较时代前进的步伐有多大，而且还有知识的宝藏，是我毕生也取之不尽的。

榛 子

请多关照

一个年轻网友，久无音信，最近贴出九宫格图，张张是婴儿照片。原来做了母亲。

可爱的婴儿，或躺，或爬，或坐；或昂头，或侧目；瞳孔明亮，眼白纯得发蓝。

这就是赤子，是生命之初。

孩子是多么可爱啊，不管谁的孩子。可是，让人心灵融化的，却是她为格图写下的文字："过去的半年感谢陪伴，未来的一生请多关照。"

"请多关照。"这四个字让我无言，沉默良久。

怀胎十月，甘苦自知。哺乳把尿，殊为不易。深更半夜，无时无刻。这个母亲说的却是："感谢陪伴""请多关照"。

谦卑。在人生旅途中持谦卑。

敬畏。对生命、对创造生命的奇迹，持敬畏。

在谦卑和敬畏的后面，我相信还有坚强。

这婴儿的纯净眼眸，甚至让我读出一点睿智。

我知道这是文字的暗示。如果这个母亲写的是，宝宝你又拉又吐又哭又闹，能不能让妈妈消停点——我会在孩子眼里看到什么呢？

一地鸡毛。

有一个老奶奶，她有三个孙女，在她将老未老的时候，把第二个孙女接到身边抚养，小学到大学。孙女大学毕业后，来到城市谋生。老奶奶真的老了，爱人也已去世，她去往二孙女身边小住。巧的是，二孙女的妹妹也来看望自小无缘亲近的姐姐，祖孙三人由此住在同一屋檐下。二孙女无疑是极欢喜的，两个亲人，一个是抚养过自己的奶奶，一个是早该朝夕相处的妹妹。然而事与愿违，没有几天，老奶奶和老三之间起了纷争，互不相让，最终闹得不可开交。起因无非是吃什么、买什么、说了什么，还有看哪个电视频道。

二孙女左右为难。她来到陌生的城市，一切都还未知。刚刚找到工作，薪酬不多，相当一部分要用来付房租。现在，除去应对生存的种种烦扰，回到家里，还要平息祖孙二人的战火。老奶奶是有潜台词的：你姐姐是我养大的，这里我应该做主。小孙女的潜台词则是：这是我姐姐的家，凭什么我要听你的。这祖孙二人没有想到的是，在这里，她们都是客，而客的第一要义，是让主人心安。

这两个人错在，把自己与主人黏得太紧，太看重自己的权利，而忽略了主人的权利。

而这个年轻母亲，她老了以后，不会犯老奶奶这样的错误。从孩子落地的一刻起，她就把他当作应当敬重的个体。她的谦卑敬畏后面有坚强，这样的人，对自己同样敬畏，当她老了，不会被内心的孤独击败。

在某旅游景点，我看到一对祖孙。老爷子头发雪白，小孙儿两岁左右，他们站在长廊下面。白石铺就的廊道，杯口粗的绿漆廊柱，支撑着深棕色仿古廊檐。老爷子含笑低首，看小孙儿做游戏。这是比较特别的游戏。他的小手抓住一块石头，击打着崭新的廊柱，发出当当的清脆响声。石头虽说不大，但是棱角分明，一眨眼间，绿漆廊柱绽开点点白斑。

一个年轻人走了过来，他对老爷子说，你也不管管孩子，他在破坏。

散文

老爷子不动声色，望向孩子的眼神满是慈爱。我敬佩这个年轻人，他不是管理人员，但他站在老爷子身边再三提醒。小孙儿看看年轻人，又看看爷爷，换一根廊柱继续他的游戏。老爷子跟着孙儿走，年轻人追着老爷子劝。最后老人让步了，他说走吧，咱们上那边敲。

那边还是长廊，绿漆廊柱根根无语。

老爷子的慈祥包容和年轻母亲的谦卑敬畏，是一回事吗？不是。持谦卑、持敬畏的人有是非感，他不会纵容孩子的恶，哪怕是小恶。他会告诉孩子不要做错事，会帮助孩子成长为对的人，去做对的事。

鲁迅先生问过，我们怎样做父亲，引申一下，即我们怎样做长辈，将近一个世纪，仍然无解。

花篮的花儿香

第一次上二道河子水库，是 1970 年初冬。那年秋天收成好，物资供应相对丰富，我在家住了半个月，养得白胖。到了水库工地有人怀疑：哎，你是来干活儿的吗？

我是来干活儿的。二道河子在村民的嘴里如同地狱，活儿累，吃得差，天天扒层皮，一天记双工也没人愿去。每一周期三个月，常有农民中途逃回家来，歇息几日又给队上赶回水库去。下乡头二年，村里看我人小力薄没派我，这回逃不掉了。还好，先头不干土方，抬石头砌坝坡。

没几日，山沟尖厉的风削黑了脸，石头啃破了鞋。石坝边有晾水池，是电厂的热水排出来，降温后循环使用。拉石头的人不小心掉进水里，爬出来冷风一吹衣裤结冰，称作"蘸蜡"，非常形象。晚间在宿舍油灯下，说起今天有谁蘸了蜡，我们会心地笑。

虽是隆冬季节却要抓紧工期，一声令下，人马强攻土方，分为日夜两班。夜晚采土线有灯光排列，恍若夜市。炮响过后，小车冲进去装土，新土在寒夜里冒出白烟来。每车装得冒尖，用锹拍实，鱼贯而出，空车马上跟进。拉土民兵如口中衔枚，鸦雀无声，只闻车轮辘辘复辘辘。一个夜班，弱者二十几车，强者三五十车，热汗裹身，一停即冷。

当时集中全县教师及高中生六千余人，组成教育兵团支援前线。一时人满为患，挤在空场等工。学生们不经冻，点起篝火取暖，丢进草木助燃，又丢残破炸药，不知里面有雷管，一下炸响，听说有男孩儿给炸丢了蛋子。

于是下令严加控制雷管炸药。

每日所吃至今记得，玉米面发糕和高粱米饭为主。疙瘩白（卷心菜）切碎使大青盐杀出汤来，就是下饭的佳肴。开春季节小葱长到一拃，碧绿生嫩，叫个很好听的名字，羊角葱，切了杀上大青盐；水萝卜也是红嫩的，胡乱切了盐水一煮，抢着吃。

第二次上水库，是在 1972 年夏。工期仍紧，劳累依旧。杨哲等三五人下水库洗澡，被领导捉个实在，批评说，再三强调不得下水，为何违令，还要命不要？杨哲回答，几个月不洗，身上酸臭难闻，不得已也。领导说，为什么不到指挥部澡堂去洗？就像皇帝闻灾而问，无粮食何不食肉糜。杨哲等哭笑不得，答道，领导所用，不敢入内。指挥部不但有澡堂子，食堂伙食也好，常有馒头、红烧肉等，个个吃得红光满面。

这次进水库，记得一个人、一件事。

人是地主老杨头，五十余岁，瘦，山羊胡子，瞳孔和善有光泽，甚至有些漂亮，我从未见过这样的地主、这样的瞳孔。老杨是库区移民，因眷恋乡土，拼了老命回来修水库。既是地主便知趣，被人呵斥时略有变色，赶忙低头干活儿，收工后主动烧炕。他说夏季也要燎上把火，去去潮湿。

我们四人挤住一破园子屋，夜里月光透进纸窗，有人要老杨讲陈年旧事。老杨细声，略带京腔，想是库区邻近围场，而围场又是皇帝狩猎之地的缘故。他说起早年这里来过日本人，"那日本娘儿们，确白儿"，就是说日本女人非常之白净。黑夜里我如同看到他的瞳孔和善甚至漂亮。

事儿是伤心事儿。公社推举我担任水库广播员，试播效果不错，久等没有消息，后来才知是被人挤掉了，因为家庭出身不好。

第三次进水库是 1973 年初春。工程扫尾，心情舒畅。河水流经二道河子村，坐在河边，看坡上有块巨石，据说叫个镇浪石。年轻的民工们充满想象地演绎说，若无这块石头镇着，村里的女人就要浪死。到围场县地界去逛街，步行，山路上有部队的大型翻斗车开过，听说是摩洛哥进口的，我们就叫它"摩洛哥"。

一日听说晚饭后有电影放映，收工时心急，下坡翻了车，幸好是空车，没有受伤。夜晚先放纪录片，有上海黄浦江、外滩。我离开上海时太小，见了感到熟悉的陌生、陌生的熟悉，恍恍惚惚并不伤感。前头有几个上海知青，激动得叫了起来，继而小声嘀咕，随后无言，想是想家想得紧了，不知落泪没有。

那天早上离开水库，生产队的马车来接。水库离赤峰 80 公里，把几匹马儿累得不轻。十来个人坐在行李上，一路无话。夜路最为寂静，只听到马的喷鼻、马蹄的踩踏。腿麻了便下得车来，崖边放一泡水，跟了马车快走。人的步子和马的步子交错杂沓，响起又落下。天上的星子很大很亮，夜像华丽的青黑绸缎。拂晓时到得赤峰郊区王家店，看到很小巧的石山，在北方少见，显得特别玲珑，像是到了桂林一带。

天朦胧地亮了，渐渐地亮开来。远远看去，赤峰城郭笼罩在晨烟里。心里盘算着下乡已是第五年了，招工回城还会远吗？

花篮的花儿香，少年眼里没有忧伤。

邢砚斐

新浜甪钓湾散记

　　家里请来照顾老母亲的阿姨，是新浜人，一口浓浓的乡音，尤其"吃"字，松江方言读音是洽（qia），新浜则念作曲（qio），每次见她，我总学着说新浜话："曲了吗？""好曲哇？""曲，曲，多曲点。"感觉特有趣。

　　新浜镇位于松江西南端，距离老城区也就十几公里路，以前由于交通不便，很少去那。对新浜的印象，除了口音的差异，还有个叫作甪钓湾的地名，"甪"这个汉字让人稀奇。有一年单位组织中秋联欢会，我曾编了条谜面："不去下，用头上"，谜底即是此"甪"字。

　　旧志中没有"新浜"词条的记录，因为新浜得名于 1957 年。而甪钓湾则历史悠久，《松江府志》《华亭县志》《娄县志》及《枫泾镇志》均有记载："六店湾，一名甪钓湾，俗以为甪里先生垂钓地。"

　　20 世纪 80 年代初，第一次到甪钓湾，是当伴郎坐着水泥船去接新娘和嫁妆的。从马路桥上船，摇了半天才到。那是个典型的江南水乡集镇，有几爿门面小小的店，依稀记得还有一家茶馆（已忘是否）。青砖仄铺成的路面，街道比我插队那凤凰山镇还要窄，窄得一步就能跨过街去。

　　甪钓湾十字街口，有座石牌坊。第一次匆匆忙忙的，未及端详，此次

138

重见，顶端额枋上雕刻的花纹、两侧立柱上的字迹，已风化得看不清楚。按现有的高度和规制看，牌坊原先应建有三门，遗憾的是牌坊上段被抹了一层厚厚的水泥，无从辨认。

据《重辑枫泾小志·卷二》记载，这座节孝坊，是为诸涛的妻子朱氏旌立的。诸涛是居于甪钓湾的一名尚未取得生员资格的文童，而朱氏则早寡终节。清代《礼部则例》规定"自三十岁以前守至五十岁，或年未五十而身故，其守节已及十年，查系孝义兼全厄穷堪怜者"为节妇，各级官府都要给予表彰。甪钓湾的这座节孝坊建于清乾隆十一年（1746)，距今已有二百七十多年了。

甪钓湾，传说中曾是甪里先生垂钓之地。甪里先生，名周术，字元道，秦末苏州人，著名的"商山四皓"之一。因此《娄县志》认为甪里先生是太湖洞庭西山人，这垂钓一说仅是传会而已。虽然这仅是传说，但甪钓湾的历史可溯源到南宋景定时（1260—1264）僧济兴建的积庆庵，明万历年间（1573—1619）建的三秀庵、关帝庙等，而朱氏节孝坊的建造，可佐证清代时甪钓湾的繁荣。

甪钓湾地处江南水乡，小镇因舟楫往来、水路便利而形成并繁华。随着陆上交通的发展，水路渐渐萎缩，居民逐步迁移，甪钓湾作为集镇的功能已消失了。

我期待着：甪钓湾作为新浜的一个传统文化符号，与荷花、牡丹相结合，形成有特色的旅游景点，让甪钓湾重新焕发出辉煌。

散文

闲话炉灶

民以食为天，烧饭是普通百姓的家常大事。饭要烧，不烧不能吃，而烧饭的灶具取决于燃料，燃料不同，炉灶各异。20 世纪 80 年代以前，松江城里老百姓烧饭，普遍使用的是煤球（饼）炉。

老式的家用煤球炉，日用品杂货店有卖。铁皮的外壳，耐火泥炉芯，中间是一排铁栅条，下面有扇小风门。一般生炉子、买煤球是属于我的事。每天早晨把炉子拎出门，破蒲扇和一把火钳是生煤球炉必不可少的辅助工具。先把煤灰拆清，炉膛铁栅条上用木刨花或是细木棍垫底，上面交叉放些粗硬的木柴，然后划根火柴从小风门里点着旧报纸，将木柴引燃了，再放入煤球。等烟消、煤球红了，才能把炉子拎进屋。

童年时，家住在景德路，供应煤球的店在黑鱼弄底，现在看看两处直线距离，也就是五分钟的路程，可当时中间隔着一条城河（即现在建成的谷阳路）。从家中向南过思巷弄，经大街向西，出城门口到黑鱼弄，再往北走，一根竹扁担，两只小箩筐，每次装上二三十斤，来回晃晃悠悠近一个小时。

随后，家里改烧煤饼。这是一种直径 10 厘米，高 7.5 厘米，重约 1 公斤，中间有 12 个洞，状似蜂窝的煤制品，所以也叫蜂窝煤。烧煤饼的工具，除了蒲扇、火钳，还有煤饼压板，形状与早点摊上用来压葱油饼的铁板一模一样。另有煤饼夹子，圆形细钢丝，两端有柄，套在煤饼中间，用力一夹将煤饼拦腰分作两半，目的是为了节约。

那时，煤球是定量供应的，而木柴则需要自己动脑筋解决。为了找到经久耐燃的柴火，我偷偷把外公留下的红木小花架，劈成柴爿生炉子了，把母亲气得直跺脚。

天天生炉子，既费力又耗柴。于是，晚上睡觉前，将煤屑加水调成糨糊状，覆盖在煤球上，用火钳在中央捅个小小的透气孔，最后把下面小风门插（关）上，关风门时需留条小缝，要保证炉子到第二天早上不熄灭，这叫封炉。煤球封炉过夜有点技术含量，而煤饼炉子则比较简单，在煤饼上压块圆形铁板，第二天早晨炉门开后，把铁板换成新的煤饼，对准洞眼，一会火就接上了。

在农村，是用砖砌的灶头烧饭，烧的是稻柴、麦柴、毛豆、棉花秸秆等。刚下乡时，我不会打草团，望着灶坑前一堆稻柴不知所措，在老乡指导下才知晓，抽一把稻柴，一只手握住根部，用另一只手手指将柴稍分开，弯拧成P形草团，稻柴打成了团，燃烧起来既快又旺。使用灶头，也有学问。我在农村时，队里一位姓赵的老乡，总结出一条经验，冬天用井水、夏天用河水，每烧一锅饭，可节省一个草团。

20世纪70年代时，有过一阵煤油炉（俗称火油炉、洋火炉）热。老式的煤油炉，店里有卖，是搪瓷炉，用宽帆布做灯芯，有两芯或三芯的，一般用作加热，且价格不菲。而经过改良、用铁皮自制的煤油炉，火力较强，饭锅放在炉子上，可以去干别的事情，饭煮开了，将炉芯捻小，让饭烘闷着。火油有零拷，棉绳芯也有卖。因为省力，所以很受知青青睐，曾有男知青特意为同队女生精心制作了一只煤油炉，来表达一颗火热的心，至今传为佳话。

最简易也是最古老的灶具是行灶，烧的是树木、硬柴爿。记忆最深的是在乡下春节前，生产队宰了牛，仓库边田埂上，掘个坑做行灶，垫几块砖，架上队里那口煮猪饲料的大铁镬子，将分剩下的牛头、肋骨等统统装在镬子内，傍晚时点火，到半夜两三点钟开吃，搪瓷杯里放点盐、一把大蒜叶，啃着牛骨上一层薄薄的肉，喝着热气腾腾的汤，那味，美得难忘。

刘　敏

无法忘却的日子

　　不论哪一年，当秋风刮起来的时候、当中秋的月亮悬挂在天上的时候，我的心便会痛楚地向往。因为就在那一年，母亲因病求医，在上海度过了一个南方酷热的夏天。她是 5 月份到的。我家住六楼，到机场接她回来，站在楼下，我问她自己能行吗？她说，几层楼还是没问题，她不让我扶，走到四楼，休息了一下，然后上到了六楼。那时，她的体力还是不错的。

　　在上海期间，除了治疗，我还带母亲去游过南京路，看过外滩。站在外滩看着黄浦江对岸的陆家嘴，母亲说，一辈子能看到这么好的地方，也知足了。在我心底里，一方面希望她能好起来，一方面又担心她来日无多。在那些沉甸甸的日子里，母亲也背后问过我，你说，我这个病能好吗？我说能好的，没问题。确实，第一个疗程过去，症状明显减轻了，我甚至庆幸，上苍可能给了我孝敬母亲的机会，让母亲能在我身边逐渐康复起来。母亲千里迢迢奔我而来，不就是为了这个吗？而后来的几个疗程却不理想，而且病情发展很快。她再也不问她的病情会怎么样了，话也说得少。在医院里，有一次偶然说到回去，她说，等妈回去，可能是骨灰盒了。我闻听心如刀绞，不敢正面面对母亲。母亲又说，只希望我儿子别忘了妈，常来看看就行。母亲声音平和，就像说一件平常事。在母亲病情严重的时候，为进一步求医，在中秋节这一天，离沪去京。

送母亲去火车站的时候，马路上，到处是过节的气氛，而我在返回的地铁里，忍不住泪流满面。我不知道，这是不是与母亲的最后一面，也不知道还能不能再见到母亲。

母亲在京的治疗也不顺利。大约一个多月后，我接到兄的通知，让我尽快赶到北京。等我赶到母亲的面前时，她已不能说话，只是睁着眼睛看着我，直到辞世，什么话也没留下。从那时起，中秋，成了我伤痛的开始。而伤痛的结尾，一直看不到头。我被悲痛笼罩着，几次拿起笔想记下自己的感想，都因为太过沉重，放了下来。我长时间地徘徊在伤痛的外围，不敢走进去。那深入心底的伤痛，稍有触及，就会发出电击般的痛楚。深重的思念，使我常常产生错觉，在横穿马路的时候、在呆坐之时，就能听到母亲在召唤我，那一声召唤如此清晰，让我久久难以忘怀。是哀痛，让我在静默中常回忆与母亲有关的往事。我在她的墓地徘徊，在她住过的房前流连忘返，黯然神伤。

我不知道，哪里还能寻访到母亲的踪迹。

又经过了几个中秋、几个月缺月圆，我在忧郁中等待，在冥冥中期盼，我终于等来了机会，可以探访故乡，探访我母亲生长的地方了。那地方，在东北的松嫩平原上。我没有过多准备，匆匆上路，经过几千里，我终于来到了一个叫文化的小村。我站在村头，看着绿油油的庄稼地，深感世事变迁。我茫然四顾，哪里是你曾经生活过的家呢？老国家的老屋应该是这个位置。拜访村里一位八十多岁的老者，他毫不犹豫地指给我看。当我走进院子，走过那条夹在樟子中的小道的时候，不过二十几步的距离，让我感到正走过遥远的时光，所有记忆都充盈着饱满的泪水。我走过千山万水，就是为了重走一遍母亲走过多次的小路，就是为了看望夏日仍然盛开的满园葵花。七十多年前，也是开着这样的花吗？

我后悔没有在母亲弥留之际，问一下这个事。母亲始终不闭的双眼中，或许留存的最后底片，就是这故乡的老院子，是这黑灰的泥墙、高大的院门。你的姐弟们，也就是我的舅舅和姨们，就是在屋前屋后奔跑嬉闹吗？姥姥在忙什么？我从未见过面的姥爷在干什么？

母亲没有讲过。

岁月如同人的筋骨，只有用得着的时候，才会想起它们。

但我看见了你，我的母亲，你高挑的身影一晃而过，进入夏日的青纱帐。不，你就坐在窗前，在纳鞋底。你那时是 14 岁？还是 15 岁？

你偶尔抬头远望，目光是随意的。前街上卖冰糖葫芦的叫卖声吸引了你，你从贴身的小荷包里，摸出几个铜钱，下炕，从小路上跑过。你还不能知道，有一天，这条小路，会与你作永远的告别。连同你生活过的老屋，都将进入你日后的记忆。因为你越走越远，再也没有回来。

当我站在老屋门口眺望四野，我知道，在我的双眼后面，是你大睁着的一双眼睛，在急切地追寻着过去的那些时光：乡村秧歌、年节鞭炮、风雪爬犁……

你在乡村慢慢成长，而你未来的儿子，注定要代替你重走这一段乡村土路，寻找你惦记了一生的那些影子，追寻那一段支离破碎的日子。

照一张相吧！

我请现在的住户帮忙，他对突然造访的来客不是太欢迎。

"我们原来就住在这里。"

"是你……"

"不。"

"是……"

他的眼神充满疑惑。乡情连同老屋一并进入过去，留下的是陌生的阳光和草地。可你，我的母亲，毕竟是在此出生，在此长大。在你 15 岁的那个冬天，你身穿单衣，脚穿单鞋，走在冰天雪地上的时候，苦难如同漫天大雪，不见消歇。是命运带走了你，还是你扼住了命运的咽喉？你从村中出走。村庄静默，家破人亡。你的父亲，不堪折磨，投水缸自尽。壮年男人，被捆绑吊打。成年女人，被扎住裤腿，裤裆里塞进一只猫，有专人站在一边，用木棍敲打那只猫，猫招架不过，在裤裆里上蹿下跳，女人的惨叫，换来的是那些人的哈哈大笑。在革命的名义之下挑开人性的面纱之后，最先冒出来的竟是腥臭的脓血。你已无处安身。曾有的婚约，还没到那个时候。于是，你冒雪出走，你对命运要一个结果。是接纳，还是抛弃？

　　我来到当年你走过的那条大沟，想着你在六十多年前从村中逃出，跳进大沟，雪深及腰，你在雪中滚成雪人。你拖着冻僵的身子，一点一点地爬上坡去。风雪和寒冷是如此无情，可我要对你说声感谢，因为你每一步即是向另一种生活走去，也是在向我走来。我还在安静地蛰伏，等待你的孕育和召唤。你那时走得还不远，从一个村到另一个村。生存是第一需要。没有父母的陪同，媒人早已不见，形单影只，只能自己决定今生今世。你到达村头时天已傍黑，你实际上已无家可归，所以，你对故乡只有断续的记忆，葵花开放的夏日一晃而过。而你对雪的记忆刻骨铭心，它伴随你走过一生，甚至在你临终之时，大雪仍然跨越几千里，远道赶来为你送行。那是在北京的医院里，那个难忘的夜晚，当我为你守灵时，突然发现窗外漫天皆白，大雪压断了街边的松树，暴雪狂怒地蹂躏着城市的大街小巷。京城的新闻说，是那个季节里百年不遇的一场大雪。我突然意识到，你根本不属于这个世界，你原本就是雪的女儿，就是在这最后的时刻，它展开无边的双翼，笼罩天地，她这是来接你，来接走你呀……

　　你为了今后的生活，筹备婚事。这一场景你终生不忘。

　　那是结婚吗？

　　你并不是在追问，而是心有不甘。

　　一个雪堆，一块红布缠了头，脚穿一双苞米叶子编的草鞋，一件老太太穿过的带大襟黑棉袄，太肥大了，只好腰系一根麻绳。冲着雪堆跪下，磕了头，就算结婚了。

我想，这是上天的安排，任何场面与礼仪都不配做你婚礼的庆典。只有雪，始终陪伴你的雪，才是你喜庆的殿堂。

正是你与雪的渊源，使我对雪有着无限的眷恋。一旦大雪飘飞，就忍不住热泪盈眶。就像京城的那个夜晚，外面突然到来的漫天大雪，一定是为我传达上天的消息。它来得太快了，我乞求它给我留下告别的时刻。

我拉着你无力的手，无望地在心中大喊：

"我们母子还能见面吗？"

你不闭的双眼定定地看着我。

"还能见面吗？"

窗外的大雪唰唰啦啦扫着玻璃窗，这一定是给我的回答了。

我知道，从今以后，无论我再有多少次远行，都无法当面向你辞行！无论我在路上行走多久，都没有人再惦记我的行期。

我只能对带走你的大雪一拜再拜……

每当节日来临，我都无法遏制地想起你，许多场景交织在一起。我从童年一路走来，可我无法知道自己是如何在漫长的日子里，变成了如今这个模样，可你记得。你记得一切事情的过程，记得所有事情的答案。许多事情的结果你念念不忘。

你说你的妹妹，在你离家之后，无人照看，小小年纪只好也找了人家。寒冬腊月，在马车上颠簸三十多里路，也是单衣单裤，身上又不方便，结果造成终身不育。

你在任何人面前，都显露出母亲的特质。你把你的弟妹，都当成自己的孩子。因为无家可归之后，在傍晚的时候，他们会找上门来，为一块干粮，为一处破绽的衣裳。你就在门口，就着月亮，递一块干粮，缝补衣裳。然后，你看着他们弱小的身影，消失在村头淡淡的月光之下。你知道，他们今晚无非是在村头的草堆里过夜。每当你想起这些，就心酸不已。但我要告诉你，这些让你一直惦记的人，我的舅舅和姨们，在我探视故乡之时，意想不到，你的哥哥，从遥远的内蒙古回来了，但他不是走来的，是由你的妹妹和几个孩子捧回来的，落葬在你的祖先们安息的老坟地里。

我大舅，他叶落归根了。他是长子，他可以替你陪伴你的长辈们。

你可以安心了。

这样说，我心释然了一些。

因为生命是可以延续的，由遗传和骨肉亲情铸就的链条，不会轻易断裂。

亲人们经历了共同的生活，许多生命的细节，像雨后屋檐下的水滴，连续而直接，就在面前闪闪发亮地滴落下来，只要伸出手去，就能接触到那些共同记忆的往事。不论人生布满的是酸辛还是磨难，都无一例外地被编织进长长短短的生命进程里。每当想起这些，思绪就会涨得满满。人们无疑生活在当下，当我们思考、书写、交流，甚至辩论、争吵时，立刻就会冒出过去的影子。可以说，曾有的生命经历不是一棵树，更不是一种制度和思想，而是一条河。这条河，看不见源头，找不到结尾，她在我们出生之前和辞世之后，都会一直流淌下去，只不过到那时，生命的主角已经几经变换，河边站着的另有其人……

这样来叙述亲情，让我的心洒进了许多阳光。或许，从今之后，我不会总是黯然神伤。

"你们是远道而来的?"屋子的新主人清醒过来，小心地问。

我没心思回答，手扶老屋的门，瞬间的感觉像是在梦里行走。穿过长长的黑暗梦境，一座完整的大宅院在梦境深处迎接我。

当年也是这样的门吗?

走进去就能见到你吗?

你是在养尊处优，还是在辛勤劳作?

你穿着什么样的衣裳? 花的? 蜡染的? 土布还是洋布?

我记得你没有缠足。老一辈塑造女人世代相传的方式，你竟悄悄反抗。结果是一双略有变形的双足，带着你走出了乡村。我所能记住最早最初的印象，是在乡村厚厚的尘土中，我勉强站立行走，世间的一切都高不可攀，你忙在夏日的田野里。由于身高而得一绰号：骆驼，又因极能苦干，几乎无人能及。

土地在养育人的时候，也赋予人特有的性格。正是因为在土地上经年劳作，使你沉淀了极能忍耐的性格，像松嫩平原特有的黑土地一样。许多的繁华之景你大多忘记，或者是不愿意再去想起，但曾戴花的经历久久不忘。生活平实如大地，而爱美的天性从没改变。不论是在北方的寒冬，还是川中那阴霾的天气里，你都养着几盆花儿。最不能让我忘记的，是你那些从姥姥嘴里听来的故事，在无灯的漫长夜晚，陪伴我童年的时光。我在你叙述的故事中流连，为故事的结局慨叹。那故事中，有爱情，有悲欢。这些故事也影响了你，太悲情的剧目你常常无法承受，陪着剧里剧外泪洒衣衫。

苦难是可以用泪水相伴的。面对苦难，你从来没有感慨万端，而是默默承受。

你总是相信，一切都会过去。

你常说，不会总是这样吧！

你对生活和世态人情的达观，让我很早就懂得了人这一生的不容易。

……

风雪之中的京城，天还是慢慢地亮了。

我知道，与你告别的时刻到了。

雪后的天地白光耀眼，送行的车辆缓缓蠕动。

在我送你到达最后安息之地的时候，我一直在向上苍祈祷，祈祷能给我来世之身。尽管我从来都不相信鬼神，也不相信有来世，但在我与你永远相别的时候，我多么希望有来世啊！

因为只有来世，我才能再见到你。见到你站在一片盛开的葵花之中，静静地等待着我，等待着我的降生，从而让我能再拉住你的衣襟，叫你一声妈妈——

我慈祥的母亲！

黄忠杰

追寻明代松江诗人袁凯

前些天，我刚刚完成元代松江文化史及著名人物的研究写作。元代松江文化成就辉煌，令松江人欢欣鼓舞。今天，我的研究课题定格在了明代。

入夜，我的探寻脚步穿过几百年的松江古城，耳边忽然响起这样的诗句：

落叶萧萧江水长，故园归路更茫茫。

一声新雁三更雨，何处行人不断肠。

多么熟悉的诗句！那是明代著名诗人袁凯的诗。我一路走一路回味着这位乡人的诗情，让我情不自禁地回到了书房，开始研究起这位明代诗人来。

窗外，松江城早已隐入夜空，远古的松江古城却浮现在眼前，一个问题忽然蹦了出来：谁是明代松江的开山诗人？

住在闹市区，安静难得，特别是在午夜。我遥望西林寺，头脑里满是诗人袁凯，忽然手机响了，是上海市奉贤区的一位文友打来的。说来巧，那位文友也正在研究袁凯。他问了我许多关于袁凯的问题，出身、经历、代表作，无一遗漏。最后一个问题是："明代文学家袁凯究竟是我们奉贤人还是你们松江人？"

我回答："袁凯是我们松江人。"我当即把上海著名文化学者沈敦大的研究结论告诉给他："在中国文学史上，松江籍全国档次的文人，在明代袁凯属第一位。"

他又问："那么有的史书上说，我们奉贤区青村镇陶宅村这个地方曾是袁凯居住过的，他的故乡应在奉贤。奉贤区地方志曾有这样的记载。"

我回答："你们奉贤区青村镇陶宅村确实是袁凯隐居过的地方没错，但只能算作是袁凯的第二故乡。"我顺便告诉他，自己正在研究明代文化史及文化人物，有关袁凯的结论我会告诉他的。

放下电话，我心里为袁凯高兴，不仅松江人记着他，奉贤人也没有忘记他。

这一夜，我的思绪里反复迭现着袁凯的身影……

史料有记，袁凯，字景文，江南华亭（今松江）人，博学有才，写得一手好诗，是明代著名的诗人。明洪武三年（1370），袁凯被荐授为御史，成为皇帝的近臣。

从史料上看，袁凯是松江人确凿无疑。

《明史·文苑》里有袁凯的传略，在短短二百余字中，除了交代他的生平行状外，还记述了两件大事：

第一件属政绩。他看到朱元璋轻易杀戮功臣，便委婉上言："诸将习兵事，未悉君臣礼，请于都督府延（请）通经阅古之士，令诸武臣赴都堂听讲，庶得保族全身之道。"朱元璋采纳了他用心良苦的建言。

还有一件属诗歌成就。他的《白燕》诗，成为当时诗歌创作中一个非常重要的意象。

据史料记载，袁凯是一位耿直的诗人。作为文人的袁凯，当然无法阻止皇帝的滥杀，但他敢于向皇帝良苦建言，"为天地立心，为生民立命，为往圣继绝学，为万世开太平"。中国历史上有多少文人都是这样，如屈原、司马迁、苏东坡等。这是文化人的一种情怀，也是文人的一种良知。

然而，袁凯后来还是被疑忌心日益膨胀的朱元璋一路追杀。

据明代徐祯卿《剪胜野闻》、祝允明《野记》和杨仪《明良记》记载，袁凯的人生充满艰难、困苦和屈辱。

华亭学者陆深，在他的《金台纪闻》中，记述翔实而具体。朱元璋对袁凯的追杀几经反复，手段多种多样：

一是"太祖怒，将袁凯下之狱"。

二是三天后又放了他，仍让他当御史，每天临朝，朱元璋就指着他说："是持两端者！"在这种情况下，袁凯不得不在上朝过金水桥时装疯，"仆地不起"。

三是朱元璋令："风疾当不仁。"让人用木匠钻扎袁凯的身体，"凯忍死不为动"。这样，朱元璋才放袁凯回老家。

四是袁凯一回到华亭，便"铁索锁项，自毁形骸"。朱元璋仍不放心，说"东海走却大鳗鲡"，派人到华亭宣旨，"起为本郡儒学教授"。袁凯"瞠目视使者，唱《月儿高》曲"，使者还报说真疯了。朱元璋仍然不信，又派特务跟踪观察。于是，袁凯"使家人以炒面搅砂糖，从竹筒出之，状类猪犬下，潜布于篱根水涯"，然后"匍匐往取食之"。这样，朱元璋才相信他真的疯了，才换得这位诗人"以寿终"的人生结局。

文人终究是文人，袁凯只知道自己说了几句真话，却不知道自己已得罪了朱元璋，紧接着，这位皇帝气势汹汹，步步紧逼，他这才感到自己的言论惹了大祸，被迫装疯卖傻，在压抑、苦闷中生活，以求活命。

袁凯的人生轨迹如何？他的诗歌成就体现在哪里呢？我带着这些问题去松江古城、奉贤青村镇陶宅村二地去寻找他的足迹。

我找遍松江古城，没有他的遗迹，只是从一些史料中了解到，他的老宅在西林寺的西边。为了弄清楚袁凯在奉贤青村镇陶宅村的状况，我专程去了奉贤。结果情况和松江差不多，没有袁凯的任何遗迹，我只得求助于史料。从史料推测，袁凯于明永乐七年（1409）在亲戚家过了一段隐居生

文采飞扬的日子

活，于明洪熙元年（1425）在松江华阳老街病逝。

袁凯在明代是位很有影响力的诗人，初以《白燕》诗闻名。

故国飘零事已非，旧时王谢见应稀。

月明汉水初无影，雪满梁园尚未归。

柳絮池塘香入梦，梨花庭院冷侵衣。

赵家姊妹多相忌，莫向昭阳殿里飞。

当大诗人杨维祯读到"月明汉水初无影，雪满梁园尚未归"等诗句时，"维祯大惊赏，遍示座客"。从此袁凯有了袁白燕的美称。

袁凯是一位喜欢交游的诗人，"宾友远来集，笑语纷以哗"。元末明初的松江，从各地涌来了许多文化大家、艺术大师，如倪瓒、陶宗仪、王蒙、王渊、朱泽民、朱叔重、张中等人，袁凯与这些文化名人都有密切的交往。

袁凯一生创作了大量的诗歌，据史载，他曾自编其诗《海叟集》四卷。

袁凯的诗歌创作，主要集中在以下几个方面：

一是深深的思乡情怀。

戎马无休歇，关山正渺茫。

一杯椒叶酒，未敌泪千行。

——《客中除夕》

《京师得家书》《淮西夜坐》等诗，写出了诗人远离故土后，时常泛起的幽思之情和万千思绪，情真意切。

同时，袁凯又以一个漂泊异乡的旅人身份来写因战乱而给人生带来的种种苦难，让人深思。

二是文友间的共同趣尚和深厚友谊。明代著名画家王蒙是袁凯的文友，友谊深厚。他在《海叟集》中，有两首诗专为王蒙而作，从中可以了解到文人之间的深厚情谊和精神世界。

第一首诗是《王叔明画云山图歌》。此诗是一首画面生动的叙事诗。据诗中所言，元至正二十五年（1365）的春天，正是兵荒马乱的时候，王蒙远道而来，未及寒暄便向主人袁凯索纸作画，朋友之间的莫逆跃然纸上，所画林下丈人在睁蝶的环境里身着商周时代的衣服，神态悠闲，这分明就是袁白燕和王黄鹤二人隐居生活的写照。

第二首诗是《浦上木芙蓉盛开约黄鹤山人共观》。这是一首写景、叙事和抒情融合的诗。秋天江浦上芙蓉花开了，袁凯约上王蒙一起去观赏，对着沙禽喝着小酒，何等的惬意。从中可以看出袁凯和王蒙的共同趣尚和友谊。

三是隐居生活中的精神宁静。袁凯迫于朱元璋的残酷专制，不得不采取"佯谬"的方式来自保，尽量远离世俗，过着隐居的生活，求得精神上的宁静，这在他的《黯耕隐》中有充分的表现。

袁凯在诗学上颇有研究，崇尚魏晋诗及唐杜甫，但他又"不囿于古人，有自己的意境"。如他的《从军行》《杨白花》等诗篇，就体现了魏晋古风的"古朴激越，余韵悠然"，而《采石春望》《京师归至丹阳逢侯生大醉》《淮东逢张十二信》等，"流出肺腑，卓尔自立"，颇有杜甫浑厚深沉、真挚含蓄之风。

由于袁凯特殊的人生经历，使其思想受到了很大震动，表现在诗歌上就是表达方式的隐晦、曲折，这也是其诗歌创作的一大特点。

综上所述，袁凯的诗歌成就是卓著的，特别是他的《白燕》诗，意境深远，确立了其在诗歌史上的地位，如何景明所言"袁凯为明初诗人之冠"。

作为诗人的袁凯是孤独的，正是孤独的诗人袁凯给松江文化留下了重要的一笔。

徐亚斌
∵∵∵∵

都江堰之夜

　　行走巴蜀，造访都江堰确在计划之列，但并无过夜之意。本想游览青城山，凭吊二王庙，感受一下都江堰灌溉工程后，就继续匆匆南行，去登临峨眉山。但在走下大巴的那一刻，我就断然决定要夜宿都江堰了。而且我有一种强烈的感觉，似乎也只有在都江堰过夜，才能找到与她的心灵契合点。

　　夜幕降临，华灯初上，我行走在灌口镇主要的街道幸福路上。幸福路很长，足有三公里。放眼街道两侧，高楼林立，鳞次栉比，各色商店的橱窗边上霓虹闪烁。哦，谁能想到，这是一个在"5·12"中历经劫难的城市。街上的行人慢慢多起来了，有两老相伴的，也有三口之家，更有对对情侣。他们或随意走走，或去商场购物，也有的去赶夜场电影。行走在人群中，看着人们丰富的夜生活，我这个来自远方的异乡人，内心很是惊羡，也很欣慰。原来，一座古城也有属于它的时尚、它的浪漫。

　　就这样，我随着人群走着、看着，走过一个街口时，一股哗哗的流水声撞击着我的心扉，我敢断定，这一定是都江堰的声响了。于是，我三步并作两步循声而去。果然是都江堰，清澈的岷江水正通过南桥水闸，向内江下游汩汩流去，流向广袤的成都平原。内江两岸，闹静各异，一边是有名的夜啤酒长廊，绵延一公里，临水而设，密集的射灯齐放，把整个长廊照得如同白昼。各地的游客慕名而来，数以千计的人们齐饮雪花啤酒，共品岷江水鲜。因为央视《远方的家》节目组曾来此拍摄，这个长廊更是声名远播，夜夜爆棚，人声鼎沸。另一边的情形决然迥异。也许是为了激发人们的思古幽情，当地政府在沿江开辟了文化公园。来此地的多数是当地人，且以中老年为主，当然也有像我这样不喜喧嚣的远方来客，难得的是还有几个年轻人。人们在公园里，或下棋，或舞剑，或打拳，或散步，或看书，也有三五知己聚在一起，清茶一杯，海阔天空，大摆龙门阵的。此为静。也有"闹"者，但绝不是喧哗。你看，远处一角，有位姑娘正面对着江水，十分投入地拉着《梁祝》；稍近处，几位老者饶有兴致地在吹着萨克斯……

我被眼前的情形陶醉了，我要用心感受一下这种氛围，于是在一个小巧而别致的啤酒亭前坐定，要了一瓶雪花啤酒，还要了一盘冰冻的水晶葡萄。老板娘四十多岁，清清爽爽的样子，朝我莞尔一笑，在上酒上葡萄的时候，没给我普通的纸杯，而是特意给我拿来了一只精美的玻璃杯。我为老板娘的善解人意而感动，内心着实美美了一番。欣赏着悠扬的音乐，喝着爽口的啤酒，品着晶莹剔透的葡萄，真有一点"葡萄美酒夜光杯"的意境呢！

这时，一对老年夫妇走了过来，在离我不远处坐下。出于礼貌，我朝他们点头致意，老人似乎有意要和我攀谈，把塑料小椅子移近了几步，问我来自哪里。知道我是上海的，老人由衷地说，上海好地方，做一个上海人是幸福的。我也不是客套，满脸真诚地说："其实，做一个都江堰人才幸福呢！"老人略一迟疑，然后恍然应道："是，我们是幸运的。"于是，我们就有了一段关于幸福的对话。我说，老百姓能否幸福，有时和官员的品行和作为分不开，不管后来的情形怎样，但巴蜀父老在两千三百多年前就遇到了一位后来被人传诵千古的好官。听我说完，老人会心一笑，脸上洋溢着满满的自豪。

夜已深，但我仍无睡意，离开啤酒亭，信步朝南桥走去。桥上依然游人如织，两边栏杆上更是无插针之隙。我在桥面上行走了好几个回合，才得到了一个侧身站立的空隙。说是桥，其实是水闸，管控着水的流量。时令正值大秋作物栽培之际，下游的 600 万亩农田正期待着这潺潺清水的浇灌，所以闸门提到了最高处。千里奔袭的岷江水，在分水堰完成了一个漂亮的回旋，直奔闸门而来，一路汹涌而下，留下了令人震颤的狮吼般的轰鸣。

此刻，月圆天高，清风徐来，那滔滔的水声荡得我心潮澎湃，我不由得想起了白天游览景区时导游的一番解说。可以肯定，导游一定是被这个灌溉工程的设计者和建设者感动了。她的讲解是那么投入、那么详细，详细到不放过任何一个设计细节，包括每一个细节背后的用意。我不懂技术，但我在想，技术本身不能说明什么，都江堰之所以历千年而不垮，那一定是李冰父子真正把它看作是一项民生工程、实事工程。我还在想，也许苍天有灵，在呵护着这个工程，使之千古不朽。这是李氏父子留给后世的工程，也是李氏父子最好的纪念碑。

哦，都江堰之夜，注定又是一个不眠之夜……

乡愁在岁末

每每到了岁末年尾之时，我总被一种奇怪的情绪笼罩着，淡淡的悠悠的，有几分苦涩，又有些许温暖。

这不，又已经好多天了，我照例变得不愿说话，也不想做事。有时端坐沙发，手捧清茶，看着电视，但一直到一档节目结束，也没明白是什么内容；手中的香茗渐渐由滚烫到冰凉，却发现竟没喝过一口。

真是奇怪啊，明明知道什么事也没有，却又偏偏感觉有太多太多的心事在缠绕着你，让你无法排遣。是惆怅，还是忧伤？似乎都是，又都不是，反正它就硬生生地挤压在你的心田，搅得你心神不宁。

这就是乡愁吗？我多次自问。离开故乡已有 38 个年头了，大学毕业后，我就来到了这座江南历史古城谋生。但说实在的，这个流传着十鹿九回头之佳话的古城给了我许多。在这里，我既不陌生也不孤独。再说，故乡也并不遥远，一踩油门，不出三小时，就可以踏上那片温热的土地。唉，乡愁啊，你让人无以名状！

这份来自岁末的乡愁是那么黏、那么浓、那么稠，在我的胸腔里持续发酵。慢慢地，这点点乡愁终于渐渐化开，由抽象而变得具体，在我的眼前可感鲜活起来。

我的乡愁是那一碗洋溢着浓郁醇香的米酒。家乡人豪放而好客，喝酒是居家生活的常事，即便是平常日子，即便是非亲非故，只要有缘聚在一起，主人定然拿好酒相待。在故乡，说起好酒，首推的当是自家酿制的米酒。家家酿酒，户户储酒，实乃家乡一道独特的风景。

　　每逢年关，各家各户将封存已有三月之久的大小酒缸开封待客。这些日子，你只要一踏上那片土地，一定会闻到那股足以让你飘飘欲仙的香味，叫你欲罢不能。我每年就是一路闻着这股香味回到老家的，早先是父母，后来是哥嫂、姐姐姐夫，在知道我回家的确切时间后，总会早早地把酒温好，只等我双脚跨进屋，一家人就忙活着上菜、倒酒，也不及寒暄，满满的一碗酒就下肚了。那份惬意、那份满足无以言表。那喝的哪是一碗水酒，而是满满的亲情和乡情呀。

　　我的乡愁是那一盆热腾腾的红烧羊肉。故乡土肥水清，历来是养羊的一方胜地，家家户户养羊也就成了故乡的一大传统。由于名声在外，故乡的羊肉历来畅销，政府号召把家庭养羊作为产业发展。故乡人倒淡定，他们不为金钱所动，价钱再高，养羊首先考虑的不是出售，而是过年时自己享用。这也似乎成了海岛的一个习俗。过年时节，家家户户都会杀一只羊，烧上满满的一大锅，一家老小围坐一桌，碗里斟满的是刚刚温好的米酒，盘里盛满的是才出锅的羊肉。那场面、那氛围，谁见了都会动心。

　　只是小时候家里条件不好，要像别的人家一样杀一只羊过年，实在是奢望。但父亲总会千方百计满足我们的这份奢望，给我们解馋的机会。记得每年的小年夜，父亲就在羊圈前转悠，嘴里自言自语，然后好像是下了很大的决心，拖出其中的一只，又似乎怕自己反悔，狠狠心一刀朝着羊脖子刺去。每每在这个时候，一向反对杀羊的母亲总是一言不发，看着父亲烧水、去毛、开膛、清洗，最后又细心地将羊肉分割包装，准备第二天上街出售。做完这一切，父亲又把羊血、大肠、小肠、肝肺等洗净，从自留地里拔来两个大萝卜、割一大把大蒜，煮了一大锅浓香的羊杂碎汤。

散文

159

那个晚上家里的气氛是热烈的，父亲端起了冒着热气的一大碗米酒，我们几个则是拼命拨拉着筷子，抢着挑吃那有限的几片羊肝羊肺。这是我吃到的最为特殊的羊肉大餐，也是味道最为鲜美的羊肉大餐。多少年来，这份美味一直存留在味蕾的每一个细胞深处。

　　我的乡愁是那几枚泛着金黄色的蛋饺。这是过年时节家里的一道大菜，也是母亲生前保留的独家秘制。人家做蛋饺，都要让猪肉来唱主角，我们家里买不起猪肉，但母亲又不想让我们太过失望，她总会变着法儿，为我们做别具风味的蛋饺。

　　离过年还有些日子，母亲就去田头寻觅荠菜了，然后去根、洗净、剁碎，再到村东头的豆腐店买上一毛钱的香干一起切细，浇几滴菜油，放上细盐拌匀，那份清香让人垂涎。年夜饭的餐桌上，母亲的蛋饺一直是我们最为期待的。蛋饺终于上桌了，暗红的酱汁、金黄的蛋皮、碧绿的葱花，色香味俱全。满满的一盘，不多不少，一人一只。

　　……

　　丁零零，一阵电话铃声把我从遐思中拉了回来。打的是座机，我猜想不是哥就是姐。接听电话，果然是哥打来的。哥问我放假的确切日子，并告诉我，新酒已经开缸，蒸糕用的糯米已经碾好……

　　第二天，我把难得一开的汽车，送去汽修厂检修一番，并打了蜡，校对了四轮和气压。做完这一切，我长长地舒了一口气，并下意识地朝故乡的方向望了一眼。

胡志娟

大　哥

大哥是伯父的长子。性格内向，要么不说话，要说就说实话。

那年寒冬腊月的一个傍晚，一位少年骑车过桥时不慎连人带车掉进了河里。围观的人很多，可谁也不敢下河去救人。正巧大哥路过，他二话没说，把外套一脱，跳进了刺骨的河里。

第二天，大哥发高烧得了急性肺炎住进了医院，被救少年和他的父母拎着大包小包来医院要叩谢他的救命之恩。大哥对少年的父母说："快把东西拿走吧，我要是图你的礼物就不会救你儿子了。"

广播站的记者也闻讯赶来了，说是要把他舍己救人的高尚品格发扬光大。大哥急了，让探望他的师兄弟们挡着不让采访。可师兄弟们不依大哥，想看看他如何面对记者的采访。

记者说："你不怕死的，这么勇敢地跳进了冰冷刺骨的河水里救人，了不起呀！"

大哥说："别吹捧我，不怕死和勇敢都是你说的，我可没说。"

记者眉头一皱，换了个话题问："那你当初救人时是怎么想的?"

大哥说："我当时根本来不及想，不过现在想起来有点后怕呀！"

记者一时语塞，不知说什么好。

大哥见记者坐在那里没有走的意思，又说："不就是救了个人嘛，我真没啥好说的。昨晚咳个不停，有点困倦，想睡一会，你们都回去吧。"大哥下了逐客令。

大哥还是远近闻名的大孝子。每天下班或者外出后，大哥不是直接回自己家，而是捎带些果蔬等先去看看父母是否安好，陪老人聊上几句，小坐片刻后才放心地离开。

那年秋天，原本有高血压的伯母不小心摔了一跤，导致大腿股骨头骨折。医生说伯母有很多基础疾病，可能最多活半年。但大哥不信，他擦干眼泪对二哥和三哥说："你们都别跟我争了，我要把姆妈接到我家里侍奉，你们有空过来搭把手。"

大哥朴实地认为，只要小心侍候，伯母一定会好起来的。为此，大哥腾出了一间朝阳的房间给伯母住，还搬来了电视机，又在伯母的床边搭了个铺。从此，大哥和大嫂不分白天和黑夜，无微不至地照顾着伯母，每天翻着花样给她烧营养餐，帮她翻身擦身，接大小便……

大哥还托人定做了一辆可以半趟半坐的轮椅床，风和日丽的时候，便和大嫂一起推着伯母到外面呼吸新鲜空气。邻居们见了都交口称赞。伯母见大哥大嫂成天为她忙这忙那的，累得瘦了一圈，就流着泪心疼地对大哥说："我拖累你了，你比我亲生的儿子还要亲、还要好呀。"

大哥边替伯母擦眼泪边说："娘生下我三天就去世了，是您一把屎一把尿地把我养大的。逢年过节的时候，您把新衣服新鞋子还有好吃的都优先给了我，而我的弟弟妹妹们则没有……姆妈待我的恩情我一直记在心里呢，您就是我的亲娘。"

伯母比医生的预言多活了一年半。堂姐对我说："姆妈身上没有留下褥疮，她是带着感激和满意安详地离开这个世界的。"

大哥是好人，可是，好人却命运多舛。一日，大哥突发急病住进了医院，颅内手术后，他一直高烧不退，连续几天几夜昏迷不醒。

我心急如焚赶去医院，强忍泪水说："大哥，我来看你了，你听到我的呼唤了吗？你还记得吗？我十岁那年，有一次，你买了两个国光苹果，先把大的塞到我手里，小的给了你女儿。你女儿很不高兴，你就说国光苹果大的不好吃，小的才好吃呢，哄得她破涕为笑，信以为真。大哥，你为了我总是委屈自己和女儿。如果你听到了，就睁开眼睛看看我吧。"

也许是兄妹情深，也许是天佑好人，也许是医生妙手回春。总之，我的话音刚落，大哥的两行眼泪就挂在了脸颊上。

大哥终于睁开了眼睛，但不会说话，手脚也不会动弹，只是两眼发直地看着我，最后，他的眼光停留在一件外套上。我取下外套，发现里层的口袋里有一张已经发黄并且塑封好的黑白照片，那是我父亲和战友们的合影。

父亲是大哥一生的崇拜，我恍然大悟。那时，我常被人追着骂狗崽子，一次正巧被大哥撞见，他急了，就从贴身口袋里拿出了这张合影，大声吼着："你们给老子看好了、听好了，我妹的爸、我的亲叔是战斗英雄。以后谁再敢骂她、欺负她，老子就撕烂你们的嘴，我说到做到，不信你们就试试看，听见没？"

想到这里，我的眼泪夺眶而出……

俞富章

沙漠玫瑰

　　冬日的周六上午，经历了一次强寒流袭击后的这个上午，天气已经变得很晴朗了，太阳仿佛升得特别早，阳光更显得温暖。站在广富林湖边的知也寺旁，放眼东望，湖面被阳光照得波光粼粼。三座半沐于湖中的坡顶建筑在阳光照耀下熠熠生辉，玄妙非凡。我的眼前是一幅画，一幅色彩斑斓的画，一幅美不胜收的画，一幅匠心独特的画。

　　那一刻，我突然想到了沙漠玫瑰。我没亲眼见过沙漠玫瑰，而是从台湾作家龙应台的一篇演讲稿中读到的。龙应台在一次给青年人讲人文素养的专题中说到学习历史时谈到了沙漠玫瑰。所谓的沙漠玫瑰，不是沙漠中的玫瑰，沙漠中也没有玫瑰。这个沙漠玫瑰其实是一种植物，一种地衣，针叶形，有点像松枝。龙应台介绍说，沙漠玫瑰的特点是，离开水，如一蓬干草，枯萎，难看，像死掉的草。但把它整个泡在水里，第八天就会完全复活。再把它脱水，它又会渐渐干掉，枯干如沙。再把它藏个一年两年，然后，哪一天再泡在水里，它又会复活。这就是沙漠玫瑰。关键是它不仅在水中会复活，而且会长得十分舒展，长出玫瑰的图形来，有一种惊世骇俗的美。龙应台的这段话给我的印象很深，心里便一直有一种想一见这种神奇植物的愿望，但终究还没见到过。那一刻，广富林湖中的美景令我忽又想到了沙漠玫瑰。

呈现在我眼前的广富林湖里的三栋坡顶建筑多么像泡在水里正舒展生长着的沙漠玫瑰呀！它们在水中愈长愈好，愈长愈显活力，愈长愈有时尚，愈长愈富诗情画意。不愧是一朵5500年的沙漠玫瑰！

我是惊讶于松江先民的智慧的。松江拥有九峰三泖，是一块适宜人类居住的地方。早在6000年前，先民们就已在九峰一带繁衍生息。而考古发现，在5500年前，就在今天的广富林公园一带成集而镇了。我一直认为，这是一种与众不同的选择。这种既不依山又不傍水的选择，在经过了5500年的风霜雨雪之后，仍然显示着相当的远见。三泖变良田，九峰成美景，而山水之间则锻造出了一座现代化的国际花园城市。每每想到这，总会对我们的祖先生出无比的感恩之情，感恩祖先的智慧与远见，我们才能生活在今天这样美好的地方。

回首往事，也会满怀酸甜苦辣。多少年了，这5500年前的广富林小镇被湮没在漫漫的历史尘埃中，它像一朵被脱水的沙漠玫瑰，枯萎，难看，没有生机。它被冷落、被遗忘，没人在意，也没人懂得它的价值。它甚至被埋没了，长久地埋没于地下，仿佛埋没于缺水的沙漠之中。但是，沙漠玫瑰是不死的。终于，古老的土地遇春风，干枯的沙漠玫瑰逢甘水。改革开放将松江带入了一个新时代，发展的活水源源不断地流入松江，广富林小镇如同沙漠玫瑰一样经过水的滋润滋养终于复活，一座充满想象力和创造力的广富林公园站在了5500年后今天的世人面前。复活的沙漠玫瑰美丽动人，重现的广富林公园因经典与时尚、传统与现代、技术与人文的完美融合而惊世骇俗，震撼人心。

5500年哪，一幅从广富林出发再回归广富林的发展蓝图，一脉相承生生不息又朝气蓬勃、气势磅礴；5500年哪，上有天堂，下有苏杭，中间的这座正好在云间，云间从来十鹿九回头，那是一种永远的乡愁、刻骨铭心的恋；5500年哪，深藏于地下的初心，经过了多少翻天覆地，挖出来，初心还在，还在有力地跳动着，于是，在一块古老的遗址上诞生了一座活力四射的新地标。

我欣赏龙应台说的一句话，她说："历史就是让你知道，沙漠玫瑰有它特定的起点，没有一个现象是孤立存在的。"我把这句话抄在这里，因为广富林公园不只是一座孤立单纯的公园，它既是历史，也是沙漠玫瑰。广富林公园的诞生，不仅反映了松江人对历史的敬畏，更表达了松江人不忘起点的人文精神，而且还要让松江的未来记住起点，让松江的后人知道起点在哪里。

江南水乡不缺水，沙漠玫瑰泡在水里，就会成为一朵永不凋谢的玫瑰。相信广富林公园会成为影响松江未来发展的一个新起点。

四月天里华亭湖

　　华亭湖是位于松江新城内的一个人工湖。湖虽不大，但环境优美如画，湖面明净如镜，恰似松江城内一颗闪闪发光的明珠。

　　松江地处江南水乡，自古拥有发达的水系，三泖是水多的标志。但令人遗憾的是，长期以来，松江却没有像模像样的湖。湖，乃大水的集聚之地；仅有河而无湖，水就缺了点宏伟与博大；仅有泖而无湖，水就缺了点浪漫与魅力。湖光山色，唯有湖的地方才有光辉，有湖的光辉的地方才是最美丽的地方；没有湖光，山也会逊色。自从松江有了华亭湖，千年古城终于有了新辉。

　　华亭湖是一个年轻的湖。她诞生于盛世，并且注入了今日松江人的才情与智慧。我喜欢华亭湖，最喜欢四月天里的华亭湖。人间最美四月天，四月天里的华亭湖美如仙境。

　　四月天，春花怒放，莺飞草长。华亭湖沿岸，花红柳绿。凯斯岛、艾伦岛上樱花绚烂艳丽，桃花丰腴华贵，杏花胭脂万点，黄馨金光闪闪，杜鹃姹紫嫣红……繁花似锦，朵朵气韵饱满，春意盎然；北岸有拂堤杨柳，千丝万缕，婀娜多姿，妩媚曼妙，"最是一年春好处，绝胜烟柳满皇都"，柳堤内的合众湖畔花苑，春色满园，胜似仙境，美不胜收；东岸绿地上的檵木红花开得如火如茶，红叶石楠冒出的嫩叶恰似冲天火焰，香樟树新叶如花前赴后继，还有草本类的二月兰、三叶草花也竞相开放，一派万物庆春的场景，展示的是一种浓烈的生命气息与勃发的生命力量。四月的花花草草，把整个华亭湖织成了一个色彩斑斓的花环，温暖、温馨、温柔。漫步华亭湖，领略这万紫千红的春色与蓬勃生长的万物，感受到的是一种生命生生不息的奇迹与妙不可言的可爱。

四月天，春光明媚，天高云淡。华亭湖，既像一面变化的魔镜，又像川剧中的变脸，时而一碧如洗，清澈如镜；时而波光粼粼，熠熠生辉；时而碎金漂浮，晶莹闪烁；时而微波荡漾，自然流畅；时而白云映照，飘逸洒脱。不断变幻的湖面洋溢着的是大自然的神奇，营造的是华亭湖的诗情画意。在游船码头租一艘游船，仰面躺在船上，沐浴温暖阳光，望天空云卷云舒，听船头波浪起伏，忽生一分禅意，心胸舒缓，神情轻松；一时春困袭来，在似睡非睡、似醉非醉之间，更觉人生美妙，既有近处的桥与流水，还有远方的诗与风景，当且行且珍惜。风和日丽的中午，站在华亭湖东岸，向西远眺，泰晤士小镇上的立诗顿酒店、翠晶水上餐厅、大卫德堡等地标性建筑，清晰地倒映在湖中，构成了一幅美轮美奂的水墨巨画；一个中国的华亭湖，平添了英伦的风光风情风味，让人产生一种穿越时光的错觉，以为来到了异国他乡。

四月天，春夜迢迢，春月娇美。千百年来，人们赞美秋月，较少关注春天的月亮。其实春天的月色也是很美的。四月的月亮是柔和的、清秀的、冷静的，月光照到湖面上，是轻轻的浅浅的。于是，月光下的华亭湖，便多了一份静谧，多了一份婉丽，多了一份娴雅，多了一份柔情。四月的夜里，东风暖面，气候宜人。乘着夜色，走在华亭湖边，吸着从湖面吹过来的风，顷刻间收获到的是一种神清气爽、温暖舒适的体验。这是春风揉着月光又浸润了华亭湖的水之后吹来的风，是能够荡涤肺腑、陶冶心灵、激发热情的风，这样的风吹多了，想来一定会给人健康与快乐、惬意

文采飞扬的日子

与自信的。除了月光，还有灯光，夜晚的华亭湖，河上的桥梁和岸边的建筑，华灯齐放，色彩斑斓，湖面上便是晶莹闪烁，活力四射。灯光与月光，使华亭湖更加妩媚动人。

四月天，春雨霏霏，天地氤氲。"清明时节雨纷纷"，雨生百谷贵如油。四月的雨是可爱的。春雨绵绵，如丝、如雾、如烟。春雨落在土里，"润物细无声"；春雨落在水里，悄然无踪影。但就在落入水中前的那一瞬间，春雨现出了美妙的倩影。春雨中的华亭湖，周边万物如同写意画一般，淡淡的蒙蒙的，若隐若现。无论是雨中，还是雨后，整个华亭湖上仿佛披上了一层轻纱，蒙上了一层薄雾，看上去，升腾着的是一种浪漫、一种诗意，弥漫着的是烟雨的灵动随意及天然姿态。"半壕春水一城花，烟雨暗千家"，华亭湖周边的各种建筑，全隐身于朦朦胧胧之中，所有的景象都是影影绰绰的，神奇而玄幻。烟雨之中的时代广场大酒店，更像是一艘泊在岸边的邮轮，桅杆高耸，整装待发。不管它是从过去驰往未来，还是从此处驰往远处，只知它满载的是时代的风帆和前进的动力。淅淅沥沥春雨下的华亭湖，演绎出的是名副其实的江南形象：细腻而秀美！我真想成为一个迷路的人，永远置身于这蒙蒙的烟雨之中，皈依在这个宁静的时空，享受这低吟浅唱的辰光。

四月天，春游踏青，人间最美。人间最美四月天，说的是人间；离开了人间，再美也无法成为最美。四月天里的华亭湖，美就美在人间。无论是晴日还是雨天，凯斯岛和艾伦岛上总涌动着无数拍摄婚纱照的王子公主，他们摆出各种各样的姿态，把自己融入华亭湖；他们拍下的不仅仅是风景，更是年轻人的幸福、追求、梦想、憧憬。双休日，帐篷便成为华亭湖岸边一道最温暖、最动人的风景。那些扶老携幼的人们，在踏青赏花之后便在草坪上架起帐篷，筑一处小憩的空间；千姿百态的帐篷中，集合着的是家家户户的快乐、和谐、亲情、恩爱。东岸的广场上，好动的孩子们在父母的陪伴下，或骑车，或溜旱冰，或放风筝，在他们的脸上写满了欢乐。游船码头也是人头攒动，华亭湖里游船穿梭，不断有欢声笑语从湖面传上岸来。湖边，还有无数垂钓的人，他们静静地守候、静静地期待，钓着快乐、钓着梦想。我喜欢这种和和美美，洋溢着真情与灵动、健康与欢欣的情景。这是华亭湖最美、人间最美的情景。

王　勉

童年虫事

童年时，我喜欢各种各样的虫子。捉知了，捕蝴蝶，扑螳螂，玩蝈蝈……最为令我痴迷的，是蟋蟀。

第一次看到蟋蟀，是在同学扁头家里。在他家里的墙角边，一溜摆放着十几个青灰色的泥盆。扁头拿出一只盆，轻轻打开盖子，我看见盆中趴着一只小虫，黑不溜秋的，但浑身闪着锃亮的光。见到亮光，小虫迅速动了一下，扁头不知什么时候手里拿着根细长的草，草的尖端是细细的茸毛，扁头用茸毛拨动小虫的头，小虫头上摇着两根长长的须，尾部似乎有两根针尖状的东西向外斜着。茸毛碰到了小虫的须，小虫抖动着身体，发出了叽叽叽的鸣叫声。这叫声好听极了，像有人在吹笛子。更让人惊讶的是，小虫边叫边张开了两个豆瓣状的牙钳，迎着扁头那根拨弄的草咬过来。扁头转头得意地朝我笑说："好戏还在后头。"扁头朝墙边又去拿了一只盆来，揭开盖子，里面也是一只同样的小虫。扁头把后一只盆倒过来，里面的小虫掉进先前的那只盆里。扁头继续用那根草拨弄着，我一眨不眨地看着。叽叽叽两只虫头顶着头叫了起来，好像在比谁的声音响。等到相互碰触时，两只小虫牙钳大开，攻击般地撕咬扭打在一起，腾跃翻滚，好不热闹，边打斗边不停叫着。

我看呆了，内心感到一种从未有过的刺激。

扁头告诉我，这是蟋蟀。蟋蟀不是一般的虫，是能给人快乐、给人悲伤的虫。过去皇帝老儿也玩过，在京城里是皇亲贵族的宠物，也是许多名人雅士所喜欢的虫子。扁头说的这些，我没听进去多少，但蟋蟀相斗扑打的那种场面，使我感到莫名的快感和兴奋，我深深地喜欢上这种虫子了。于是，我也开始玩蟋蟀了。

那年的整个秋天，我是在蟋蟀悠扬的鸣叫声中度过的。在草丛中的乱石堆里、在墙裸露的砖缝里、在石板底下、在家里的杂物下面，都会传出长短不一的叽叽叽的叫声，只要是有一条缝和一孔洞的地方，都是这些小虫藏身的地方。我起初去捉蟋蟀时，不分青红皂白，只要听到叽叽叽的叫声，就迫不及待地翻土拨砖，看到蟋蟀跳出来，就撅着屁股用手掌虚拱着去捕捉。捉来以后，摘几根细长的蟋蟀草，尖端上把它分出细白的茸毛，去逗引蟋蟀。谁知，我满头大汗捉的这些小虫，对蟋蟀草无动于衷，不但不叫，牙钳也不开。扁头笑我，并得意地说："玩蟋蟀是有学问的。"我只好拜他为师，扁头这才告知我一些捉蟋蟀的秘诀：不是所有会叫的都是好蟋蟀，有的蟋蟀刚从赤膊蟋蟀蜕变而来，声音虽响但不够有力，叫得虽长但软绵绵的。一定要清脆响亮，一定要震荡如钟，且要持久耐听。还有要观蟋蟀外形，头有点泛白、翅膀看上去松松的这种蟋蟀，不会开牙，更不要说斗了。捕捉时也要小心，一定要全须、全尾、全脚，不能断须、截尾、瘸腿的。残缺的蟋蟀上不了台面，会被人笑话。

渐渐地，我玩蟋蟀进入了熟能生巧的状态。那个不让我们读书的年代，没现在这样的网状蟋蟀套和精致的蟋蟀盆，蟋蟀都是徒手捕捉。捉到后，把蟋蟀放进一小酒盅般粗的竹管里，竹管外面，刻两条细窄的缝，可以看见蟋蟀，但蟋蟀却跑不出来。每每捉到蟋蟀，我把它放进竹管，一头塞住，然后，隔着竹管的缝用蟋蟀草轻轻拨弄，看着蟋蟀在竹管里张开大牙，叽叽叽欢鸣着，那种感觉，犹如现在青葱们戴着耳机听音乐般的享受。从此，我家里床下的瓶里、罐里、筒里、盆里，只要能盖得住的，统统都活蹦乱跳着我四处觅来的蟋蟀。晚上，叽叽叽的鸣叫声连成一片，此起彼伏，俨然组合成了一场悦耳动听的交响乐。

　　最令我骄傲的是那只被称作铜头的蟋蟀。我是在一口井边听到它在叫的，叫声洪亮而悠长，让人激动得心怦怦直跳。到了井边，声音戛然而止，可能是它发觉有人过来。我不甘心，蹲在井边，大气不敢出。过了十分钟后，叽叽叽又叫了起来，我循声而去，发现是从井边的砖缝里传出来的。我伸手悄悄地把砖揭开，眼前闪过火红色的一条长虫，定睛一看，又惊又喜，原来是一条扭动着的蜈蚣。听扁头说过，与蜈蚣一起的蟋蟀是很少见的，这种蟋蟀是很厉害的。砖松动了，取出砖后，一只蟋蟀探头探脑爬出来。我差点大声欢叫起来，眼前的这只蟋蟀，体格硕大，须尾齐全，精神抖擞，一身古铜色，圆圆的头，红得发亮。这是一只不可多得的大虫！我也不知怎么把这只后来昵称为铜头的虫捕获到手的，回家路上脑中一片空白。获悉我抓到一只好虫，扁头闻风而来，胸前还吃力地捧着四五只蟋蟀盆。到了我家，扁头弯腰把蟋蟀盆悉数放在地上，嚷嚷着要和我的这只蟋蟀斗。我奇怪扁头这样兴师动众搬这么多盆来干吗？扁头不由分说，要看我那只大虫。待到他看清我这只蟋蟀后，竟半张着嘴，说不出话来。半晌，才发出声来叫道："好！好！好！"接着，扁头把他的蟋蟀放进我的蟋蟀盆里，开始斗起来。与我的蟋蟀相比，扁头的那只小了三分之一，一上来被我那只铜头咬住了牙钳，只一翻，扁头的那只蟋蟀招架不住，落荒而逃了。铜头振动双翼，叽叽叽发出了胜利的叫声。扁头又放了一只进去，铜头见了就上去猛咬，马上不动了，扁头见势不妙，连忙拿出来。再放一只进去，铜头拱身一叫，扁头的那只掉头就跑。我终于知道扁头为什么拿这么多盆来了，扁头无奈叹道："唉，我这是把大王、二王、三王全搬来了，还是不敌你这只铜头啊！"扁头告诉我，他的这几只"王"都斗不过我的这只铜头，这一带，就不可能有谁手中的虫能战胜铜头了。

扁头悻悻地走了。

　　没隔几天，午觉后，忽听扁头大声呼我而来，我开门一看，扁头满脸通红走了进来，后面跟着一位老者，手里捧着一只蟋蟀盆。老者看上去鹤发童颜，身板硬朗，双目炯炯。扁头介绍说，这是城西秀野桥来的老伯，特来以虫会友。我一听暗暗吃惊，秀野桥玩蟋蟀的一位老者我是久闻大名，一直被封为"虫王"，莫不是眼前这位就是，老者含笑点头。我瞟了扁头一眼，但事已至此，我只能硬着头皮从床下把蟋蟀盆拿出来。这时，不知从哪里围上来很多人，老者摆摆手示意大家安静下来。我们两只盆放好后，扁头变戏法似的又拿出一只盆，把盖打开，是一只空盆。老者悠悠地说："为了公平起见，两只蟋蟀放在这只空盆里斗。"说毕，老者把自己的蟋蟀先放了进去，我也跟着把铜头放了进去。我这才看清了老者的那只大虫，个头与我的铜头一般大，全身乌黑，双翼漩涡形图案呈现着浮雕般立体感，又圆又大的头，如一截铁球，一看就不是寻常之虫。两只蟋蟀在盆里转了一圈，马上狭路相逢了，谁也不敢先冲过去，只是相互摆动双须轻轻触碰着。叽叽叽——双方张开了牙钳，几乎同时叫了起来。铜头牙钳焦黄如钢，那只被老者叫作铁头的蟋蟀双牙墨黑如炭，双方边叫边小心翼翼凑近着，各自的双翼振动如鼓，迅即，两副大牙咬合在了一起，谁也不让谁，你推我攘，搅动着，摩擦着，撕咬着；一会儿，两只大虫咬着双方牙钳顶立起来了，双方四条如蛙的后腿有力地支撑着各自的身躯，围观的人屏息静气，可以听见两只蟋蟀咬牙的吱吱嘎嘎之声。老者不动声色，我攥紧了拳头，手心里汗滋滋的。两只蟋蟀势均力敌，你来我往，大战了几十个回合，直杀得你死我活、天昏地暗。正在难分难解时，忽见铜头咬住铁头的牙钳用力一甩，铁头顿时仰面朝天，白花花的肚子一览无遗，铜头扑上去，在铁头腰下狠狠啃咬，竟把铁头的一条大腿咬了下来。老者的蟋蟀折了一条大腿，再也威风不起来，只能瘫痪躺着不动了。叽叽叽——铜头如一只威武的雄鸡，昂首欢快地鸣叫着。

此战使我名声大振，铜头被虫友们封为名副其实的"大王"，扁头也对我刮目相看。以后的日子里，铜头很孤独，因为再也没人敢上门挑战了。秋天很快就过去了，寒冷的冬天来了。我尽管万分悉心地喂养着铜头，但我还是看到铜头全身一点点变得焦黄起来，爬动很慢，犹如蜗牛。在年底前呼啸北风中的某一天，它终于耷拉着头趴着再也不动，离我而去了……

我写张泽羊肉的故事

那是我到张泽镇的第一年。上海的一家报纸编辑朋友向我约稿，登了几篇文章后，他建议，不如在他编的报上给我开个散文专栏，每周一篇。我当时笔兴正浓，且又年轻气盛，竟不假思索应了此事。后来我才知此事允诺得有些仓促，每周一篇要能达到公开发表标准的散文绝非易事，个中甘苦，唯有心知。我只能硬着头皮搜索枯肠。

当时松江有好几个镇羊肉都做得很好，有的乡镇的羊肉都比张泽有名气。张泽人虽喜欢吃羊肉，但由于交通不便，地偏一隅，只能是封闭式的自得其乐。1995 年春我刚到张泽镇时，第一天在欢迎我的晚餐上，上来的就是热气腾腾的白切羊肉、烂糊羊肉、手抓羊肉等，末了还有羊杂碎汤、羊肉面等，当时只觉很温暖、很好吃。时间稍长，我发现张泽人确喜羊肉，不但逢年过节、红白喜事的正桌上必有羊肉，就连平时的家常便饭，也都不离羊肉。而且张泽人对羊肉的做法和其他地方不一样，选的羊都是一年左右的童子羊，那锅老汤要熬四五年之久，最重要的是火候的掌握更是秘不外传，一般半夜起来就开始制作。其时正是招商引资盛行的年代，张泽人招待外商及客人也大多以羊肉款之，令这些外商、客人赞不绝口。更让我吃惊的是，张泽许多老人保留了一种习惯，就是每天早饭也必须要吃羊肉，弄点羊肝、羊杂碎，来点烧酒，最后一碗羊肉汤面，然后面色通红哼着小调上班去。很多上了年纪的人几十年如一日保持着每日早晨吃羊肉烧酒的习惯，说是这样一天就会有精神、有力气。所以，当时的张泽，养羊的人家比养猪的还要多。

我虽然从小也喜欢吃羊肉，但当时并没什么特别的感觉，更没写吃羊肉的冲动。直到有一天来了一个朋友，才点燃起我写这个东西的欲望。好像是 1995 年 12 月初，时任县委宣传部副部长兼《松江报》总编的钱明光带了几个人突然造访，说是看看我。晚上，就在镇政府食堂就餐。上来的全是羊肉，而且做法都不一样，一个个都吃得如痴如醉。尤其是钱明光，平时从不喝白酒，但他知在张泽吃羊肉必须喝烧酒，竟也破例喝了许多白酒。他们七嘴八舌地说这里的羊肉全松江最好吃。到最后，虽都显醉态，但好像都未尽兴，嚷嚷着再来再来。我就开玩笑道："真的还想吃的话，明天早晨六点半我带你们再去吃。"说者无意，听者有心。过去在镇里工作都必须住在那里不能随便回家的。第二天清晨 6 点左右，突然电话铃响，一听，是钱明光打来的。说是他们一干人已出发在路上，要来吃羊肉烧酒。还来真的了?! 我急忙叫镇里的施治平去安排。六点半不到，钱明光等人还真来了。我就带他们到农副公司一个简陋的小店里。看来，他们昨晚的兴致未减。小店里卫生条件也不是太好，破桌破椅缺腿少脚的，钱明光他们全然不顾，直吃得满头大汗，抹嘴而去。临走时，钱明光突然冒出一句："听说你在上海的报纸上开了个散文专栏，何不写写这张泽羊肉呢?"

钱明光毕竟是搞宣传的，有独到眼光。一语点醒梦中人。他们走后的那天晚上，我也不知为什么，竟然有了创作的冲动。一个人在宿舍里铺纸静想，在炽白的日光灯下思如潮涌，疾笔下文，只两个多小时，一篇题为《羊肉烧酒》的散文一气呵成。写好后也没看，胡乱塞入抽屉，呼呼而睡了。过几天，接到编辑朋友电话催稿，才想起这篇东西。于是，稍做修改，寄稿交差。

起初，这篇散文是登在《东方城乡报》副刊上的，影响并不大，但在张泽镇，还是引起了小小的轰动。《解放日报》文艺部主任沈扬看到此文，颇为欣赏，很快把它放在1996年1月20日《解放日报》副刊朝花版的头条发表，"羊肉烧酒"这个标题，沈扬专门安排该报的资深编辑、著名红学家陈诏题写，其字古拙而灵动，非常醒目。

这篇散文是我的真切感受，虽然在写法上有些夸张，但经《解放日报》一刊登，立刻引起了广大读者尤其是松江人的喜爱。由于《解放日报》的影响力，此文刊出后在松江迅速兴起了一股张泽羊肉热。当时的县委书记杜家毫，在大会上和私下里，多次提到我这篇散文产生的影响。这以前，以张泽羊肉为名的店是一家都没有的。此文发表后的一两年里，松江一下子冒出了几十家挂着"张泽羊肉"招牌的店。还有朋友曾怂恿我去工商局把"张泽羊肉"当商标去注册。我虽没兴趣，但我后来知道，还是有人去注册了。在张泽，更不用说了，来吃羊肉的人纷至沓来，一时间，我真有些难以招架。有一年，松江隔壁的庄行镇搞什么伏羊节，《解放日报》的记者在新闻里把我写的张泽羊肉，竟张冠李戴到是写庄行的羊肉。后来，叶榭和张泽并镇后，叶榭领导很重视张泽羊肉的发展，每年搞张泽羊肉节，使张泽羊肉成了松江的一个产业品牌。再后来，网上"张泽羊肉庄农家乐团购"等相关信息铺天盖地，且把"张泽羊肉"列入百度百科一个条目。至此，在松江，可以毫不夸张地说，只要一提到羊肉，人们只知有张泽羊肉了。有一次，一位领导跟我打趣道："应该叫叶榭镇政府把这篇文章刻到石碑上去。"我这篇小文的这种持续效应，起初委实是我料想不到的。

这篇散文刊出后，也引起了文坛的关注。这篇散文刊出后不久，北京文化艺术出版社就要出我的散文集，当时我把散文全编好了，但就是苦苦思索不出一个合适的书名，负责这本集子的出版人成江提议就用《羊肉烧酒》为书名。果然，此书出版后，很受欢迎。著名评论家、上海作家协会副主席杨扬在他《雅致的散文品质》一文里，对我这篇散文也做了较高的评价。著名文学评论家潘颂德，资深编辑朱金晨、乐惟清都在他们的文章中对这篇散文有积极的评价。2010 年 7 月 31 日在上海作家协会召开的王勉散文创作研讨会上，著名作家、上海作家协会副主席赵长天曾动情地说："我觉得写得真好。特别是写到吃羊肉的感觉，真是看得你就想吃。当然有点夸张，但这个夸张我愿意接受。这个夸张，是对羊肉的热爱，对羊肉的热爱是对生活的热爱、对生命的热爱。我觉得文学要表达的、散文要表达的，就是这个东西。"

我一直以为，我写张泽羊肉，只是一篇性情之作。就散文而言，不是自谦，我到现在对这篇东西还不是很满意。所以，后来我又重写了两遍。一遍是 2008 年，我觉得有的素材尚未在文中尽情体现，直接改名为《张泽羊肉》重写了一篇，在当年的《新民晚报》上发表。在 2014 年编文集时，重新审视《羊肉烧酒》和《张泽羊肉》，发现两篇都好像缺了点什么，干脆，我又把两篇内容整合起来，又写了第三遍，也就是现在收在文集中的这篇。夜深人静，每每细读这篇散文时，总觉得还是意犹未尽。究竟何故，又一时说不出来。看来，也只能如此了。

浮生微言录

情　怀

这不是很具体的东西，看不见、摸不到，但能深深感受到。鲁迅曾说："无限的远方，无数的人们，都与我有关。"这就是情怀。

无疑，情怀是一种感情，是对某人某事某物某景所对应的感情，这种感情是美好而高尚的，不容丝毫低级趣味。情怀可以含蓄，也可以奔放；可以委婉，也可以豪迈；可以空灵，也可以厚重。有时可以简单浅显，有时又可以深奥玄妙。情怀是一种心境，是平静而持久带有渲染性的情绪状态。郁达夫在小说《过去》里有生动的描述："两旁店家的灯火，照耀得很明亮，反照出了些离人的孤独情怀。"情怀是一种情趣和兴致。抚琴、赏花、垂钓、弄墨、玩石，情趣所在，都能寻找到优雅而别致的情怀，没有情怀的情趣终究是盲目的玩耍和游荡。情怀更是一种胸怀，但不是通常意义上所理解的胸怀。秦始皇虽霸道，但他在风雨飘摇中挥剑而起，力克群雄，一统天下，此种情怀，千古能有几人！

有人说，以心灵满足而不重功利得失作为自己行为标准的一种品质，就是情怀。与鲁迅所言，有异曲同工之妙。

一个有抱负的人、一个有追求的人、一个重感情的人、一个懂生活的人，就是一个有情怀的人。有情怀就有格调。

　　伟大的人有博大豪迈的情怀，毛泽东诗句就有这样的情怀。"北国风光，千里冰封，万里雪飘"，意境开阔，气魄宏大。"江山如此多娇，引无数英雄竞折腰"，傲视群雄，诗人的壮志溢于言表。"俱往矣，数风流人物，还看今朝"，感情奔放，充满自信，这是何等的英雄情怀！就是在最艰苦的长征岁月里，毛泽东的情怀也令人赞叹，"今日长缨在手，何时缚住苍龙"，强烈抒发了毛泽东的不凡抱负，展现了肩负历史使命的坚定情怀。"诗言志"，通过诗词流露自己的情怀，毛泽东不是第一人，自古就有之。苏东坡的《念奴娇·赤壁怀古》里开篇就是："大江东去，浪淘尽，千古风流人物。"气势磅礴，眼界高远，胸臆尽现。尔后的"羽扇纶巾，谈笑间，樯橹灰飞烟灭"更是精彩至极，一展诗人豪放的情怀。有什么样的抱负，就有什么样的胸襟，就有什么样的情怀。

　　不是所有人都是伟大的。所以，有的情怀天高海阔，有的情怀风轻云淡，有的情怀小桥流水。有情怀，就是有人性。

　　岳飞、文天祥、谭嗣同、孙中山等人的家国情怀，感天动地，为千秋万代所颂扬。而有些情怀故事，虽不很起眼，但也美丽动人。

　　6岁那年，达·芬奇上学了。他在学校里对其他东西不是很用心，对绘画最感兴趣。一次，他上课不专心听讲，却给老师画了一幅速写。回家后，达·芬奇把画给父亲看。父亲不但没生气，反而夸他画得出色，还决定培养孩子这方面的才华。父亲的开朗，使达·芬奇无所顾忌，全身心投入到自己喜爱的事情中。16岁那年，父亲又把达·芬奇带到画家戴罗奇奥那里学画，使达·芬奇掌握了更多的绘画技巧，画艺突飞猛进，终成大画家。达·芬奇父亲"给孩子最大的自由，让孩子发展自己的兴趣"的教育信条，弥漫着拳拳父子情，如涓涓小溪，流淌着感人的儿女情怀，令人敬重。乡愁，也是展现情怀的窗口。"乡愁是一湾浅浅的海峡，我在这头，大陆在那头"，余光中的诗句里，那种浓得化不开的故土情怀，谁读了，不潸然泪下呢？

情怀是可歌可泣的，是感人肺腑的。情怀是生命的怒放，是生命的吟唱。拥有什么样的情怀，就会绽放什么样的人生。

不　响

"不响"是苏浙沪一带的地方语，意为不吭声、沉默无语。"不声不响"也是那里人们的常用语，具有强烈的地方色彩。

在"不响"的组合中，流行于民间的"不响最凶"这句话，最为耳熟能详。此中的"凶"字，不是凶恶，也不是凶险，而是指厉害，不是一般的厉害。有时是褒义，有时是贬义，看在怎样的语境中，用在什么地方。一个人如果整天诈诈唬唬，口若悬河，滔滔不绝，声音很响，人们可能对他不以为然，甚至不当回事，因为人们知道，这种人肚子里藏不住东西，什么都在哇啦哇啦中倒出来了。这样的人，要么无脑子，要么很肤浅。要好也好不出色，要坏亦坏不到哪里去。倒是那些不响的人，不露声色，你不知他在想什么，不知葫芦里卖的什么药。这样的人，除了三棍子打不出闷屁的窝囊废外，都不可小觑。这样的人，表面上看不出什么，但在肚子里做功夫，有心计、有城府，犹如深水潭，面上水波不惊，可下面深不可测。这样的人，无疑都不是等闲之辈，也不是寻常人物。所以，遭遇闷声不响的人，不可轻举妄动，最好也先不响。静观其变，再做选择。

叫个不停的猫，老鼠从来不怕，老鼠知道它在哪里。一声不响冷不丁窜出的猫，老鼠怕得要命。这就是会捉老鼠猫不叫的厉害。

不响有时是人的性格，但更多的是人生的一种态度。不响并非软弱，更不是无能，而是一种生存的智慧和抉择。

《西游记》中，漫漫西行取经路，话最少的，是那个沙和尚。他知道，降妖伏魔、呼风唤雨有大师兄孙悟空，探路寻食、问长问短有猪八戒，而他只要挑着担子护着唐僧默默前行。而就是这个一声不响的沙和尚，每个关键时刻，唐僧都离不开他，他都能发挥稳定军心的作用。《三国演义》里的徐庶，辅佐刘备连败气势正盛的曹军。曹操不解，觉得刘备并无此本事。派人打听，才知有高人在帮刘备出谋划策，此人即徐庶。曹操顿生仰慕之心，派人招揽。徐庶不理，曹操设计把徐庶老母骗到许昌，好生伺候。徐庶明知曹操阴毒，无奈孝心至上，只能来到曹营。曹操大喜，以为计谋得逞。而徐母见儿子上当前来，愤而自尽。徐庶悲极，自此在曹营不出一声。曹操待徐庶优厚有加，并花言巧语虚心讨教破敌之计，徐庶不为所动。一直到离开曹营，徐庶始终不响，未曾向曹操出过半点计谋。后人把此事提炼成一句家喻户晓的歇后语：徐庶进曹营——一言不发。

徐庶的不响，是一种本事。有时，人在开口说话时，感到内心很空虚，而当人在不响时，心中却觉得很充实。

只要不是那种傻不溜秋的不响，不响就是高深，就是神秘，就是玄机。有时，会产生令人意料不到的效果。

爱迪生发明了自动发报机后，为了产生更多的发明成果，他决定在美国卖掉这项发明及制造技术，以便兑换钱来建造一个实验室。但爱迪生不熟悉市场行情，也不知这项技术能卖多少钱。他便与夫人米娜商量，米娜满脸茫然，想了半天，一咬牙说："2万美元吧？"

爱迪生摇头："太多了吧？"

夫妇俩伤透脑筋，也估摸不出什么价。

米娜只好说："要不然，到时先看看买家出什么价，我们先不说。"

也只能如此了。

纽约的一位老板，听说此事后，急忙赶来表示愿买自动发报机这项技术。爱迪生和他见面洽谈时，心里一直以为 2 万美元太高，竟羞于启齿，只好沉默不语。这位老板不断追问，爱迪生始终一声不响。米娜在上班，爱迪生甚至想拖到米娜下班过来后再谈价钱。纽约老板耐不住了，脱口而出："我先开个价吧，10 万美元，怎么样？"爱迪生一时以为自己听错了，还是不响。那老板又重复一遍，爱迪生喜出望外，二话不说马上和对方拍板成交。后来，他和米娜开玩笑说，没想到我不说话竟赚了 8 万美元。

这就是不响的力量。不响，有时是聪明，有时是狡猾，有时是厚道，有时是阴险……不响之时，很可能孕育着不同凡响。

简 单

台湾作家三毛曾写过名为《简单》的散文，结尾的话是这样的："我爱哭的时候便哭，想笑的时候便笑，只要这一切出于自然。我不求深刻，只求简单。"

三毛经历丰富，见多识广，思想独立，在这复杂纷繁的世界上，在其情感起伏的人生里，悟出了简单的含义，向往着简单的人生。这是对充斥着争名夺利、物欲横流世界的一种不屑，也是对烦恼不断、拥挤不堪人生的一种不满，可以理解。无独有偶，一个涉世不深的中学生，写了篇题为《其实很简单》的作文，文中说："虽未得到人生的句号，但已拥有弥足珍贵的经历。只要努力追求过了，就可以无悔，一切的一切，其实很简单。"中学生尚处人生道路起步阶段，虽有些许经历，毕竟浅显，有这般想法，要么是幼稚得可以，要么是故作老成。其实，在这个世界上行走的人都知道，要想生存，是不易的，也是很累的。不可知的危机等着你，无尽的剪不断理还乱纠缠着你。所以，千百年来，人们一直渴望着简单也就不奇怪了。

欲求简单，简单生活，简单做事，愿望是好的。但要做到，并不是那么简单的。

有位哲人曾言："最简单的东西往往是最真实的。"建筑设计师贝聿铭也曾说："最美的往往是最简单的。"简单的内涵，在他们的话里升华到了极致。

在身心压力与日俱增的现实中，人人都深感活得很疲惫。简单做人、简单从事，成了许多人内心的追求。小学生面对每天堆积如山的作业，希望老师布置的题目最好简单点；职场上的男男女女们，希望老板不要把乱麻似的工作每天压到自己身上，尽量简单点；更头疼的是繁文缛节的人际交往，无休止的各种应酬，在虚情假意中迎送，在言不由衷中往来，实在是说不出驱不散的麻烦。还有人生中的那些搬弄是非、钩心斗角、互相倾轧，甚至你死我活的明争暗斗……置身于如此人生境地，简单，成了异想天开的奢望。于是，有人就远离喧嚣的尘世，视名利如浮云，视金钱如粪土，躲进了深山，过起了男耕女织、粗茶淡饭的简单生活。这样的生活，形式上是简单了，但，还没有还原简单的真实，更不用说达到贝聿铭所言的美了。

快刀斩乱麻式的简单，只是痛快的简单。删繁就简，循序渐进，也许会抵达简单的真实彼岸。

一开始就简单的事情，无所谓简单。只有经历过复杂后的简单，过滤过麻烦后的简单，才是真正的简单。

简单不是草率从事，不是随性乱为。简单是对复杂的有效调理，是对麻烦的积极破解。简单就是要让头绪少就尽量少，可以不复杂就不必复

散文

185

杂。很多年前有个画展，其中一幅作品，是墙上一大摊溅开的爆炸型色彩，说是抽象画。有记者问画家是怎么创作出来的，画家轻松回答说，很简单啊，把色料揉成一团扔上去就成。这不是简单，这是乱来。拳坛一代宗师叶问，打得一手名为咏春的好拳。为了使咏春拳在实战中更有效地发挥作用，叶问淡化其他拳种里花拳绣腿的套路，创出了近身快打拳法。看上去比原先简单多了，但在实际搏击中非常实用。到了李小龙，不但继承了叶问的形，更悟到了师傅的神。到美国后，他把原有拳法进一步改进，自创了截拳法。这种拳路，出拳快而准，不少人看了认为太简单，殊不知在实战中屡屡显示其出奇之效。李小龙也因此成了驰名天下的功夫巨星。

简单事情复杂操作，是愚蠢的行为；复杂事情简单处理，而且处理得当，那就是高明人的做法。

旧稿三题

《小时代》，一本做坏了的电影版时尚杂志

我因为奇高的票房想一探究竟，有缘分看了郭敬明的电影《小时代》。

十年前就隐约知道有个很会玩文字的小人儿叫郭敬明，他留给我的印象极卡通：细细的脖颈，灿白的牙齿，萝卜丝般的头发，楚楚可怜的模样。我很早知道郭敬明十分了得，竟能连续两度斩获新概念作文大赛的魁元。要知道，一代才女张爱玲18岁时写的散文《天才梦》参加当年《西风》杂志组织的征文大赛，只挤进第13名，获了个名誉奖，哪有小四光鲜啊。但即使这样，我原以为郭敬明也就不过是个比赛狂，超常发挥，在榕树下积郁的才气爆发一下也就完事了。真没想到他就此玩开，玩成玄幻和时尚的高手。原本胡思乱想弄出三个字"樱空释"，被他老爸一激励，便发酵成两万字的短篇小说《幻城》在《萌芽》上发表了，而且还莫名其妙地引起了不小的动静；原本白日做梦般的短篇《幻城》发表了该歇息了吧，却又被春风文艺出版社的合同一刺激，便进一步发酵成15万字胡天野地极其乌托邦的玄幻主义的长篇《幻城》，而且顶尖级的畅销，粉丝无数，土壤肥沃，市场广阔。

一身歪才的郭敬明能永不枯竭地继续写、快速写，粉丝数量也由"小股小股的革命赤匪发展成师、军、四个方面军、五大野战军"。有这么惊人数量的粉丝为他打围和垫底，郭敬明的安全、畅销和住进上海静安公寓数亿价值的豪华老宅根本就没有悬念。郭敬明生逢其时，不用担心背上当年刘绍棠被打成右派时"年纪轻轻就在城里买下了房子，贪图安逸享受"的罪名。靠着玄幻和时尚的本领发迹的郭敬明财大气粗，便有了优雅的腔调。有人控告他的《梦里花落知多少》乃剽窃之作，找出板上钉钉的证据要求赔偿和道歉，小四的态度更是斩钉截铁得爷们：赔偿可以，道歉不行。后来人家可能想想还是女不与男斗，事情的结局便没个交代。这之前有人就曾爆料《幻城》抄袭 CLAMP《圣传》《X 战记》《东京巴比伦》的行径，爆料《幻城》里面的某段句子完全照抄古龙的《陆小凤传奇》。早年听闻此说，我虽有小憾，但又一想，他也是别一种收罗材料，怎么也毁不了他的恢宏架构啊。郭敬明的气场还是给我留下了很深的印象。

郭敬明有心有才写玄幻和时尚，粉丝们有心有闲读玄幻和时尚。这本是相依相存、天设地就的好事。没有郭敬明，粉丝们闲淡得慌；没有粉丝们，郭敬明憋屈得紧。郭敬明真的很聪明，他不写现实主义，不写浪漫主义，不搞纯文学这种小众营生。郭敬明一定深知，在中国，文学越纯，读者越少。池小水浅折腾无益，玩不开。郭敬明玩玄幻主义和时尚主义，玩转少男少女和熟男熟女。这两个庞大的群体都好幻想和狂想，对时尚有着与生俱来的羡慕和追求，郭敬明解决了这两大群体精神上的饥渴。作为回报，这两大群体酣畅淋漓地埋单让郭敬明长期占据各类排行榜榜首或前列位置，让郭敬明实实在在地拥有财富，实实在在地享受玄幻和时尚。郭敬明真是命运女神的宠儿，他低头喝水，水到嘴边；伸手取果，果入于握。

有人做过分析，玄幻和时尚都跟荷尔蒙程度有正比例关系，少男少女荷尔蒙正在生成，熟男熟女荷尔蒙处全盛期，荷尔蒙指引这两拨上帝的羔羊为玄幻和时尚而迷醉而癫狂。少男少女和熟男熟女扎堆的地方就是荷尔蒙弥漫的地方，就是推销玄幻和时尚的理想地带。郭敬明会玩玄幻和时尚写作，也会玩文化娱乐经营。他做文字、做漫画，又把触须伸向电影。什么地方挥发出荷尔蒙的味道，他快乐的事业就发展到什么地方。一部《小时代》，赚足了文字和漫画的销量，竟又赚翻了电影的票房。六天三个亿的票房啊，这是多么摄人魂魄的买卖。圈里人做了一辈子电影也没做到过这么个快活。圈里人不能不郁闷，一部"不接地气的作品"怎么就这样红火。这电影好在哪儿了？圈里人真的太实诚。凡写人的生活，当然要接地气。小四并不想傻傻地写人的生活，哪里需要什么地气。郭敬明似乎是想明白人生的意义在于现世受用，才不会为掇弄文字像陈忠实、像路遥这辈的作家那样去呕心沥血。郭敬明为春风文艺出版社扩写《幻城》而瘦去五斤肉这不叫呕心沥血，他是挑灯夜战赶工期，累身不累心。再说了，如果是呕心沥血的事，一家专业的出版社怎么会不顾创作规律限一个月里出活呢？很明显，郭敬明虽然也是干着码字的活，但他不是在进行创作，而是在做文化娱乐；郭敬明自己不生孩子，而是善于抱过野孩子来改个名装束一番逗闹取乐。

这样的解释是符合实际情形的。不然的话，接不接地气的问题就是个绕不开的坎；不然的话郭敬明现象就逼迫文艺理论的某些原理显露窘态，比如生活和创作的关系、作者体验生活的问题。作协安排郭敬明哪里去下生活接地气？幻城还是奥汀大陆？现在我们完全可以释然。我们可以离开文学、离开电影艺术来看待电影《小时代》，这样可以挣脱掉心理束缚，感受就比较真实。电影《小时代》完全不是传统或先锋意义上的制作，它完全缺乏故事线索和冲突模型。电影中从情场到职场、从纯情到矫情生发出来的小矛盾、小别扭、小误会根本就是无根无由支离破碎的杂料，这些料和一堆俊男倩女表现闷骚型的欲望都没有任何认识和欣赏价值。这些镜头意义的唯一合理解释就是填满影片的必要时间。这部电影的真实用心其实就是展示财富及其附属品时尚。片中的男女演员不过是展示财富和时尚的大牌模特。影片竭尽摄影中的光色辉影的运用，很注意服装、发型、器物和建筑的质感表现。片中人物宫洺的冷面表情在欧美大制作的时尚广告片中屡见不鲜，冷面表情被看作是贵族气质的特征。时尚的魅惑就是财富的魅惑、高贵的魅惑，向往时尚也就是向往财富、向往高贵。郭敬明借电影《小时代》的影像展示，表达了他对财富和高贵的理解以及对时尚的癖好。本来对名物怎么理解、怎么上瘾，只要于社会无害，都可以被承认是私人自由的空间，但郭敬明在电影里不知不觉地暴露了他藏在骨子里的时尚主义专制。郭导让林萧一踏入职场起，处处表现出对豪华和时尚的好奇、羡慕、心仪和欣赏。最不能忍受的是，郭导还让林萧表现出在豪华和时尚面前，内心不可遏制的虚弱和被震慑。水晶杯的被打碎就是为表现这种专制而设置的。影片的这种对于时尚的极致渲染和张扬，是对普罗大众的卑鄙引诱和心理压榨，是让精打细算掐着指头过日子的平民阶层的朴素生存观层层剥落，自行瓦解。影片充满了对于时尚的迷恋和崇拜，郭导在影片里情不自禁过了一把自恋瘾，这个自恋就是郭导对自己的时尚能力和时尚境界的过度欣赏。有意思的是，郭敬明在影片里分身为董事长宫洺和专栏评论员崇光两人。宫洺拥有财富和权威，崇光拥有才华和爱情。而且，从外形看，崇光和郭敬明很相似，这多少有利于把郭敬明从戏外带到戏内，让郭敬明在美女如云、俊男成阵的曼妙世界表现自恋。郭敬明的自恋不是柏拉图的精神自恋，而是成功自恋、财富自恋和时尚自恋。也许生活中的郭敬明面对财富能够表现得从容淡定，对于时尚能够拿捏分寸、把持欲望，但他的影片却没有展示这种真正的高雅气质，而是尽现时尚面纱下轻狂和粗鄙的丑陋，令人扼腕叹息。

依我看，我们没有必要自寻烦恼用电影艺术的审美标准去衡量电影版《小时代》，所以也完全没必要纠结于该影片接不接地气的问题。我只能给出一个结论，电影《小时代》完全不是传统或先锋意义上的电影制作，充其量只是一本电影版的时尚杂志。而且由于过度渲染时尚主义，它就成了

文采飞扬的日子

一本做坏了的电影版时尚杂志。如此而已。

质疑劝读言论中的举例

年年世界阅读日里，总会见到聒噪于报端的一些小言论，所议与世界阅读日之意大相抵牾不说，为了证及勤读，举凡事例或为恶例，或为疑案；取例无非悬梁刺股、凿壁偷光、囊萤映雪。此等烂事，竟讹传不息，甚可质之。

我说，悬梁刺股，恶例也。人非顽石，本乃凡身肉胎。肉身困顿，精神萎靡，实为自然。应循阴阳轮转之律，及时歇息将养，待得精神再振，方可喜悦再读。苏秦、孙敬之辈，违反天理，自虐其身，亦即虐其父母也。岂不闻身体发肤，受之父母，不敢毁伤，孝之始也。退而言之，人之困顿，虽悬梁刺股不效也。又退而言之，如此苦读之人，对人事理解必误，日后亦不堪大用。至若刺股之苏秦，酷虐自身，日后惨死六国兵刃，事所相系，乃祸伏于虐行是也。阅读也者，治养心性。凶心虐行，何可范之。

所称三光之借者，亦深可疑也。汉时之墙，断无水泥钢筋之坚，凿之固易，然者凿墙之举危及邻人之安居。凿墙得手，既借得烛光，亦可窥得隐私。孔目灼灼，邻人家事房事无所遮蔽，无所遁迹。匡衡所为，显然有违道德，亦有害于世之治平。目今之词，可谓侵犯人权。而邻人无所斥阻，任其凿墙，实不可信。我为邻人，若怜其攻读之诚，宁赠以蜡烛并赠以灯油，亦不愿墙面被凿，孔洞赫然，居无宁日，惶惶有裸体于世之感。匡衡晚年有私吞良田数万亩之贪枉劣行，可证其道德之大缺陷。其道德之败，得无始于凿墙之初？

另有车胤囊萤、孙康映雪之借光，虽不违道德，亦无害世之治平，但考之实验，不足仿效。今有旅游胜地，至夏有售瓶装萤火虫十只或二十只的。用衣服围出黑暗空间，二十只萤火虫之闪亮断不及 0.5 支光小灯泡之微光，且间歇闪亮，殊难以为阅读之照明。车胤之时，以白练袋之，虽细孔点点，亮自不及玻璃瓶远甚。2008 年春有大雪焉，日落有时，我携书与尺至屋北墙根，量得积雪深可四寸，浅亦两寸。积雪盖地，茫茫灰白或暗白。我欲映雪读书，却实在无法认清文字，只得作罢。心想，这囊萤、映雪，确确的作秀而已。总不外是此等人物日后发达了，便弄出些不寻常之事来装点人生，供后人传颂的把戏罢了。

国人历来倡导天人合一，行遵自然规律，日出而作，日落而息。此亘古玉律，断错不了。天既已黑，何苦偏要读书！睡觉不可以吗？讲故事不可以吗？打太极拳不可以吗？练站桩功不可以吗？车胤和孙康想节约电费，这本不错。但夜里甜甜睡上一觉，明儿起早天光下读书，读得明白，读得轻松，实在无须依赖那萤火虫和雪地的呀！

持论得有据，据而大谬，论何以存？况人之所取例，皆功利灼人。此等阅读，一意奔着日后的发达，断非世界阅读日所指之阅读。世界阅读日所指之阅读，本为治养心性、清醒精神之阅读矣，若无淡泊之心，着实不可为之。以恶例浸润着功利，欲证阅读之美，岂不坏了读者的心境！

“安得广厦”之问

上网发现某地产大佬的博客账号被关闭了，我第一时间却是想到杜甫的名句“安得广厦千万间，大庇天下寒士俱欢颜”。我下意识里把这两个腕级人物连在一起，是因为房子。民以食为天，民亦以居为天。粮食是第一要招，但若是居者无其屋，便会惶惶如丧家之犬，悲苦至极。

本来我对房子真没有任何关注度。小时候随父母住着石库门 40 平方米前后客堂外加 20 平方米天井和 8 平方米楼梯间，没感受过市区人均 6 平方米住房的逼仄局促，所以总坚持着一种无关痛痒的态度：一个人有合适的房住着就可以了，再去额外关注房子就不免无聊。这种态度让我愚钝不已。一股又一股买房狂潮卷起之时，我竟能气定神闲作壁上观，放走一次次买房机会。买房狂潮有力地提升了人均住房面积水平，并推动房价迅猛上蹿。我家人均住房面积早已被淹没在这个城市的平均水平线下，当年持币观望可买两个中套住房的购买力，也早已在高房价面前贬值十之八九。现在再去买房的话，我和妻子这后十多年里苦挣苦赚的钱刨去吃喝用度，加上原来贬值剩下的钱就只够买半个中套住房。也就是说，十多年里不断上涨的房价实际上已经吞噬掉了我家的一个半中套房子与十多年里我和妻子的辛苦劳动所得。这个惨痛损失将是个现实。能够不让此等损失成为现实的唯一办法是，我和妻子将"不买房子"进行到底。

我们既没有住房的刚性需求，也丝毫没有投资房产赚钱的欲望。粮食是天，房屋是天。老天是不能玩转亵渎的。读中学时看过电影《难忘的战斗》，知道不法商人想控制粮食市场制造粮荒，以困死共产党的新生政权。现在房地产被玩转，房价被恶意炒高到二十多、三十多倍的房价收入比，远高于联合国三倍的标准和世界银行五倍的标准，这是在用超高房价困死低收入阶层的购房梦。房地产被做成暴利产业的结果是加速加大了贫富两极分化。死活怀揣购房梦想、不甘心望而却步的低收入者注定被高房价逼到绝境，不得不用三五十年的生活结余购买平均寿命不过30年的房子。这是怎样的无可奈何啊！

一千两百多年前杜甫在安史之乱后期，携家避战乱之祸由陇右颠沛流离行至成都，得曾经同朝为官、时任成都尹的好友严武资助，于西郊浣花溪畔搭建茅屋居住近四年，生活相对安定。但是即便这样，简陋的茅屋因秋风掀走茅草，更兼淫雨漏屋、衾枕湿冷，诗人感受无限烦恼凄苦而作千古绝唱《茅屋为秋风所破歌》，"安得广厦千万间，大庇天下寒士俱欢颜"几乎成了代表社会生活基本理想和愿望的民生问责词。

杜甫生活的那个时代，虽曾是一派盛唐气象，但"广厦千万间"断乎是梦中之物、稀缺资源；安史之乱八年兵燹，社会生活更不免一片凋敝、满目萧疏。"广厦千万间"何处寻迹？其后历朝历代又有哪位豪杰俊彦能圆满回应得了杜子美的经典一问呢？

时隔一千两百多年，当世已具备了可以较好回应杜甫经典一问的条件了，因为中华广袤的大地上已经突兀而现成片成片巍峨峭拔、风雨不动的"广厦"。然而，房价收入比的奇高倍率使"天下寒士"仍是难以得到"大庇"而"俱欢颜"，我们的回应仍无法做到美轮美奂。当大多数人一生呕心沥血求当房奴，当大多数人一生呕心沥血求当房奴竟还当不成房奴的时候，这是怎样的一种哀痛。然而奇怪的是，为千万间广厦快乐忙碌的房地产大佬们似乎严重缺失杜甫心忧黎元的情怀，无视社会的那种普遍哀痛。其中才华横溢的某地产大佬就很有些缺失"哀民生之艰"的情怀，一路持论"房价不高"，还屡屡抛出"美国年轻人也买不起房"的虚假论据以混淆社会视听，迷乱人们心智。

可叹人心不古呢，老杜"安得广厦"的千年之问便就继续无望得到美轮美奂的回应。

王季明

《爱欲与哀矜》之断想

喜好文学评论主要有两点：一是《中国现代文学研究丛刊》，二是《上海文化》，具体而言就是张定浩发表的文学评论。

收到张定浩快递而来的《爱欲与哀矜》是 11 月中旬，当时以为这本十余万字的小书（有些文章早在《上海文化》上读过），以我平时阅读速度无论如何一两个晚上能读完，始料不及此书花去我半个月晚上的时间，更让我奇怪的是，这些评论或书评，会让我第二次踏入同一条河流。掩卷而思，原来是共鸣。或许张定浩不以为然，且朝我翻着白眼，可我视而不见，一厢情愿。

一

说说格林，是格雷厄姆·格林。他的中文版书，20 世纪 80 年代初始就已拥有，当然并不完全，不过并不妨碍熟识。熟识又能怎样？请告诉我，熟识的又有谁就格林小说创作思维，做过不惊不乍、充满诗性般的语言从而一语中的分析呢？只有张定浩。他写道："作为一个百般遮掩最后才舍得抛出的旨在博取惊叹和掌声的包袱，格林并不屑于此。他像每一个优异的写作者所做的那样，每每从他人视为终点的地方起步，目睹真相实情之后的悲悯和哀矜并不是他企图在曲终时分要达到的奏雅的效果，而只是一个又一个要继续活下去的人试图拖拽前行的重担。"这就是说，"在事物危险的一端，也就是习见与概念濒临崩溃的地方，蕴藏着现代小说的核心，包括从亨利·詹姆斯那里格林理解到的限制视点的重要"。

这年月张口闭口到处都是结论，结论成了礼花在天空中飞得绚烂，可结论来自何处？结论之唯一必须来自过程，可又有多少人会细细详察过程呢？更何况即便详察过程，其结论完全可能是错的。张定浩佐证格林创作思维的过程就是《恋情的终结》。其结论往往是众多读者完全忽略的此小说在故事结束后，"又向前滑行了六十多页，是整个小说三分之一的篇幅"。纠缠毫无意义，读过《恋情的终结》豁然开朗那是必定，就我而言必须再加《一件事先张扬的凶杀案》。

自然说到《权利与荣耀》等最具天主教小说整体图景时，真想读到哪怕只言片语远藤周作之《沉默》。没有。没有是对的，不是比较文学。

由格林而起，无意中联想起圈内全盘肯定大腕们的《黄雀记》《环形山》，还有那个涂自强，只有张定浩在并未收入此书文中，准确指出这些小说，尤其涂自强，"只是精心搜集的苦难和愚蠢叠加在一个人及其至亲的身上，清清楚楚地算计出自己要达到的效果，这就是精明的小说家事先已经为评论家们准备好了的标准答案"。如果没记错的话，张定浩由此过渡到 Umberto Eco（艾柯）。说他的开放性作品接近于生命本身，由于承载复杂和不可估量的信息，无法以固定单一的方式传播，遂促使和激发演绎者"理性的自由行动"，只有通过再创造方式，才能够真正理解原作者，就像一个人只有通过自己认真生活才能理解他人的生活。于是，一部开放性作品在美学上具有了无穷的前景。

窃以为，实属抬举与错爱。

地摊货与《爱欲与哀矜》真的无半毛钱关系。

二

从年头开始，圈内流行《斯通纳》。年末还看到王安忆在《萌芽》上向年轻读者推荐。张定浩作为一个圈内有影响的青年评论家让他例外很难。当然作为从未进入此圈比如像我此类的也就跟在后面流行了。记得有人看后对我说，你为啥推荐这书？这书让人既心寒又窝囊，五味杂陈难受至极。我以为读惯了《包法利夫人》或者《安娜·卡列尼娜》，产生这种生理上的强烈反弹实属正常。由此是否可以说，想要消受《斯通纳》而没有准备，张皇是否为一种态势？

张定浩五六月之间写了《斯通纳》，或爱的秩序》，是此书行文最长的一篇，约1.4万字。之所以用这样长的文字来表述，我以为不是作者不想洁简，而是《斯通纳》让作者不得不这样做。抛开其他不说，单就人物而言，张定浩对斯通纳与伊迪斯婚姻悲剧高水平地引用了一个单词:" innocent."他说，"这个词是'懵懂'，突出其中'无知'的消极意味，可以作为'纯真'译法的补充"。这种用词之精确，你想不对张定浩高看都难。

斯通纳与伊迪斯婚姻以悲剧收场，那是新婚蜜月失败后就注定了。若你以为这是交易、欺骗、第三者那就完全错了。梳理斯通纳的人生轨迹非常简单，从小受宠的伊迪斯也是相差无几，他俩只是到了年龄相识后就结婚。这里很难说斯通纳爱上伊迪斯，反之更是如此。就像我们众多男女到了岁数必定履行结婚一样。结婚有了，恋爱呢？诡异多了。就算有了恋爱，你能保住婚姻？其关键正是西方小说中较少出现过的 innocent。这个 innocent 究竟从何而来？我以为是宿命。当一件事、一个人被天注定的事情所缠绕，那么从开始之时，必定决定了走向或者说命运。这就好像我们根本无法阻挡多米诺骨牌的坍塌一样。

张定浩独到的 innocent，去掉了我们内心的杂陈与张皇也就必然。

三

文珍与颜歌是谁并不知道，不知道也就根本没读过她俩半行文字。但这也不能说一点没听说过，去年一次偶聚中，一个沪上老报人在我面前大加赞赏，赞赏什么也早忘记。现在张定浩书中出现两篇专项评论，可见老报人至少与张定浩志趣共同。老报人是倾力赞赏，张定浩说不上倾力，大致也是在赞赏的基础上指出其关键之不逮。没读过两青年女作家的小说，让我无法加以明确判断。不过从感觉上看，写颜歌比写文珍好。不过感觉这东西靠不住，权当废话。

评颜歌并不像评文珍，上来直接切割，事实上《伤心与开心》做了一番颇有功夫的展示。而这也就直接表露出作者个人独有的文学审美与趣味。这种追逐与把玩，有意无意视其境界，那是作者或与颜歌相关的事了，然而一旦成了文字呈现在读者面前，那就不仅仅是作者与颜歌了。

不过不废话的就是必须为评颜歌开头的那些文字做些自我理解。

且看："某个人对父母冷淡……却被阿列克谢耶维奇的作品搞得涕泗横流，我倾向于认为，这不是什么文学或故事的力量，而只是人性的可哀。如果一个写作者，只知道搜集生活中的苦难与伤痛（自己的或他人的），把它们用文字黏合成炸药，释放到人间，爆炸成各色的烟火，我倾向于认为他是一个表演艺术家（自毁型或冷静型），而不是一个尊重文字的作家。"

粗放型的看过，以为张定浩是贬低阿列克谢耶维奇。若是以此逻辑，那么极有可能荒唐到把亚历山大·索尔仁尼琴一起带进，若是这样，重的不敢说，轻的张定浩的读者必将逃离。如果不是这样，书中其他地方绝无仅有如此沉重且带有愤怒意味的文字为何出现，它的指向究竟是什么？为何会与颜歌捆绑一起？

细细琢磨，也很简单。与颜歌捆绑，那是便于对照。颜歌的对立面，就是中国文坛几个颇有名气的中青年作家而已，是他们把苦难与伤痛黏合成炸药，释放到人间，爆炸成各色的烟火，而这只是一个表演艺术家，而不是一个尊重文字的作家。

说了几段断想，其实还有大把。

诚如张定浩被《小熊维尼》那句"我最喜欢无所事事"击中，我也同样。

欢乐且伤感着的《同和里》

　　同和里是一条弄堂，弄堂口一边皮匠摊，一边剃头摊。为啥要摆两个摊，这里有讲法。皮匠摊专修鞋，接地；剃头摊专剃头，连天。当初盘下整个同和里弄堂的老板希望天地同和，事实上这只是美好的愿景。不过有一点可以说，同和里是上海滩上随处可见大大小小弄堂的缩影，而生长在这样弄堂里的小把戏，都是散养的。散养的最大特点就是野，比如小说中弄堂口小皮匠儿子大耳朵，还有一帮尾随他的毛头、芋艿头、阳春面等。

　　大耳朵算算也真作孽八拉，五岁时娘生黄疸死了，要说对他好，有几个。一个是住在老远老远的闸北姨婆，最后跳苏州河了；一个是喜欢他的班主任顾老师，难产死了；一个是爱他的邻居老阿姐阿娟，去了新疆，被人强暴弄大肚皮，人不人鬼不鬼地逃回上海生了大病，只剩半天命了；对他好的还有一只肉团子黑猫，结果也不知野到啥地方去了，直到两年后才病恹恹地回来。按理说，大耳朵是小皮匠独生的儿子，但小皮匠几乎死人不管，除了在弄堂口修修皮鞋，就是喝喝五加皮。那个年代，吃饱饭不容易，大耳朵肚皮饿，想想小皮匠每天要喝五加皮，小脑筋一动，每每帮小皮匠零拷五加皮。半斤的，拷三两，还有二两装自来水。穿帮后，小皮匠就用楦头打，打得大耳朵哭薏呜啦。屋里厢不待见，弄堂里同样如此。那个年代飞机上会散发传单，为了去拿传单上的小小尼龙降落伞，竟然不顾危险，爬到屋顶上，一不留神从上面滚下。人呢，没啥，却把邻居橄榄头的鸽棚砸穿，鸽子呼啦啦地飞跑了，橄榄头多少结棍啊，拳头一伸，害得小皮匠不但要赔不是，而且还要赔钞票，吓得大耳朵立马逃夜。学堂里呢，应该好好读书，他偏不，除了逃学，整天与一帮小赤佬呼啸来呼啸去，就算去了学堂，也是死促搭，比如在女同学饭盒里放进一只死赚绩，弄得女同学哇哇大哭，把个班级搞得鸡犬不宁。

家庭嘛，总要有家主婆，小皮匠当然想寻个好女人过过日脚。剃头摊的苏北女人蛮好，但不管小皮匠哪能献殷勤，人家不睬他。后来有人介绍鹅蛋脸，两人还算中意，小皮匠踏着脚踏车鲜格格地带她去兜风，一兜兜到漕河泾，却去买了打鞋掌的轮胎皮，把人家忘记了，气得鹅蛋脸哇哇乱叫。后来又有人介绍酱菜店里的老虎牙，老虎牙除了牙齿，还算登样，只是发起火来，老虎牙实在青面獠牙，不过小皮匠也算满足。两人好上，没想到一次老虎牙会对大耳朵下狠手，小皮匠傻掉了，想想大耳朵是自己儿子，可以打可以骂，但老虎牙与他还没结婚，竟然那么结棍，凭啥？这事又黄了。最后还是无心插柳与做甜酒酿的广东嫂嫂好了，广东嫂嫂对大耳朵不错，大耳朵也总算有了一丝丝温暖感了。

近些年写上海的小说不少，但是全景式地用上海闲话纯粹展现上海弄堂小市民生活，且钩沉 20 世纪 60 年代上海日常生活肌理，见证上海气质，写得如此绵密且欢乐伴着伤感的仅王承志这一部。在这部小说中，我们看到里弄、学堂全民大搞爱国卫生拍苍蝇的滑稽色彩；我们看到修棕绷、修阳伞、补碗、弹棉花、削刀磨剪刀、收锡箔灰、擦皮鞋、摆葱姜刮鱼鳞、爆米花、阉鸡、做棉花糖、卖酸辣菜等上海滩上各色各样的小市民工作与生活的长卷图；我们还看到小皮匠们成立上海红橄头、红铁帖、红皮匠、红锥子、红铁脚战斗队的荒诞色彩；当然更重要的是我们看到那个年代童年独特的快乐，比如顶橄榄丸子、斗鸡、刮刮片、打弹珠、用棒冰吃剩下来的木头做叫蝈蝈笼子等，现在这些统统一扫而光。有钞票住别墅洋房，没钞票住经适房，不上不下弄间公寓房。小把戏们统统被圈养，要么读书，要么上网白相、游戏，还有就是美式娱乐迪士尼。

为啥？城市在发展，弄堂越来越少，弄堂生活气息也在慢慢消散。想到童年弄堂欢乐且伤感的日子一去不复返，《同和里》让我哈哈大笑，但也让我暗地里忍不住擦了一把滴滴答答落下来的眼泪。

周　平
∵

太爱听书

那天，中学班级微信群里，语文刘老师突然 @ 我等问道："不知你们中可有评弹爱好者？"

犹如老烟鬼闻到了鸦片味，我猛地一个激灵："刘老师，我是书迷，老听客。当年是被唐耿良的评话和中篇弹词《血防线上》等吸引进去的，第一部长篇听的是徐云志老先生的《三笑》……"

向毛主席保证！我没乱说。我是老听客，听书总有五十多年了，无论是主动听还是被动听。

四五岁时，我就被我喜爱听书的舅舅和父亲常带进茶馆、书场，他们听书、喝茶，我在边上，吃花生、嗑瓜子才是最主要的。当然，偶尔也会被那台上说书先生的精彩说表和形象表演吸引过去，尤其是那俗称大书的评话。与绝大多数小孩一样，当年的我是不太接受小书（弹词）的，因为小书演员动不动就要"登格里格登""嗯呀嗯呀"唱起来，又听不懂在唱些啥；不像大书，如同讲故事，而且那些评话演员往往不仅说得有劲，动作也夸张，让我听得懂，看得入神。

但不知从何时起，我居然也能接受甚至爱听小书了。"文化大革命"中，在一次又一次从收音机中听吴君玉歌颂内燃机车工人的短篇评话《铁马飞奔》的同时，也被反映农村阶级斗争的中篇弹词《李双双》（其实"文化大革命"前同名电影是表现大公无私与自私自利这对矛盾的）迷住了。直至 1976 年中学毕业到 1977 年 5 月插队落户这期间，我便彻底成了听书迷。一是"文化大革命"结束了，大量的传统评弹书目解禁得以在电台播放了；二是我那只半导体收音机敏感度特别高，且好像有记忆强化功能，一开始搜索到的频率还有点嗦嗦嘈杂干扰声，随着收听次数的频繁，收听效果越来越好。所以整天赋闲在家的我，可以上午、中午、下午、傍晚四个时段，听到江苏、常州、苏州、上海台四个类似《空中书场》的节目。那时的我，简直可以用"老鼠跌进白米囤"来形容，徐云志、王鹰公媳档的《三笑》，张双档（张鉴庭、张鉴国兄弟）的《闹严府》，张如君、刘韵若夫妻档的《描金凤》，蒋月泉、江文兰的《玉蜻蜓》，还有金声伯的《七侠五义·白玉堂》……每日数顿喂饱我。也真是佩服自己，居然能把如此多不同情节不混淆地接听下去，且兴趣越来越浓。即使后来插队来到农村，那跟我一块儿下乡的收音机准也是"人在家机就响"，每天总会有那舒服陶醉的吴侬软语陪伴着。

也许有朋友会奇怪，我这么个十几岁的小男孩，怎么就会如此痴迷评弹呢！其实，只要知道我爷娘的这个故事，保证就会理解。那是我小学四五年级时，我也就十来岁的光景吧。那年夏秋时节，爷娘难得进城去书场听刚开说的中篇弹词《血防线上》，好心也带我去玩玩，晚上就住金陵东路路头一亲戚空着的屋子里。可是他们手中只有两张票，怎么办？怕我待在那屋里寂寞，商量来商量去，最后决定扔我独自在外滩观光平台"看大轮船和夜景"。资料中看到，70 年代外滩的那道防汛墙就已是情侣墙了，整个外滩夜里几乎清一色情侣。怪只怪当年我还太小，懵里懵懂的，或者是胆小不敢看，反正记忆中没有他们的印象，只记得在延安东路天文信号塔到北京东路那路段里（爷娘关照的）不知来回逛了多少次，看了三个多小时的大轮船和夜景，才等到离开《血防线上》的爷娘，来"外滩线上"

接着我。也幸亏当时的社会风气绝对不像上街要始终牵着娃娃小手，就怕被抢被骗的如今。有这样热爱听书的爷娘，怎么会培养不出这般评弹迷的我呢！

如果说还有原因，那一定得说是老娘的功劳了。听她回忆，说生下我才四五天到家后的 56 天产假里，听无线电（收音机）长篇弹词《描金凤》成了她的每日必修，我能喜爱上听书的基因怕就是那时培养的。

读完师范成了小学语文老师的我，也算得上尽心尽力地想把语文课上得让孩子们乐意学，作文善于写，联想到评弹、相声能如此吸引听众，何不借鉴学习呢？便要求自己每堂课至少让学生大笑几次，起码能让学生不打瞌睡。记得讲到修辞手法，便借用了《三笑》中点秋香的情节：唐伯虎要点选丫头做新娘时，众多丫头竞相摸铜钿让丫头大蜡梅站到身旁，就因为本来就不好看的她那天妆化得愈加丑了，可以反衬出自己的美；厨房丫头石榴没被唐伯虎选上，伤心至极，哭得甚至连一板之隔正在打瞌睡的聋子老太被吵醒的夸张……

伴着蒋调名段《玉蜻蜓·庵堂认母》，快要码完本文时，有个心愿油然而生，那就是能学会几段，有朝一日也能穿着长衫上台去亮个嗓："香莲碧水动风凉，水动风凉夏日长……"

叮咚，一声微信声响。哟！刘老师发来一个《弹词大观专辑》分享链接，赶紧听噢。知我者，刘老师也！

爱看戏的新浜人

早就听说新浜人爱看戏，而且特别爱看我伲的家乡戏——当年叫本滩，如今叫沪剧，还有那绍兴戏。

可不是吗？说起看戏，当地就有一个小故事：一次，区里一个演出活动启动仪式放在新浜某村场上，只因仪式之后有"人做戏"，领导上台做了开场白后，要下来时却走不出了——因为观众早已把四周围得水泄不通了。无奈，那位领导只得被人们从头上托着传递到了场外。

因爱看戏就让领导如此"下不来台"的是新浜人，对正宗老戏迷却会给予特殊待遇的也是新浜人。胡家埭村如今已过世三四年的顾守仁老先生，是一个有着数十年戏龄的铁杆戏迷，在胡家埭村及周边一带可谓大名鼎鼎。93岁高寿过世的他，健在时每逢有戏演出，几乎场场必看。镇小剧场若是一天上下午各演一场，那他就会连着看，要过足戏瘾。有演员怕顾老先生回家去吃饭来回会累着，就匀出自己的客饭请他吃，台下带着饭菜的戏迷也会招呼他一起吃。平时，村内外亲朋和乡亲都是他的戏讯报料员，得知哪里有戏上演就告知他。镇里相关部门也为他看戏开了绿灯，当时一般小剧场每场戏一个行政村只发20张戏票，但是顾老先生没有票也可以入场。而且主办方还经常为他留了前排的好位子，就算他偶尔来迟，坐在前排的几位戏迷也会二话不说连忙起身让座，这让老先生常常感动不已。

顾老先生看戏还有个爱好，就是会记下所有看过的场次和戏名。原来，有一阵，顾老先生发现镇里的戏曲表演越来越多了，文化大餐不断，他突发奇想，何不用个本子记录下自己看过的戏名、上演日期、上演地点，兴许将来能提醒一下自己，哪些看过哪些没看过，也好看看自己一年究竟看了多少戏、看了哪些戏。

这一记便成了顾老先生的一大习惯，他 1999 年之后每场看的戏，都成了小本子上一行清秀的字迹。人们后来发现，老人家 11 年间居然看了 693 场戏，这还不包括之后两年他看的……

顾老先生仅仅是爱看戏的新浜人中的一个。其实，在新浜，这样的人又何止他一个呢！就说南杨村那里的村民吧，自发请来人演社戏，就已足足 23 年没间断过了。

1994 年以来每年清明时节十来天里，南杨村每天有两场沪剧、越剧大戏上演，来演戏的剧团都是乡亲们自发掏钱从浙江或者青浦等地请来的。

这事最早要追溯到新中国成立前。九十高龄的高仕清老先生回忆，那时候他还只有七八岁，现今为南杨的泗圣址、石泾弄、南齐浜三个村落，每年清明节轮着举办庙会，搭台演戏，外请京戏班子来唱。"其实京戏我们也听不懂，就是图个闹猛吧。"至于花鼓戏，即后来的滩簧（沪剧），记得是村里那些会唱的人，也不挑日子的，开心了想唱么，就用几块门板搭起小台唱。一直到新中国成立后才停掉，说庙会是迷信，不让唱了。

1994 年起，南杨村又开始唱起了社戏，这一唱就坚持到现在，这在新浜甚至松江也许算得上是唯一的。那时，南杨村北头隔江的青浦常有社戏演，村里爱看戏的便常去那里看。看着心动，心动行动，有人发起也请戏班子来村里唱。500 元到 700 元不等一出大戏，村里人你凑我凑，请来大世界、崇明的沪剧团，浙江的越剧戏班子，唱上个把月。

一轮社戏一个月左右，看戏的也会有疲劳感。于是，尝试少而精，

1.5 万元一场的越剧院红楼团、沪剧院一团等高档院团也请来过。近几年基本上是 3000 元一场请青浦的沪剧团，3800 元一场请湖州、杭州的越剧团，一天两场，演十一天。

这里的看戏朋友中，不少都可以称得上是铁杆骨灰级，对演、唱都能说出个一二三四、子丑寅卯，一出戏要是没有点流派唱腔，就不要听。绍兴戏水袖要是没甩像样，客气点的，指指点点评说几句；不客气的，当场给你下不来，别转屁股就走人，临了还要撂下一句"格能呵也敢出来唱戏啊！"

那些个请来演戏、让人看戏的热情绝对高，老板们六七千元独家包一场两场，眼睛眨也不眨；村民们也是你三百我二百的，合起来照样一场又一场。每轮收来的钱，除去请戏班子、请看戏人吃客饭等，还往往会有结余。于是，大戏台造起来了，食堂也造起来了，所有清明节以及结束那天来看戏、看热闹的，都有客饭提供，那些日子戏台场上煞是闹猛。

新浜有这样爱看戏的戏迷，也就难怪新浜会出陆军、钮秋珍等这样的写戏唱戏的名人了噢！

许　平

这个午夜，我说说沈玲

20 世纪 70 年代末，武汉空军汉口某部政治处某一阶段女兵就两人：沈玲，我。

沈玲 15 岁从北京当的兵，那年已有近 10 年的军龄，宣传干事；我是新兵小丫。

军官和新兵住一个宿舍，肯定是那时部队的个案。起初我有点儿怕她。刚向她报到，就听说了她的不一般。她新兵那会，搬砖，人家女兵也就搬四五块，她倒好，8 块 10 块 12 块，最后从大腿一直摞到下巴，16 块，大腿伤痕累累下巴鲜血淋淋她还嘛事没有……跟着这样的主儿，想懒散，门儿都没有。

但很快，有点马大哈有点大咧咧，三天两头问"见没见我钥匙、我吃过饭了吗"的她，让我喜欢和追随。跟她学倒片、挂银幕和放电影，跟她写隶书、楷书和行书，也跟着她英姿飒爽、意气风发、勇往直前……至今没有告诉她，我人生观的很大一部分是受她的影响。

那时她的照片已经拍出了名，部队那么多的人和事都跟着她的镜头上了军报入了军史。

所以 1993 年听到沈玲摄影作品展在北京中国人民革命军事博物馆开

幕、国防部部长张爱萍为她题写"挚爱的眼神"、摄影界那么多名家大腕为她捧场时，我一点儿也不意外：钢铁是怎样炼成的？暗房三伏似蒸笼严寒似冰窟，她钻进去不等我砸门都不知道出来；端起相机就没了自己，刀山火海龙潭虎穴她在所不辞哪哪都敢闯；更有那，冷嘲热讽酸甜苦辣委屈和眼泪，有镜头垫底，她什么都不在乎！

那时我已离开汉口回上海有十年。离开汉口那天，她送我到码头，我抱着她哭，眼泪流了我一脸鼻涕抹了她一肩，她给我正正军帽，然后双手按快门状："忘了带相机，不把你这模样留下，可惜了。"

按快门状就此成了我每次想她的快门。按下，跟她走过的路说过的话玩过的地儿和帮她打灯光洗照片晾底片的事儿以及我早把她当成榜样崇拜的秘密，就一幕一幕地过我眼前。

那年月打一次长途电话老不方便哪。即便是军机，也得甲总机连线乙总机，乙总机再吆喝丙总机，有时都过去了大半天，乙总机还在那儿对着话筒呼叫"黄河黄河，我是长江"。所以书信便成了我和她的不可或缺。而于我，更是乐意这种形式，楷行草隶篆，她每封信都是我的帖。

新千年后的一天，我突然接到她的电话。她告诉我，要调去广州空军了，正在整理东西，看到我给她寄杏花楼月饼的盒子……这边我欲语泪先流。猴年马月的事，她居然还留着？

是信使偷懒还是邮途玩消失？那年大约在冬季，我俩被失联。

匆匆那些年，轻易离开武汉空军和不小心弄丢了我的榜样是我最大的悔意。

都说黄昏是叫人陷入怀旧的时光。去年那个黄昏，我在余晖里控制不住地不能释怀地想念她，然后我找百度，我相信百度一定有她的消息。再然后我就血脉偾张了：空军大校。1988年加入中国摄影家协会，广东省摄影家协会副主席，中国女摄影家协会理事；参加过抗洪抢险、抗击"非典"、国庆大阅兵、中俄军演、汶川和玉树抗震救灾、撤离我国在利比亚被困人员、马航失联客机搜寻等重大事件的摄影报道；先后乘苏-27航拍国庆阅兵、雪域高原训练，乘歼-10航拍空中加油训练，乘苏-30航拍超低空军峡谷训练；中国首位乘三代战机航拍的女军人；其作品在国际国内摄影比赛中获奖一百六十多次，曾获中国摄影个人成就最高奖——金像奖，中国摄影艺术展览金质收藏、银质收藏，连续获得三届中国人民解放军艺术奖、中国摄影家协会德艺双馨优秀会员，首届全球华人摄影传媒大奖年度艺术类华人摄影师……我的个天哪！

一定是感应。几天后，也是黄昏，一个陌生的电话一个熟悉的声音让正在驾驶的我差点冲上人行道成了飞车大侠："许平，我是沈玲……"

2015年10月4日，松江"阡陌云间"，蓝天绿水间，她给我带来了她的航拍作品集《眼神：我的军旅摄影纪录》。我在云卷云舒中翻开一页又一页。摄人魂魄，叹为观止，我找不到更合适的词儿给她的镜头。写到这，依稀记得有一组照片是女飞行员，便起身取出《眼神：我的军旅摄影纪录》，于是看到首批歼击机女飞行员的风采，看到余旭在丛中笑。沈玲给这组照片的每一张配了一句话："穿上飞行服，她们是飒爽英姿的女歼击机飞行员；换上便服，她们是可爱的邻家小妹；蹬上飞行靴，她们忘了性别；眼泪也是成长的一部分；酷毙了，歼击机女飞行员……"这样的画面、这样的文字，今夜读之，情何以堪。

想起她的话："从怀揣飞天梦的高校女孩，到我国首批三代机女歼击机飞行员，飞天的路上，她们肩负着民族的光荣和梦想，承载着国家的信任和重托。从2009年国庆60周年首都阅兵开始，我有幸与参加国庆阅兵的16名首批歼击机女飞行员一起生活了20多天，用镜头记录下她们训练生活的点点滴滴，也与她们结下了深厚的感情……我眷恋战鹰，我崇拜飞行员。在我的心目中，所有的男飞行员都是我的'梦中情人'，所有的女飞行员都是我的'闺蜜姐妹'……我为记录中国空军的历史瞬间而自豪。"

又想起"阡陌云间"那天，我伏在她的肩头上感动得眼泪直打转。

散文

211

这次她感动了亿万人。

11月13日清早，她发出《余旭：让沈阿姨用镜头为你送行》的微信："我真不敢相信，这个甜甜地叫着沈阿姨的女孩，这个在我的镜头里总是那么漂亮的女飞行员——余旭，怎么就这样走了呢……"

11月18日深夜12点，她发出《"金孔雀"魂归故里，父老乡亲深情吊唁》的微信："今天，我随'金孔雀'回家。英雄魂归故里，崇州万人空巷，人们从四面八方络绎不绝涌入公祭地……崇州今夜无眠！"

11月20日清早6点，她发出《致敬"金孔雀"余旭：擦干眼泪，我们继续飞》的微信……

超千万的点击量，上万亿的唏嘘和敬佩，她让余旭永在。为这，何止劳累和艰辛，60岁的她都经受了什么，又承受了哪些？我不忍心问。

但我肯定，视军旅生涯和摄影之路为生命最重的她，从未经受飞行训练却冒死登上新一代战斗机拍出人民空军大编队飞行训练壮观场景的沈玲，永远也割舍不了蓝天情！

大院"三剑客"

这个大院，特指 20 世纪五六十年代驻沪某部队大院。

"三剑客"，阿廖沙、安德烈、舒拉。50 年代，中国和苏联关系铁，大院孩子的小名也跟着铁。

"三剑客"崇尚战斗英雄，最爱聊战争。朱可夫、曼斯坦因、马歇尔、艾森豪威尔，说起这几位，他们就亢奋就激动。写作文《长大了干什么》，一个要当坦克兵司令，一个要当野战军军长，还有一个说当个独立团团长。

阿廖沙，师长的儿子，"三剑客"首领，善于策划和组织，大院甭管多大的孩子，都爱听他指挥。阿廖沙九岁那年，大院一男孩的军帽被院外的孩子抢了。阿廖沙奉行的是大院孩子不能欺负人但绝不能被人欺负。军帽之战。集结号吹响。大院窜出一支劲旅。哪几个埋伏，哪几个进攻，哪几个输送"弹药"负责给养……事后师长偷着乐："这小子比我强，司令的料。"

军帽之战的结局："敌军"倒下一片，"我军"伤了安德烈一将。

安德烈原本不会挂彩。阿廖沙鸣金收兵的时候，安德烈发现有块石头从一阴暗角落里腾空，而后冲向我军某一员。说时迟那时快，安德烈双臂拦网状，箭步，挺身。石头一道弧线划过，砸中安德烈的脑袋。安德烈一脸血腥成了英雄。

阿廖沙因此有了想法：组建"苏维埃主席团"，给大院英雄颁发金星奖章。

编号001的奖章归安德烈。阿廖沙说谁也不许争，脑袋开瓢的，还有哪个！我后来见过这奖章：金色纸张，五角星形，背面写有"大院英雄"，据说是翻版了苏维埃的金星奖章。

安德烈的仗义是载进大院史册的。有一回他和舒拉把后勤部孙部长家的鸡给偷了给宰了给扔到猪圈里了。孙部长不敢找安德烈参谋长的爹，找了舒拉的娘李军医告状。舒拉挨了好一顿的皮肉之苦。也不知怎么的，这事还没过夜就让安德烈知道了。安德烈操起一杆红缨枪势不可当地冲进孙部长的家："你的鸡是我弄死的。你冤枉别人，小心你的鸭。"当晚安德烈被参谋长摁在了长条凳上。可他一个翻身，举着《毛主席语录》钻到桌底："你打我，就是反对毛主席。"

另一件事还真不是安德烈干的。为给安德烈报仇以雪脑袋开瓢之耻，大院几个男孩埋伏在院外小土丘后面用弹皮弓射击院外的孩子，竟伤了人家的眼睛。人家一路追进大院。参谋长不由分说，摁倒安德烈就打。五十大板，足足一个礼拜没法坐凳子，安德烈生生地扛下了这事。

舒拉，痞，淘，耍混的时候能逼着警卫员倒过来叫他"哥叔"。每回大院放电影，舒拉准带着一帮人跑到一排自行车那儿，一二三，愣让一排自行车哗啦啦多米诺骨牌似的倒成一片。最厉害的是十岁那年，舒拉偷了他那当副师长的爸的手枪，飞檐走壁，上了屋顶："同志们，冲啊！"然后纵身一跃，跃进了后院炊事班的猪圈里。

但舒拉也有让我们佩服的地方。他喜欢看书，知道得多，我们见他就跟七十二弟子见孔子似的。有一回他唾沫星子乱飞地给我们讲哪吒的故事：那托打败了四大妖怪魑魅魍魉，冒死救出小龙女，在一个月食之夜，终于击败了石矶。然后我们就跑幼儿园显摆："知道不啦，有个传奇呀，叫那托呀……"

转眼到了 60 年代末。"三剑客"同一天穿上了军装。去部队的前夜，三人在大院里东西南北地转了半宿。第二天，晨光里，"三剑客"齐刷刷地庄严地给大院敬了一个军礼。

王　斌

草原行的惊艳

彩虹的欢送

前不久，我去了向往已久的呼伦贝尔大草原。

草原的辽阔，比我想象中的还令人震撼！沿着莫日格勒河穿过茫茫大草原，欣赏了数不清的美景，经历了一连串振奋人心的事情，收获了一个个美好的体验，让人流连忘返，乐不思蜀。然而，最难忘的却是彩虹高拱，用其赤橙红绿青蓝紫的美丽欢送我们。

这次去大草原并不是一般性旅游公司安排的景点式游览，而是由草原之子蒙古族朋友带着我们，抵入草原的最深处，与牲畜、牧场、牧草、河流零距离接触，真正感受大草原的音容笑貌和喜怒哀乐。

到了呼伦贝尔市的第二天一早，钢巴图和乌吉莫兄妹开着霸道越野，载着我们一行三人，一头就扎进了草原的怀里，在没有道路、一望无际的草地上撒野似的驰骋，时不时地停在弯曲如环链的河边，触摸草原的脉动、草原的呼吸；停在无名山包顶上，倾听草原花的欢唱、草原风的呼啸；停在河谷悬崖边，领略草原的广袤、草原的旷达；停在数以万计的羊群中间，感受草原的沉静、草原的喧腾；停在万马奔腾的马群侧，体验草

216

原的狂放、草原的剽悍；停在蓝天白云下，遥望蒙古包的洁白、草原翠绿无边的景象……在一个高处，我情不自禁地独自走到一座山冈顶上，不由得大声朗诵起诗人胡晓燕的《我的草原》：

> 我闻着四季的草香
> 浅的，浓的
> 嗓子里吐露出的那一点芬芳
> 像河床蜿蜒的曲线
> 我们要去到哪里
> ……

当我朗诵至此，不由得停顿下来，从天边隐隐约约传来了一句回响："最靠近天边的梦想……"而且一遍比一遍远去，直至消失在远方。

在回声渐响渐弱地远去时，心中涌起了比诗意更浓的感受，眼前高高低低、浑圆起伏、一望无际的青翠连着天边，近处有黄的猫儿菊花、红的野罂粟花、紫的苜蓿花、白的野甘草花、橘红的蚊子草花、蓝的蓝羊茅、粉的山荆子花……还有很多很多的花儿，有的星星点点地开放着，有的一片一片地绽放着，有的一簇一簇地吐艳着，似乎在告诉人们，只要来到了草原，那么云一定是最近的，而大片绿草连着天却是最远的；天一定是最近的，而辽阔的原野连着天却是最远的；朋友一定是最亲近的，而情意连着天却是最久远的……那最远的天边是和花儿一样，和草儿一样，和朋友一样，又是最亲最近的；眼前的花儿、草儿、朋友也和连着蓝天的广袤牧场、大片绿草、浓浓情意、朵朵白云一样，却是最久最远的……正在这最近与最远之中，我们感受到了草原的神奇、草原的豪放、草原的无际，也感受到了草原之子钢巴图和乌吉莫兄妹俩的热情、真诚、率性……

草原大美啊！草原上的人更美。为了让我们真切地体验草原的原汁原味，乌吉莫从千里之外的合肥赶回了草原，并非得把双腿骨折尚未完全痊愈的亲堂哥钢巴图拉上，让车技不逊色于专业赛车手的蒙古汉子钢巴图为我们开车，尽管他腿伤还没有彻底恢复，走起路来稍有些瘸，但他开起车来却十分娴熟流畅，既如行云流水，又如脱缰野马；既刺激心跳，又气定神闲，一招一式都具有草原的脾气和草原的性情，乘坐他的车如同漫步在这大草原上一样，也是一种草原般的体验和享受……

也许是我们对草原的虔诚，在草原上的整个行程都十分顺利和幸运。我们在哈吉吃午饭，我们赶到上护林看落日，我们在得耳布干河边拍晚霞，我们在室韦用晚餐，都是如神算一样的方便顺畅。每到一处，都是晴空万里，明明预报要下雨，我们到时却不是阳光明媚，就是雨过初霁，天气一直关照我们，从不出丝毫的难题。然而，我们离开了，那里便要么是乌云密布，要么是大雨滂沱；要么是狂风骤起，要么是电闪雷鸣，真是无比的神奇，甚至有些不可思议。

在中俄界河额日古纳河边的室韦小镇夜宿，第二天一早我们隔着额日古纳河，遥望着俄罗斯的奥洛契小镇，领略边境曾经的风云变幻，之后便离开了中俄边境，越过大兴安岭，沿着美丽的根河返回，在我们身后，可以遥看到远处的风雨交加。钢巴图预测地说，一路上的相处，使他深深感到我们是令草原喜欢的客人，在草原不丢一张小纸片的垃圾，不摘草原上任何一朵小花，不损害草原上任何一棵小树，不惊扰草原上任何一个羊群，不说一句任何不尊重草原的话语，时时处处体现了对草原的亲近、对草原的欣赏、对草原的赞美、对草原的爱护、对草原的敬重。对于这样的客人，草原也会给予其真诚的礼遇，既用美丽的彩虹欢送我们，也用绚丽的彩虹与我们立下永约，献上深情的祝福。

果不其然，过了额日古纳市不久，便有一道七色彩虹凌空拱耸在翠绿的草原上，像一座绚丽的天桥，无比的美丽，让我们感到万分惊讶。钢巴图兴奋地惊叫着，停好车让我们拍照。我们望着弧形的、半透明的彩虹浮现在一尘不染的碧空中，鲜艳夺目的色彩，像仙女的彩带，仿佛能把我们带入神话世界。

我们拍好照继续前行，彩虹竟然一直跟随着我们，一道消失了，在不远处又拱起一道，而且一道比一道鲜艳，一道比一道靠近我们。我从来没有看到过离我如此之近的彩虹，彩虹的一头似乎就在我前方三五米远的草地上升起，在天空中画了个巨大的圆弧，另一头落在了草原的远方，拉起一条美丽的彩带，把最近处与最远处连接起来……

随着彩虹一道道在眼前出现，钢巴图把车开开停停，反复地让我们欢呼，让我们惊讶，让我们用相机、手机记录下彩虹的美丽……

更不可思议的是，好几次都出现了两道彩虹，一道近的更加鲜艳，一道远的柔和透明；一道低的艳丽斑斓，一道高的横跨天际；一道明的灿烂夺目，一道微暗的气势雄伟……

钢巴图告诉我们，草原上的牧民认为彩虹是吉祥的象征，只有遇到吉祥的人，才会从绿葱葱的草原上升起来，直通到天穹，尽管他在草原上经常看到雨后的彩虹，但他从来没有经历过彩虹始终陪伴着我们前行，时间长达一个多小时；从来没有经历过双彩虹连续出现这么多次，直到我们快要接近出发地呼伦贝尔市，才依依不舍地慢慢隐去，这样的彩虹太不同寻常了，从而让我们的这次草原之行也非同寻常起来……

我们离开了草原，虽然草原用彩虹架起吉祥的彩门欢送我们，却把我们的心留在了草原，永远永远……

弯弯的莫日格勒河

呼伦贝尔大草原的夏天很美，绿草如茵，满眼碧翠，广阔无垠，天地相连，而草原上最美的是莫日格勒河。

莫日格勒河的美，在于她无与伦比的弯弯曲曲。呼伦贝尔大草原是河流湖泊十分丰富的草原，草原有嫩江和额尔古纳河两大水系三千多条河流。然而，这么多的河流，最弯曲的就是莫日格勒河。她全长294公里，如果将弯弯曲曲的弯道算在内，竟有一千多公里，弯曲的长度是她流程长度的四倍，堪称全世界绝无仅有。

莫日格勒河之所以如此弯弯曲曲，那是美丽的莫日格勒姑娘的回眸拧成的。莫日格勒河的每道弯，就是莫日格勒姑娘的每一个回首和眷恋。在呼伦贝尔大草原上，有这样一个美丽凄婉的传说：在很久以前的古代，莫日格勒河流域曾经是片干旱的草原，草枯畜稀。这一年，遭遇了大旱灾，人畜饮水无着，大批牲畜饥渴而死，牧民们不得不逃离草原，背井离乡。就在这时，美丽的蒙古族姑娘莫日格勒，为了消除草原上的旱灾，只身去大兴安岭森林里寻找神泉，引水回乡，解救乡亲们的苦难。然而，她历经千辛万苦，寻遍崇山峻岭，也没有找到神泉。由于筋疲力尽、身心交瘁，加上冬季来临、饥寒交迫，她永远地倒在了山路上，魂断寻途。第二年春天，冰雪融化的时候，在莫日格勒姑娘倒下的地方，涌出了一股清澈的山泉。泉水顺着山坡，向她的家乡呼伦贝尔大草原流去，沿途不断汇集雪水雨水，在草原上形成了一条河流。乡亲们等啊盼啊，没有等回莫日格勒姑娘，却迎来了弯弯曲曲流淌而来的河水。草原上的人们都认为河里流淌着的是莫日格勒姑娘不朽的灵魂，河水之所以那样弯曲，是莫日格勒姑娘满怀对呼伦贝尔大草原的依恋和对父老乡亲们不舍的回眸。从此，人们称这条河为莫日格勒河。

莫日格勒的意思是碰头，用汉语称呼，莫日格勒河叫作碰头河，表示其弯曲如碰头一般，所以著名现代作家老舍称之为"天下第一曲水"。虽然莫日格勒河以弯曲闻名于天下，但是想要描述莫日格勒河的弯曲时，才觉得语言的苍白和无力。她的弯曲程度，用"九曲十八弯"一词是远远不够形容的。站在高处，俯瞰她的美丽身姿，恰如一个圆环又一个圆环串起来的环链，辗转回折，就像是一条碧蓝的绸带，一会儿东走，一会儿西去；一会儿南进，一会儿北行；一会儿顺流，一会儿逆泄；一会儿对游，一会儿旋淌，弯弯绕绕，曲曲折折，往往返返，迂迂回回，进进退退，蜿蜿蜒蜒，迤迤逦逦，绵绵延延，依依不舍，步步回眸，顾盼流连，难以离去，似乎把全部深情都卷曲成秀美，留给草原，留给大地，留给人间。

莫日格勒河的弯曲，是柔滑圆润、婉约流畅的弯曲，并不像有的河流，弯曲得那么僵化生硬、那么横冲直撞，而是富有动感、富有韵味、富有意境的绵延。她的弯曲像首动听的歌那般悠扬，低回婉转；像首朦胧的诗那般含蓄，缠缠绵绵；像幅美丽的画那般线条流畅，错落有致。欣赏莫日格勒河的弯曲，既给人以水墨画般的碧绿鲜活，清雅淋漓；又给人以田园诗般的神韵飘逸，旷幽酣畅；还给人以长调般的余音绕梁，肆意悠远。徜徉在弯弯的莫日格勒河边，那画一般的视觉、诗一般的感觉、歌一般的幻觉，让人产生一种无以名状、沁入肺腑的愉悦，使人的神情不由自主地宁静起来，淡雅起来，完美起来，进入一种被滋润、被融化、被沉醉的妙境。

莫日格勒河的弯曲，是娇柔妩媚、晶莹圣洁的弯曲，并不像有的河流，弯曲得那么粗糙鲁莽、那么混浊污俗，而是自然无琢、一尘不染、清澈剔透的曲弧。她用无数个浑圆的弯道，滋养着草原上的嫩草、嫩草的翠绿、翠绿的广阔，在生机勃勃、春意盎然中含情凝睇，顾盼生辉，旖旎万分。她用大自然天工造化的朴实，在草原上迤逦千里，妩媚而不妖艳，娇柔而不造作，清丽而不花哨，用优雅的萦绕诉说着曲水的清纯、清纯的甜美、甜美的圣洁，用潺潺涓涓、叮叮咚咚的歌声，传递着她的娴静之美、纯真之美、天然之美。漫步在弯弯曲曲的莫日格勒河旁，仿佛觉得有一种来自天边的恬雅在心底流淌，有一种少女般的温柔在心间荡漾，让人情不自禁地产生了毫无斧凿的喜爱和迷恋，进入一种回归自然、出神入化的心境。

莫日格勒河既弯弯曲曲，又深深浅浅。深处丈许，一汪碧绿的黑潭深不见底，似乎有神龙藏卧水下，充满神秘；浅处没脚，可以看到水底游动的鱼群，围着飘落在水中的鲜红山果争食，美不胜收。

有人说，没有到过莫日格勒河，不能说你来到过呼伦贝尔大草原；没有领略莫日格勒河的弯曲之美，不能说你到过莫日格勒河。然而，即使到过莫日格勒河，欣赏过莫日格勒河的弯曲之美，谁又能真正理解她弯弯曲曲的奥妙呢？

莫日格勒河弯弯曲曲的美，确实是无与伦比、奥妙无穷啊！

无与伦比、奥妙无穷的莫日格勒河，真的百去不厌，真的！

母亲的哲学

母亲除了新中国成立初期上过几天夜校扫盲班外，没有正儿八经地上过学，但这并不影响母亲成为一名朴素的"哲学家"——母亲许多朴素的话语都蕴含着深刻的人生体验和人生感悟。

爹亲娘亲，不如自己的手脚亲

母亲九岁失怙，十岁丧兄，外婆哭瞎双眼。从此，十岁的母亲和七岁的舅舅承担起了柴米油盐的全部生活，不仅要耕种田地，还要上山砍柴，真是令人难以置信！苦难的童年使母亲清醒地认识到："爹亲娘亲，不如自己的手脚亲"——只有自立自强，才有独立人格，才能有尊严地活下去。

20世纪六七十年代，靠天吃饭的农民拼的是体力，男女即使同工也并不同酬（男人的底分是10分，而女人是6分或6.5分，母亲凭体力和能力破格评上7分），自然也就无法破除重男轻女的传统观念。为了生儿子，母亲在十年中生养了六个女儿，肉体与精神的双重折磨、养育六个女儿的艰辛，把母亲变成了比男人还强悍的女人。

我们村有一千七百多人口，十二个生产队，是当时的公社所在地。父亲是治保主任，又是拖拉机手，还要负责电灌站、碾米厂的工作，家里大大小小的事务全压在母亲身上。

为了挣足八个人口粮的工分，母亲把自己当成壮劳力，上山砍柴，驾牛耕田，样样农活都拿得起，什么苦活、重活、脏活都抢着干。

母亲当过植保员。由于农药有毒性，有些还是剧毒，男人都不愿意干，更别说女人了，母亲却自告奋勇做了植保员，这一干就是十几年。夏季是农作物病虫害最猖獗的时候，母亲每天背着容量二十升的手动压力喷雾器，负重四十多斤，在闷热的棉花地或者水温四五十度的稻田里喷洒农药，而且没有任何安全防护措施。

母亲当过仓库保管员。仓库保管员的责任重大，不仅要负责刚收割的粮食翻晒，还要做好各类植物种子的选种、保管工作，还有农药、化肥、各类重要农具的保管。最辛苦的是抢收抢种的三伏天，每天要追赶太阳翻晒两三千斤谷子——太阳出来前，要把谷子搬到晒谷场上摊开来；太阳下山了，要把谷子收起来搬回仓库。虽然有三四个妇女一起干，但一般的女子都是两人抬一箩谷子，为了提高效率，母亲独自包揽了搬谷子的重活。用一根扁担挑起两箩谷子，近二百斤的担子压在肩上，母亲依然健步如飞。收谷子回仓库时，为了节省存储空间，需要把谷子堆成小山一样。母亲挑着重担，一步一步地登上谷堆的高处，一脚踩下去，陷进没膝深的谷子里，再拔出来继续往上登。就这样，谷堆越堆越高，直至碰到横梁。我很佩服，母亲说："这有什么，上山砍柴时，我还挑过两捆一人多高、重三百三十多斤的木柴下山呢。"

到了生产队施肥的时候，家家户户都要清理露天粪缸里的人肥和猪圈里的栏肥，运送到田间地头，按数量折算成工分。本来，挑粪施肥应该是男人干的活，但父亲经常有公务在身，母亲就自己动手。我们家养的猪多，一个猪圈的清理往往要花上一整天，母亲又是肩挑，又是车拉，一趟一趟地送到田间地头。

农忙时节，母亲除了正常出工，还要挣加班的工分，所有早工、晚工，一个也不落下，起早贪黑，披星戴月，就是母亲的生活常态；即使是农闲时，也没有一天闲着，寒冬腊月枯水季节，正是开水渠、修水库的最佳时机，顶着凛冽的北风，冒着鹅毛大雪，推车挑担运土石，母亲舍不得落下任何一个挣工分的机会。

除了挣口粮，维持日常开销也不易，还要给我们姐妹六个交学费，而在计划经济时代，农民唯一的经济来源就是养牲畜。除了鸡鸭等"盐罐子"（拿鸡蛋、鸭蛋到供销社换取食盐），母亲还养了猪、鹅、山羊等食草类牲畜，每天利用出工前、收工后或者田间地头干活休憩的片刻，或在地头拔，或到山上割，或到水里捞，备好各类牲畜每天要吃的饲料。

母亲是村里公认的养猪能手。母亲善于统筹安排，一般人家养一两头猪，而我们家的猪圈里始终保持四头猪的存量——两头大的，两头小的——等到两头大猪出栏（到了符合宰杀的体重标准时卖给国家收购站），再买回两头猪崽补上。这样，不仅可以充分利用有限的猪圈空间，也便于饲料的调剂——母亲给不同生长阶段的猪所喂的饲料都是不同的。一般人家养的猪都很瘦，勉强符合标准就出栏了，而母亲养的猪又肥又壮，到出栏时都达 120 斤以上，令人称羡不已。随着孩子们长大，家庭开销越来越大，母亲又养了一头母猪。为了保证哺乳期母猪的营养，母亲又学着做豆腐。人家做的是嫩豆腐，一斤豆子能做三斤豆腐，母亲实诚，做出来的都是老豆腐，一斤豆子只能做二斤豆腐，价钱却是一样。虽然母亲做的豆腐很受欢迎，但卖掉豆腐除去成本，也就挣一点喂母猪的豆腐渣。母亲晚上磨豆浆，大清早起来做豆腐、卖豆腐，工分还不能少挣，家务活也不能少做。小时候，常常一觉醒来，还能听到母亲在池塘埠头上的捣衣声。

"爹亲娘亲，不如自己的手脚亲"，这是母亲的人生感悟，也是母亲面对生活挑战时的自我激励，更是母亲教育我们自立自强的人生金句。

自己不教，总会被别人教

小时候，我们常因贪玩误了母亲交代的家务，或者姐妹之间吵吵闹闹，或者在外面闯了祸被人告状，母亲根本腾不出时间来耐心说理，往往是拿出放在门后的竹枝各抽几下了事。这竹枝是母亲当年专门用来惩罚我们的，抽在身上不过是皮外伤，不会伤筋动骨。母亲有个教育理念："自己不教，总会被别人教"——如果孩子犯了错，自己不打，总有一天会被别人打；自己打，还顾轻重，不会伤及筋骨；别人打，往往不顾轻重，不管死活。在母亲看来，打孩子，也是爱护孩子：一是让孩子长记性，学会担当；二是让告状的人消气，不再为难孩子。其实，竹枝落在我们身上，也疼在母亲心头，我们哭，母亲也跟着流泪。

正因为这样，我们从来没有因为挨打而忌恨过母亲，反而越打越亲。我有一个同学，从小失去了母亲，继母小心翼翼地伺候他，从来不骂他不打他，生怕落个后妈虐待孩子的恶名。有一次，他对刚挨过打的我叹了一口气，幽幽地说道："我那个后妈从来不打我，但她会打自己亲生的孩子。有时我故意恶作剧，希望她打我一顿，她还是连一句重一点的话都没有。"

是啊，跟那位同学相比，我们是幸福的，虽然时有肌肤之痛，但我们能真真切切地感受到母亲那份恨铁不成钢的真爱。现在想起小时候挨打的情形，早已忘却了皮肤上那一条条红杆杆的疼痛，倒是对自己挨打的来龙去脉记忆犹新，当然也记住了母亲边打边教训的那些朴素的至理名言。

不可欺老，不可欺小

母亲天性善良，为人厚道，虽然没有读过孟子的"老吾老，以及人之老；幼吾幼，以及人之幼"，却也常常告诫我们"不可欺老，不可欺小"。她说："不可欺老，是因为你有一天也会变老；不可欺小，是因为小孩会一天天长大。正所谓种瓜得瓜，种豆得豆，善因得善果，恶因得恶果。"

有一位老人，丈夫几年前去世了，大儿子一家搬到新盖的房子里去住了，老人跟单身的小儿子一起生活。老人先是得了青光眼，后来又瘫痪在床，生活完全不能自理，小儿子里里外外都要忙，难免照顾不周。母亲同情老人的遭遇，每天早上起床，先烧一壶水给老人送去，晚上忙完家务就去给老人擦身，顺便把老人换下来的衣服带回来洗掉。有时，特意做一点老人喜欢吃的饭菜给老人送去。十几年如一日，一直照顾到老人去世。

母亲怕惹是非，很少串门，但村里的老人却很喜欢到我家串门。每当受了儿媳妇的气，或者邻里之间闹矛盾，总要到我家来坐坐，向母亲倾诉一番。母亲总是静静地听，然后宽解一番。

长辈们喜欢跟母亲交往，晚辈们也亲近母亲。

邻居家小孩一时无人照看，母亲再忙也会腾出手来帮忙；邻家媳妇生孩子没有长辈照顾，母亲就把她当作自己的女儿来伺候月子。最有意思的是，母亲自己生养了六个女儿，还认了许多干女儿。这些干女儿本来都是我们姐妹六个的初中同学，喜欢我们家的轻松自在，经常来我们家玩，感受到母亲的善良、真诚，主动要求做干女儿。

母亲今年80岁了，这一辈子，母亲一直都在努力地生活，用心地思考，真诚地待人。尽管人生坎坷，磨难重重，母亲反而越来越淡定从容，似有一种参透人生的超脱与安详。

香樟颂

偶尔读到一首耐人寻味的微诗："春天的落叶，暖了梅梢，了却，菊的心事。"所吟咏的就是春天落叶的香樟树。

四月，是香樟最美的季节。新叶勃发，老叶变红，整个树冠枝繁叶茂，色彩斑斓，犹如花团锦簇一般，美不胜收！

远远望去，似乎浮在树冠表面一般的是新抽的叶芽儿，呈粉粉的橡皮红；其下是一层稍稍长大了的嫩叶，呈嫩嫩的鹅黄；往下是已经长成的新叶，呈浅浅的新绿；再往下还有深绿的叶子，那是去年的老叶；点缀其间的还有一簇簇火焰般的红叶。春风吹拂，树枝摇曳，树叶翻飞，犹如跳着一支欢快的圆舞曲。在这生命的舞蹈中，一片片红彤彤的老叶，悄悄地离开了枝头，曼舞轻扬，滑着美丽的弧线，潇潇洒洒地飘落在大地上，宁静而安详，似有一种如释重负般的轻松，又有一种了无遗憾的满足。

每逢四月，看到香樟枝头新叶老叶的更替，我总会莫名地涌起一种感动，并由衷地产生一种敬意！我觉得，这是自然界中最圆满的生命更替形式：在经历了春华秋实后，大地已是红衰翠减苒苒物华休，而香樟的宿叶却依然坚守枝头，不减一分绿色，熬过风霜刀剑严相逼的寒冬，待到新叶应时而生，欣欣向荣，依然勤勤恳恳地制造养料，直到新叶由粉红渐变成鹅黄渐变成浅绿渐变成深绿，自己的生命也到了最绚烂的时刻，于是，毫不犹豫地离开枝头，让新叶可以得到更多的养分、更大的空间。这是怎样的一种境界啊！

凝视着那一片片刚从枝头飘落的红叶，我想到了那些辛劳一生的父母——他们对子女任劳任怨的付出，就好比香樟宿叶迎西风斗霜雪的守候，何曾有过一丝懈怠啊！当然，他们的子女也会像父母一样努力地活出生命的色彩，践行着新的神圣使命，犹如香樟的新叶，努力地生长，为大地增添绿色，为来年的新叶积攒充足的养分！生命的繁衍、家族的传承，不就是靠这一代又一代的创造与守候吗？

凝视着那一片片刚从枝头飘落的红叶，我也想到了那些奋斗一生的老一辈工作者——他们不仅把职业当成事业，鞠躬尽瘁，死而后已，还时刻不忘提携年轻人，无私地奉献出一生所积累的经验和智慧，帮助年轻人茁壮成长，就好比香樟宿叶不仅默默地进行着光合作用，维持着树木的勃勃生机，还要竭尽余力催生来年的新叶！当然，年轻的一代也会像老一辈一样努力地创造自己的生命价值，把前辈的事业发扬光大，犹如香樟的新叶，不断地变化色彩，直至变成热烈的红色，像燃烧的生命！国家的繁荣昌盛、民族的生生不息，不就是靠这一代又一代的奉献与继承吗？

美哉，香樟树！那枝繁叶茂、色彩斑斓的树冠，既像一个四世同堂的和睦家庭，其乐融融，兴旺发达；又像一个老中青传帮带的和谐集体，生机勃勃，发展壮大！

大美香樟，至爱无疆！

周 明

了不起的中国航天

　　一直以来，有个萦绕心头的想法，就是能实地去看看中国的航天及技术发展。乘着建党 96 周年之际，党支部组织党员前往参观，我们便随团一起参观坐落于闵行区的常人进不了的上海航天局、上海航天研究院（八院）。这是一所非常令人肃然起敬的大院。从这里走出了长征系列运载火箭、神州系列宇宙飞船、风云系列气象卫星及多种地地、地空、舰空导弹。

　　走进大院展览厅，在副秘书长的陪同和讲解下，中国航天从无到有，从有到优，甚至有的已领先世界，曾经封锁过和看不起中国人的那些外国及外国人，如今已心悦诚服，不得不对中国开始另眼相看的场景一一展现在眼前。我们无不心花怒放，无不高兴雀跃，无不啧啧称赞！

　　1960 年 1 月，诞生于上海的我国第一枚探空火箭，拉开了我国研制运载火箭的序幕。作为我国运载火箭的主要研制单位之一，八院先后研制了风暴一号、长征二号丁、长征三号（一、二级）、长征四号系列运载火箭。目前正在研制新一代和长征六号运载火箭。风暴一号运载火箭首次成功地进行了一箭三星的发射。长征二号丁运载火箭被原中国航天工业总公司授予优质运载火箭称号。长征四号系列运载火箭被中国航天科技集团公司授予金牌火箭称号。

作为我国应用卫星的主要研制单位之一,八院成功研制了长空一号科学试验卫星、风云一号太阳同步轨道气象卫星等,主要承担风云二号地球静止轨道气象卫星、风云三号新一代太阳同步轨道气象卫星、风云四号地球静止轨道气象卫星等卫星的研制和生产。特别是风云四号的成功发射,使我国的气象预报不但及时准确而且大大领先于世界,已形成了四大平台、七大领域的技术发展格局。在天气预报、自然灾害和环境监测、空间实验、资源普查等方面发挥了巨大的作用。风云系列气象卫星被世界气象组织列入世界气象业务应用序列。

作为我国载人航天工程的主要研制单位之一,八院承担了神舟飞船和空间实验室的推进舱/资源舱、电源分系统、对接机构分系统、测控通信分系统主要设备、总体电路分系统设备等主要舱段和系统的研制,已成功完成了多次载人飞行试验。

八院还承担了探月工程月面着陆器、月面巡视探测器关键系统的研制。展现在眼前的月球车令我们情不自禁都想伸手摸一下。正在积极开展以萤火一号火星探测器为代表的深空探测技术研究,为和平利用空间、造福人类做出不懈的努力。

八院立足于推进航天成熟技术的民用产业化研究,让航天技术造福人类的生产生活,涉及的主要业务板块有先进能源及新型材料、汽车零部件和航天特种技术应用等。成立于1998年5月的上海航天汽车机电股份有限公司是国内首家以航天命名的上市公司(股票代码600151)。曾经小有名气的、占有一定市场份额的航天冰箱就出自这家公司。

八院还拥有完备的导弹武器系统研制和生产能力,研制的导弹武器系统制导精度高,性能优良,已有多个型号装备部队。

走出展厅,来到总装车间,三个庞然大物躺在火车轨道上,工人们正在组装。陪同的郑副总介绍了那枚直径五米的个头小点的火箭,那是完全升级的一代,用的是无毒的固体燃料,它灵巧、机动、可车载,那可是超越前代的火箭，具有里程碑意义。郑副总开玩笑地说，抓紧看，看一眼少一眼，因为这几枚火箭下半年就要发射升空。我们无不惊呆于眼前的实物，无不惊诧于眼前高科技的先进，无不惊呼这精密的上百万个仪器零件！

了不起！中国！了不起！大国工匠！

而其中，在长期的研制和奋斗中形成的航天精神、"两弹一星"精神、载人航天精神，将永远激励中国人向着高峰攀登，将不可能变为可能！

悼老丈人

老丈人走了，安详地走了，毫无牵挂地走了，不为难子女地走了。

那是一个周日的清晨，大舅子来电告知的。在医院里，病床上，重症监护室。

真是太突然了，突然得毫无反应，突然得全然木讷，竟不知所措。

怎么会呢？周五一起吃了晚饭，不是还一起在小区散步吗？还在评论今年的枇杷长得好，还在说今晚要看足球比赛？

一夜的平静，相安无事。

然而，在丈人却是一夜的烦恼，上下起伏，难以入眠。但丈人没对任何人说起，他自己扛着。直到第二天，丈人过来时，像是换了个人似的。这个时候，子女们才恍然大悟，昨晚的那一夜，那是多么漫长的一夜，是多么煎熬的一夜。也许是他一生中过得最漫长的一夜，也许是他最放不下的一夜，也许是他大彻大悟的一夜。也许，也许，只有丈人知晓，子女们无从知道。丈人没告知。

但子女们还是在分析，可能是那份体检报告闯了祸。

作为单位福利，退休职工每年一次的体检，给众多的人带来了福音。丈人的本次体检，医生说需要复查。复查后的结论是结肠癌转移浸润肝脏。这一结论是子女们无法想象的。子女们商议半天，究竟怎么来告知作为医生的老人。最后决定由同为医生的大儿媳来告知为妥，因为医生的语言是相通的。当大儿媳非常小心地告知完后，又非同寻常地关注老人的表现。发现老人还是如往常一样平静，便告别回家了。

又过了一会儿，小儿子装着不知情地去看望父亲，陪同聊天。还是没有任何异样，小儿子放心地回了家。

子女们哪里知道，其实作为医生的他，什么都清楚，什么都明了。老人的镇定与镇静，是为了不让子女们看出，也不想麻烦子女们。老人以自己特有的方式承担了，也以特有的方式解决了。

这一夜的涌动，这一夜的翻腾，这一夜的煎熬，这一夜的不平，丈人似乎看到了老伴在招手，似乎听到了老伴的召唤，似乎离天国越来越近，于是身子便软了，漂浮起来了，真的追随而去了。

当子女们发现老人已完全变了个人后，便直接送医院检查。接氧，插管，连仪器，生命体征全在表上反映。随着盐水进入体内，原本死白的脸色有了血色，原本瞳孔放大的眼睛又恢复神采。这个时候，老人用力抬起头，用眼扫了一下围着病床一圈站着的子女们，想说说不出话，便吃力地伸出两只手，翘起两只大拇指，会心地微微笑了笑，便侧卧睡下了。子女们也放心回家了，留下请来的看护。

当我们接到电话赶到医院时老人已驾鹤西去。女儿哭倒在父亲的病床边，差一点晕厥过去。

太快了，一个活生生的人就这么快没了，一个曾经小有名气的老中医就这么快走完了人生路。老中医肯定知道体检是怎么回事，肯定知道结肠癌再怎么转移也不会三天就没了。医生的结论是肺部感染，慢性支气管急性发作。但其实，这些都不至于。

老人以特有的方式解决了世上一切的问题、烦恼和困惑。

丈人修炼至深！

一个女孩的转变

　　老婆的朋友带着刚从美国回来的女儿一起来到我家。这几天巧逢上海"高烧不退"，连续几日的 40 摄氏度，但这烈日炎炎和难耐的酷暑丝毫吓不到她们，说好久没见面了，甚是想念，一定要来见见面，拜会阿姨。于是，在家里一坐就是大半天，真是无话不谈，谈之则兴浓，兴浓则话多，话多则越发交流顺畅。

　　女孩的妈妈也是一位老师，丈夫因为遇车祸而过早仙逝，这个对于本人和家庭均是严重的打击，尤其是对于小女孩。当时，女孩刚读初中，飞来的横祸致使女儿一夜之间失去了父亲。孩子蒙掉了，接受不了现实，吵着要爸爸，不肯去上学，生怕同学会用异样的眼光看她，于是与母亲、老师产生了无法沟通的隔阂。孩子决意要出国，不愿留在中国，不愿看到眼前的一切。母亲便卖了一套房，凑足了钱，供女儿出国学习。

　　此次回来看望我们，已经过去了几年，是个高中生了，还有一年可以考美国的大学了。显然，孩子也长大了、长高了，从与其交谈中，我们发现，原来那个厌学厌人厌世的女孩不见了，换来的是个聪明伶俐、幽默爱生活的大女孩了。看来环境是可以改变一个人的，还有就是美国的教育，看来也改变人、教育人。她在介绍自己就读的学校及情况时，看得出，其对这所学校的认可和对教师的信任。她说的几句话给我的印象特别深：
"美国的教师水平不一定很高，可能你问的问题不是当天就能回答出来，
或许过几天再告诉你，但他们是那样的爱学生，与学生打成一片。""美
国的教材不是像中国教材那样深，教师也不会板起脸来说话，而是将学生
在学习中可能会出现的错误，要注意或避免的地方给你一一指出，所以，
这就决定了我们学生的学习基本上是自学，教师很少讲解，学习主要靠你
自学。""中国学生到国外的大多很有钱，但在学校里表现得很自私，均
以自我为中心。"小女孩之前是在上海市三女中就读的，看来她是有比较
的，可能有过切身体会的。

　　这女孩是住在美国人家里的，她称之为美爸美妈。她说他们很客气、
谦和，对他们这些学生很友善。她介绍的一个情况蛮有趣：美国人离婚很
正常，离了婚照样可以成为好朋友，还经常一起吃饭。她经常与美爸美妈
的前妻前夫坐在一起吃饭，根本不像中国人视为陌路人。其实这里就有中
西文化上的差异。

　　毕竟是高中生了，也开始关心政治、经济了。她说，美国的经济还是
脱不开中国，老百姓之间还是很友好的；目前中美之间的紧张只是一些政
客在耍花样；从她一个中学生的眼光来看，中美之间打不起来。看来还真
是有点儿世界眼光了。她说，这些与平时商讨有很大关系。美国的教师让
我们搜集资料探讨：如生育几胎对美国是合适的等。让我们思考很多大问
题，从大视野来分析，并且要阐述观点。这与中国的教育有很大不同，改
变了中国教育中的重记忆轻分析、多记忆少阐述的情况，而这，能帮助培
养我们思考问题、分析问题以及表达的能力。

　　如此对比，一个转变了的小女孩给我们出题了，中国教育确应值得反
思了，也就不难理解中国学生在国内厌学的不少、创新人才不多的原因了。

侯建萍

读　笺

一

因被邀欣赏名家抚琴而见到 Z 君保存多年的笺和信封。

所见之笺，尺幅较小，质地大都为宣纸，有红色、绿色和深浅不同的黄色。笺上印有各种花草人物，还有画题和钤印。因精致华美，也称花笺。

花笺上的雕印异趣横生。有暗香疏影之梅。三国陆凯《赠范晔》诗云："折梅逢驿使，寄与陇头人。江南无所有，聊寄一枝春。"驿寄梅花，寓意向远方亲友表达问候与思念之情。可见，梅在笺上最能表达书信者的心意了。有空谷孤芳之兰。成语采兰赠芍，比喻男女互赠礼物，表示相爱。还有东篱秋色之菊、高风亮节之竹和月下豆蔻衣袂飘、轻抚洞箫梅枝红等。

有一张淡黄色花笺，尺寸为 22 厘米×14 厘米，雕印是"果中独备四时之气者"的一串枇杷果。"谁铸黄金三百丸，弹胎微湿露渍渍。从今抵鹊何消玉，更有锡浆沁齿寒。" 明代沈周的诗把芳香的果实描绘得淋漓尽致，但此宣纸上的果实安静而淡雅，仿佛在静候一支笔的相思。左边正中钤印"公寿"两字。公寿，即晚清松江画家胡公寿，说明此笺上印制的图案是胡公寿的作品，其也是海上画派代表画家之一。另一张同色系的花笺较狭长，尺寸为 25 厘米×8.4 厘米，下部雕印的是一位衣服线条流畅、意平而生动的老翁手持蒲扇招凉风，上部有画题和落款："吴小仙消暑图，一大主人正，睡仙写。"那是明代画坛怪杰吴小仙吗？

花笺再美，落笔再情真意切，字形再清新飘逸，在雁去鱼来时，需要"双鲤鱼"（信封）的保护而不漏私密。我又见到了同样工致精巧的信封。

信封用纸较厚，约如今 70 克纸，纸质密度高，耐折。一信封尺寸为 25.4 厘米×8.6 厘米，雕印是一杆疏梅虬枝，画题"铁干永姿松柏性"，落款"抱镧居士吴徵"（民国时期影响海内外的著名山水、花卉画家，曾任职于上海商务印书馆），时间"葵酉九秋"，钤印"吴二"。另一信封尺寸为 20 厘米×9 厘米，雕印"秋海棠花"。秋海棠有相思草和断肠花之别名，画题"洒相思之清泪，成绝色之奇花"，讲述的正是此花因佳人思念恋人喷血阶下的古老传说。落款："朵云轩制。"

这些雕印、画题和钤印，不仅装点了笺和信封的外貌，表达了寓意，更是书者风雅的体现。笺与信封虽未留下书信者的一字片言，却让人兴味盎然。

一二

我想到了善制诗笺的唐朝女诗人薛涛。

薛涛（约 768—832），字洪度，长安（今陕西西安）人。其有姿色，通音律，工诗赋，善辩慧。据《名媛诗归》云："涛八九岁知音律，其父一日坐庭中，指井梧示之曰：'庭除一古桐，耸干入云中。'令涛续之，即应声曰'枝迎南北鸟，叶送往来风'。父愀然久之。"可见其才思敏捷，但其父闻后，除了讶异她的才华，更觉此乃不祥之兆，恐其女今后沦为迎来送往的风尘女子。

薛涛与刘采春、鱼玄机、李冶，并称唐朝四大女诗人，与卓文君、花蕊夫人、黄娥并称蜀中四大才女。其晚年在清幽的生活中度过。王建《寄蜀中薛涛校书》诗称道："万里桥边女校书，枇杷花里闭门居。"

据《唐音要生》载："诗笺始薛涛，涛好制小诗，惜纸长剩，命匠狭小之，时谓便，因行用。"另史载，"薛涛笺"的形制是红色小幅诗笺，9世纪初造于成都郊外浣花溪的百花潭。唐朝诗人李贺有诗云："浣花笺纸桃花色，好好题词咏玉钩。"可见薛涛特喜欢红色花笺。何以？

一说红色是快乐的颜色，使人喜悦，也象征了薛涛对正常生活和爱情的渴望；另一说薛涛可能有意打破当时一味黄色沉闷枯燥的色调。但不管何种说法，红色花笺曾被薛涛用以写诗，并与当时著名诗人元稹、白居易、张籍、王建、刘禹锡、杜牧、张祜等皆有唱酬交往，因而名著于文坛。

花笺、信封内涵独特，被文人喜用，在清末后才逐渐淡出文人生活，但仍是人们喜欢的书房文玩之一。它的存在，折射出人际交往的情缘和文人生活的品位。

三

最近，因单位出版《馆藏撷英》一书，读到了清代工部尚书张祥河、民国时期娄县名医韩半池和佛耶居士费龙丁的信笺。

张祥河（1785—1862），原名公璠，字元卿，号诗舲，一号鹤在，又号法华山人，晚称诗道人，今松江人。张照从孙，清嘉庆二十五年（1820）进士，官至工部尚书，谥温和。

张祥河手书笺之颜色为红色，尺寸是 23 厘米×12.5 厘米，是回复其弟正和的一首七律诗："夜气封条万树春，丛铃醉佩晓光新。葭霜诗里都无色，蕉雪图中别有神。白羽扇迎仙客驾，水晶帘隐美人身。冲寒且当淇花赏，谁泼冰壶为写真。"落款："兄祥河呈稿。"

"雾凇和子枢韵"，说明此书笺是作者在寒冬的一个"雾凇"（树挂，是在严寒季节里，空气中过于饱和的水汽遇冷凝华而成，是非常难得的自然奇观）天写就，诗和子枢（张居正第三个儿子张懋修的字）的韵。前四句写景。"白羽扇""水晶帘"比喻感情的纯洁，"仙客驾""美人身"表示诗人要与思念之人相聚的愿望。"冲寒且当淇花赏，谁泼冰壶为写真"，表达诗人身处逆境而不消沉，满眼冬景正是纯洁之情的写照。"君复仁弟大人正和"，交代书呈对象，说明其弟正和地位颇高。

韩半池（1856—1929），名文衡，以字行，又字清泉、拜墀，自署随安子，晚号和叟，今松江人。

韩半池为遗腹子，由母亲胡氏抚养长大，幼年家境贫寒，仅读数年书。15 岁时，即至同寿康药店当学徒。后经人介绍，跟随青浦名医、光绪御医陈莲舫习医。学成后，返回松江行医，声誉日起。因求诊者多，往往至半夜方回，故有"韩半夜"之称。

韩半池治病不论贫富，一概认真负责。他能用重药治险症，对诊治温热、时疫、痨伤等尤有专长。上海名人李平书患温热，旬日不解，群医束手无策。请韩半池医治，数剂而愈，医名震海上。民国 11 年（1922），松江县医学卫生协会成立，韩半池被推举为会长。

韩半池留给后人一封含药方的信笺。笺上雕印是寓意延年庆寿的大红色菊花图，印有"蔡洪济号"等字样。

此信是韩半池写给一位俞氏乡绅的。称其为"卿老"，尽管是敬辞，但也说明俞公地位颇高。作者自称"表棣"（棣通弟），似与俞氏有亲戚关系。俞公派人请韩半池治病，并说了病情。据此，韩半池治病，并写下了病情，为"偶作寒热，兼之不纳不解（吃不下饭，出不了汗）"。韩半池认为这是感染风寒，挟带湿郁，使中焦不通所致，但自己因有人邀诊在先，不能马上前来，明日登门探问。同时他依据病情，拟了一张方子，请使者带回，暂且服用。这方子的具体内容为：淡豆豉3钱，青防风1.5钱，白蔻仁8分，生米仁3钱，冬桑叶1.5钱，光杏仁3钱，赤茯苓3钱，川郁金1钱，川羌活1钱，炒瓜蒌3钱，新会皮1钱，加车前草二棵。

写信日期为"杏月十八日"，应是农历二月，没有年份。钤印为"韩氏半池"，还有两位侍诊的门人：张锡峰、吴少莲。

这是一贴解毒之药，用以疏通中焦，缓解病情。

费龙丁（1880—1937），字剑石，别号阿龙，松江长岸人。得秦瓦一方当砚，固改名为砚，字见石，而以龙丁为号。晚年信佛，又信耶稣，故别署佛耶居士。

费龙丁学识广博，书工行楷，篆摹石鼓；精于刻印，力学不倦。早朝入南社，曾与社友李息霜于杭州创建金石组织乐石社，编辑《乐石集》。还曾加入西泠印社，为该社早期社员。

清光绪二十四年（1898），留学日本，攻读数理兼美术。回国后，一度在广西测量学校任教。后拜吴昌硕为师，艺益精进，名闻苏浙沪一带。偶涉笔作山水画，意境高远。

书画家费龙丁留存后世的一份信笺，雕印、尺寸正是上面写到的枇杷果之笺，且钤印也相同，只是此果实为鲜红色图案。

这是一份记载当年费龙丁与人书画往来的信笺。被作者称为"姻兄"的老先生先请费龙丁写一幅字于匾额上，但费龙丁只写了一部分，有关"先君上款"的文字，还请对方完成。

费龙丁在信笺开头说自己本要前来相访，只因途中偶遇松江一诗社，"略一留连，日已西下，遂进城未果"。然后说匾额之字，"斋颇一纸需补书先君上款"，就是还须补写先君（先君，可指自己的亡父，也可指对方的亡父。这里应为后者）的内容，这"固非先生莫属"，因为自己年幼无知。然而自己也拟了几句，附于信笺之外，但尚未定稿，务请对方裁夺。书写也请对方担当，"匾字或隶或篆"，均可与自己所写的吻合成章，布局定为上乘。

　　信笺最后，说自己日后前来会面，"百叩不尽"。现寄此留呈"叔木姻兄老先生"（张定，号叔木，今松江人。善篆，工画，刻印得秦汉法。是胡公寿亲戚，吴昌硕的弟子），看来他俩是姻亲兄弟。落款为"龙丁再拜（叩）"。

　　读笺，读事，也读人。信笺，成就了中国文化的一道独特风景。

李 烨

日落月升"有闲(贤)池"

生命里最该感慨的就是岁月和命运，这两种东西宿命一样追随着我们，左右我们，我们无法摆脱。一代一代的人从青涩的孩童走向摇摆的耄耋，然后回归尘土，这是岁月的罪愆。而当我们在人生的道路上疲惫不堪、准备驻足歇息的时候，命运又可能改变人生轨迹，让你走过"这一村"来到"这一庄"，这是命运作祟。就在刚刚过去的一年，从未预料到改变的我，命运却发生了大大的改变。我的命运之舟从飘雪的东北熟悉的河道，驶入了江南温暖的港湾。

习惯看北方玉树琼花树挂的眼睛，转瞬满眼都是江南的桃红柳绿。我慌乱的眼神里，还没有清除掉东北壮美的底色，依然安放不下江南秀美的倩影。几乎一整年里，我都处在忙碌中，因而无暇或者说无心仔细看一看周围的环境。

今天最后一节课上完了，下课的铃声响过了，校园里回荡起一首俄罗斯乐曲《山楂树》，这是我非常喜爱的，真想感谢播放这首乐曲的不知名的同事。优美的旋律弥散在清凉的傍晚里，仿佛弥散在校园的天空和角落、树间花间，更好像飞旋在我此时安详宁静的灵魂里。

学生们渐渐走光了，刚刚上过两节课，有些许的疲惫，我伏在四楼的窗口向下俯瞰。夕阳西下，楼下楼宇间就是这所学校的两处景观——水池。只说它们是水池，确实过分，这主要是因为我无暇也无心思细看它们的景色，每每看到它们都是不经意地扫过罢了。而实际上水池里既有花，也有鱼，池边还有秀树美竹、兰草鲜花，甚至还有一座木制的小桥。水池在学校主路的两侧分为东西，均属无名。路东的，由两个水池组成，因为这个缘故和我们这所学校人才辈出的情况，我想就叫它"有贤池"。路西的是一个完整的水池，按照今天的心情，就叫它"有闲池"吧。当然，此"有闲"，非彼"有贤"，然皆可呼为"有闲（贤）"也。

太阳徘徊在地平线上，慷慨地把金色赐予我满眼所及的世界。对面的楼宇把金色的阳光折射到水池上，"有贤池"被映得金光闪闪。青青的绿草整齐地铺在略带倾斜的丘坡上，安静妩媚地拱卫着这两潭池水，仿佛一个青春秀色的母亲轻轻怀抱着两个待睡的婴孩。池边的竹枝和枫树在些许的微风里摇曳，很像母亲摇扇在为这两个渐欲睡去的婴孩驱赶蚊虫，而这两个婴孩则从容安详，享受着傍晚的清凉和宁静。游鱼在池中优雅地游动，像是这两个婴孩活动的思想、正在做的斑斓美梦。这梦境的确是美妙绝伦，因为这梦境竟然是"纯金"打造的。莲花在池水中绽放，莲叶轻浮在水面，池水轻轻泛着微波，粉红色的莲花、嫩绿的莲叶、清澈的池水，在原有的底色上镀上了金黄。我惊诧了，惊诧我每日不肯一看的风景竟然这么别致和秀美。我感慨，这个世界真的不是缺少美，而是缺少发现美的眼睛！几个学生走进了我的视野，他们走上小木桥，指指点点，然后分散到草坡上，拿出书本看起书来。我的目光顺着小木桥向前延伸，我惊奇地发现，小木桥延伸出去两条石板路，在绿草的背景下十分醒目。更为重要的发现是，小木桥与延伸的小路竟然歪歪扭扭地构成了一个"人"字。也许当初的设计者也未必考虑到，这个"人"字的结构有什么含义，或者根本就不曾考虑过设计成"人"字。但这种巧合，竟然和我们的这所学校的育人功能暗合，也许这就是命中注定。而命中注定的，似乎还有我从遥远

文采飞扬的日子

的飘雪的北方的到来以及此时的这个发现。我忽然有所感悟，我要告诉我的学生，人的命运是多变的，而人要善于发现和适应，人会因此快乐，因此超脱，因此安然。

不想回家，不想回到暂时租来的那个我栖身的狭小空间，生怕我此刻获得的心境遭到破坏。我决定去办公室看一会书，或者干脆什么都不做，就坐在那里玩味一下刚刚看到的美景。

月亮终于升起来了，我缓步踱出办公室，想再去享受一下一年以来难得的内心宁静。校园里安静极了，校园外庙前街上传来的喧嚣，仿佛是隔世音信，时隐时现，飘忽不定。我们的校园自成一统，仿佛断绝了俗世的纷扰，而"不知有汉，无论魏晋"。

月光的清晕染透了整个校园，所有的建筑披上了银色，路旁开放着的鲜花也不例外。被月光浸润的花香如清凉的水一般是醒神的，我的头脑好像也灵光了许多。我一个人站在校园主路的中央，"前不见古人，后不见来者"，独自享受这宁静的绝唱。我忽然想去光顾一下白天不曾光顾的"有闲池"，弥补一下我对它的慢待。

"有闲池"是用石头围起来的，在月色里显得有些冷峻，与白天金光闪耀、明艳妩媚的"有贤池""判若两池"。可我觉得这不能言语的"有闲池"反而显现出某种理性光辉，诉说着阴阳世界变换的不同。在月光的清晖里，我坐在石头上，仿佛被月光雕塑成了罗丹的思想者，也开始沉思自己的人生和命运。原有工作上的荣誉和成绩渐去渐远，成为记忆里的惊喜和自豪。安逸闲适的生活节奏变得局促慌乱，我需要摸索规律，从头来过。我轻轻撩起一掌池水，洒向池中，没想到竟然惊动了池底的锦鱼，池水变得躁动起来。这潭池水惶恐得就像我这一年躁动的思想，凌乱而没有规则。渐渐地、渐渐地，池水又恢复了平静，鱼儿缓缓安适地游动，并在适合自己的位置停了下来，无序变成了有序。我的思想如同被点燃，即使是"有闲池"里的鱼儿被放到"有贤池"，或者相反，那又有什么呢？不过是环境的变化，而鱼儿并没有离开水。大学里工作也罢，中学里工作也罢，依然从事的是自己青年时选择的职业。职业并没有改变，理想也不该褪色，我依稀找回了已经渐渐黯淡的信心。月光依然，淡淡地照在"有贤池"上，我不知道应该用怎样的言语来描绘我此时的心情。

心情是什么？是缤纷的花瓣，是时紧时慢的长风，还是绵绵不绝的秋雨？快乐吧，忧愁吧，惆怅吧……这些都是人生的五味。我将迎接的生活呢？是满满的？洋溢的？缤纷的？淡淡的，还是浓浓的？未来日子里的我呢？是勤奋的？散淡的？悠游的？急急的？徐徐的？苦苦的，还是乐乐的？……一切都交给未来！

我依然会相信明天，依然会"浴乎沂，风乎舞雩"，关心学生，关心天气，关心收成，关心环境，关心亲人朋友，也关心人类的未来……

徐　侠

古松江的青龙镇

松江历史上，有一个很耀眼的地方，那就是青龙镇，宋代号称小杭州，较之于行政中心华亭县城更为世人所重。苏东坡到过青龙镇，而没来县城探访一下；梅尧臣屡次往来青龙镇，并作了不少诗文，却不来华亭县城玩；米芾到青龙镇办事，还主动为寺庙书写碑记，也不上华亭县城来看一看。

这个青龙镇，在华亭县北境，距离县城五十多里，北靠松江（吴淞江），与昆山县地（后属嘉定县）交界。北宋嘉祐七年（1062），镇上高僧灵鉴作《宝塔铭》，云此处"（商船）自杭、苏、湖、常等州月日而至，福、建、漳、泉、明、越、温、台等州岁二三至，广南、日本、新罗岁或一至。人乐斯土，地无空闲。衣冠名儒，礼乐揖让，人皆习尚，以为风流文物之地"。北宋元丰五年（1082）冯翊人陈林为青龙镇佛寺撰写《经藏记》，有"青龙镇瞰松江上，据沪渎之口，岛夷、闽粤、交广之途所自出，风樯浪舶朝夕上下，富商巨商、豪宗右姓之所会"云云。南宋遗民应熙作《青龙赋》，曰巨镇名青龙，"控江而淮浙辐辏，连海而闽楚交通"，"市廛杂夷夏之人，宝货当东南之物"，"风帆乍泊，酒旆频招，醉豪商于紫陌，嬲美女于红桥"，"惟此人杰而地灵，诚非他方之可及"。

最早的松江方志南宋绍熙《云间志》记载："青龙镇，去县五十四里，居松江之阴，海商辐辏之所。镇之得名，莫详所自，惟朱伯原《续吴郡图经》云昔孙权造青龙战舰，置之此地，因以名之。国朝景祐中置文臣理镇事，以右职副之。今止文臣一员。政和间，改曰通惠。高宗即位，复为青龙云。""以右职副之"，就是以武职为副官。青龙镇数见于《云间志》中，也称青龙镇市，华亭县所辖的镇，只有这一个，它原是为镇守防御而设置，类同于戍防的戍，故被统称为镇戍，县共有五个镇戍。南宋时，戍已改成巡检司，而青龙镇中也设了管界水陆巡检司，说明它尽管发展为市镇，它本来的功能犹未失去，以军事为保障，以经济、文化为主体。灵鉴《宝塔铭》云："自景祐至今，皆京寺清秩兼以治人。"意谓京城官署中的居清贵之位的官员来青龙镇任职。实际上，既由朝廷派遣文官掌管镇上事务，这个镇的性质、地位与一般的市镇已明显不同，更与戍防之镇有别。

明弘治《上海县志》称梅尧臣曾记载青龙镇有"坊三十六、桥二十二"，崇祯《松江府志》云梅尧臣记载"古刹三、坊三十六、亭台三十二"，梅的原记不见于文献，明代人的引述或是有所依据，而后人云题名《青龙杂记》，恐系杜撰。其 36 坊之数，远超过南宋绍熙年间（1190—1194）华亭县城的 27 个坊、巷，即此可想见其盛。明正德《松江府志》记青龙镇曰："唐因控江连海，置镇防御。宋以海舶辐辏，岛夷为市，又设监镇理财，镇故有治，有学，有狱，有库，有仓，有务，有茶场、酒坊、水陆巡司。镇市有坊三十六，桥三十，桥之有亭宇者三，有二浮图，南北相望，江上有龙舟夺锦之盛，人号小杭州。""浮图"指宝塔，实际原有三塔，一塔毁于南宋宝庆年间（1225—1227）。明嘉靖《上海县志》卷六古迹门之"坊"类详载 36 坊及简略位置，谓是"宋淳祐十一年（1251）监镇林鉴立"，淳祐十一年（1251）已是在南宋末期了，比所谓的梅尧臣记载约晚 200 年；"公宇"类云："青龙镇，唐天宝五年（746）

建，有将有副，职在防御，至宋祥符以镇将理财，景祐以文资监镇。堂曰无倦，台曰宣赦，亭曰手诏、曰晓示、曰税、曰拂云、曰剪韭，庄曰百花。镇有酒坊，有学，始于宋嘉定壬午（1222），监镇赵彦敬建，中有聚星堂、敕书楼。"明崇祯《松江府志》记青龙镇亦曰："市有镇学、巡司、税务、酒务，为海舶辐辏之地，人号小杭州"，"祠宇布列街衢，古称雄镇。"可知青龙镇是由唐以来的军事镇戍，发展为北宋早期军事兼经济的市镇，再转变成南宋繁华的城镇。

清徐松《宋会要辑稿》载"淳化二年（991）置青龙镇"，显示前代之镇已废，故而重置，至北宋仁宗景祐年间（1034—1037）始派文臣管镇，让武官辅佐。那么，在这四十多年间它是有个发展与变化的过程，灵鉴《宝塔铭》恰好有比较清晰的反映，可做佐证。此宝塔始建于北宋天圣初年（1023），至北宋嘉祐七年（1062）因"塔成无记"，故众人请灵鉴撰文纪实，铭文有"厥初未建，市井人稀，潮涨海通，商今来归，异货盈衢，人无馁饥"云云，说明天圣之前的三十余年里镇况萧条，而距景祐二十多年后则是商贸发达，奇货满街了。

海内外商船来泊，富商云集，人口激增，在这个最能喝酒的朝代，其商税和酒税之利当然为皇帝、权要所眼热，所以派来的监镇官的主要任务是理财，北宋熙宁十年（1077）收入商税不亚于华亭县城，见《宋会要辑稿·食货》。至南宋，经济形势更好，但文教就相对薄弱了，所幸监镇官的主动性，对此具有很大的推动作用。

南宋权尚书兵部侍郎杜孝严《青龙镇学修建记》及明弘治《上海县志》载：南宋嘉定十四年（1221），皇族赵彦敬为青龙镇监镇，捐俸钱30万倡建青龙镇学，知府闻而嘉许，助以府库之钱，"遂买地于镇治之东北二百步"，在镇东北建起镇学，讲堂中峙，翼以先贤、魁星祠，左大成殿，右四斋，仓库、庖湢、射圃、泮池等一应俱全，规模格局不逊华亭县学。于是镇上又多了派来的学官，入元朝依旧尊学重教，里人任、陈二大姓修茸装饰镇学，著名诗人张雨有《送青龙教谕》诗，曰："青龙江上古儒官，子为横经振古风。当户九峰春树碧，去家十里海潮通。华亭好事笼盛鹤，楚国名碑篆剥虫。信是青衫如拾芥，辟书今在荐贤中。"

当然，作为本地官员、富翁，或是与本地有关的文人士大夫，向来最乐意的是为镇上的佛教事业推波助澜，因为这里的佛教气息和历史实在是太浓厚了。现存青龙镇最早的文章四篇，是北宋的寺庙碑记、碑铭，即嘉祐《僧畅法华行业记》《宝塔铭》、元丰《经藏记》、绍圣《妙悟大师最公碑铭》，其中一半由士大夫撰、书，且都由官员立碑，而建经藏、宝塔也多大施主的倡导和官员的鼎力支持。镇上"古刹三"即三座寺庙，陈林《隆平寺经藏记》亦云"寺之隶镇者三"，至南宋绍熙《云间志》，始作记载，依次为隆平寺、隆福寺、胜果寺，然内容疏略，古抄本文字有舛讹，将"隆福寺"与"隆平寺"换了次序。元末杨维祯记曰："镇之南寺曰隆福，创于唐天宝间。宝塔七级，凡若干尺，造于长庆间。"正德、崇祯《松江府志》皆载：隆福寺，唐天宝年间（742—755）建，中有宝塔，长庆年间（821—824）建；隆平寺，唐长庆元年（821）建，有宝塔，北宋嘉祐七年（1062）建成；胜果寺，北宋乾德年间（963—967）造，有塔，南宋宝庆年间（1225—1227）毁于风雨；隆福与隆平一南一北，俗称南寺、北寺，胜果寺在两寺西。镇上佛教兴盛而且隆重，陈林记曰："其事佛尤盛，方其行者蹈风涛万里之虞，怵生死一时之命，居者岁时祈禳吉凶荐卫，非佛无以自恃也，故其重楣复殿，观雉相望，鼓钟梵呗声不绝。"每个寺庙都建造七级宝塔、藏经楼，制作精巧的大轮藏（装有轮、轴的特大型机械书柜），购藏了一部《大藏经》五百多函五千多卷。

青龙镇背靠松江，踞江瞰海。松江流过青龙镇的这一段名青龙江，与松江下游的出海口段——沪海（沪渎）相连，连接处形似喇叭口，江面宽阔，海潮涌来，亦被称为青龙海。梅尧臣诗集载北宋庆历四年（1044）所作《青龙海上观潮》诗，有"百川倒蹙水欲立，不久却回如鼻吸"云云，其景象一如钱塘江潮。但是，北宋中期后的两百多年间，自然因素和社会条件在发生深刻变化，一是海平面上升，潮汐冲速减缓；二是江南人口增多，出现围湖造田之风；三是为挡住海潮侵蚀，官府在旧海塘外不断修筑起堤堰，致使本地水系整体淤浅收缩，松江尤为明显地变窄，青龙江也远离了它赖以雄壮的出海口。南宋末松江出海口新设市舶司及榷货场，其所在原上海酒务更名上海镇。北方统治者也早就垂涎于它，他们特别重视漕运、海运，以此来操控南方经济的向北力，元至元二十九年（1292）升上海镇为县，一个新兴的港口城市崛起，而青龙镇则变为上海县属镇，也就无足轻重了。至此，昔日胜概十不存一，明万历前位列上海县 28 个镇市之一，明崇祯府志云"此地遂鞠为茂草"，清康熙府志云"元以后江口渐塞，镇亦遂废"。

今考古界公布青龙镇遗址总面积约为 25 平方公里，我踏访下来觉得不止，要超过 30 平方公里。除了一些老河道，遗址的地上古迹仅剩青龙塔，即原隆福寺宝塔。这是历史恩赐的一个坐标，它位于遗址南部，松江故道在北面约 4.5 公里，老通波塘在西面数百米处蜿蜒南北。在青龙塔北面偏西约两公里，老通波塘与一东西向老河道交叉口东北岸，北宋隆平塔基址于 2016 年 9 月被考古发掘。隆平塔隔通波塘西对面约 200 米处，最近我的朋友在那里发现了一块塔砖，砖侧有朱砂书"舍胜果寺宝塔用"，就捐给了青浦博物馆，并约馆长王辉先生和我们三位朋友一起做了实地考察，确定这里就是胜果塔和胜果寺遗址所在。方志载胜果寺在"隆福、隆平之西"，按此推测胜果寺在隆福、隆平二寺之间的西面，实际却令人意外，它竟西邻隆平寺。隆平、胜果，约位于青龙塔至松江南北一线的中部，偏西几度，也是遗址的重要点位。灵鉴《宝塔铭》云建隆平塔的目的有二：一是做舟船的海边航标，二是做信佛者的心理航标。前者真乃客观亟须，曰："此镇西临大江，与海相接，莽然无辨，近无标准，远何由知？故大舟迅风直过海口百无一二，而能入者因此失势，飘入深波、石焦，没舟陷人，屡有之矣。若建是塔，中安舍利，远近知路，贾客如归。"隆平塔之建造必先于胜果塔，因为它那时航路"莽然无辨，近无标准"，而胜果塔耸立后又有了一个航标，从海口、海上看到两个视点无疑更有利于定位导航。

文献记载镇学建在镇东北，且在镇治东北 200 步，那么镇治也就在镇的东北部。镇治、镇学，也应在隆平、胜果的东北，靠近松江故道，如果哪一天能够发掘证实，那是极有意义的。

宋代青龙镇显然迥异于一般的市镇，更像是华亭县的一座副县城，与县城水道相连，政治、经济、人文相通，而它的地下遗迹点至今未遭大规模破坏，耐心全面地考古发掘和深入研究，必将给松江乃至江南历史寻回丰富的内涵。

塔射园的一角落

　　塔射园是清代的松江名园，位于西林禅寺东北，午后西林塔影倒射于池塘、门窗间，故名塔射园。或云乃明季造园大师张南垣所筑，附会不可信。园广仅十余亩，而池水映带，岩石参差，花木葱蒨，古藤老桂皆百多年物，与所葺廉让居、澹斋、黄杨阁、逊亭、拜石轩、清晖楼、圆音书屋、柿叶山房、小重山房等，组成古藤榭、竹径、响泉洞、留云岫、壶中天、船屋、钓鱼湾、荷沼、众香西来等二十景。

　　主人张维煦、张梦嗜父子，偕家族逍遥其间，陶冶出了很多诗人。每当贵客来访，酒樽大开，文字便盛传于世。清乾隆五十六年（1791）三月四日，《四库全书》总裁官陆锡熊也在园中盛开的古紫藤树下受到热情款待，赋诗云："朱藤络架柳捎檐，雅称幽居号让廉。名士来同汉川鲫，清谈味过水晶盐。急流送响泉分闸，倒影涵空塔印尖。扶醉不妨归路晚，林端如玦吐新蟾。身随乳燕去寻巢，到便勾留肯遽抛。画本绕廊侵叶暗，棋声隔院带风敲。洛阳待补名园记，西蜀宁烦解客嘲。欲豁看山高处眼，过墙新竹已抽梢。"

　　这样一座风景、人文俱妙的园林，于民国以后鲜为人知，如今连其地下遗迹也早已毁灭了。但侥幸的是，竟还有它的一幅画存在。数年前，沪上教授李玉麟、张德瑾夫妇来访，透露了这个令我激动的收藏。张老师是塔射园后裔，为张梦嗒八世孙女，家传此画。他们回去后，就拍了照发来，我原以为是园林全图，却只是它的一角落，再问，只是这一幅画。

画面水墨生动，辅以淡彩，笔致细腻潇洒，景色茂郁古雅，由右至左、由南往北做层层布局。右边乃树石、低岭，进以廊轩、人物、竹、柿、高松。中部池塘隐隐，尖嘴东起，即扩大、略弯曲蔓延，为其主景。池前一亭如官帽，亭中坐人，其外亦有人物，或相对，或独步。南北岸树木纷杂，大杨树或高高伸展，或虬曲分叉而胈卧池上。池中荷叶浮开，片片欲染，数茎出水成莲，有人采之，有人观看。池北亦竹树苍翠，老松丰下道上、势挺，屋舍多被遮蔽，露出者如在白光里。屋后两山连脉，迤逦西北，更有远山淡约，这是借北面九峰之景入园。

其上题词，占了小半幅。先是词："一潭秋水，是往年诗老，苦吟清琼。今日谢家群从在，攒簇水荷千柄。晴旭初烘，余霞欲散，照彻瑶林影。几棱塔瘦，支颐人对清镜。　　更看鸡唱阴移，鱼跳波碎，竹树增幽胜。落落苍寒间气味，此是故家门径。熟客扶藜，佳儿点笔，风彩相辉映。池边颓柳，卧招新月先靓。　右调壶中天。"再是跋："塔射园东偏曰墨池，染绿亭在焉。旧为诗龛主人觞咏地，今密斋学博居之。夏间屡共游赏，哲嗣定甫绘为斯图，予名之曰诗境夏阴，而系以词，以方与诸君子唱酬夏字韵《金缕曲》，诗龛且自兰寄和也。　戊申中秋前三日记，椿。"钤："姚椿之印""樗寮"。

题词者姚椿，字春木，号樗寮，亦作樗寮，松江名宿，大学者、著名诗人，系塔射园姻亲，与三世张兴载兴镛兄弟、四世张祥河辈皆交契。"戊申"是清道光二十八年（1848），姚椿年逾七旬。"诗龛"主人即张祥河，时官甘肃布政使，亦已六十余岁。"兰"指甘肃兰州。"密斋学博"，即张祥海，张兴镛第三子、张祥河弟，号密斋，候选训导，俗称学博。"哲嗣定甫"，指张祥海长子张茂绎，号定甫。据跋、词可知此画是张茂绎所绘，绘于清道光二十八年（1848）秋，绘的是塔射园东偏的墨池风景，姚椿取名为《诗境夏阴图》。这里是张祥海的居住地，以前则为张祥河觞咏地，前面的亭子名"染绿亭"，实际也曾是张祥河读书处，十几年前，祥河、祥海父亲远翁张兴镛还在世时，姚椿也来此处游玩作诗，载入诗集，序曰："上巳后一日远翁留饮，饭后偕竹初、密斋、恒卿游览山麓，因至墨池观桃花，白者一株妍冶大绝，复小饮，以'诗舲墨池'四字分韵，得'诗'字"，咏的是长公子"当日读书处"墨池边的桃花春景，白桃花比作西施，"此花此酒古墨池"，"犹喜艳绝妍桃枝"。清光绪《松江府续志》也载及塔射园墨池，称"疑池亦一古迹也"。

　　此《诗境夏阴图》即《塔射园墨池图》，重裱后上面又接了一幅题跋，横写"清芬手泽"隶书大字，左上下共有三段跋识，是张茂绎曾孙张祉浩的手迹。左曰："先曾祖定甫公长于绘事，斯图乃绘所住之塔射园墨池一段，而先哲顾荃士、姚春木二先生所题识。定甫公手泽至今留在家者，有公小像荷花图及枯林疏竹图二幅，此图在民国廿七年（1938）十一月间无意中得之。云间历经红羊之乱、八一三之役两次兵燹，玉石俱毁，即戊申迄今亦已九十一年矣，斯幅之珠还，盖有天意存焉。己卯廿八年（1939）元月初九日午后四时曾孙张破浪祉浩敬志。"此段写于民国28年（1939）正月初九，称"先哲顾荃士、姚春木二先生所题识"，则当时尚有顾荃士题识，应该就写在姚椿题词之上，而不见于裱幅，必是后来损坏割裂、佚失，由此也可证其装裱更晚。顾荃士即顾燮，亦本邑名宿。上曰："荃士、春木两公，嘉道间吾里文学重名之士也，今则两家后嗣不能葆其清芬，兹睹所题，重有感焉。破浪又题 卅七重九"，又下曰："曾祖定甫公讳茂绎，字凫客，性好画事，作品颇宏，今留存于樨生笈间者，未设色稿约三百余幅，手泽及于后孙，后之为子孙者应宝之。卅七戊子重阳日曾孙破浪又题。"这两段都作于民国37年（1948）重阳日。

　　张祉浩（1893—1951），字莲江，号破浪，又号春水、普朗，章太炎

散文

门人、南社社员，精通医学、文字学，工诗，擅书法，著述颇多。初以训蒙谋生，民国7年（1918）从江苏警察学校毕业，充松江泗泾、叶榭、亭林、小昆山诸镇巡警数年，弃而卖字、著文、辑书。民国14年（1925），奉章太炎之命于上海创设中医学社。民国27年（1938），出任松江县图书馆馆长，其得曾祖《塔射园墨池图》即在此年，身处乱世供职伪政府，而能搜罗乡邦文献、珍视祖先手泽，似心迹可谅。他对自家墨池最感慨，于所著《春雨杏花楼笔记》云："其间墨池石山，层层井井。古松翠柏，密密隶隶"，"民国以来，族人卖去不少，而犹以老二房蓉州之子猫官为最不肖，十二年（1923）春，将假山石尽行售去，得价与毂生之子及也松叔之母分。"

传世不乏名园记，名园图则寥寥无几。画好园林难，画好园中池塘更难，一潭池水最容易一览无余，就缺了韵味，而这塔射园墨池，既在眼底又似藏而不露，且藏天地，藏历史，藏我目光于此。

吴文利

新城品桥

　　顶着薄薄的晨雾与几位好友悠然地来到了新城区的中央公园。晨练的人们早已舞动着手中的羽扇装扮着春园，树林中的小鸟在不停地为她们喝彩。

　　最吸引我们眼球的，便是公园的湖面上一艘扬帆起航的"大船"，使人有一种想马上亲近它的冲动。轻轻地走上前去，不由得怦然心动。原来是两座好奇特的桥啊！他们首尾相连，酷似一对连体双胞胎。桥面又与道路连成一片，用沥青铺成，学名邱泾河景观桥。四周钢结构围栏上嵌满了钢化玻璃，在滴滴晨露下显得晶莹、清新。好一对"孪生连体"桥，如田野上掠过的一缕晨风。站立于桥的中间极目远眺，大自然的精灵们正在上演着动人的情景剧：河面上水鸟在嬉戏，鱼儿在清澈的水面下轻轻地游弋，时不时地跳出水面展示一下自己的风采，青蛙也来凑趣为他们摇旗呐喊。身临此桥，狂躁的心瞬间被抚慰得平静如水。

　　踏着被春雨洗绿的地毯，恋恋不舍地离开，心里便会涌出一种失落。然而，当我们随着悠闲散步的人群向西一路读春时，这种失落就会随即飘散在笑容里。四座相同风格的小桥，由东向西排列于公园的小溪上，混凝土的桥身三孔两柱，铁制围栏，桥中间的栏杆上四盏宫灯点缀着，宛如四位亭亭玉立的少女站在溪流上梳洗，在丝丝晨风下出落的优雅、迷人。好靓丽的"四姊妹"桥，如竹林中飘过的一阵兰香。

新城的桥与新城一样色彩斑斓。离开中央公园往北，一不留神就踏入了充满现代文化氛围的松江大学城。又见一座座蕴含着文化韵味的桥，令我们目不暇接。启德桥、莘莘桥、文怡桥无不透着一股人文情怀。但有两座无名桥定要如佳茗般细细品来，两座浑身钢架结构、仿拱桥样式一跨过河，他们一东一西跨越学生河。桥面与栏杆都用不锈钢制成。东面的桥，桥身秀丽娇小，桥面平坦；西面的桥，桥身粗壮，桥面坡度较陡，桥面南北各有十级小台阶，中间为有弧度的缓坡，桥栏的两边设计成无障碍通道。此桥是为桥北的上海大学生体育场疏散观众而设的通道用桥，平时则是大学城的景观桥。他们如一对城市的雕塑，竖立在大学城资源共享区内的绿化带上，在缕缕阳光下显得健壮、有力。好一对"兄弟钢虹"桥，如瑶池上飞架的两道彩虹。

别以为在新城只能解读新奇的桥。在大学城倩影后面有一双幽远的眼睛追随着。那是古老的广富林遗址上站的一位"老者"，深情地凝望。如果你愿意，他会带你聆听"八曲潮生"的壮观和欣赏"溪桥晓市"的繁华。他阅尽了人间的悲欢，几经兴衰，历尽风霜，一路风尘仆仆走进21世纪的大门，目睹着一座新城的诞生。这便是八曲河上的知也桥了。清光绪丁丑（1877）年《青浦县志》记载：知也桥在广富林北。由此可见，此桥已有相当的历史。据当地耄耋老人回忆，原桥是一座单孔石拱桥，桥身、桥面、石级均为花岗岩石，桥身坡度平缓，距水面较低，只可供乡下小舟通行。20世纪20年代末，凤凰山采石场的碎石运输船只通过此桥时，桥被撞塌。当地民众出资翻修成现在的面貌，运输船只也可顺利通行。桥塝用原来的大石垒起，桥身却用钢筋混凝土浇筑。骤然间整桥被人为地拔高，11级台阶陡而直，一直通向桥顶。桥顶平坦，桥栏也用水泥板砌成矮墙状，以防孩子落水。桥面中央刻有简易的花纹，桥顶距水面十多米之高。此桥古朴中带有现代，雄壮中略带沧桑，在抹抹夕阳下显得矍铄、深邃。好一位"寿星"桥，如人们心中尊敬的长者。

吊桥、栈桥、木桥、曲桥装点着泰晤士小镇阑珊的夜。不同风格、不同造型的桥在新城内随处可见，犹如一颗颗璀璨的明珠蕴藏着新城时代的元素，焕发出这座新城别样的美。

华亭湖畔

一阵紧似一阵的蝉鸣声，诱使我慢慢地爬上了一棵高大的老槐树，渐渐地接近正在欢歌的蝉。它似乎并没有察觉，我的手悄悄地伸了过去，眼看就要捉住，它却突然停止了叫声，一振翅膀飞走了。我一着急双手乱抓一气，人也从高大的树上摔了下来。

我一骨碌从床上坐起来。梦，原来是一场梦，这是记忆中童年的场景。可耳边此起彼伏的蝉声又让我迷惑，我这是在哪儿？昨晚与朋友们聚会，醉卧于朋友珠江新城的家中。蝉声正是从窗外传来的，是它打开了我封存多年的童年。自搬进老城区，每年夏天虽然也能听到稀稀落落的蝉声，却无法勾起我对往事的回忆。

顺着蝉声，我走到阳台上迫不及待地向外张望。好一幅美丽的山水画卷，赫然震撼着我的视觉神经。一路之隔的华亭湖宛如一颗明珠被镶嵌在绿海之中。阵阵的蝉鸣正是从那里发出来的，时不时还夹杂着几声清脆的鸟叫声，早起的精灵们在大自然的舞台上纵情欢歌。

美妙的风光哪能少了勤劳的人们，湖畔的树林里广场上早已有保绿员、保洁员开始工作了，他们认真地、一丝不苟地呵护着这美景。更有一群晨练的阿姨们正舞动着手中的红扇，时而如一只只红蝶飞舞在水边，时而如一条红丝带飘扬在当空，时而如朵朵红花绽放在绿意之中。晨曦之下，暑热尚未袭来。孩子们便迫不及待地抓住这段时光在湖畔的广场上开始比试轮滑技巧了。有的孩子刚开始练习走路，在家长的牵引下小心翼翼地往前挪；有的孩子则独自在广场上滑来溜去，独自享受着快乐；还有几个小孩则像老鼠接尾巴似的一个接一个往前滑行。只见其中一个孩子没站稳摔在了地上，后面的孩子收势不住，倒成了一团。随即迸发出一阵快乐的笑声，他们边笑边爬起来，继续滑。

不远处有几个垂钓者分散在湖边，或站、或坐、或抛竿、或忙着收竿。昔日的斗笠、蓑衣，已换了装束：太阳帽加一顶巨伞。唯独钓者的心境，或许千百年来从未有多少改变。面对这古老的河道，面对这半人工半天然的湖泊，他们一直等待着一位嘉宾——四鳃鲈的光临。就这样一直等了几百年的光阴，同样的执着、同样的期盼、同样的思念。他们彼此没有交流，却仿佛都看到了四鳃鲈在晨风吹拂下的水底，悠悠地游动着，留下了春梦般淡淡的残痕⋯⋯

晨风从窗外吹过，湖畔的广场上空飞来了几只风筝，要与大自然的精灵们一争高下。无声的挑战激起了水鸟们飞翔的欲望，它们纷纷振开翅膀在河面上摆开擂台，一试自己的身手。平静的华亭湖顿时热闹起来，苍鹭在湖面上盘旋，云雀三三两两地呼叫着从树林中冲出也来凑一份闹猛，几只鸥鸟时而在湖面上嬉戏，时而一抖翅膀腾空而起，表演着自己的绝活。

从流淌不歇的沈泾塘水声中，似乎还夹着当年的华亭旧事：西晋时代，陆机"华亭鹤唳"的悲凉故事，张翰"莼鲈之思"的怀乡情绪。现在人们有理由相信用不了多久，鹤影、鳍痕会重现自己的故乡。

朋友连着几声"早安"才把我从画卷中拉了回来。朋友调侃着说道："别看在眼里拔不出来呀。"

"真羡慕你住在这世外桃源。"我感叹道。

他泯然一笑说："错了，这不是世外桃源，而是人间仙境。"听着他的介绍，我明白了他的自豪感从何而来。小区的东面是休闲广场，购物、娱乐你可以随性而为；南面一步之遥是社区卫生服务中心；西面一路之隔是我刚才注视良久的华亭湖，绿意盎然；湖的对岸是美轮美奂的泰晤士小镇，让人不禁会联想起维多利亚港湾；北面是有着松江"城市绿肺"之称的中央绿带，像一条翡翠点缀着新城；再北是充满了现代气息的大学城，古老文明与现代科技在这里结缘。

　　朋友说，傍晚这里更美，华亭湖畔更迷人。当城市走过一天的喧哗渐渐沉静下来时，人们便纷纷走出自己狭小的天地，融入大自然。纳凉的、漫步的、随着轻柔的音乐翩翩起舞的，还有热恋的人们相依着，在这里总能找到一块暂时属于自己的天地，互诉衷肠。有时也能见到金发碧眼的新松江人，他们牵着手悠闲地散步。

　　华亭湖畔的每一个角落都有欢乐，人们互不干扰地沉浸在欢乐的海洋，这是一幅和谐温馨的市井生活之画。水乡气息、吴侬软语弥漫在整个湖畔，和着城市阑珊的灯火，人们身临其境而又仿佛在梦中……

徐俊国

灵魂的演算

"真正的孤独，不是多一个人就可以解决的"，而画画是孤独的人为了解决孤独而进行的灵魂演算，他穷尽一生，所有的努力都是为了让孤独的自己多出另一个自己。正所谓"去自己的明天，迎接今天的自己"，"活在朝霞之上"。凡·高有两个：一个是想成为传教士的凡·高，他失败了；另一个是把自己贫病交加的一生燃烧成向日葵、丝柏树和星月夜的凡·高，他成功了。

我的孤独来自对文学的爱和对灵性世界的探究，我用画画对我的爱和探究反复地进行演算，它既验证了多年来我对文学的理解，也找到了"实现另一个自己"的幽秘小径：一个出版了几本诗集的人，多么想成为一名画家。也就是说，除了文学，我多想再拥有一种理解和把握世界的方式。

其实，我接受过正规的美术训练，从石膏几何体到静物和人物写生，从手绘图案到艺术设计，从临摹到创作，成绩一直不错，貌似一个懂得造型和色彩的优秀科班生。毕业后，在平度九中从事了13年的美术高考教育，手把手地将自己的绘画技艺复制给一批又一批学生。其间，苦行僧似的利用一切业余时间，"贼心不死"地进行所谓的纯艺术创作，"痴心妄想"地假设自己还能在绘画上有所造就。

那时候特别迷恋克劳德·伊维尔的幻境画和冷军、石冲等艺术家的观念写实主义，总想把画布上的物体画成幻境，曾花了四年工夫去画一盏煤油灯，把斑斑的锈迹和迷蒙的灰尘也刻画得纤毫毕现，比相片还逼真。那时候拧着一股子劲儿训练自己的细节观察力和视觉敏感性，讲究手中的笔和颜料要跟随眼和心的引领，注重形神兼备，生怕形差毫厘，神谬千里。繁累的教学之余，一有工夫，就戴着近视眼镜，趴在画板上，在指甲大小的某个局部，连续几个小时描啊，描得头晕眼花，虽然体验过"幻境画"的喜悦，视力和颈椎却遭了不少罪。那时候我对绘画的认识就是要画得"像"，发了誓要解决一个"精微"的问题，"精微"得让人一看就吃惊、就赞叹。特别敬佩毕加索那样具有变形和夸张能力的大师，但经常挂在嘴边的往往是大师早期的写实能力，"七岁时就可以画学院式的素描，而且巨细靡遗，颇为精确"。虽然年龄在噌噌噌地往上蹿，但还是希望自己有朝一日能达到大师七岁时的艺术水平。

之后多年的绘画实践告诉我，太拘泥于实际生活的"像"，反而不是最深刻的"像"。后来又慢慢知道，艺术就是艺术和现实之间的反差，反差越大，艺术性越强烈。这与诗歌写作有点类似，越是写实的东西，越要写出形而上的意味；越是抽象的东西，越要处理得落地生根。画画在我这里，具有形而上意味的"抽象"可能呈现为一种什么样的艺术样态？我可不可以放下美术的专业负担，试探一种不专业的绘画创作？

2011年，在首都师范大学做驻校诗人，我对自己的诗歌写作做了一个全面的梳理和总结，同时大量阅读研究与艺术心理学、儿童文学、插画、绘本等相关的理论和书籍，开始有计划地在绘画和文学之间寻找对接和交融的有效方式。2014年，我决定彻底结束"鹅塘村"系列写作，以散文诗和插画相结合的形式出版了《自然碑》，得到许多朋友的肯定，他们喜欢那些精美的插图，也迷恋那些专门为图所配的诗意文字。

这完全在我的预料之内，因为，我为此已做了许多准备工作，并用钢笔画、丙烯画、油画等多种绘画形式进行效果丰富的艺术呈现。或黑白，或彩色，主体形象是一个兔女孩，孤孤单单，游离于希望和绝望之间，有时候睁眼看世界，有时候不屑一顾地闭眼冥思，每一个兔孩子都代表一种情绪，这种情绪不仅仅是我的，更是这个时代的，很多人的，共同的不安，一样的迷茫，类似的惆怅和不得不向光生长的坚强。我特意压平了绘画的立体感，以求得某种耐人寻味的象征意味。到 2017 年为止，画了一百多幅，《人民文学》《诗刊》《文学报》《诗潮》《上海诗人》《青年文学》《四川文学·校园版》《文学港》等报刊曾经集中推出过。在《青年报》的《新青年》专栏中，为莫言、王蒙、韩少功、陈忠实、杨绛、贾平凹、张炜、余华、金宇澄、刘庆邦、麦家、迟子建、方方等作家画过插图；在上海的泰晤士小镇举办了一个小型画展，吸引了许多观众；中国人民大学出版社出版了我的第一个诗绘本《你我之间隔着一朵花》，被列为 CCTV 每日好书，1万册售罄……

　　与草间弥生齐名的日本艺术家奈良美智说过，孤独和对世界的疏离感促使他不断地画下去。如果说摇滚精神成就了奈良美智的绘画，那么参与并影响我绘画观的一定是诗和诗意，也就是说，我的画伴随着我对诗歌的理解不断得以调整和深化。尤其是 2015 年开始"致万物"系列写作以来，我试图从老庄哲学和古典诗词的精神那里为自己找到可以继续写下去的依据。在最新的创作谈中，我制定了获得深刻的认知能力，形成洞察时代万象、回应世道人心的 21 种新方法，"习画"作为重要的一条列入其中。

　　写作和画画都是人对自身和世界的一种回应。我希望自己的每一幅画都是一首看得见的诗，为了让别人看得怦然心动，我为每一幅画都配上几句像诗但又不是诗的文字，以期得到更多人的回应。

　　"有何自卑可言？春天是我们的靠山。"何止是春天，世间所有美好的事物都是我们的靠山。2016 年春天在鲁迅文学院高研班学习四个月，9月去北京大学做访问学者，我没有带很多的文学书，而是托运了颜料和画框。2017 年元宵节，打造公益性质的"鹅的书吧"，墙上挂满了兔女孩……这些年，与其说我在画兔女孩，不如说我在画自己，每一种精神状态的自己。"梦是用来醒的"，"背对人群，悄悄地纯洁一会儿"，"所有的惆怅都轻如羽毛"，"再小的果实也经历过花朵"，"沉默是最响亮的抗争"，"别说话，我在融化"，"风吹睫毛，心有悲伤"，"我想彻底解放自己，骑着蜗牛去流浪"，"我的灵魂就是你小声哭泣时的样子"……我借助兔女孩的嘴，呢喃着属于自己的呓语。谁能听懂我，谁就是我的灵魂伙伴。

黄抒绮

心灵的碰撞

人与人在什么情况下会彼此沟通、彼此了解？我想答案应该是在"心有灵犀一点通"的刹那。那一刹那迸出的火花足以使两个陌生人获得建立友谊的最根本的东西——信任或者崇拜。在成为一名教师之前，我从来不知道我所要面对的小小的孩子原来也需要这样的沟通和了解。直到工作第二年，我遇上这么一个学生……

这是一个性格特别的孩子，带点叛逆，当受到家长或教师的批评时，他眼里总是透露出与其年龄不相称的眼神，那是一种相当明显的恨意。更为严重的是，他看不得别的同学快乐或者成功，他总是想方设法去欺侮那些得宠于老师、父母的孩子，我几乎没见过他笑。而他又不能说是一个坏孩子，班里为孤儿献爱心什么的，他总是出最多的钱。我觉得他太奇怪了，于是开始注意他。通过观察，我发现他是个内向的孩子，并不惹人注目，在班里只有一个好朋友。我一直都是一个受学生欢迎的好老师，但是在他那里，我是个失败者，我常常可以在他的眼神里看到"老于世故"的不屑一顾。于是，找了一个时间，我和他的好朋友聊了聊，只是非常普通的那种，谁知第二天他的好朋友就哭着告诉我："他说我出卖了他！不理我了。"我惊讶了，一个仅仅四年级的孩子，竟如此在意这些事。当我找他谈话时，他用惯有的沉默把我的信心和耐心瓦解得不剩丝毫。我在心底叹口气，算了吧，他只是一个例外，并不能证明我班主任工作的不成功。话虽如此，但骨子里我并不甘心，我在等待机会。

机会终于来了。那次，有一名任课教师把他拖到了我的办公室，对我数落他的种种不是，身旁的他不以为然的表情彻底激怒了那个老师。我看看他，问清了事由，原来他在上课时不好好听讲，老师批评他时，他还满不在乎地说自己全懂了。我为了维护他的自尊，告诉那位老师我会处理，然后请他坐在我的对面。他习惯性地一声不吭，两只手紧紧捏着衣角，垂着头。既然这样，只好由我先开口。

"我很相信你全懂了。"我无比诚恳。

沉默。

"但不听课总是不对的。"我有一点儿生气了。

沉默。

"老师并非教你一个学生。"我用手指敲着桌面。

沉默。

我失望透顶了，自始至终我没有对他今天的错做过一丝严厉的批评，他却这样对我。我拼命压了压心里的火气，忽然想起了前不久看过一本杂志，里头有一篇写对一些比实际年龄成熟的孩子的特殊教育方法。我决定试一试。我对他说："我们是不是可以心平气和地谈一谈？我要你回答我几个问题，当然你可以继续沉默，但是我要告诉你，我今天一定会很有耐心地等到你开口为止。"我的态度柔中带刚。

"第一个问题，你的父母谁管你的学习？"

他抬起了头，显然有点臣服于我的执着了，低低地："没有。"

我掠过一丝开心，因为他终于肯对我说话了，但同时我很诧异这个答案，于是，我立即改变了我严肃的态度，小心地问："怎么会呢？"又相当真挚地补了一句："我很希望能做你的朋友。"他看着我，眼睛里渐渐

文采飞扬的日子

有了他这个岁数的孩子该有的单纯，我想后一句话对他起了很大的作用。

"是……"他支支吾吾地，"我的爸爸不大管我，妈妈——她不是我的亲妈妈，她也不大管我。"

我恍然大悟，怪不得他这样孤僻的性格——我才接这个班不久，一点也不知道这个情况。我立即点点头，非常诚恳地说："我理解，而且我希望有能力帮助你。"他捏着衣角的手渐渐松了，眼眶里出现了一点点亮晶晶的东西。看过无数孩子放声大哭的我，此刻，竟被这样一种极其平淡的表情震撼了，他是一个多么渴望被爱又不知道如何被人爱的孩子啊！我突然喜欢上了他，虽然他仍然不说话，但我知道我已经走进了他的心灵，因为我清晰地听到了他灵魂深处冰块融化的声音，用我的心。

打这以后，我常常找机会和他聊，不是纯粹的教师和学生间的那种，我也会和他谈我小时候的理想，会给他某天的着装提意见，会听他断断续续地说他家里的事，总之我们之间的感情更趋向于朋友。这样，我便发现他是个极其聪明的孩子，也许是因为家庭的问题，他比一般孩子早熟，有他自己的思想。接着，我鼓励他参加集体活动，也鼓励班里的同学和他交流。渐渐地，他变了，不但学习成绩稳定，人际交往也好了很多。最重要的是，他学会了笑。他为他组织的一支雏鹰假日小队取名为 Smile。Smile，微笑，一个很久以来不知笑为何物的孩子，竟把自己的小队命名为 Smile，这是怎样巨大的改变！更令人惊讶的是，这个 Smile 小队居然还被评为当年的区优秀小队。

学期结束的时候，他送给我一张卡片，上面这样写着：

> 是您告诉我自暴自弃的可笑，
> 是您教会我生活的美好，
> 无论明年您不再教我们，还是将来我毕业了，
> 您都将是我最好的老师和永远的朋友！

散文

我流泪了，这张小小的卡片使我深深地爱上了教师这份工作，他让我有一种雕塑灵魂的成就感。但同时，我也体会到了这份工作的艰辛，试想一下，还是这件事，还是这个孩子，若我当初一念之差选择了放弃，那么如今他会怎样呢?

　　教师，是一个听上去高高在上的职业，然而最好，你能把自己与孩子们放在平等的位置上，试着学会敏感地去捕捉孩子们心底深处最细微的波动，试着学会与孩子们换位思考，这样，当你与他们幼小的心灵碰撞的时候，那感觉真是好极了。

那些推拿师们

前年的时候，松江著名小说家榛子老师送了我一本书，是毕飞宇的《推拿》，榛子老师说我会喜欢，因为故事性强。果然是个好故事，特别接地气的生活，但是写的是一群很特殊的人。我反复地看了好几遍，还是没能写出什么书评来，但是决定去试试推拿，刚好家周围这样的店还不少。

这一试，就试到了现在，碰到了好几个挺有特色的推拿师。刚开始做的那个店的老板和老板娘都是技师，老板全盲，老板娘一只眼睛好一只眼睛坏，我通常点老板娘做。老板娘30岁不到，手挺柔软的，时间和节奏都控制得很好，我不是特别累的时候会边做边和她聊天。熟了之后我问她："你有一只眼睛是好的，怎么嫁了个全盲？家里不反对吗？"

她笑着说："怎么会不反对？当然希望我嫁个正常人咯（他们管普通人叫正常人），但是你想，我这种情况嫁去正常人的家里，肯定被嫌弃，那就不如他了。"

她指指在一旁给别人按摩的老板："虽然眼睛看不见，但是很能干，有手艺，打了两份工，我和他互不嫌弃，凭劳动吃饭，多好！你看我女儿也一点没事，说明眼盲不会都遗传。"

我抬头看了看她，说这话时她满脸幸福，一点看不出遗憾，是真心的快乐。他们已经有了一个小宝宝，不多久后老板娘又怀孕了，当然我也只好换人做了。还有一个扬州师傅也特别有意思，是全明的眼睛，混在盲人按摩店里，手艺也是一等一的好，就是一边做不论你累不累他都要一边和你说话，说的倒都是养生知识，有时候心情大好还要唱小调给你听，虽说有点野趣，气氛也活跃，只是听多了也会招人烦，不过仗着好手艺，多数时候会忍受他的啰唆。这样的技师一般做不长，有更好的出路就会走，果然不多久他就另攀高枝去了。

最让我常常想起的是个年纪特别轻的女孩子，那天原本的那个推拿师傅有事我就按号轮了一个。小姑娘进来的时候我吓一跳，特别长的头发，扎成两个小辫子垂到腰眼，二十来岁的模样，白白净净的，表情严肃，是全盲。打量她这个样子，我就问了一句："你是推拿师？"

女孩挺有个性，可能是我语气里透着点怀疑吧，她不乐意了，反问："那您看是不是要换一个？"

服务行业鲜少这样不带笑的表情，更罕见这样的语气，我一下子蒙了，讨好地说："就你，就你，不用换。"

结果出乎意料，这个姑娘按得极好，穴位特别准，那酸麻劲里透着的力道和舒服是很多老师傅都做不到的，话非常少，结束的时候我告诉她我今后会一直找她，她也没有笑。之后我真的每次去都提前约她，她是个非常聪明的姑娘，一两次她就听得出我的声音，但是依然不说话、不笑，按时间推拿，从不刻意讨好我。不知为什么，我就是很想和她说话。几次后，她终于和我慢慢熟悉了起来，跟我说话也不再是只用一两个字，然后我发现，她原来是个挺有自己思想的人，但是她非常悲观。有一次，我们聊到关于眼睛的问题，大多数技师会告诉你即使他的眼睛不好，但对他的生活没有造成什么影响，习惯了就好。这个姑娘不同，她这样跟我说："习惯了就好？你以为呢？一个小孩从小就没有看见过任何东西，没有看见过颜色，有着你们想象不到的各种困难，根本不敢上大街。你们没发现盲人会比正常人警觉很多吗？我们根本不愿意和正常人做朋友，因为你得时时小心会不会被捉弄和欺负。你哪怕吃一碗饭，你敢吃不认识的人做的吗？谁知道那碗里放的是什么！还有谈恋爱、结婚，我们一般都只在自己的圈里选择，也无所谓爱情的感觉，到岁数找个人搭伴过日子就成。上街买东西都不敢，打不到车，怕错路，永远生活在恐惧里。其实我有时候想想这么活着，特别没意思，死了算了。"

她说这段话的时候一边在给我按套路按摩，说完的时候甚至还轻轻笑了一下。这是她跟我说过的最长的一段话，我听了觉得特别苍凉和悲哀，完全不知道怎么安慰，以至于只好默不作声。后来她不做了，没人知道她去了哪里，一个二十来岁的盲人姑娘，她对生活失望到底的情绪不知道会不会伴随她一辈子，我真心地希望她能找到一个真正爱她的男孩，哪怕是盲人也没关系，至少她会重新开心起来，像那个老板娘一样。

现在做按摩时，碰到盲人师傅，我不大敢轻易聊天了，我不想让他们觉得我想打探他们的生活，不想让他们迎合或者防备我。我越来越感受到，对待盲人和其他所有的残疾人，帮助和同情不是重点，重点是让他们感觉到正常的人并不认为他们有残疾，能让他们上街打车，能用熟视无睹的表情让他们走盲道、穿马路，去饭店里吃饭老板也不用特别关照，做给他们的菜不缺分量，那样他们才能真正快乐地靠劳动吃饭，并且把饭吃好。

回乡去旅行

树之于无何有之乡、广莫之野，彷徨乎无为其侧，逍
遥乎寝卧其下。

——庄子《逍遥游》

白石岩扉碧藓滋，上清沦谪得归迟。

一春梦雨常飘瓦，近日灵风不满旗。

——李商隐《重过圣女祠》

挽着庄子回乡

奔四了！

扳着手指数一数，在走过的生命历程里，异乡的生活时间已经超过了
故乡。或许，也只有在这个时候，故乡才算是一个"做实"的称呼吧。

20 年前，低吟着"北冥有鱼"，畅想着蝴蝶的逍遥，来到东海之滨，
开始了《蝴蝶说》的修行与体验。20 年过去了，终于整齐了新故乡的全
部家人，或许，是时候学着大鹏"图南"，回乡去看看。

于是，在网上买了一本由著名学者傅佩荣先生译解的《庄子》，就算

是挽着庄周回乡，时而仰望，时而俯瞰，时而平视吧。

> 水之积也不厚，则其负大舟也无力。覆杯水于坳堂之上，
> 则芥为之舟。置杯焉则胶，水浅而舟大也。风之积也不厚，则
> 其负大翼也无力。故九万里则风斯在下矣，而后乃今培风；背
> 负青天而莫之夭阏者，而后乃今将图南。
>
> ——庄子《逍遥游》

积存的水不够深，它就无力承载大船。倒一杯水在低洼之处，只有小草可以当船。放上杯子，它就着地不动了，这是水浅而船大的缘故。积存的风不够大，就无力承载巨翅。所以，大鹏飞到九万里的高空，才算抵达风的上方，这样才可以乘着风力，背靠着青天，完全没有任何阻碍，然后才可以开始飞向南方。

在上海这个国际大都市的打拼，就像是"鲲之化鹏"的艰辛过程，稍有懈怠就会"化鹏不成反类雀"。但是，我们为何要飞得那么高努力成为大鹏吗？或许，是为了"培风"，做好了准备，才能乘风而行。

据说，大鹏的起飞，要靠六月大风所激起的波涛。时机与客观条件配合，才可成就壮举。所谓九万里并非实指，而是要让我们想象其之大，好让我们能够突破日常生活的琐碎格局。然后，若是我们仰望天空，感受天色深蓝，或许那时自有一种永恒幽静的趣味吧。可是，庄子却让我们从天空往下看，并且让我们感受到所见类似，不同的是能够发现世间万物也同样值得我们欣赏。

心灵若能随着大鹏而提升，体悟或许也将异于平地所知吧。一路上读着《庄子》，看着家乡的风景人俗，慢慢地、慢慢地，齐物感知而逍遥起生——

时而安之，时而化之，时而乐之，时而游之……

读着唐诗旅行

愿不惑！

这次回乡，我们选择了自驾出行的方式。两家人，两辆越野车。花了百十万的车，恰好利用这次机会看看到底啥能耐。但是，骨子里面还是想利用这样的机会，多一些游玩和缓解，多一些靠近和远离——游玩的是山水，缓解的是乡思，靠近的是自然，远离的是喧嚣。

当然，这么一来，可以消磨的时间和空间也就舒展开来了吧——看看山水，读读《庄子》，想想逍遥，然后，走进人世间，知其无可奈何而安之若命。在人间，并不能不分辨有用与无用，却也就知道了：有用往往自陷困境，而无用却能长保平安。

当今，最是无用的，恐怕就是诗这个东西了吧。

诗人总是自负又孤独，所以，我宁愿写小说和散文也不敢写诗，最是怕人世间把我贴上"自负"和"孤独"的标签。

可是，诗，特别是唐诗，不仅影响了读书人，也通过戏剧、影视剧、书画等形式在文盲的世界发生了影响。而当诗变成了成语、格言的时候，会对人们的思想和生活产生更直接的影响。

那些累积了很长时间，和我们的身体、呼吸有了共识和默契的诗句，变成了我们习惯性的文化模式，也就是今天管理心理学家所说的人们对陌生情况做出的不可避免的纳入原有理解事物去的参照框架。

纵观历史，诗人总是在和月亮、太阳、山川、湖水、红花等自然事物对话，整个生命意识都被放大到巨大的空间之中。然后，读诗的我们就会感觉到骄傲、悲壮，就会有宇宙意识。同时，又感觉到有如此辽阔的生命并不多，所以，或许还会有一种苍凉感吧。

于是，我们自然就想着到时间的维度上去找寻，却发现是："前不见古人，后不见来者。念天地之悠悠，独怆然而涕下。"然后，自负的人们只好选择出走或流浪吧，却发现是自己一个人在面对自己的孤独。

然后，眼前的山不是山，水不是水，花不是花，月不是月，夜晚不是夜晚，四季不是四季，一切只是诗人的忧情和惆怅。

春江潮水连海平，海上明月共潮生。

滟滟随波千万里，何处春江无月明？

——张若虚《春江花月夜》

很明显，《春江花月夜》之美，就在于它在充分的自我独立性当中，去欣赏另外一个完全独立的、与它不同的生命状态。我们个体的独立性，或有人喜欢，或有人不喜欢，但是都应该互相尊重。这样，个体生命之间就有了互动的关系，然后，生命之间虽或是陌路，但也可能成为知己。

下马饮君酒，问君何所之。

君言不得意，归卧南山陲。

——王维《送别》

喝完这杯朋友酒，然后，擦肩而过，回到各自的孤独中去。

对于强调"正能量"的今天来说，唐诗或许是某种"负能量"。但是，对于读诗的我们来说，读唐诗更像是一次短暂的度假，是一次露营，而人们不会一直露营，末了还是要回归城市安分地去过日子。

好吧，这一路回乡也就读着心中的唐诗，来一次心灵的度假和露营。

相视而笑

这一路有太多的感谢，除了人以外，还有更多的景和物。

散
文

277

在大城市里待得太久了，虽然偶尔也有到近郊和城市附近去休憩，但是都不像这次长时间地置身于大山、大河、大自然之中。

生命是需要返璞归真的吧，或许这样才能发现纯粹的灵魂，而这种纯粹的东西是永生的，所以，真正重要的是位于灵魂里面核心部位的那些小的标志，或者说转弯处，是它们最终决定灵魂是上天堂还是下地狱吧。

一路山水，一路感动，一路共鸣。这让我感到我是爱大自然的，不然不可能有这么多的感动和共鸣。于是，我反躬自己，我究竟爱不爱自己？

想到这点，我发现自己或许从未真正喜欢过自己、爱过自己，有时候甚至厌恶自己。我自我感觉不错，认为自己是好人吗？有时候我可能这样认为，但那不是我爱自己的原因。事实上，爱自己让我认为自己很好，但是，认为自己很好并非我爱自己的原因。因此，爱自然的意思显然也不是认为山水很好。

再细细想一想，在我头脑清醒的时候，我不但不认为自己是好人，还知道自己是个非常卑鄙的人，对自己做过的一些事情感到恐惧和厌恶。所以，显然我有权厌恶、憎恨自然做的一些事。我们恨自然的一些行为，而不是恨自然本身。

可是，自然的行为不就是构成自然的一部分吗？我们怎么可能恨一个行为而不恨行为主体本身呢？但是，一路走来回去，我想到了一个主体，这个主体我一辈子都是这样对待他。这个主体就是我自己。不管我可能多么讨厌自己的怯懦、自负、贪婪，我仍然爱我自己，从未勉强过自己。实际上，我恨这些东西，正是因为我爱这个主体；正因为爱自己，我才会为自己干出这些事而难过。

所以，自然不要求我们减少一丝对残忍、叛逆的恨，我们应该恨它们，我们谴责它们的每一个字都是必要的。但是，自然要求我们恨它们就像恨自己身上的事一样：为那个主体竟然干出了那样的事感到难过，如果有可能，希望这个主体能够以某种方式，在某个时候、某个地方得到纠正，重新来做。

相视而笑，莫逆于心。

——庄子《大宗师》

一个山水过去了，又迎来一个山水，我突然会心地笑了起来。

子桑户、孟子反、子琴张三人结交为友时说："谁能在不相交往互相交往，在不相帮助中互相帮助？谁能登上青天在云雾里遨游，在无极之境回旋，忘记了生命，没有穷尽终结？"三人相视而笑，内心契合，于是结交为友。

庄子借孔子之口评价他们三人，把生看成多余的赘瘤，把死看成脓疮溃破一般。像他们这样的人，又怎么知道生死好坏的区别呢？在他们看来，生命只是假借不同的物质，寄托在同一个身体上。忘记内在的肝胆，也排除在外的耳目；生命的开始与结束是反复相接的，不知道什么是真正的头绪。

是为回乡与旅行的莫逆，愿能自在地徘徊于尘世之外，并逍遥于无事之始……

谢 青

那些年读那些书：坐看世界风景独好

2016 年暑假，妻子带着女儿回河南老家去探亲了，把我独自留在上海。我不舍地说："你们娘儿俩这一走，我肯定会失眠、不安、孤独、寂寞。"

妻子笑而不语指挥着六岁的女儿把一本本书籍从楼下书橱里搬到床头。"在娶我之前，你一直亲吻着她们入眠，我不介意你重回情人们的怀抱……"妻子的笑言让我哭笑不得。

我回归到粗茶淡饭的阅读时光，每每重读旧书，总有与旧友重逢的喜悦之感，一本书就是一个人生片段，一本书就是一种人生群像。我上学 9 年，读书 26 年——是母亲放弃工作送我进了普通学校一年级的课堂，九年制义务教育让我爱上了阅读，阅读让坐在轮椅里的我能够穿越上下五千年，周游世界甚至探索地外文明。阅读的时光总是快乐而短暂的，阅读是为现实生活而服务的，阅读使我梦想照进现实遇见了妻子。"腹有诗书气自华"与"书中自有颜如玉"在我的人生轨迹上真正得到了印证。分别的日子里，每天朋友圈一封"微情书"是我与她雷打不动的约定。妻子归心似箭，我大呼胜利在望的时候，妻子的一个电话让我悲伤异常："老公，我暂时回不去了，我撞车了，左手骨折了。"

这个消息犹如晴天霹雳，我的心脏瞬间翻江倒海起来。时间顷刻间似乎凝固了起来，读书那么些年，读书的厚度加起来足够有十个姚明的身高，但面对爱人车祸的消息，我依然无法淡定。妻子转院到上海治疗是不现实的，因为她左手第二、第三、第四指基底部骨质碎裂，必须马上进行手术，拖不起河南到上海十个小时的长途颠簸。于是乎，我只能派母亲长途跋涉去医院照顾妻子。母亲走后，我名副其实过上了自力更生的生活。

平静下来，面对妻子这次与死神擦肩而过的意外，我深深觉得：只要活着，只要努力，无论人生的轨迹怎样变化，我们总能抓住幸福，迎来属于我们的美好日子。回望自己 36 年的人生，要不是我那些年读过的那些书支撑着迈过了一个个坎坷，通过努力奋斗改变命运的轨迹，我也不会有妻有女过上平凡而又幸福的生活。人生从开始到终老都是一个迈坎的过程——1981 年出生时 3.8 斤的我被确诊为因早产而脑瘫，经过十年漫漫求医路毫无进展，母亲信奉"知识改变命运"，陪着我上了九年学，我放弃中考把自己"埋"进了图书馆，整整三年，读巴金、钻鲁迅、看朱自清、背徐志摩、诵闻一多、阅托尔斯泰……与大师对话使我渐渐放下残疾与命运讲和！

如今想来，我读过的千余本书中，有那么几本为我的梦想插上了一双隐形的翅膀，让我坐在轮椅里也能浓墨重彩活出了自己独特的人生。14 岁那年，学校图书馆的李老师知道我喜欢看课外书而行动不便，临近暑假就为我精心挑选了四本书送到教室，其中便有张海迪的《轮椅上的梦》。整个暑假，我一口气把这本长篇小说读了三遍。我第一次意识到，虽然学校里残疾人只有我一个，但世界上残疾人有成千上万个，有的比我还不幸；我第一次意识到，也许这位名叫方丹的少女坐在轮椅里会感到孤独自卑、失望无助的，但她一直向往着身体之外的精神自由，她努力为身边的人们服务着，她有一群好朋友——谭静、罗维娜、马燕宁、许和平、黎江、杜翰明。方丹不孤独，我也不孤独，我有儿时的伙伴、班里的同学、学校的老师，我也能用自己的方式为他人做些力所能及的事情。后来，我有幸相继读了张海迪的《生命的追问》《绝顶》《天长地久》《向天空敞开的窗口》《孤独的碎片》等著作。这种利用自己独特优势为他人服务的快乐感觉与我的心灵产生了强烈的共鸣，我不止一次意识到，自己并不是那么一无是处。

如果说张海迪的小说让我有了感性的认识，那么史铁生的散文《我与地坛》让我有了对人生的诸多思考。多年后，当我得知史铁生出了一本《我与地坛》的作品集后，便央求母亲千方百计买来。当初对于史铁生，我并不知道他是谁，学习了课文《秋天的怀念》后我才知道他是位作家。而他的名篇《我与地坛》，第一次我是从收音机里听名主播朗诵的。就是这朗诵让我久久盘旋于脑海，因为史铁生的痛苦就是我的痛苦，史铁生的彷徨就是我的彷徨，史铁生的思考也是我一直想要的人生答案……后来，得到了他的作品集，我爱不释手。这其实是一段自我式的对话，《我与地坛》只是他一部内心式的作品。读文字贵在读心，在这篇文字里充满着困惑、斗争，用"生活因遭遇而美丽，生命因历练而升华，人生因思考而精彩"来形容恰如其分。读着他的文字，我萌发了写作的冲动，学着他开始剖析自己的人生，而且一发而不可收。

在作品集里，史铁生的另外一篇《好运设计》，我也印象颇深。在真实的人生里，我们无法设计自己的好运，苦痛与欢乐总是相依相伴的。在妻子住院期间，重读《好运设计》，我对车祸的耿耿于怀释然了不少。高尔基说"书籍是人类进步的阶梯"，我却认为，书籍只是一个载体，要想进步，我们必须翻阅她，我们必须品味她，我们必须把她融进我们的人生里。结婚后，我与妻子白手起家的过程，让我更体会到了路遥在长篇小说《平凡世界》中所提倡的艰苦奋斗的精神是如此珍贵。

面对《平凡的世界》这部百万字的长篇巨著，尤其是书里中国 70 年代中期到 80 年代中期十年间的广阔背景，让我这个 80 后理解起来很吃力，初读的时候画面很模糊，再读的时候人物很清晰，读第三遍的时候才真正体会到其中所表达的劳动与爱情、挫折与追求、痛苦与欢乐、日常生活与巨大社会冲突的种种真谛，要拥有一颗强大而坚定的内心才能在这平凡的世界里找到自己的人生坐标。是路遥让我崇尚艰苦奋斗，坚信承受苦难是成功的必然途径。

从我 25 岁开始读到这本书，到 29 岁读懂这本书，其间我也读了不少其他书，写了不少文字，发表了不少文章，但对《平凡的世界》印象深刻得一直没被替代过。大前年看了电视剧《平凡的世界》后，我又去读了第四遍。虽然这部电视剧宣称是十分忠于原著的，但原著的感染力还是大于电视剧很多的。在看小说的过程中，随着句、节、段的不断深入，脑海里便会浮现出连续的画面，那环境的描写、那心理的解读、那人物的刻画……没读原著的人是无法体会到的。看完、读完之后，我的写作欲望被强烈地激发了出来——想写一部融入社会变迁、时代发展的长篇小说。虽然我只有初中文化，虽然我没有路遥那扎实的写作功底和纯熟的写作技巧，而且也没有处理复杂人物关系、展现全景式社会变迁的能力，但是我有着和他一样对生活的热爱、对农村的热爱、对中华民族传统美德的热爱！诗人艾青的那句"为什么我的眼里常含泪水？因为我对这土地爱得深沉……"恰能表达我的心境。幸运的是，前年开始写的这部《土里的爱，云上的梦》得到了中国作家协会联席会议办公室的扶持，现已完稿。

对于我们残疾人来说，成就人生的路往往只有一条，所谓自古华山路一条。生于 80 年代，成熟于 21 世纪的我们是幸运的。2004 年，松江区图书馆送我一台旧电脑，我用两只手的三根手指打开了互联网之门。拥抱互联网十多年，换了三台电脑，读书、写作、互联网成为我赖以生存的"土壤"。坚持读书、勤于写作使我这个终身坐于轮椅上的人真正"站"了起来，大前年开始连续三年获得了上海市民作家称号，前年获得了上海市五四青年奖章，去年获得全国百姓学习之星……

散文

在钟情于国内经典的同时，我的阅读也涉猎外国名著，如《呼啸山庄》《战争与和平》《约翰·克利斯朵夫》等，外国小说的思维方式、展现形式、呈现模式与国内小说不同，但所表达出来的真善美、所激荡心灵的震撼力是一样的。在我二十多年的阅读生涯里，澳大利亚作家考琳·麦卡洛创作的一部家世小说《荆棘鸟》让我终生难忘。这部小说爱与命运的主题深深刻进了我的脑海，女主人公梅吉的那一句"一切都是我自己造成的，我谁都不怨恨，我不能对此有片刻的追悔"，我太感同身受了。人生只是一个过程，生命只有一次，我就如一只荆棘鸟在生命的河流中奋力争上游，披荆斩棘涂鸦着自己"坐看世界"的人生篇章，只有自己才能左右命运的方向，走什么样的路、过什么样的生活是自己决定的，谁都不能怨！每当迷茫、每当错失、每当后悔时，我总能想起这句话，想起这句话时便不由自主地回忆起了梅吉一生所经历的坎坷命运。

妻子这一回遭遇车祸让我忽然明白：人生是由一道道坎组成的，整个过程就是过坎的过程。我只希望平平凡凡、平平安安地生活，可是有时候这也是奢望。活着就好，康复就成，磨难让生命更坚强，使我们更相爱……那些年，我读过的那些书在此时此刻让我更加体会到了生命的脆弱、人生的无常，但只要活着，只要相爱，只要依然在一起，风雨过后，彩虹般的生活图景还会出现；只要心敢想、人肯干，艰苦奋斗的实践是创造美好生活的唯一途径。

又是一年暑假，妻子回河南老家去取掉左手上的钢板，我又回归到粗茶淡饭的阅读时光。经历苦难后的人生，我们彼此更加珍惜活着的每一天、在一起的每一刻。美好有了艰难困苦的衬托，我们才懂得了她的价值不菲——这是生活那本书诉说的真谛，幸运我们实实在在、真真切切地感悟到了。

颜 萍

阿奶的白菜炖丁蹄

晚餐时，母亲端上一碗切片丁蹄。这丁蹄是枫泾的一道名菜，通常人们喜欢将它切成薄薄的一片一片，皮、肉、冻，虽分明，却又融合，和着一起吃，不油不腻，入口即化，香气诱人。一晚白米饭，配上两块丁蹄，是我的最爱。

这碗蹄子是我前几天去枫泾扫墓时买回来的。阿奶的坟在那里。

许是惦记着扫墓这件事，几天前便常梦见阿奶，有些伤感。却在梦见一碗丁蹄的故事后，笑着醒来。

那是三十多年前，有一次全家去枫泾一位远亲家办事。回城路过一家小店，有枫泾丁蹄、状元糕之类的特产卖，父母便买了一些回家。第二天，父母上班前，嘱阿奶拿一只丁蹄出来当晚饭的小菜，还约了表哥表姐一同来吃晚饭。

于是，阿奶便捣鼓了一只丁蹄放入砂锅小火慢炖。老人家的习惯，蹄髈炖三五个小时方入味，这是阿奶第一次处理丁蹄，爸妈也没有交代清楚做法。阿奶说，这丁蹄本已很酥烂，稍稍一煮已皮肉分离，浓浓的酱油汤上飘着厚厚一层油膘，香气四溢但又特别咸鲜。于是她想了个办法，洗了一棵白菜，丢到汤里，想去去油水，顺便也缓和一下咸度。只见端上饭桌上时，满满一锅白菜炖丁蹄成了我对枫泾丁蹄的最初体验。表哥表姐和我一样，初次品尝。我们大快朵颐，觉得这肉和平时吃的肉不一样，特别香，只是汤汁咸鲜。两勺丁蹄汤，就配了一大碗米饭。爸妈、阿奶也认真品尝着美味。一顿晚饭光景，砂锅里所剩不多。表哥表姐扶腰喊饱。看着大家对这锅白菜炖丁蹄的热衷，爸妈终于忍不住笑出声来，和阿奶说，这丁蹄通常是切片吃的，是道冷菜。我和阿奶很是惊奇。后来尝了冷盘丁蹄比较后，才明白这道菜的特殊之处。以后，每次吃丁蹄的时候，家里总会欢声笑语，白菜炖丁蹄的故事被传说了一遍又一遍，实在是记忆深刻。

直到今天的饭桌上，我仍然和爸妈忆起了阿奶和她的白菜炖丁蹄。我家女儿无法理解，这么普通的一道菜为什么值得我每次路过枫泾，总要买上几个回来，吃了还要说，一遍一遍地说，说了还要写。以为是忆苦思甜，很是不屑。

其实，阿奶活着的时候，我们也经常吃这道菜，也常说起这个故事。再后来，阿奶说要在活着的时候把墓地买好，要买在枫泾这个地方，全家人都应允了。直到今天，阿奶离开我们将近二十年了，我仿佛明白，阿奶始终未曾离开，她的欢笑、她的味道，一直都在。

吃山核桃思一二

8月一过，微信朋友圈就闻到山核桃的香气。民间有谚语："白露到，竹竿摇，满地金，扁担挑。"说的是白露过了，就到了打山核桃的时候，小小核桃，却卖得大价钱。抵不住诱惑，找了个靠谱的代购，买来今年网红款临安山核桃尝鲜。

都知道山核桃价格高、营养价值高，也不明缘何"两高"？好在今日已是度娘时代，问度娘，她都知道。果不其然，物以稀为贵。山核桃种植主要集中在浙江临安、淳安、安吉和安徽宁国、歙县一带的山区，核桃树高，需"采打绝学"者才敢上树挥杆，而山核桃青壳上的汁水会染到手上，捡得越多，染得越黑，不可逆。被捡起来的山核桃需用扁担人工挑出山里，送到加工地点。脱了青壳的山核桃则要用清水洗净壳上的汁水，精挑细选后自然晾干，最后加工成各种口味的山核桃。而其营养价值高除了有科学的检测数据证明外，民间还有一则故事佐证。相传元末，朱元璋的部下大将邓愈和胡大海占领徽州，平定境内。由于当时风雨连绵，秋寒料峭，士兵多患肺病，咳声不绝。邓愈便差人询问当地有诸葛亮之称的朱升。朱升支着，用核桃煎水做药或直接食用。士兵吃过山核桃后，元气恢复，战至前线，捷报频传。不久，便推翻元朝，建立了大明政权。

第一个吃山核桃的人和第一个吃大闸蟹的人同样勇敢。他们首先都是善于发现之人。而所谓的发现，是五官的充分调动和捕捉。一个青皮果子，若不剥开，怎知里面藏着褐色的核，然不砸开这坚硬的壳，又如何食得隐藏其中的鲜美？

食山核桃的过程又让我体会到技巧的重要性。所谓"工欲善其事，必先利其器"，随着现代文明的进步，工具已逐步替代手工，但即便工具在手，没有技巧，亦是无法到达事半功倍的效果。力度、适度、角度，可以让山核桃肉完整，也会让这个山核桃"粉身碎骨"。吃多了，慢慢找到技巧，就会让吃变得异常享受。

古语曰："食存五观。"品其美味，而不升贪念，吃得停不下来；品其美味，而忆其得来不易，要学会感恩；品其美味，而非仅饱口福，当养身养心之良药，则每食一口便强健一步。"五观若明金易化，三心未了水难消。"这也许是吃的最高境界了。

前不久，和一位老学者聊天，老学者总结其做人做事之道："士为知己者死，女为悦己者容，才为赏识者用。"精辟的概述，让我释然。

材，就好比是一个山核桃，发现了它的好处，材就变成了才，而劈柴、砍柴也是材，物尽其才是关键，错把材当柴，则材才两失。识材、试材、品材、爱材、惜材，如是用材，材则一定会成为高才。这或许是材的最高境界了。

相信，是一种能力

　　2016 年单位体检，有几项指标飘红，诤友给我推荐了一款生态保养产品，希望我能重视自身健康，轻松生活，我欣然接受。一段时间使用后，指标不仅恢复正常，且面色、精神状态较之前有明显好转，遂推荐给已过耳顺之年的父母使用。父母领会女儿的孝心，但又怕物美价高增加我的负担，便省省地用，即便如此，效果亦很显著。父母有心，在散步、闲暇之余，和周围的一些老同志聊聊保养、谈谈生活所感，顺便也夸夸女儿对他们的体贴，便有一些人来询问和购买这款产品。

　　在我随喜他们结缘用上这款好产品的同时，也让我突然对"相信"二字有了颇深的思考。

　　狄更斯在《双城记》的开头说："这是最好的时代，这是最坏的时代；这是智慧的时代，这是愚蠢的时代；这是信仰的时期，这是怀疑的时期；这是光明的季节，这是黑暗的季节；这是希望之春，这是失望之冬；人们面前有着各种事物，人们面前一无所有。"我们总是直觉式地怀疑世界上所有的人和事，怀疑成为一种常态，他为什么对我好？为什么靠近我？为什么告诉我这些？他为什么要这么做？他的目的是什么？如此之多的为什么仿佛架起了一道无形的屏障，屏蔽了"人之初，性本善"的东西，屏蔽了人与人之间本该有的纯真。然后，脑子里盘旋着一句"凭什么相信你？"

我想说，相信是一种能力。

相信是基于对自我的认识。伴随着每个人的出生，带来的是巨大的"黑洞"，恐惧和抓取是每个人面对这个世界本能的动作。恐惧让人无法准确辨识善恶，过分抗拒外界的信息，从而产生防御，而抓取则像是一个垂死的人拼命抓住一根救命稻草，让自己暂时安全。我是谁？这个被哲学家、宗教学家、社会学家不断提出来的问题，绝不是一个定理和公式，而是心灵的呼唤。你是什么，世界就是什么。你的问题就是世界的问题，因为世界是我们自己的投射，认识自己是认识世界的前提。露易丝·海说："没有人，没有地方，也没有任何事物具有超出我们自己的力量，错在我们自己，因为'我'是唯一的思考者。"

相信是基于对生活的态度。出生的时候，我们是一张白纸，随着岁月的洗礼，就会对世界形成一种坚固的认知，从而形成对生活的态度。当一个目标摆在面前的时候，乐观的人会选择积极进取，打破一切约束，去努力、去实现；悲观的人在看到目标的一瞬间便退却了，已经想好了失败的结局。悲观与乐观，无非是你的头脑决定的，相信悲观则制约了你得到真实美丽的东西，相信乐观或许能让你打破限制性信念遇见未知的自己。怨恨、批评、内疚、恐惧，似乎已经成了我们生活中最坏的习惯，不妨试想一下："所有的人都对我别有用心，不怀好意"和"所有的人对我都有很大的帮助"。你会认同哪一种？这就是生活态度。

相信是基于对现实的承受力。如今是一个全民投资的时代，投资则必然会有成功和失败两种结果，而不论结果如何，对现实的承受力则是相信的前提。1929年美国股市大崩盘，数千人跳楼自杀；中国股市几十年，因暴跌而自杀的人不计其数，这些人中，不乏经济学家、商人、官员，过分自信、盲目乐观以及一颗贪婪之心，让本该理想的现实不堪一击。承受力是可以预估的，也是可以不断提升的，这取决于你的心量。《坛经·般若品》有云："心量广大，犹如虚空，无有边畔。"你有多大的心量，就能容纳多少的东西；你有多大的承受力，就能承载多少。

马云先生有一句智慧的名言："我永远相信'相信'。"世界上最强的力量就是相信。相信比怀疑多一次机会，相信是一种福报，更是一种能力！

暖暖的生活

居住在城市里的我们，一谈起城市，总是用冰冷的钢筋水泥森林来形容，反而有些羡慕那些田园生活。但如今，我们居住城市的未来是被如此感性描绘的：建筑是可以阅读的，街区是适合漫步的，城市是始终有温度的。我非常期待迎接这样的人文生活，放慢脚步，放松身心，用心去感受各种身边的细节。套用一句我曾经的口头禅:" C´est la vie."（这才是生活）

最近我心里是暖暖的，不仅是我亲眼看到了生命的力量，更是因为我的心感受到了它的强大。之前或许也曾发生过，但是因为我的熟视无睹，于是一直在错过生活赠予的礼物。

5月初那会，我嫌太酸吃剩了半个百香果，想着扔了可惜，于是随意就给埋在了花盆里。差不多有半个多月都没啥动静，同事们都说种植物可没那么简单，所有人都料想那百香果种子估计是已经死了。结果过了一个双休日，在打开办公室门的那一刻，原本一片寂静的土壤里突然冒出两片差不多半个小拇指长的小嫩芽，初生的小生命在微风里摇晃着碧绿的小叶子，似乎在向我炫耀生命的奇迹。

今儿个早上，我跟平常一样，给种了两三年的小榕树浇水。刚浇了小半壶，突然发现窗台上有股涓涓的小水溪淌了出来，一溜烟儿地淌下了墙壁。我惊讶不已，寻迹望去，源头居然是来自小榕树的花盆底。印象中，小榕树刚买来那时的花盆底可是封闭的，我还暗自埋怨过卖家不厚道，担心小榕树的根系会被闷死。我好奇地举起花盆，禁不住一阵惊叹，花盆底居然多出了一个洞，透出小榕树的根系。同事们听到我的惊叹声，纷纷围观，生命的张力竟如此不可思议，居然可以把厚厚的塑料花盆底都给撑穿。

我又联想到儿子最近换乳牙的事。那天儿子吃东西的时候突然说牙齿痛，我一看，原来门牙的下排牙肉依稀萌芽着一个小白点。儿子吓坏了，以为生病了。我安慰他："春天到了，新的小牙芽准备破土出来了。"

"那它会把我原来的门牙给挤掉吗?"

"当然会啊。不然小牙芽长大了，就没地方待了。"

虽然我自己小时候也是这么经历过来的，但是看到儿子开始换牙，我依然感叹生命的奇妙。

身边很多人总会感叹，每天上班下班两点一线的生活很是平淡无趣。但是最近我的生活告诉我，我们都需要有一颗爱生活的心，仔细观察周围一些曾经忽略的小事。要知道生活其实是很调皮的哦，它总是喜欢在你不经意间偷偷地给你惊喜，就看你有没有发现哦!

吴 安

土　趣

炎炎夏日里，网上购买的芦荟幼苗快递送来了。我一边找出闲置的空花盆，把芦荟幼苗一棵一盆地插进泥土；一边时时刻刻盯住女儿做兴趣班布置的拼音作业。小丫头肉乎乎的小手压着本子，指着拼音，攥着铅笔，似乎很认真地写着。可是，只要我转回头拾掇芦荟，她就会趁机抬头端详我手中的盆栽。"快点写字！"我大喝一声。在我的呵斥声里，她迅速低下头，用手臂抹一抹额头上的汗滴，瘪着嘴写起来。

收拾好盆栽，为它们浇水的当口，我发现女儿已经离开了小凳子，围着芦荟转悠："妈妈，我已经做完作业了。我可以玩一会儿这个吗？"

"好吧！"为芦荟培土浇水后，我把其中的一盆放在她面前，然后，把其他两盆芦荟放置妥当。我以为她只是想仔细看看这芦荟的样子，可是当我去盥洗室洗好手回到客厅时，看到小丫头肉嘟嘟的小手正一把拔起了整棵芦荟。

"啊呀，这样芦荟会枯死了！"我冲着她脱口而出。或许是被我的惊叫声吓到了，她紧握芦荟的小拳头啪地往泥土里一戳，我仿佛听到了芦荟的根茎折断的声音。

"啊呀！"我忍不住又大叫一声。再次受了惊吓的她不知所措地又一次把芦荟连根拔起。

我不敢再发出任何声音，三步并作两步跑过去，从她的拳头里一把取过芦荟："这样玩，芦荟会死的。妈妈把这棵芦荟和那棵芦荟一起种到那个花盆里。你在这个花盆里玩泥巴，好吗？"她忽闪着大眼睛望着我，似乎意识到自己做了不好的事情，不敢对我的话提出异议。我不等她做出什么反应，把手心里的那棵芦荟小心翼翼地埋进一个刚刚植了另一棵芦荟的盆子里。两棵芦荟一样葱绿、一样挺直，好像两个齐头并进的小家伙在比谁的腰杆更直，谁的站姿更精神。

我转身看看小丫头，她竟一点儿也不为"丢失"了芦荟而感到恼怒，反而玩得兴致勃勃。她寻了两根小杆子，筷子挑菜一样地拨弄着盆栽里的泥土。这盆子里以前种过其他植物，因为枯萎了，就把泥土表层的枝叶都剪去了，可是最底下的根没有挖起。小丫头用小杆子捣鼓着泥土，凭着泥土里的紧实感，将根系四周的泥土拨弄掉。再用力一拔，一团灰黑干枯的根就暴露在了空气中。

"妈妈，你看！我挖出了宝贝！"她得意极了，笑着把小杆子夹起的那团物体移到我眼前，仿佛她夹起的不是一簇黑乎乎、干瘪瘪、脏兮兮的枯根，而是一团白乎乎、圆溜溜、甜糯糯的汤圆。

我以成人的无趣目光望着她，读不懂她的兴奋，又不忍扫了她的兴致，只能带着质疑问她："这真的是你的宝贝吗？"

"是的，是的，这是我的宝贝！因为这是我挖到的！"她毋庸置疑地回答。哦，我明白了！她的快乐源于她的探索，她的激动源于她的发现。因为她的摸索与实践，这世上多了一样大家未曾发现过的神秘事物。这在别人的眼里只是一团被废弃的垃圾，可是在她的心里，却和宇宙探索过程中发现新星系的成就是没有什么不同的。那还不该庆贺一下吗？那还不能骄傲一下吗？那还不值得获得大家的喝彩吗？

"哦，祝贺你，亲爱的清女士！"我郑重地对她说。

"谢谢，谢谢！我真厉害啊！"她还没学会谦逊，自豪已经冲破了理智的管辖。但是，这不算最糟糕，至少她没有因为这一"卓越成绩"而放弃进一步研究实践——我已经看到她在继续拨动着小杆子挖掘泥土深处了。

看着她专心致志地在泥土里勘探"宝藏"的样子，我忽然想起了我小时候。那年，我读小学六年级，老师分配我们在学校各个角落执勤。我被安排在操场的沙坑旁边，和我一起守沙坑的是我的好朋友菁。我们的任务是守着沙坑，保护好这些沙子，阻止其他调皮的同学在玩耍中把沙子弹出沙坑外。据说，沙坑里的沙子总是莫名其妙地变少。为了防止体育课练习跳远、跳高时发生意外事件，学校刚刚新填了沙子，所以沙坑看起来满满的，几乎和沙坑外的地面持平。我们一再向体育老师保证一定认真站岗，严守沙坑，体育老师看了看我俩胳膊上的中队长标志，又见我俩信誓旦旦，就放心地回办公室了。

我们真的是很诚心实意地想把沙坑里面的每一粒沙子都当宝贝保护好。一有同学走近沙坑，我们就像城管训斥无证小贩那样大吼："喂，你叫什么名字？哪个班的？不准到沙坑里来，沙子都要被你们玩没了！快回教室去！"

大多数同学只能没趣地走了。可是，也会遇到倔强的男孩子，不服气地反问我们："你们问我是谁？我还想问你们是谁呢！你们不让我们到沙坑里玩，你们自己怎么不回教室去呀！"周围几个想玩沙子的男孩子跟着附和。

我感觉我们的气势快要被打压下去了，心里怯怯的。可是，菁一点都不害怕，理直气壮地说："是老师派我们来守沙坑的。这沙坑刚填过沙子。你们一玩，沙子就会越来越少的！"

"沙坑里那么多沙子，怎么会说变少就变少呢！我们玩一会儿，不要紧的！"男孩子的语气软和了些，想讨得我们的通融。

我们偏不依："你们快回去！否则我们带你们去老师那里，看老师怎么批评你们!"菁这么一说,几个原本趾高气扬的男孩子一下子变得哑口无言。

那个为首的男孩,低头想了想,似有似无地冒出一句:"真的是老师叫你们来的吗?我看不见得……"

这话让菁听见了,厉声回道:"你不信?那么我们一起去老师办公室,看到时谁没有好下场!"

那男孩子终究有些心虚,为自己找了个台阶:"别这样,我就是跟你们开个玩笑。我还有一些作业没做完呢!我回教室去了!"看他转身走了,周围的其他男生也不逗留了,一个个无精打采地跟着回了教室。

后来,很长一段时间都没有人来沙坑附近转悠。我和菁觉得无趣极了,开始聊起天来:

"站在这里真没意思!"

"还是在校门口执勤好,人来人往的,站着多神气啊!"

"是啊,老师看到还会表扬几句的!这儿一个人都没有,真没劲!"

"何止啊!这儿还晒得厉害,没有大树,没有高楼,没有一点遮阳的地方,我都快中暑了!"

"唉,那几个男生怎么说走就走了,现在我们连个斗嘴的人都没有了!"

"还不知道什么时候可以下岗,我们找点什么玩呢?"

我们的目光不约而同地落到沙坑里。

"我们玩沙子,会被老师发现吗?"

"我们站了这么老半天,老师都没来过。我们一玩沙子,他就会来?没那么凑巧的事情!"

"别的同学发现了怎么办?"

"怕什么,老师就是派我俩管沙子的,谁敢管我们?"

"我们玩沙子以后,沙子会变少吗?"

"沙子又不是冰块，摸一摸碰一碰融化不了的。我们又不会把它搬走，怎么会平白无故变少呢？"

经过一番自我安慰，我们心无旁骛地蹲在沙坑旁边玩沙子。以前在体育课上，我们曾经排着整齐的队伍来这里练习跳远。可是，从不曾这样安安静静、无忧无虑地细赏沙坑里的小玩意儿。真没想到，沙坑里还有不少奇特的沙子呢！有的温润光滑像美玉，有的细腻白皙如象牙，有的光泽鲜亮若琥珀，有的璀璨晶莹似钻石……我们挖掘着沙层下惊现于世的"宝贝"，仿佛看到千百年前的宝藏在经年累月的埋没后，于恍如隔世的今日，因我们的努力探索终于得以重现。那样的惊喜，让我们兴奋得难以表达！我们不时地在沙土里挖掘出新的"宝石"，不时地热邀同伴欣赏自己的惊世发现，不时地为彼此的收获啧啧称赞……我们快乐地在"监守自盗"中获得乐趣，渐渐开始明白为什么大家喜欢到沙坑里来玩耍，也开始明白为什么沙坑里的沙子总是会莫名其妙变少，我们甚至为过去六年里擦肩而过的各种稀奇古怪的沙石感到惋惜。我们在沙坑里不停地翻找着、搜索着。嫌速度不够快，又找来了两根小树枝，左右开弓，加快勘察节奏。我们的眼睛一眨不眨，生怕错过与一粒精美沙石的邂逅。

现在，我们已经不再为阳光的火辣而感到难受了——尽管我们的脊背已经湿透；现在，我们已经不再为执守沙坑感到寂寞了——相反我们还觉得时间不够；现在，我们已经不再羡慕被安排在校门口执勤的同学了——我们认定她看到我们的收获以后反倒会羡慕我们……

我们就这样愉快地度过了六年小学生涯中最有趣、最难忘、最有意义的一个中午。那一天被我小心翼翼藏在口袋里的沙石，后来一直珍藏在我的床头柜里。直到我小学毕业、中学毕业、大学毕业，直到我找到工作成为教师，直到我在校园里看到比当时的我更年幼的孩子在泥地里挖石头，我想到了从前……

此刻，我家的小丫头依旧在泥土里翻捣着。她眼中小小花盆里的泥巴所蕴藏的乐趣，并不比我当年整片沙坑里的乐趣少。对于泥土的乐趣啊，或许对所有人都一样。乡村里黝黑精瘦的娃子喜欢在土地上打个盹，城市里衣装崭新的学生喜欢在泥沙里寻"宝贝"，勤劳开垦的老农喜欢在屋后收拾一院的青翠，身家千万的富豪喜欢在郊外播种一天的幽静，在油盐酱醋里心烦的主妇若是收到一捧刚从泥土里采摘来的鲜花，细腻的眼神又如娇媚的青春少女一样清澈起来……

喝着泥土里流淌的淡水，吃着泥土上奔跑的牲畜，呼吸着泥土中散发的香气而成长起来的人啊，注定与泥土有着割舍不断的情分。走再远、飞再高，与生俱来的恋恋不倦终究是逃不开、避不了的。孩童时，称之为自然天性；老了以后，就叫作叶落归根。

乔进礼

罗参果

　　亲戚们每一次来我这里总是喜欢带一点花生，而且我回老家也曾给同事们带过这种东西，送一点土特产嘛，总是没问题的。尤其是，我给爷爷奶奶或者姑姑舅舅等至亲打电话时，他们经常说，有鲜榨的花生油或者刚炒好的花生给你留着呢。每一次，我都有些感动。花生又名落花生，可是在豫东平原的广大农村，却不叫这两个名字，而是发音为"罗参"，我的朋友纠正我说，可能是"落生"，我们方言叫转音了。

　　我一开始觉得朋友说得有道理，可是用"落生"的话，不仅不能准确地模拟发音，而且读者看到这两个字也未必能想到是花生。"罗参"这两个字，我觉得更贴切，不但是方言准确的发音，而且意思上也通。"罗"这个字，古代常用作称呼外国，如暹罗、罗马、罗刹等，不胜枚举，而花生恰是从国外引进的。"参"这个字与人参同一发音，代表营养价值极高的植物或果实。综合以上所述，我觉得总算给花生找到了贴切的方言词语——罗参。我终于可以擦把汗了。

　　曾养育我二十多年，如今仍然令我魂牵梦萦的桥柳村，处于沃野千里的华北平原腹地。可是，那里的农民是十分闭塞的，并由此导致了农作物种类的单一。据我在村里生活二十多年的经验来看，一千多人的村子周边

300

数千亩地，大概只有冬小麦、罗参、玉米、红薯等寥寥数种作物，而且玉米、红薯所占的比例微乎其微，总是不能过十分之一。放眼望去，一眼望不到边的，冬春两季是小麦，夏秋则是罗参。

也可能因为桥柳村周边的土地，都是沙地的缘故，所以罗参长得格外好，而小麦则不能种得太过稠密，因为地力难以支撑。罗参大多是在谷雨前后，套种在麦垄里的。当时，播种罗参种子，有一种人力拉的耧，前面有个轮子，后面有个扶手，推着把控方向。下面有一个铁管，铁管的足部是一个小犁头，轮子上面的环上绑了绳子，用于人力拉。因为，比膝盖还要高的麦垄里，实在不允许任何机械或者牲畜进去。

我家有 15 亩地，在村子里算是比较多的。在播种罗参时，我就多次充当"牛"的角色。四五月的天气里，小麦已经衍花，迎面扑来小麦的清香，这时好馋的人，也会掐一些麦穗，在路上点堆火燎着吃。我从来不喜欢这样，因为我最大的爱好是听收音机里的评书。我经常会回忆起这样一个场景，我面朝青麦，背朝蓝天，使劲地拉着耧，汗水一滴一滴地流下来。而且，我的脖子上挂着的小型收音机里，正在响着单田芳大师沙哑的嗓音。

因为我父亲、哥哥还有我，可以三班倒，一天大概可以拉两亩地，两肩上往往留下了与绳子摩擦的深红色印记。种罗参时，不能为了图轻快，而故意播种得浅的。那样的话，罗参种子不会发芽，我哥哥就曾经犯过这样的错误，害得我奶奶又一趟趟用土封。

在播种的方式中，还有一种方式，那就是所谓的春罗参。这样的罗参地里，是没有种冬小麦的，一片光秃秃的土地，又被村民称为白地。如此，没有麦垄的干扰，种起罗参来，应该是很方便的了。可是，这样的地一般会很少，最多一亩甚至只有几分、几厘，因此机械或者牲畜就更不方便进去了。村民们便使用了更为传统的方法，两个人分工，一个拿镢头刨坑，一个人扛扠篮子，往坑里扔一两颗罗参种子，刨坑的人再用土封好，重复这样的动作数百乃至上千次。

冬小麦收割以后，罗参苗暴晒于烈日之下，地皮很快就被晒干了。村民们只能用水泵（方言称这种机器为喷灌），从河里或者井里抽水浇地。像我们家这种地多的，全浇一遍之后，而刚开始浇的地里又开始旱了，一个夏天最少要浇三五遍。因此，当时水井是很紧张的，很多人都要睡在地里占井，以便早上起来第一时间浇地。我二叔是很胆小的，夜晚总是害怕睡在地里，很多时候都是我和哥哥一起替他睡在井边，看着天上的星星与月亮入睡。当时，我唯一的希望，就是老天能够多下几场雨。

其余，还要除草，以防野草争肥料；喷叶面肥、撒尿素，给罗参增加营养；打多菌灵、矮壮素等，防止罗参病虫害和秧子疯长，将营养逼回地面以下，催大罗参果实。这些劳动非常琐碎，我就不再详细记述。

大概在中秋节前后，罗参终于成熟了，秧子已经发黄。我们一般会从小块地开始，十岁左右时，大家都是用抓手刨，然后将土抖掉，将罗参果与秧放在地上晒干。抓手是三个齿的铁制农具，有大抓手、小抓手之分，大抓手比较大，木柄比较长，人站着刨，后面跟个人抖土；小抓手个头小，木柄短，人蹲着刨，自己抖土。父亲很马虎，总是将个别罗参果实，遗落在泥土里，女人总是在后面替他捡漏。母亲活着时是母亲，母亲去世后是奶奶。

这种重复的劳动，是很辛苦的，往往要持续半个月到一个月的时间。我曾多次参加这样的劳动，有时蹲了半晌，站起来揉揉酸痛的腰，常常会觉得眼前发黑。不过，现在回想起来，当时也是有很多乐趣的，单田芳的评书是我们主要的娱乐手段，就不用再赘述了。但就地里面各种各样的昆虫，就够有趣的了。如黄褐色的蚂蚱乱蹦，还有青绿色的蚱蜢（我们称其为老扁）、蛴螬、蝼蛄、蚯蚓等，总是让人有各种新奇。

其中蝼蛄是我印象最深的，因为评书中《王莽赶刘秀》有一段讲到了它：话说东汉光武帝刘秀被王莽大军追赶，在华北平原一带，他被追得走投无路，就躺在农民耕地的垄沟里，并用泥土把自己埋得严严实实。大兵眼看将至，这时却有一只蝼蛄从地里爬到了刘秀的鼻孔边，刘秀十分恼怒，心想："外有追兵，我好不容易藏好了，你个毛虫却在这里拱土，这不是要暴露我吗？"一气之下，两下抓住蝼蛄，一扯两段，又再次赶紧藏好。

追兵过去了，刘秀差点被闷死。他这才想道："蝼蛄从我的鼻子处往外拱土，不正好让我呼吸吗？"他有些后悔起来，用一根枣树上的针又把蝼蛄接上了，没想到蝼蛄又活了。刘秀很高兴，对它说："你救我有功，如果我得了天下，恩准你哪饥了哪吃！"后来，华北平原遍地这种生物，而它的头腹连接处真的像一根枣树针。

农民忙起来，一般是不会好好吃饭的。男人们大多不回家，女人们回去做饭，然后带到地里给男人们吃。有时我们实在饿了，也会摘下一些罗参果，在田间地头烧着吃。当地里的罗参秧干透了，就要用车拉到打谷场里垛起来，一个个小山一样。勤快仔细的人家，垛得很整齐，一个个四方块，有些人家则不重视形状。这个时候，是最怕阴天下雨的。且不说，绝大部分农民，都从水里捞过花生。而且，谁家的罗参，没有因为阴雨，发了霉、变了颜色，导致价格太低呢。

在打谷场晒干后，原始的方法使用木叉，将罗参果与秧子砸分离，后来使用给小麦脱粒的打草机，但是必须卸掉里面的刀片，只用铁棍打就可以了。然后，在有风时将秧子的叶与屑扬去。后来，没风时，大家也学会了用拖拉机带动风扇的方法鼓风。

随着科技的进步、肥料的改良，罗参的亩产量越来越高，一开始大家只是一囤，后来都是整间房子了。我对一种盛罗参果的东西，印象非常深刻。那是一种用高粱秆做的片子，围成了一个囤的模样，方言称之为"簿"，我知道跟字典上的意思不一样，但论发音与形义，我没有找到比这个字更合适的字了。

我之所以对这个"簿"印象深刻，是因为在六七岁时发生了一件事。

当时，打谷场里，罗参果已经晒干，准备往"簸"里囤了，我被安排了一个特殊的任务。那就是，大人们往"簸"里倒，我在里面摊平，因为"簸"有两米左右高，外面的人实在不方便。当时，我还小，不能肩扛手抬，也确实只有这个工作适合我了。

我进去之后，大人倒了半囤，我也到半囤的位置，不知吸了多少尘土，就感觉自己脸上都是泥。正在自豪于自己的劳动，而内心充满干劲儿时，突然发现家里人有一段时间没往"簸"里倒罗参了。我隔着"簸"的缝隙，向外面看了看，见屋子里灯光亮着却没有一个人，又仔细侧耳听了听，只听见外面沙沙的风声，原来家里人把我一个人忘在了"簸"里，他们去打谷场里拉罗参了。

我越发觉得紧张了，好像外面的风声也变得诡异起来了，好像总是有一些奇诡的声音，既像脚步声又不是脚步声，既像心跳声又不是心跳声。我吓得闭上眼睛，不敢说话，也不敢哭。时间也不知过了多久，我感觉好像过了几个小时，终于，听到了家人说话的声音。等他们进了门，我才哇的一声哭了出来，并抱怨他们把我忘在了"簸"里面。

这些事情回忆起来，都是遥远的往事了。因为，我已经很多年没有种过地了，手扶拖拉机也有很多年没开过了。听家里人说，现在播种罗参的耧有了改进，是电动的了，前面不用人拉，后面有个人扶着就行了。收罗参的机器也大为改进，出现了当年农民梦寐以求的联合收割机，罗参果直接在犁出来时就脱粒了，跟收小麦差不多，很省事了。

我很想见到这两种农具，可是每一次回家都是来去匆匆，且不合时令，总是没有见到。我想着今年国庆节回去，一定要如愿以偿。亲戚们也告诉我，目前除草只需打除草剂就行了，劳动量大为减轻。只是，打药、施肥、浇水还是跟以前差不多，基本全靠人力。说到这里，我总是会想到地理课本上那种"会飞的水"，希望这种先进的灌溉方式能尽快普及开来！

魏　叶

空调坏了

空调坏了！

夏日炎炎，热浪滚滚！空调却坏了！这绝对是一个坏消息。

在母亲的"逼迫"下，我只能踏出空调房，踱步花园。仰望那棵儿时种下的樟树，已有楼高，在树下，乘着凉儿，逗着狗儿，聊着天儿。

忽然一股特别的微香飘来。"呫！"我有了惊人的发现，我们家的无花果树上，竟然挂满了红的青的果子，这味很特别，真好闻。"叫你出来看，你从来不肯。"母亲摘下一只，剥开皮，就往我嘴里塞。甜甜的沙沙的，别有风味。而那棵我从不关心的自己长出来的柚子树上，竟也满是青翠欲滴地吊着。母亲说大了就黄了。

原来我们家也是庭院深深景迷人啊！

虽没空调，不也别有一种清凉？遥想儿时的岁月，没有空调，没有电扇，一把蒲扇纳夏意，半丈树林荫翳处，邻友家长里短话，好不惬意自在。听见蝉鸣，乘着父母与人攀谈，便调皮地去捕捉；穿梭于同学家的芦粟林，咬几口甜到心田的芦粟，做几只小巧的灯笼……再后来，有了电扇，一家人，挤在餐桌边，看着电视，聊着八卦。

而在我的记忆中，印象最深的，是母亲常将一块白色的板包上毛巾，让我躺在上面，已经不知道那块板是什么样的了，只知道是断电后保持冷冻用的，白色的板内部是水之类的，会冻住，所以，被母亲用来给我降温了。

不知什么时候有了空调，也有了电脑，特别是大家房间都有空调了，我便抱着电脑在自己房中享受着；父母便在他们房间看着"黄金档"，读着新闻报；祖父母呢，也在自己房间看着电视，读着报纸，听着录音机。

就这样，我们隔在了三个不同的世界里，越走越远的世界。

"哟！难得见小妹妹出来的嘛！"篱墙边的绿叶棚下钻出来个人，是邻居阿姨。

"是啊，平时叫她出来转转，抱着个电脑动都不动。空调坏了，死蟹一只。"母亲有点得意，"一天到晚电脑、空调，空气又差，身体还会好吗？"

"小人都一样的……"邻居阿姨说，"小妹妹过来，看阿姨种得多吗？"

听说是不允许的，但他们家的瓜果种得实在专业，绿棚下满是番茄、黄瓜、甜椒、青瓜等，像个小菜场。我好奇地摸摸这摸摸那。

阿姨摘下一根嫩黄瓜，龙头上洗了洗："给！"

见我有些犹豫，又说："不干不净，吃了没病。以前都这样的，身体都蛮好。"

我啃着黄瓜、刨着土、浇着水，不亦乐乎。

"你每天都该这样的。"母亲说。

我不好意思地笑笑。出了点汗，倒也神清气爽。

空调坏了，貌似也不错，"童孙未解供耕织，也傍桑阴学种瓜"。

夜幕将至时分，我摇着葵扇，愉悦地踱了回去。

进了门，却仍禁不住问一句："空调修好了吗？"

信仰，岂能轻忘

　　时光的轮回中，绝大多数人是碌碌无为的，或快乐着，或悲伤着。有人说过，我们这代人是没有信仰的。我们用无神论来伪装着那颗脆弱的心。

　　三月里的绵绵细雨，或多或少让人想起了雷锋日。看着学校里、社会上在忙着这些那些主题活动，心里却没有一丝丝的感触。

　　真正让我有感触的是两件事，可以说是两个爷爷引起的两件小事，却打心里觉得雷锋精神一直在我们心中。

　　记得寒假中的冬日暖阳，那种温暖的日子难免有让人踏青出游的心情，而我的爷爷，便自个儿出了门，他已到耄耋之年，记性总是徘徊着、倒退着。就像大多数老者那样，他迷路了，而在家中的我们却茫然不知，原以为晚饭时间会回来的他却依旧没有出现。直至一个电话打破了我们焦急的心，对方告知爷爷的位置。那是一个离家较远的地方，可以说我听都没听过，还是对方热心地指路，才得以寻得。那位好心人一直陪着爷爷等到我们的到来，到最后，也只猜想她可能是一名教师。

　　世界就是那么让人难以捉摸，上周，当我和母亲在影院看电影时，被一个电话吓蒙了，说是外公摔了一跤，满脸是血。当我们赶到医院时，外公的两颗门牙已然不见。幸亏是在高校门口摔的，二中的一个学生帮忙扶起了外公，叫了救护车，还买了面巾纸、矿泉水给外公擦拭……

回到现下，班级的雷锋活动，没什么人有兴趣，雷锋日的宣传在都市喧嚣中淡去，望着窗外的我想，到底我们的信仰是什么？我们人神不忌，我们生人勿进，我们彼此渐行渐远。没有了对于真善美的崇拜，我们变得"刀枪不入"。

当我们调侃着雷锋叔叔做好事不留名，全写进日记的时候，有没有一点点的打心里的感动？我想没有。这个时代就是这样被我们爱着也唾弃着。

其实真正的雷锋精神一直是不需要宣扬的，也不是在雷锋日才会得到重视的，真正的雷锋精神一直是在我们心里最深处的，是心与心的距离，是我们心中信仰的体现。

文采飞扬的日子

诗 歌

POEM

谭俊升

老同学青岛聚会（组诗）

为纪念山东潍坊一中老同学参加革命70年，我们当年同班同学于今年5月在青岛聚会一次。到会10人，平均年龄85岁，分别来自北京、上海、石家庄、呼和浩特和青岛。老同学忆旧谈今，畅叙友情，吟诗诵词，讴歌当下。

友 谊

少小有鸿猷，
携同学海游。
老来青岛会，
友谊载春秋。

姚 桓

卸甲归田后，
吟诗爱打油。

劈巢干部体，
泼墨自风流。

丁永志

理工名教授，
讲坛心血呕。
缅怀老战友，
秉烛写春秋。

张好修

兄妹开荒剧，
奇葩岁月长。
老来仍逗趣，
再说锉姑娘。

郎会模

岁岁风沙里，
嘶嘶马似龙。
精通畜牧业，
济世振家风。

点 赞

姚桓文武双全，
永志会写文章。
马紫松柏长寿，
承兴保健有方。
好修齐家修身，
会模畜牧专长。
王琪热情奔放，
舒宁仪态端庄。

豪 情

人生七十古来稀，
八五会师更称奇。
潍县少年多壮志，
天涯共唱大风诗。
沧桑历尽豪情在，
忆旧谈今慰相思。
最贵青春留故事，
同窗友谊后人知。

夏志权

神游南通 （外四首）

神游南通

一点不觉疲惫
一点也不气喘
我越过成千上万的"蹒跚"
一步三级冲上狼山
塔顶的佛陀
竖起粗壮的拇指
夸我是条好汉

如雷似电的青春朝气
今日突然千倍返还
让我声震云天
让我气撼山川

"神狼啊

不老的神狼

你在哪里

快来和我同欢"

声似洪钟响彻人寰

"我在雪峰

我在冰川

我在江尾

我在海湾

我在今年的四月中旬

又在隋唐的'大业'贞观

我与时流万载相伴

惊叹它的汹涌咆哮

欣赏它的清澈无澜"

一阵阵豪语传来

水晃树摇草颤

我南观北看西睹东瞻

东南天际

似有巨浪滚翻

啊

那是神狼欢快起舞

掀江倒海，驱涛拍岸

"我来啦——"

我奋力跃起

竟然飞上云端

神狼却向远方遁去

不愿和我嘘寒问暖

天色已晚

群星闪闪

脚下灯彩灿灿

我飞到濠河近水俯瞰

寻觅心中的那片金滩

忽然

一串优美的声音

从那百年之远的歌坛

飘到我的耳际

飘进嚷嚷的游船

这是张謇在唱

他歌颂家乡亲爱的河山

游船陆续停桨靠岸

满眼的流光溢彩依然

我往高处爬升

飞离闹市向南

时时回望迷人的光彩

直到北天唯有星璨

壮丽的江海之城哟——

刚出视野

又入心坎

长 钱

毁掉良田三万亩，
建成极乐迪士尼。
窥园扶栅惊奇异，
遍地生钱可掩泥！

花 海

秋花烂漫竟如春，
似毯铺园艳浅深。
阴冷生忧何散去？
葵昂菊笑傲迎风！

似 鸡

有花酷似赤冠鸡，
绿叶如毛挤一畦。
何故疲劳呼不醒？
并非报晓引吭啼！

诗
歌

下 渚

神犬偷金哑佣追，
东家地陷响如雷！
雨积泉涌成下渚，
虾喜鱼欢芦荡美。
今朝览此湿地：
湖如胸阔，
港似肠回。
迎客花苇舞，
恋波翠柳垂。
岛上朱鹮贵，
草间白鹭飞。
时岁皆秋晚，
寒意渐呈威。
向归舟慢步，
享夕照水辉。

何居华

浮云之下（组诗）

浮云之下

一个暮霭沉沉的夜晚　我看见
浮云之下的村庄更苍茫了
那木房子　土屋和村边草垛
都深深陷入暮色

灯一盏接一盏地亮了
在其中一盏灯下　木匠师徒
正拉着大锯　汗从他们额头滴落
刘三老汉挑着苞谷从他们
身边经过　村里人在周围
大声说话　狗高一声低一声地叫着

谁家的远房亲戚隔着篱笆在打招呼
不远处的磨坊里稻谷在石碾下

吱吱地响着　外地来的弹花匠

一挥弓就弹散了浮云

对鸟的渴望

鸟儿的翅膀在坡地上空

轻轻拍击　种子就发芽　那些

晶亮的芽瓣　顶着露珠

一闪一闪地　山和树的影子包容在露珠里

庄稼　河谷以及村庄的颜色　都在

鸟翅下变幻　当鸟儿把翅膀

藏进鸟巢的时候　大雪来了

白茫茫的一片　寒风的指尖

拂动我们对鸟儿的渴望

吃红苕的父亲

开饭时　父亲小心翼翼地揭开甑盖

生怕饭会随蒸汽跑出来

他手中的木饭瓢准确地为大哥　接着

为大嫂盛满一碗苞谷饭

他们是家里主要劳动力　养家活口的人

我这读书人只配半碗苞谷饭

因为读书不费力气

饭下的红苕由父亲承包

父亲常把粘在红苕上的饭　刮进

没等吃光红苕　父亲就不行了
他临终的要求就是一碗米饭
一碗真正的什么也不掺的白米饭
父亲像一滴雨顺着红苕藤归于永恒的沉寂
现在我才知道红苕不属于父亲

打桶匠刘疤儿

打桶匠刘疤儿从小就死了爹娘

靠姐姐拉扯大　姐姐的公爹和婆婆

把他当成他们的儿子喂养

无论赶场或走亲访友　都要

带上刘疤儿　刘疤儿拉着大人的衣角长大

公爹把打桶的绝活儿传给他

刘疤儿得了手艺如同捧了个金饭碗

背篓里背着刨子　凿子　锯子　墨斗

走村串寨　串来个圆脸小嘴的婆娘

几声婴儿啼哭把刘疤儿哭成了爹

好景不长　刘疤儿的婆娘让一个河南

做烧饼的拐走了　他脸上的伤疤

让酒烧得通红　几声童音又让他心平气和

那些打桶工具又在酒气下奏着悲欢离合

空　巢

大侄还有二侄连同他们的媳妇

像四只候鸟飞向适合找钱的地方

鸟巢似的家空了　空得剩下

两个老人和四个孙子

老夫妻分身两处　寂寞洗白双鬓

照看孙子　农事缠身

只有堂屋里的两口棺材还紧紧

挨在一起　土墙窗下一张床

睡着两代人　被子黑得像牛肝

山洪暴发　表嫂出门看田水

把两个孙子和一口嗷嗷直叫的

猪留在家里　她再也没有回来

听不到孙子哭和猪崽叫

堂屋里的棺材少了一口　表哥连同

四个孙子挤在一张床上　不远处

铁锁在空屋的门上垂成一个问号

乡村小学

学校就在进村的路口边上

几间土墙房子的教室围着一块空地

两个木制的篮球架立在空地两边

水泥板搭的乒乓球台就在球篮后面

乡村小学没有围墙　狗牛羊

还有猪在校内横冲直撞

球场全是牲畜粪便　没有厕所

师生隔三岔五往庄稼地里跑

大山里的学生自带饭菜

老师就是他们的保姆和炊事员

村里人隔着田坎大声说话

吆喝耕牛的声音不断扔进教室

引起一阵小小骚乱　随即

老师提高嗓门　教鞭重重落在黑板上

几双注意力分散的眼睛重又回归书本

荒野土墙

荒野　几堵被人遗弃的土墙

残破不堪地围绕着一间木屋

椽子断裂　青瓦碎了一地

像一位风烛残年的老人　用最后一口气

守着祖传的基业　那些进城的子孙

早把他们的脚印收走　不曾收走的

只有堂屋的祖宗牌位和神龛

屋后竹林里的老坟　在夕阳下

斑驳地闪烁着一些往事　屋里

灶台前火塘依旧　打草鞋的木架

还摆放在屋角　几个城里老人

如几缕夕照走进屋里　我从他们口中

得知　为了长寿要来这里养老　以后
这里的一切都属于那几位老人了
木屋　土墙以及墙根下鸣叫的蟋蟀

王迎高

乌飞兔不走的地方

江南木雕陈列馆

在百花厅，绽放的是雀替，挂落、斗拱、飞檐的水墨丹青。

在徐霭家，寓意是相互搀扶的栏杆、门楣、窗棂、牛腿和裙板。

这些木，露出骨的翘角、关节的圆柱、骼的龙门架与图腾。

这些木，用锋利亮出肉体里的经脉、年轮、凝血和知遇之恩。

这些木，肌理上打磨出人间的支、撑、扣、背、捧、驮与忍。

这些木横着是挑，竖是顶，斜是扛，倒置是垫，镂空是将肺腑呈现。

逢源双桥

架桥的人，才能把成竹在胸拱向彼岸。

人不可能一直有左右逢源，连一条水路都拦腰装上栅栏与卡口。

连同走一个廊棚下，都有一扇扇相隔的浮雕木窗和跋前疐后。

人只有兢兢业业，左辅右弼，才能在世情冷暖中逐高低、顾远近。

其实，上桥下桥的每一个台阶都砌着昼夜间距和跋涉跬步。

余榴梁

"江南有钱人"，却家徒四壁。

"万国银行"的财务，是节衣缩食，苦心孤诣。

而一枚汉代错版半两和清咸丰的琉璃币足以光宗耀祖，富垺陶白。

一株圣宋通宝当五钱与商代鎏金铜贝钱串着绝世的一见如故。

他的"万贯家财"里金、银、铜、铁、锡、铝、铅散发着岁月斑驳。

他的藏品集大成有锑、陶、镍、竹、骨、纸与旧时光的前世。

是的，觅是一种探研，一种寻根酬勤，一种乐此不疲和境界。

得是缘分，是钟情，是一块铜的炎黄、丰硕之声与吉祥之礼。

木 心

冰释的人，借眼的人，三根手指被经历折断的人。

用白纸画琴键，无声弹奏莫扎特与巴赫作品的人。

自己模仿自己的人，把自己当作另一个人的人。

抱紧词根，精神入画，抵达自己灵魂的人。

木的心，离木铎之心很近，离木铎金声很近。

隐身在水下的中庭天井，是元宝湖里永远的倒影。

憋在咽喉处的"如欲相见"，在"悲喜交集处"，叶落归根。

茅盾故居

一个叫沈德鸿的，在这里度过了十三个春秋的文化哺乳期。

一个字雁冰的大家，熟悉这里的每一处埭、每一面白墙黛瓦。

好学，在这里开启清晨的长窗和特制写字台上的傍晚。

立志，在这里搭起四开间的两进木构架，写出《多角关系》。

观前街十七号，一棵棕榈和一丛天竹，长成院墙上的人生章节与序。

汇源当铺

高的柜台外，低永远是被典的入不敷出。

貌似太平缸的七石缸装着卑微者的不太平与门闩。

而唯独你，在五开间的楼上楼下升起道光年间的阳光。

不设隔栏的近里，有平等、救急、作善降祥和善善从长。

应家桥南花桥之间，汇源是一条临下不居高的迭桥。

江南民俗馆

很多的瞬间，定格成一幅不再行走的江南。

一件犁、一只拔秧凳、一套蓑衣蓑帽构成水乡的田园风情。

一只蚕种、蚕花毛才有请蚕花仪式，一场皮影戏才一绝天下。

一位旗袍女子，撑着油纸伞，走进小巷蜿蜒曲折的淅沥下。

一身长衫的账房，瓜皮小帽下半挂着眼镜，瞪着拐弯的精明与钱柜里的敏感。

衣服的四个口袋是礼、义、廉、耻，袖口的三个纽扣钉着民主、民权与民生。

一群蜡像塑出了一幕幕贺岁拜年、元宵走桥、立夏称人、分龙彩雨的原汁原味。

兼收并蓄着天贶晒虫、中元河灯、中秋赏月、重九登高、冬至祭祖、腊月小更。

子孙桶说：有很多的土生土长以亲为美，以和为贵，深植于俗，终年不忘。

昭明书院

在一幢半回廊古建筑里，翻阅一本线装书是一件奢侈的事。

在一栋二层硬山式楼阁上，听一曲琴韵也在体会一次坐北朝南。

一本《文选》，有读书人案头必备的灯火、触摸的枕经籍书和卷宗。

一座石牌坊，挺着"六朝遗胜"，一尊明代经幢在水池中央扬起旌幡。

一面留言墙旁，一万余册的书读五车还在笔墨纸砚与笔参造化。

宏源泰染坊

将花布漂洗成城南旧事，色斑晾晒成小桥流水，清白飘逸。

将丹砂印出贞、诚、五谷丰熟，绿矾涂抹出情缘、碧窥、渊的缥。

一枚蓝靛化开，是一匹宋元朝代的布浪翻卷与济世匡时。

一只铁平锅烫身，盛满了葛洪的绛紫、烟色、墨绿、蓝黑和朱红。

一桶大染艎，把孝恭、祖训、行善积德浸染成永不褪色与前店后坊。

乌　锦

蚕的故乡，一只茧把一根丝纺成雍容华贵与寸锦寸金。

缎的水岸，一双手把吴语织造出层次、柔软和至善至臻。

这些蚕，吐唾液为秉，集提花为承，取乌墩、青墩为名。

这些缎，经是河，纬是桥，街以岸为市，连桥成路。

横竖说：十字形的内河水系是一个古镇的楣、幅、批和脉。

江南百床馆

想象一张马蹄足大笔管式架子床上，躺着的是飘飘欲仙。

一张拔步千工床雕琢是精良、富态、去简的鼾声和就繁的四象。

一张床可以做到一床一室到一床多室，何况一间房。

一张床能够留下丰厚、富裕、叹为观止，何况一幕幕抵足而眠。

枕水的江南，一张床代表着平安如意、多子多福、鸾凤和鸣。

修真观

"人有千算，天则一算。"

一把大算盘拨珠出尘世的档、筹与"控带四时，经纬三才"。

拨珠出诀的灵便、码的准确和时针的一去九进一。

拨珠出融合、渗透、佛道合一与劝人为善。

人间有许多事，老天爷看在眼里，就不说话。

姑嫂饼

生活就该油而不腻，酥而不散，甜中带咸。

爱情也是，炒过，熬过，煎熟过，蒸煮压模过才和睦有加。

多么的酥香美满，在你的文火中将白面烘成嫩黄与十五的月姿。

在你是小磨里，一粒粒芝麻脱壳后甘愿磨成屑、末和细针密缕。

是的，一个家很小，需要精心操作，厚薄均匀，温良恭让。

一个家又很宽，容得下姑嫂间的一次歪打正着，巧不可阶。

三白酒

一张墨的纸上，留下杜搭酒的老熟、不肯走的液态和滴露三白。

一滴度的坛里，酿出浓郁、醇厚、入口柔绵、回味爽净与百善孝为先。

一粒糯谷解开肚兜，将皎洁蒸煮出流萤月光和玉泉垂虹。

一尊缸捂紧盖藏，用肝胆相守量枘制凿、丝绸之府与杯茗之敬。

一只盅斟满是为了倒空，倒空又是为了斟满。

佘山莼菜

一

嚼一篇唐诗宋词的味道。

享受在口腔里打转的味道。

愉悦，淋漓尽致，芦笛的嗓子润出燕窝的味道。

吸吮，舐犊，灯点亮一夜意合的味道。

沉鱼落雁，搅动记忆，蜂蜜浓成饴的味道。

二

水中葵，睡中莲，琼中脂，水的马蹄和耳麦。

如你的舌，浸泡的嫩，潜行的蝶，煮过的云朵、光影流苏和妙不可言。

这些亲密用反哺分泌出乳的黏液、胶质蛋白和一抿就滑下咽喉的一招鲜，吃遍天。

这些椭圆形的圆融，多么像你洗浴后的体软与丰润啊。

家的感觉就是需要细微炖成羹，亲善煨成汤，一桌暖心暖胃偏袒成宴。

爱情说：一碗情投，在于好的汤、好的料、好的烹制方式。

三

植物的金箔、颜如玉和蹼。

在清水中铺床，张开打结的渔网，让水灵寸长尺短。

在你的覆水收获依偎曲线，锅里的楚楚动人、盈和被暖。

在你的沼泽开出暗红、荷香、深度定植和穴栽。

多好，做你的滑、卷、梦里藤蔓和一滴晨露在你的掌心湿去。

四

水的睡衣、一亩白露为霜和情窦初开。

爱生活的人，会用叶脉长出斜影，探出圆满和惠泽深恩。

爱生活的人，将柔肠化为中秋的一根蕈，将家乡的一条鱼熬成月光里的一节藕。

爱生活的人，在水中将灵魂放平成盼，用根聚一把泥土泅渡为骨。

在渴望干净的年代，一泓心池里住满了恬静约定和欸乃桨声。

五

坚持仰望的人，心和水墨一样丹青。

在你的草下做一个专一和质朴的人。

在你的草下用丝线缝补旧时光里走失的断尾蝌蚪。

在你草的涛声里洗漱小绿袄，静好如初和六欲。

在通向你的水系，一朵磁飘成萍，撑成帆，摇成舟。

思念就是这样烩制的，溢出千丝滋润，也溢出万缕牵挂。

六

一缕炊烟升起，顾盼化为瓦蓝的流体。

一栋老宅的墙内，砌着半截乳名的无眠和离散。

一朵莼的叶面，长满了磨坊的蟋蟀声和嚼碎的记忆。

舌苔上粘着馋的地方，是母亲炖热的那碗嘘寒问暖。

根茎里有一汪水的地方，是家乡匍匐的秸秆和脉腺。

宋顺弟

夏天的手掌鼓响北美 （组诗）

会说话的木屋

踏进本拿比山腰 5878 号
与自己孕育的一枝花
像在上海老家时相处
夏如春

走出这所木屋
花向海而行
我的心一抽
太平洋很冷，家好远
夏如秋

此屋非家宅
此花已异化
我是东方，她是西方

两个世界的融合
犹如春秋

日光长出倒刺

本拿比山顶，国王大道上
新来的华人
牵着自己的影子行走

日光很毒，长出倒刺
影子的皮肤辣辣生痛　　隔日
我眼前的黄亚洲
变成黑非洲

不敢危言：
此事物能改变彼事物的性质
——你的判断是假象

乌鸦是一朵白玉兰

七月八月，在加拿大
乌鸦给自己放暑假
自由的黑点纷飞又落地
与我的日子撞个满怀

温哥华奥运村的屋顶

做伴观赏太平洋落日

本拿比丽晶广场共享中餐

温尼伯的森林里

叫醒我的每个清晨

我是发展中国家的人呀

乌鸦给我发达国家国民的待遇

乌鸦是加拿大公民

它的叫声像上海的白玉兰

——满满的温馨

叫白世界

叫香人间

修道的宅子

温尼伯南区的宅子

藏在原始森林

松鼠、兔子和鹿子到处转悠

宅前百花簇拥

温尼伯南区的宅子

是一群道姑

种植高贵雅致

宅后松柏茂盛

温尼伯南区的宅子

是一个减肥的道士

整饬被风雷虐待的残枝

在这里，生活的名字叫静

阴阳的分合是静

我是一叶来自中国的书生

修炼静，静入夜中

思想吐蕊，精神开花

尼亚加拉瀑布的笑容

尼亚加拉瀑布——

和平天使

挽着加拿大和美国的手

尼亚加拉瀑布——

奔腾的姿势

多么自由，多么和平

多么美丽，多么繁荣

尼亚加拉瀑布——

神佑助你双虹

一条给枫叶旗

一条给星条旗

尼亚加拉瀑布——

我把彩虹制成五星红旗

插在彩虹桥头

尼亚加拉瀑布——

一条无欲的边界

引导人类的追求

尼亚加拉瀑布——

你是我宽敞的笑容

放大，放大，放大

像夜幕上的星空

我摸到教堂的心跳

路过蒙特利尔

我遇见两个巨人：

女的叫——圣母大教堂

男的叫——圣约瑟夫教堂

教堂外，尘世纷争

教堂内，天堂安宁

进入的游人瞬间庄重肃静

俨然圣母、耶稣和红衣主教再世

走出的黄种人又开始嚷嚷

我坐在木质长椅上

被一种侵入骨髓的神圣震颤

右手按左胸

我摸到教堂的心跳

正搏出善良与宽容

昼是阳光，夜是月光

王福友

灭蚊（外十一首）

灭　蚊

独坐家中
不点蚊香
蚊子来一个
我灭一个

没事，找点事做
我不灭人
我只灭蚊

人 and 鬼

每天都能看到很多人
几乎看不到鬼
可当我走出家门

却常常能碰到

牛什么牛

人啦，再怎么牛
到最后
还不是把自己
从立体整成了平面

盒　子

香烟被一根根抽出盒子
点燃
某一天，我也会被点燃
然后，再装进另一只盒子

活　着

光阴打架
岁月斗嘴
我掐回一小截日子
凉拌生活

狗不理我

一条狗从我面前大摇大摆走过

我唤它

它理都不理

我靠

狗也这么牛逼

我　想

一只老鼠大摇大摆走到猫跟前

它的胆子真大呀

我想学它

你　懂

我在夜晚的路边走

你用刺眼的前大灯晃我

我低下头，不抬眼

你懂的

雾

前面有雾

能见度很低

努力睁大眼睛

仍然看不清

我以为往前会散掉

可等到走过去

前面还是雾

这一重重的包围

无尽头

霾

关了很多年的这个字

被放出来了

一只可怕的兽

蒙住眼睛

卡住喉咙

独幕剧

最后一只蛐蛐

在后窗下

连唱三夜

秋天就瞑目了

陪　衬

活在世上我只是个陪衬

我陪衬富人

也陪衬美人

富人衬出我的穷

美人衬出我的丑

我陪衬当下

才活到如今

我陪衬世间万物

万物也很快活

你要我陪衬吗

请微信 @ 我

文采飞扬的日子

加州一号公路

水雕刻山，水是澎湃的山的心音；山赋予水形，山是水宽广的胸膛和臂膀。

因为有山，因为有绵延不绝的海岸，才有了洋流的积聚，涵养了一个大洋的汹涌浩瀚、烟波浩渺，阳光、雨雪在海面上的诗意跳跃。

因为有波涛，有一望无垠的大海，才有山川树木的灵秀。在岁月的洗礼中，松林坚强，小草柔软，花朵嫣红和妩媚，大地万千事物多姿多彩。

这里拒绝非自然的元素，城市、汽车、人流、高楼以及堆砌的喧嚣与繁华。

阳光、清风、海涛、山崖……不分国界，是我们精神的原乡，无人能抵挡。道路蜿蜒，并不断延伸，有无限不断变化的景致、不变的自然元素，却总有惊喜。

相信天堂是这般模样，相信诗也在远方，如史诗一般。

火焰谷州立公园

这是一片荒漠，仿佛没有生意、生命的一片荒凉的野外，小灌木丛立足并扎根了这片土地，它们以不屈的意志昂扬生命的精神，日月星辰，几度枯荣，只有这些连绵起伏的岩石，从亘古走来，燃烧的火焰依然鲜红。

那些形状、图案、线条，是谁雕刻，是谁描摹？那些文字、符号，是谁书写？它们是远古的传说、遥远的呼唤、无法解开的密语。

石头上有流水淙淙，有层峦叠嶂，有飞起的七色彩虹，有城堡用坚固与外隔绝。它们是历史的遗址，千疮百孔，几经风霜；它们是大地的脊背，瘦骨嶙峋，灵魂依然殚精竭虑。

它们呐喊、舞蹈、奔跑，挣脱日月的风化、风雨的侵蚀、光阴的切割，燃烧的热情穿越亿万年的日月，有的遗落在时光深处成为活化石。

仰望苍天，俯首大地。沧海桑田，岁月几经更迭。遥对日月的永恒，是旷世的孤独。是否有遗落的钥匙打开时光的密码，抵达亿万年前火焰的内核。

纸醉金迷的拉斯维加斯

　　天地没有孕育一个鸟语花香、泉水淙淙的大自然，而人类却在这里缔造了他们的天堂。楼群直冲云霄，高大威武，遮住了天际，霓虹灯流动跳跃着瑰丽、优美的音符，编织着绚烂、富丽的人间胜景。这是用欲望、情色、野心、贪婪、勇气、梦想、燃烧的激情浇灌出春天的姹紫嫣红和繁盛。

　　自由女神的光芒映照着世界，埃菲尔铁塔带来了巴黎的风情和浪漫。这里有蜿蜒的水巷、流动的清波、轻盈纤细的贡多拉，徐徐展开威尼斯梦幻般的画卷和湛蓝的天空，狮身人面像化身太阳神守护着人间。世间所有的繁华和绚丽聚集于此，上帝不断地用他的大手笔创造奇迹。

　　所有的人都在享受，在流光溢彩的街道青年男女享受着爱情、美食、音乐和闲适；各色人等在富丽堂皇的赌场相信好运的降临而乐此不疲；那些街头穿着渔网袜、高跟鞋的美女搔首弄姿，裸露着性感和色情。他们每个人都沉醉在自己的城堡，做自己的王，将豢养在心之牢笼的小兽放逐，任它们驰骋。

　　沙漠上的春天，仿佛海市蜃楼。但财富、爱情、梦想、欲望，唾手可得，让人感到那么真实。林立的赌博机不断吐露财富，城市的奢华和光怪陆离，就如向往的天堂和梦想。这个城市告诉你，人生本来就是夜夜笙歌，醉生梦死。

蒲公英的种子

那片无数次想象的土地，此时露出了真面目，就在眼前，她不符合想象，这个国家不应该是这样的。仿佛是初生的婴儿，降临的土地是全新的，如天空和大海一般都是蔚蓝和澄澈的。所有的浮光掠影、走马观花都是异国风情，无论是繁华的城市还是闲适的乡村，全新的图景是最美的，不沾染世俗的风尘。字母的魔力是一座城堡，懂得秘籍的人身在其中，而我不知道它们的魔力，看到的是字母的排列与无意义。我对异国的语言与文字而言，是一张白纸的婴儿。

站在太平洋的东岸，故乡仿佛是一个小小的点，淹没在千山万水中。眼前只有至亲的人和没有附属的自己和过去。不展望未来，当下最易沉醉；过去省略了，过去阻隔在烟波浩渺的大海的另一头，人变得轻盈。没有琐碎、繁杂和社会、人事、规则千丝万缕对人的衡量与要求，也没有永远做不好的自己……听不到看不到猜忌、抱怨、冲突、心计的存在。

然而我是那只在天空飞的小鸟，翅膀轻盈却不能双脚触到大地。是小溪流向大海，是眼睛寻找光明。异国他乡的乡音是如此稀有、亲切，忍不住地攀谈走入他们的内心。胃需要食物了，寻寻觅觅，红烧肉、酒香草头、番茄炒蛋、咸菜炒豆瓣……才能填补它的空虚，牛排、汉堡、面包……总是很勉强。

　　此时，我多么想念：母亲锅台边的辛劳和炊烟，把生活的味道烩成江南春天的一锅鲜，她把对日子的向往和祈愿裹在粽香和甜糯中；方塔守护着一方的百姓，仿佛母亲轻哼的歌谣，风铃的清音伴着人们入眠；是诗意的时尚，曾经的少女梦想在地中海任意挥洒；去庙前街享受人间的至味，用美去装饰爱美之心。我甚至怀念楼下的阿姨婆婆们议论东家长西家短，针对鸡毛蒜皮麻雀一样叽叽喳喳。无人能识我，像领会眼神一样，领会一个女子言语的轻重缓急，她的情感、诉求、想法，言下之意、自以为是的小智慧，桃代李僵、南辕北辙的小性子，以及比言语更丰富的内心。

　　唯有清风大海、连绵起伏的大地陪伴游子的内心。抬头望，一支支巨笔插入云霄，海滩上的棕榈树和云朵絮语，和蓝天亲昵；脚下是厚厚的肉肉的植物，外力难以损害这坚韧的刚强；眼前艳丽的花朵有使人眩晕的感觉，让人失去自我。他们是奔放、热烈、激情、锋芒的，而故乡的一草一木大多是含蓄、柔美、温婉、静秀的，如丝绸一般的质地，淡泊得让人忽视她们的存在。油菜花鲜艳但不激烈，她不是浓妆艳抹妖艳的女子，她朴实清新，带着原野的泥土气息，恣意地流淌在江南田野，也流淌在屋舍、河流、田埂旁。夏天，荷花在阳光和清风中沐浴梳洗，临池照镜，荷风荡涤的还有一颗尘心；桂花树以一树的绿意葱茏挺立在秋天季节的深处，花苔米般渺小却芳香无限，记忆中的家乡秋天都是清香四溢；一树的鹅黄点点，纤巧花盏伫立成一道风景，冰心玉骨中是孤绝的清梦和芳魂。

东门变迁

　　它原只是城墙的一部分，接纳和拒绝外部世界的一扇门；后来，它是熙熙攘攘的市井人家和街道；再后来，东门是一片广阔的平原，东门无门。

　　东门是风雨的侵蚀、沧桑的沉淀，它和陈旧、年久联系在一起：它是一条青石板路走过的吆喝声、自行车的车铃声、亲昵的呼唤声，是河边泛着历史光影的雕花木窗，是市井生活街对面的两两相望。

　　是钟表店慢时光的精心修理，是茶馆人气相聚后的人声鼎沸，是世俗的烟火走出三五成群的解放军出尘的飒爽英姿，是走街串巷的家访，小院墙上的茅草或蔷薇摇曳着陌生的问候，衬托学生与周遭的亲人、环境，色彩斑斓地相容一起。它们也是我，一个青年教师的青春底色。

　　旧东门是一块不合时宜的补丁，陈列在已故摄影家历史的博物馆。东门不是门，不再有高大的门、逶迤的城墙，门里和门外是一马平川，任由车辆、速度、光阴驰骋，与世界融为一体。

　　东门是扩张的版图，是一个空洞的地理名词。

　　大路通天，如一发今天的子弹射向未来。不能回首，去老城墙的东门驻足停留。

诗歌

沧海桑田，换了人间

星光、人气、财富的聚集和锦上添花。人流、车流，霓虹的灯光流动着，他们是城市的眼睛，不倦地闪耀着繁华。

鹿都国际商业广场，一个令所有人仰慕的高贵女神，一个不老的传说和神话，一只破茧而出的蝶。在灯光的深处依稀看到遥远的时光、斑斑驳驳的前身。或许是一扇风雨侵蚀的陈旧雕花木窗，或许是一座几家人彼此取暖的四合院，或许是屋后的一大片菜地，或许是并不通畅浑浊的小河，或许是一截老时光，隔着灶的香味，隔着河喊着的乳名；偷看部队解放军训练的怯怯；掏下鸟窝，里面的惊喜；书店的小人书让心忘了身边的时光和世界。所有的童年时光，男孩子们的影子是女孩。

居谷水阳，和先民们一样日出而作，日落而息。我娶妻生子，你相夫教子。在同一座城市，可能相遇过，也许相遇就是五百年的一回。世界上最遥远的距离是在面前认不出来，找回的是丢失的熟悉的陌生人，庆幸的是曾经的指纹还能识别曾经的心灵密码。

沧海桑田，换了人间。似水流年，流走了乌发的黑、身体的钙、本已模糊的记忆。而这里的商业中心，如出水芙蓉，时光洗出的是鲜艳、清新，美轮美奂。

明前螺蛳

村里的孩子还没顾得上抓我

他们忙着放风筝呢

长脚鹭鸶有点怕水凉

芦苇还是他们的懒床呢

那么好吧

荠菜马兰香椿头

我们一起绿了肥了香了

我的鲜美还远远超过

阿辉家的大白鹅呢

阿辉娘挎着竹篮来到河汊口

一边趟网一边念叨：

"阿辉呀，这是你最爱吃的

娘给你做姜葱炒螺蛳

一顿能吃五碗饭哩"

田野窜出一鹩哥

模仿阿辉嗍螺蛳的声音叫哩

庆　祝

终于拔掉了那颗

摇晃已久的牙

多一份空洞

少了随时发作的疼痛

该收回的就收回吧

我依然庆贺

这残缺

让生活更真实

一如浩大的春风里

被吹走了小红帽的孩子

对着天空哭泣

大　片

一位先锋诗人

小说家兼翻译家

近来迷上了手机摄影

对球状物与

溅射形线条

尤感兴趣

混凝土上的裂缝

榉树林中落日及碎光

墙角灯烘托出的檵木剪影

晨露在玻璃上私奔

被他的手机一一翻译成

不带字幕的

大片

唯独给他本人拍照

总是用东西遮脸

书，汤匙，黄鹤楼烟，甚至

一根剔得锃亮的鱼刺
都会成为脸的一部分
好像刻意隐瞒
他是一道
球状闪电

倒春寒

柳已经柳了

桃也快花了

湖面的小波有点荡了

可是，一夜疾风

把刚露头的痒又吓了回去

早晨醒来

两只鞋子也瘦了

它们爬过的草坡啊

现在还是土皮

冷冬这根刺

又插进了

春喉

沉　默

你再怎么沉默
比不过一具尸体

除非人们抬着你
向另一具真正的尸体
大声抗议

沃伦之乳

索菲亚生活在波兰沃伦省

在闺蜜婚礼的月亮河边

把双乳献给了乌克兰青年

父亲却逼她嫁给富农老鳏夫

从此，索菲亚的命运备受蹂躏

苏联人来了，杀乌克兰人

德国人来了，杀犹太人

波兰人和乌克兰人互相残杀

无差别虐杀：

剜眼，爆脑，剥皮抽筋，绞刑，车裂

机枪扫射，斫首（胡子拉碴、金发长辫的脑袋）

火把，婴啼，冻土上垂死的马匹

索菲亚跳进冰冷河流

抱住双乳痛哭

这对柔软、挺拔、屈辱、愤怒的乳房

比幸福时期更加

惊美

航　拍

刚开始

镜头有些摇晃

但很清晰

螺旋桨刮起的风

卷起地上枯叶

然后是树梢的喧哗

带动丛林

然后是山峰绵延

一直到断崖下的海岸线

村庄、原野、城市

相继成为不同颜色的马赛克

海岸线也逐渐成为

蓝白色漩涡

最后，地球像一只

蓝莓之眼

比我们更孤冷

让我们在醉酒与诗幻中

舍不得

引力

我是一束你的光（组诗）

太平紫荆

棣堂花，在她身后

把一种千古烦忧消隐

紫堇花，风吹着细微的柔情

二月兰更像隐者，独自怡悦

此刻还有很多花木

龙葵、活血丹、溲疏、楝木

金银忍冬、胡延索、马蹄香、独蒜兰

她们都有属于自己的秘咒

这密语是——

我一笑，所有的花儿都开了

一朵，而后又一朵朵绽放

唯这秦岭山脉的太平紫荆

她无言，却将半生缘

以四月天，一树一树的花开

燕在梁间的呢喃

以爱——以暖——以热望

给你给了我

桑 葚

在一棵桑葚树上

他用力摇，铺满

小白花的地毯上

他俩采收这些嘴唇上的流蜜

回想一个人的美好

她竟无语，哽咽了

五月的桑葚还来不及红

紫红色的酸甜汁还在

去年的味蕾里

而他等不到它

溅满六月的白地毯

与樱桃小嘴

两个小孩

他们在风沙里

天气预报说今有风沙埋伏

他们，两个小孩依旧走进风沙里

一个说喜欢落日的悲壮

也喜欢看松树上一只肥硕的松鼠跳跃

那痴迷的神态仿佛从没有忧愁

另一个坚持他的观点

落日落满荒野与山坡的晚霞

不是在挣扎，是浩荡的春风物语

是大地的温床

是献给万物复苏前的一杯黑啤

他说更喜悦看到松树林里的大吴风草

六月，黄花吹风沙

冬季，大吴风草的果实白如小雪

两个小孩，在风沙里

一夜间长成了老者的模样

雪的请柬

怎样的色彩，披肝沥胆

怎样的白鹭牵起

梦的航道

至今，桌上的玫瑰早已凋谢

满天星，染上了天空的深邃

陈旧的物品，落着蛛网的灰尘

几株康乃馨，在清水里

倒影的露珠，飞出梦境——

这愈加的恩慈

这令人厌倦的世道

这殊胜的日子

这封邀约
这来自草堂寺发出的
雪的请柬

油麻藤

他在地铁上给我微信
让我陪他看当地的古建筑
我轻描淡写，如此回复
如果来看油麻藤
我是向导
我会约请春天里木香花的
茶聚。事实上，茶聚之后
在观摩两幢徽派古建筑之后
他们，终究没有看我的油麻藤

一个人的落寞
可以怀揣成箴言书签
等着去后悔和遗憾吧
我像预言家一样揭示
这即将到来的真相——
这个早春
你若没有看过油麻藤
你脆弱，不堪一击
并被红尘所牵绊
一年之后

他在遥远的海岸线疗伤

再次给我微信：

"我想去看油麻藤上的禾雀花

看她一身性强健的高贵紫

像小鸟一样

啄破你所有的秘密"

奖励词

有些词语变得陌生了

"陌生"是意味深长的：

近的变远了，远的依旧远

有的词语闭口不谈，如今越来越依赖

一如她的相机镜头

离不开最后一抹鸡屎味的绿藤

银杏叶飘过她眼睫毛，金黄的金，枯黄的黄

石凳子上的两只七星瓢虫

拥有盛大的安静

这些景象，多像宝贝和我

相拥着合吃一碗炸酱面

想染发，染炸酱面的颜色

这些烦人的白发

他用两个小时的时光消耗了

最后，他亲了亲我的额头

妈妈对他的奖励词是：

幸福，因为我们还能相依为命

我深爱我们之间的缝隙

下午，突降一场风暴

小冰雹砸到了车窗

砸在一朵花的手臂上

胸口碎大石般，痛

一阵后稍做缓和

我想起了芦花似雪

秋菊山庄的草药香漫过颈部

我想起了她为我落泪的美丽的眸子

她长波浪瀑布的头发

她那么谨慎小心地对待

一件事情或一个人

她是认真绽放花香鸟语的女人

我们的小争吵

有了米粒一样大的小缝隙

在随后的波涛声中

我们的缝隙有泉水叮咚

有玛瑙水草

起伏跌宕的节奏感

一棵狐尾藻，冒出来

两列粉色的花苞

祝 福

写诗时，一列火车正向她碾去

对她咆哮时，连黄河水也望而却步

对着天真撒谎，意味着世界末日又临近一日

在情绪的暴君来临之际

主啊，请允许我先送出去祝福

这细小而沉重的祝福

恰如——

小松鼠在脚边的纵身一跃

细微的呼吸，一截冷飕飕的树枝掉落地上

栎树的光芒，布满她的额头

天空蓝得竟没有一丝褶皱

槐　花

对槐花有过许诺的女子，现在一袭素白

一些许诺轻轻地白，又轻轻落在

熙攘中

有双雪白色的鞋，闪着白金的梦

或许——

有些梦注定是忧伤的

有些，被更苍茫的白裹紧

还有一些，早已

游到彼岸

盛夏光年：莲的记忆

莲的水纹，微波荡漾

你云雀般的笑容里，一片温热的叮咛颤动

漆黑的夜，水杉一样挺拔的你

清晰着，无处藏匿

总在这般夜色里，无法释怀

夜深，莫奈的水莲莅临你额头

夏日的深深鸟鸣，滑倒在你颀长的背影里

佘山行吟（组诗）

兰花笋

季节驯服的鸟鸣啼瘦了山径

南北两峰对峙之间

葱郁一片竹海的向上

我不清楚

一枚竹笋扎根佘山的理由

继而溢出体内的香

最终要遭遇一场

前朝帝王的意气相投

被青檀树和水稻秆垄断为宣纸原料的江湖

你却痛楚地绽裂笋箨

发酵往事

几千年伸展拔节的脆响

有谁及时录入了

佘山的表情

诸多外来的评论

多像在江南的笋汤里

撒了把北方的矿盐

却不能清澈吴侬软语的纯粹

圣母大教堂

把苦难植入浮雕，放大

人类的苦难史

曲折，一直从山脚到山顶

逐级而上的朝圣

屈服于19世纪西方列强的坚船利炮

仿佛一旦占据了

某一地域的制高点

就可以左右

一个朝代，甚至一个国家的

意识形态了

流动的人潮，只是为了告诉

文化本身是动态的

入侵、传播、承继或者摈弃

正如快节奏的生活

有时也需要驻足和沉思

下山的路上

我又一次瞥见圣母堂

仿佛提醒，在半山腰

依然生活着这样的一个女人

浩荡的圣咏里，依稀可见

在额头、嘴唇、胸前

画着十字的女人

试图将一个行吟的诗人

捆绑在十字架上

我挣扎着告诉圣母玛利亚

目前的灵魂还不至于

如此肮脏与龌龊……

天文台

将半个蛋壳深嵌在佘山之巅

犹如仰望天空的孩子

调皮地向苍穹吐出舌头

关于上帝是否存在

自柏拉图以来一直是个争论

在这座 20 世纪初

站点最高的建筑物中

谁想望得更远，务必借助

神的力量
以号称远东第一的望远镜
为通道，让百年的时光
尽情浓缩在七千余张
天文照片里

可我没有发现嫦娥的影子
吴刚也没有捧出桂花酒

我一直纳闷
这座终究没被天文、宗教、哲学、建筑压垮的小山依然
无厘头似的葱郁着……

秀道者塔

这是何时安装的杀毒神器啊
七级八面，峻拔而起
竖起佘山的威严

幽深的烽火岁月
我穿行在抗倭的行列
盈耳的喊杀声充满了愤慨
从未动摇过保家卫国的信奉

而在爱国主义壮丽的诗篇里
你们最后的一滴血

蒸发在王朝的摇摇欲坠中

一群曾经在佘山修道的僧人
把信奉与忠义植入骨髓
依稀可辨，至今的硝烟涌动山冈
褴褛的僧袍沾满了血迹
而在一群游览者眼里
一座塔的结构
纯粹是砖木与年久失修
却不能在时间纯粹的黑白里
装帧出一截历史的缅怀

丰碑犹在，英魂永存
青山有幸埋忠骨的传说里
你们化作一柄长剑
直指蓝天……

小窗幽记

持续一生的热爱
一夜又一夜、一页又一页的
情感。交给枕边
交给念念有词交给白纸黑字
交给线装的岁月，交给
佘山脚下的一盏灯

用何种处世之心去消化佘山

佘山的风、雨露与阳光

焚烧罢儒冠儒服

先生用笔慢慢剔去的浮躁

疯长成处世无邪的网页

一个书生用丹青和翰墨

灭绝了仕途的念想

推开一扇小窗洞见天日

提起明亮的日子穿过荣辱

打开《山川出云图》的对话框

浓淡相宜的时光，以及

远近相安的人心若隐若现

静里乾坤，幽中天地

寂静的觉醒

是一座奔驰的塑

霞客古道

不是偶尔的冲动

卸下恬适的生活，行囊里

装满了不可预测

探索，从佘山脚下起始

向陌生的地方寻找

久违的感动

从家乡的山水走向他乡的山水

你的须发长满了

时间、醉意、暮色、雨雪

飞瀑跌落，沟壑幽深

一双浸润了 34 年体温的草鞋

诉说着 60 余万字的辛酸

而作为一种精神的象征

就像文明向蛮荒的一场溯源

而安逸的生活总有被氧化的危险

李 潇

我要到湖边走走 （外三首）

我要到湖边走走

无论怎么料峭，总有
爱美的人，三三两两或三五成群

几株胆大的花还是不管不顾
先探出脑袋，露出嫩叶，再伸展腰肢

我要到湖边走走，即使你没有时间陪我
最先知道湖水的暖，除了水鸭、鱼
还有射进水里的阳光与天空的蓝

一切该有的湖边都有了。我还将遇见
梭罗先生未曾遇见的袅娜和矫健
一间空关的小木屋，像岗亭一样站在进口处

从树林里跑过来的风吹面不寒
水底冒出来的水草也并没有害羞

每个人都应该拥有自己的瓦尔登湖
就像每个人都有一个最大的隐私一样

其实，你就是我的湖泊
就是我那个瓦尔登湖一样大的隐私

人类学的诠释

一个夜晚有一个很长的故事
很长的故事里藏着许多小故事

一个人的身体里有无数个夜晚
人类是一个集合，这个集合里
住着数不清各个朝代和各种皮肤的人
这不是我让树先开花后长叶的重点

先于人类的生物
比生物更早的微生物
在微生物之前还没有名字的那些物质
这些是这门学问研究的重点之一

我是从开花的树和泛青的草身上
看到风的影子，虽然它几乎难以察觉

一只鸟从我面前一闪而过
它用上古的眼神瞥了我一眼

窗边的盆景说

湖心亭浮在游人的声音之上
普洱茶在流动的头颅上沸腾

窗口坐着两位轻微神经质
还坐着几位翻书的重度自闭症患者

帽子在湖面上飞舞成一只鸬鹚
几本过时的诗集压弯了红木桌轻曼的腰肢

咖啡在袋子里喃喃自语
"我出生在遥远的地方，有毒蛇"

一枚最有纪念意义的戒指
藏在某个地方，倒茶的人一脸暧昧

我问这是一个什么日子
窗边的盆景说，今天是某年最后一天

终　于

看惯了地面，看惯了花草树木
我终于敢下水了

可以探查水底生命与暗藏的秘密
这是一个不小的进步

终于从水底探出头来
我吸进第一口满满的幸福

水面阔大，空气灵动
浮在水面的感觉像在飞

终于赶在年底之前
把下水、游动和浮出水面连贯地做完了

沉浸和浮出岁月之河的感觉大致如此
终于没有把岁月轻易参透，我庆幸

诗
歌

覆水（组诗）

南 荷

如果多一种纷扰，又有何不妥

总想在不纷扰的时节
尽可能说些绵长的话
点水的蜻蜓，迂回的痕迹随处可见
池塘变着法，在热伏天所有的喑哑上
重新浇灌一种翠绿
许多既定的事物突然消失
又以决绝的方式
排序涌来

我发现藤蔓的每个疼痛处
总有几个弧度预设在那
可以在上面读出一个人的出生，或

以一片叶的名义种植孤独之外的孤独
当所有涌现过的风雨在一株荷上
频频点头时
我突然看到懵懂从那里
站了起来

塘　口

水葫芦泛着热气，簇拥在塘口
江面，轮渡偶尔发出一长一短两声
比昨日略轻

夏日没有更多花粉可以荡漾
水草喜欢把自己投射在人脸上
遮蔽着过往

我不敢抬头仰望头顶那种蓝
害怕云朵会将眼内深藏的物质凝固
令这条江只剩下一副骨架
我害怕从此，你便有了忧伤的理由
不再返回

长时间横渡之后
你我依然无法在渐变的枯黄上
虚拟一种疼痛

诗
歌

覆 水

这艘临时喊来帮忙的船
一侧已跟江面持平了
江水不时溢进船舱，船舷上
来回跑动的几个男人，汗衫已湿透

稍显年轻的那个，索性赤了膀
伸出长竹竿，他略黑的肌肤在烈日下晃着光
就在众人眩晕那会，有人大喊：
有了！水里！钩到了，钩到人了

似乎，因为被捞走了什么秘密
真相就要大白天下
这紧挨着黄浦江的暗江港
水流，突然湍急起来

湿 地

到处是芦苇。

不断有人从芦苇丛里走出来
几座防腐木与铆钉架成的桥，贯穿着这片芦苇
它们显得结实、紧固。

茂盛的苇花随风摇曳，时而传来

野鸭的叫声，这种不紧不慢的节奏

透过叶的拂动，向更远处传播。

靠着桥柱，仰望天空的表情最容易被渲染成湛蓝

这种蓝，驱散着体内的燥热

那股从鼻翼向耳朵流淌的纯净

容易被一个声音定格：嘿，你在这？

此时，她的裙子紧贴着风。

秘　密

这段时间我幻听

被人丢弃的事物随处可见，它们虚弱、哀伤

在雨水、尘土、碎光里挣扎

漂浮不定

我见到一个身着白色长袍的人

他伸手将悲悯点在额头、胸口

那些伏在树根、石头上的种子啊

疼痛地开着小花

病了多年

无人知道，我这愧疚的身体

一直在拾荒

诗歌

385

玫瑰剑

一

无法雕塑你的美，因为你是一朵火焰，是一抹不可捉摸的眼神。

你似虚无，又是实体。

你的身段是丝织的，以刺装饰。

你是玫瑰，也是剑。

你的闪烁有如阴谋，在时间的篱笆之外，布下陷阱。

你以香为水，以水为轻轻的低语。

你的琴弦无法追寻，它正将夜色摇出红晕，簇拥含而未吐的蛹。

谁拥你入怀，谁就要接受你的锋芒。

你是玫瑰，也是剑。

二

谁遇到你野性的盔甲，和孤注一掷的决心。

谁就抱住了你的花蕾，也就是抱住了你胸膛的火。

谁就牵住了你的手，也就是牵住了你的风、你的雷、你的雨水和星光。

你的身躯河流潺潺，一会儿迂回，一会儿歌唱。

谁小心翼翼地将身体围成一口井，就能轻轻抱住你的清澈和旖旎。

谁把生命布满青山绿水，将庸常的日子建成神圣的祭台，谁就拥有你的芳菲。

快乐和忧伤，春秋和冬夏。

只要你献身，都是不可复制的绝唱。

三

世俗，一匹野马。

与肉体对峙，与灵魂对峙，与天空之上的永恒对峙。

缘分以互相照耀来抗拒黑暗，以合力撞击来开辟希望。

婚姻就是把一片荒原开垦成为绿洲，将爱情精耕细作，才有四季葱茏，瓜果丰盈。

而亲情，如农家的柴灶，谁愿意添薪加炭，它就越烧越旺。

谁以蝴蝶的喜悦去亲近你的音乐，你就还以冰雪。

诗
歌

谁就可以雪水来擦洗戒指。

谁以蜜蜂的勤勉去酿造你的甜美，你就还以眼泪。

谁就可以泪水来点亮钻石。

日子发出淡淡的光辉，照亮陈旧而温润的门楣。

四

天渐渐黑下来，美也不会消逝。

好日子在红尘里，藏得更深。

天渐渐黑下来，也不会丢失自我。

一小朵淡定、从容、率真，抱住蓝天的明媚，就能找到带电的翅膀。

一小朵双休、家宴、陪伴，能让羽毛织成柔软的草原，就可以让肉汁的喜悦在上面留下纤细的印辙。

一小朵时间，能足够坚强，就可以培植上善若水的伦理。

天渐渐黑下来，烟火气并不消散。

灼热的呼吸和柔软的颤抖，如一壶文火慢煮的清茶，由微苦，慢慢回甘。

五

万缘随化。

万化随缘。

世事遇合离散，万物互相见证。

两情相悦，总是造化的恩赐；终生厮守，总是难得的惊喜。

是以你摇曳红尘，暗香袅袅穿心，如宿世的无上咒，灿若霓虹。

以彼岸之橹，摇出欢乐的欸乃。

是以唢呐和锣鼓依然幽怨而铿锵，将迎亲的队伍送入繁衍的轨道，将姻缘的棉纱，打成一排排同心结。

从乌有的黑洞、虫洞、空洞，捧出柴米油盐，赐予酸甜苦辣。

总有一杯世情的美酒等人来品，等人迷醉，等人疯狂。

总有一朵花勇敢地跳入燃烧的炉膛，且歌且舞，且啼且笑。

用尽世上的缠绵，包裹剑的锋芒。

六

时空浩瀚，而你遗世独立，如抿嘴微笑的佛陀。

大地上一首古老的歌曲依依响起，回环，回旋，回放。

一隅大千，一沙天国，皓月常在心头悬挂，正果总在火中修成。

剧情进入真实环节。诗和远方开始回归，与多年游离的心灵相遇，微笑如花。

在诸多貌似虚拟的场景里，幸福的人幸福地活着，坚守生活的底座，将心的默许，结成血的盟誓。

北斗七星穿过红尘，化作七匹内敛的战马，镇守锅碗瓢盆、四座城堡。

花瓣终将凋落，美并不消隐，如柔软的绸缎，擦亮金属的骨头。

香气注入每个平凡的日子，化为沉香，氤氲每个晨昏。

盈盈一握，紧攥内核，抵御大风，抵御缤纷诱惑，人间灯火阑珊。

玫瑰与剑，合而为一。

陈中远

一树繁花

——致父亲

一

蓦然回首。在金色的雾幔里
一株高大的树冠，发出甜蜜的回响

二

我在树荫里学步，奔跑
目光生出翅膀。树叶鼓掌，希望翱翔

三

饥馑的岁月，不见糠菜窝窝
我住校时背去的是牙缝间省下的细粮

四

寡言少语。树一样，一生缄默
透过你焦灼的双眼，我看到一片海洋的辽阔与微澜

五

远隔千里万里，也是咫尺
思念如网。谁能走出亲人的牵挂和守望

六

一直在我心坎生长。根系遍布我的四肢
矗立在天穹，闪烁的旧情节四季苍翠葱郁

七

莫道离别黄连苦，你在，是多么幸福
阴阳两隔。无所依的心——悲恸，欲哭无泪

八

父与子，只是一生一世的缘分啊
我愿皈依佛祖，祈祷我们来世还能相见相拥

诗
歌

九

其实，从未离开。我是你躯干上伸出的一根枝丫
血管灌满土地的醇厚，你又赐我盐的品质

十

哦，那爱啊，开成一树绚丽的繁花
像老酒，像火焰。一场刻骨铭心的灵魂碰撞……

谌贵芳

结束或者开始（组诗）

我已经启程——

时间突然转身
一座小镇如一朵沾满露水的栀子花
温情脉脉地打开——

草尖上挂满露珠，教堂上闪烁繁星
灵魂的居所，比任何一个地方
都近，都美

阳光不必过滤
鸽哨清脆，穿过树林绿色的叶脉
所有不祥的云朵纷纷溃退

在这里，可以忘记必须忘记的
无法忘记的，就藏进教堂的钟声里

或者，山峰脚下的泥土深处

夜色越来越浓，我的身体越来越轻
我忘记了我是谁，却拥有
比一片细小的叶子，更宁静的呼吸

我已经启程，还有谁
正在启程——

在月湖

要等待多久，一个人
才能拥有如此奢华的时光

就这样，静静地坐着
想起一些人，也想起一些事

想起，要去追逐的梦想
也想起，那些逝去的匆匆脚步

丢弃坚硬的生活
就这样坐着，静静地坐着

不让这一片时光沾染一粒暗伤
让每一分每一秒都缓慢温暖起来

暮色渐起

黄昏时，来到佘山
落日跌入山背，晚霞铺满天空
世界，宫殿一样
一点一点安静在
佘山的怀抱里，像个婴儿

小小的安详里，盛满了
尘世不能了悟的澄明悠远
一明一暗的闪烁
是星子在给从城里归来的人指路

佘山的夜晚，足够宽宏大量
山林，足够宠辱不惊

暮色四合的佘山，夜
不会长长地叹气
山峰还是山峰，水流还是水流
可以，望一望头顶的明月
吹一吹，干净的晚风

在这里，什么都不是浮云

诗
歌

玉华路

走在玉华路上
仿佛有了禅意，一切都是新的
呼吸匀称，沉重的肉身变轻

清晨，小青果铺满一地
黄昏，小黄叶飘落一地
记住一枚小青果和一片小黄叶
飘落的方向
你就不会迷失自己

无患子树灿烂得让我们美
也会萧瑟得让我们悲
但，不会滞留在某个情节

每一天至少两次，走在玉华路上
淹没在无患子树的阴影里

我喜欢自己走在玉华路上的样子

冬天，更适合怀念

万水千山之后，许多年过去了
我又来到了田野
倾听万物，万物也在倾听我

一切，都荒凉地存在
正经历寒冬。萧瑟和孤独
述说着世界的命运，灵魂的不朽

西风的誓言里，一条河流
泅渡着一个季节的困顿

大地的骨头吹裂了，飘散出
麦子的清香
漂浮出一个游子年少杀青的剧情

我，清空浮世所有的欲望
倾倒一千公里的乡愁和万顷碧波

我的田园

这里有的，故乡都有
芨芨草、紫云英、凌霄花、爬山虎……
冬天了，我也能随口喊出它们的名字

多少年了，我都在东奔西走
没能亲近这些大地上的细小生命
包括泥土里的蚯蚓、草叶上的尖叫

无边的空旷铺展开来，毫无遮拦

饱胀的情感被西风冷却

大地上的事物萧瑟在一首诗里

西风吹，每一块土疙瘩却拥有了

玉的重量和质地

上面是凋谢，中间是死亡，下面是复活

结束，或者开始

站在时间的荒野里

看河水东流，日子凋零

很多事物都裸露着呼吸和心跳

根的心事不必述说

树枝逆风站着，清瘦的身体背负着

尘土，风霜和自身的重量

树梢的凉很轻，很轻

天黑了，所有的星星都到齐了

夜的黑到底没能守住秘密

所有的秘密都将开出明亮的花朵

诗人写一朵花，比不上

大地生长一朵花

米市渡·黄昏

我想用一些词语
敲击米市渡的黄昏

春风浩荡，落日熔金
江面荡漾，渔舟唱晚

米市渡的黄昏，摊薄了
春光。蔓草荒烟的木屋旁
青藤爬满篱笆，风渐渐地停止了奔跑

涛声疲惫，桅杆失语
无名野草在河水两岸排序
大地与天空的秩序——
油菜花在星光下闪烁，光芒无法阻挡

一簇簇芦苇举着鸟巢，抱紧
村庄的欢笑与青瓦
我远逝的青春，在米市渡的黄昏里漫溯

山高水长，画画的人早已远去
站在米市渡的脊背上，能看得见更远的苍穹

诗
歌

泰晤士夜色

晚风轻拂，华亭湖上

夜空辽阔而迷离

城市的灯火，遮挡不住皎洁月光

大地，温柔如新娘，含着浅浅的羞涩

我的步子是无声音乐

有着潺潺轻响

星光倾泻，万物守着自己的秩序

不远处，有人在轻轻说话

我伸出手，扯下一片月光擦洗眼睛

眼前的一幕，是多么似曾相识

素描（外四首）

素　描

用当时月光熨平那些开花的时辰
这七月之风如同海潮来或去

所以你刬去了刺尖，只留下
两袖清寂的香气

最初擎瓶的过程缓慢如静水，如
四行沉睡的柔巴依

原来所有的等待都是虚空
一枚树上掉落的果实

印证死和生，印证垂直的曲线
才是返璞归真的源头

心静自然凉

为了这个约定，我可以把脸
朝向同一面墙，只等洞穿

为了这个约定，我拒绝
一只蝙蝠的翅膀

在阴影下扇动数缕风
比整个秋天更清凉

一滴坐禅的汗水，在云端
等那阵风起

还可以任悲喜流露心头吗
所有的草木都已醒来

执手相看的眼睛，依然还在
千山之外

华亭湖

湖畔有你意欲拯救的落日
用水面波光的鳞片离析
一阵清晰的蝉鸣，在季节以外

还是以内

水里有不顾告示的泅泳者
意欲渡向对岸，借此
天地浑浊的交界

在最美的夕照里遇见
请忽略那些拍岸而来的时辰
请忽略整个季节的炎热
如何在一朵鸢尾青涩的记忆里
学会成熟，学会等待

今夜吞下半个月亮的独白
为你指引，这段
酒醒暗示的时光

剩　余

在剩下的空白里，你是否学会沉默
或者噤声，把爱和恨都托付给莫名的星辰

一片落叶，在它残缺前就已枯萎
还是枯萎前就已残缺
然而还是要爱啊
这无止境的疼痛的美
悲伤得不确定

如果度过炎热的夏日
是否就可以遇见，一段酒后的独白
归来全是月光，照亮整条回家的路
整条直达内心的捷径

原谅我，曾经远上寒山
把心事悬挂于雪域、冰层，悬挂于
那漂浮不定的流云行踪

蜻蜓倒立在荷叶上

是计划的忧伤，当她
以单杠的姿势，绝杀
一千片荷叶

倒立，在整个六月的行进
只为与这个世界
坚定地妥协

这个危险的动作，搅碎了
一池湖水的平静，一池
渐进的了悟

搅碎，那个悠长夏日里
一颗年少啊
而无所事事的心

王崇党

池塘边静坐

水边石头上静坐
身后的橘树倒映在水里
我的头像和红红的橘子一起长在枝头
充当了一会果子。过了一会
夕阳偏了过来，在我头上
充当了一会光环

这一切都偏过去以后
有小鱼游过来
我继续静静地坐着，但放任水里的自己
和鱼一起追逐嬉戏

在灵隐寺

在这里佛像很多，似乎

灵都隐在了看不到的地方

偶然的抬头，我发现

一片羽毛正打着旋转落下

而更高的天空是一片光明

那儿，并没有

鸟儿的身影

我捡起这片小小的羽毛

似乎，轻轻拂去心中的尘埃

新　生

我不得不承认，
我被该死的——
活，
埋了。

而唯一解救我的办法：
是把——
活，
一层层剥离我的身体。

没有了折磨人的——
活，
新生，
也就开始了。

如　果

如果，你一辈子不觉醒。

那这一生，你所有的工作，

都只是一种工作——

搬运尸体的人！

提　醒

我身体里，原是有许多子弹的
它们飞出去任一颗
不是伤人，就是伤害无辜的空气

后来，那个骄傲的，能击发出子弹的
骨头，在进化中
丢失了

那些子弹，留在我的身体里
成为我身体的一部分
每次，它们想要移动，都会拉扯得我疼痛
像是对我健忘的提醒

敲 击

一个人

顽强地，不间断地敲击着

想从一个囚闭的空间里出来

有时，他敲击得快一点

有时慢一点

但他总是不折不挠，从不停下来

很多时候，我根本就不知道

他在敲击

当我静下来，关注内心的时候

才发现他是那样顽强

当他，终于停止敲击

我就像一块被突然停止敲打的铁块

迅速冰凉

华首之门

一

去了鸡足山，未到华首门，因为我没有钥匙。

我知道，人身就是一把钥匙，只是那些细齿我还没锉出来。

如果，我此时去了，面对那门，我会羞愧。

本来，我是具足的，是多余的欲望填塞了齿痕，让我失去了本原。

如今，我已无法把它们和我自身区别开来。

二

门，无处不在。

进入的门，都成了空气；末进入的门，都成了墙。

来到宾川，我和很多植物攀上了亲戚，在深夜的星空里重又找到了内心的闪烁。

我还会再来，来走心灵的亲戚，并提醒自己，不要让自己这把钥匙太快锈蚀。

三

来此的人，无不再一次证明——

自己是一个门外汉。

很多人都忘了自己就是钥匙，任凭自己在岁月中一点点锈蚀，散落成尘。

而那门一直立在天地间，成了一道偈语，等真正读懂的人到来。

布道者（组诗）

三月三·米市渡

渡河之人划过黄昏河床

他的脸在涨水

春色低于大地

芦苇像标签，贴入诗人解冻的眸子

它正抠除精神废墟

静观春汛

米市渡，一个男人的坐标

善垂钓问史

暮霭却将这问号不断放大

夕阳，这个独幕剧大师

在我的镜头里

默诵渡口的悲喜与对白

"船舶如庙，广纳万物——
河泊如神，静养岁月——"
米市渡与时光隐去，又重生

三月三，春的渡口清凉而适于望祭
——渡我苍生，你便花开

时间跪在我面前

它跪在我面前，像有罪之人
在玉兰的步容里
它肯定飞翔过，它比想象中强大
它给我浅滩、激流、落叶
黄蝴蝶和旧石头
它给我看它鼻子上奇异的忧伤
它跪在我面前，像铁栏
它缠得我疲倦，求我把它埋葬
我越谦卑，它伏得越低
它脱下黑衣
它的胸膛里有菩萨在飞

菖 蒲

它山居太久，浑身水汽

它一贫如洗，路只一条

它的旧石头下，躺着水国和落日马车

那是溪水对野花的敬仰

另一个时间里，梅开在纸上

还有竹与篱、菊与园、水与风向

落与叶、玻与璃

时间的弯

和曲

一次鲁莽的隐喻让水国出现小弧度的摇晃

窗外，旧石头飞过

鸟鸣

轻如炊烟

银 杏

不能更好了

走在路上，我心里响起这句话

而远处一棵砍了头的树

正在飙血

它像镜子里的自己，它在制造沧桑

湖面托举着秋天

炫目

纷飞

下坠和大火

是的，这乡野村夫站得笔直

膝下

有黄金万两

布道者

对于世道的疯狂，雪是布道者

而我的身子无声无息

像夜那么黑

那么几片雪，涌动着

是谁覆盖谁，又是谁仰仗谁呢

静下来的事物，于雪于夜

更接近内心的是雪地里那只狂奔的兔子

于美，更接近忘我的是它那双

饥饿的眼睛

往往，宣告死亡的不是上帝

而是一个生命

对另一个生命的裁决

张 萌

黑胶碟（组诗）

雨

掉落的花瓣。泥土里的叹息

沉默。转跳。雾状的团

失意的云，迷路的鹿群的眼

鸟的浴室。黄梅季

裂缝的黏合剂

树枝喑哑的喉咙。闪电的

合谋者。夜半敲窗的人

暗号。野蘑菇的歌声

调色剂。阴影

扩大的面积

一把伞不孤独的理由

花　园

是的。这里有点杂乱

枯萎的芦荟抽出了新叶

绿色火焰来自肥厚的茎

身体充满戒备，与一丛正拔节的芦苇

保持着安全距离

蔷薇长势狂乱，甩开木栅栏的扶手

一路狂奔

独自开辟了新的空间——

事实上，它们已经霸占了花园的大部分领地

蜜蜂偶尔来访

像节日里串门的乡下亲戚

流连花香

而忘了轻敲门扉

声　音

风没有停之前

靠着松树，松叶的轰鸣声低沉

树干里雷电的回音

隐约传入耳膜

我年久的干旱仿佛被唤醒

把心沉下来

贴近流动的溪水

能听见一条河流的怒吼

坐在地上，手搭大地的脉搏

蹄声沿着地面

传到掌心，一种血脉偾张的感觉

在身体的牧场里驰骋

一片落叶降落

风摩挲着卷起它吹向远方

发出近于虚幻的声音

天全黑了

沿着一排关闭的商铺走着

红灯笼偶尔晃动几下

囚禁的风

张开翅膀飞了出去

路上没有行人，巷子阒寂

影子已丢失

仿佛穿越在上古的街道

踩着鹅卵石路面

朝更深处走去

踩在墨色河面上

像一张黑胶碟上缓慢的指针

母亲节突然想起某个夜晚

天暗得很快

我赶到的时候

门还开着

院子里月色清凉

顺着往里走

我知道你就在里面

轮椅羁绊了你的脚步

月光的手指太远

它无法为你按下开关

我边走边喊

我看不清你

黑暗中的样子

你应了一声

像一盏灯

啪地，在心里亮起

一个梦

我一定是睡着了

你看，我多么安静

躺在秋天的怀抱里

妈妈说，秋日的阳光也是暖的

可我却怎么一点也感觉不到

它们就这么静静地洒在我身上

风很细

从身边走过，我耷拉着的左耳朵

可能轻微地动了一下

又轻轻地搁在一粒小石子上

哦，世界静得像一个梦

我躺在马路的中央

像躺在世界的中央

橘黄色的尾巴多么好看

一动不动地压着双黄线

全然不顾潮水般来往的车流

青山隐

墨汁里住着老松枝的魂魄

我想顺着一滴墨汁洇开去的走势

回到古时的山野

层峦叠翠的峰顶或者山腰

松树肩头的红日

溪水里流星的倒影

古寺的钟声与银杏树下的蛙鸣

和谐度日

我时而化蝶，从经卷钻出

流连在鹅卵石小径上

时而采药，在崖壁上邂逅绝世的题词

我的大白鹅鹰一般勇敢敏捷

不杀它们下酒，只让它们

天天清晨陪我起舞

我的壶中煮着流年

琴声拨动浮云

等一个拥有青山胆汁的人

来下棋。用寂静和戒律的梳子为我梳头

一起探讨风改妆山头的刀法

欣赏日月的印章，盖到哪里都是美景

一起削竹制笔

泼洒血管中的龙吟

用素黑诗意的底色，勾勒斑斓光阴

墨汁令我与山水更亲近一些

在高过俗世的台阶上，走得更远一些

再不必提着虎拳，唏嘘闹市

雨丝吟

雨纷纷，是我在空中弹古筝

告诉你天地辽阔

我只等一个人

闪电是你掌心发芽的柳枝

也是我五百年前因缘的丝绸之路

云层滚动着桃核

我们前世对接的绣球

当寂寂江山经过豪雨针灸

铁血冰冻散尽

漫山遍野的竹笛蓄势待发

与我相呼应——合奏春之恋曲

百万队小蝌蚪的音符

在水墨江南急行军

烟花冷

一年中最亮的夜晚

他手中的二锅头喑哑

远处，二十八楼灯火辉煌

那里曾是他打工的脚手架

五星级酒店的餐厅再高

也高不过母亲的灶台

为什么风雨没有把他

腌制成一块腊肉

当作年货挂在母亲的门楣上

他咕咚咕咚用酒精灌满自己

渴望烟花爆竹能飞过来一些火星

把他送到夜空精彩爆响

春风引

秋风有一千种刀法，把草木送上断头台

春风有一万剂药方，证明种子还活着

两股风打结子的地方

是灰烬炼成春雷的胸膛

当群山起伏碧玉带，江河挥动春臂膀

那个学闪电打降龙十八掌的女人

冬眠初醒

静坐菱花镜前，画红装

五官全是绿色的

换洗中

日月是两只盆，各司其职
用太阳金盆洗手，抽出十根白骨
用月亮银盆涤魂，重新聚集精魄
每个人都在两只盆里进出无数次了
那些掌纹和美人痣
就是剩下的蛛丝马迹

顾雪莲

零碎 （组诗）

在佘山

学一株桃，如何在红颜褪尽后

胸脯溢出蜜汁和金黄

学竹笋，如何在岩石中绝处逢生

修出笛子的音色

学一棵楠木，如何仰首向天空

一站就是三百年

学月湖，如何收得下邪风，掀不起大浪

宠辱不惊，含住星星，抱住月亮

在前院栽花，在后院种豆

种一茬稻谷，采一季棉花

白云之下，万亩桑田

东佘山，西佘山

如我年迈的双亲

半跪在大地中央

甜的还是咸的

你喜欢甜的还是咸的
我问八十六岁的外公
你说，人老了，越来越爱吃甜的
像苦瓜，一辈子太苦
用水稀释，用蜂蜜调和
身体里的苦才会少点、淡点
月饼甜到咳嗽，才能甜到心窝子里
薄菜粥，蝼蚁命，能活下来
活到白发三千丈，命就是甜的

你坐在养老院门口，看夕阳
像落进锅里的蛋黄
还有多少个花开花落、风生水起
活一百年太长、太苦
身体是一口井，一辈子提取透支
生活的盐。你说，人走了
就是盐掏空了

晒　盐

晒盐人圈起一片海
云朵落进海面时，像牧羊人圈起了他的羊群

天空到大地的距离是一场

久久没有落下的雨

晒盐人在海滩上晒盐

也是在晾晒自己内心的潮湿

骨头里的酸和咸

风吹着沙滩，也把他当沙子一样吹

越吹越像沙子一样薄、一样轻

烈日炙烤，也把他当盐一样烤

越烤，头发越白，额头越咸

泪和汗都烤干的时候

骨头碎成了一粒粒盐

当一粒盐以水的姿态再次进入我身体

我相信会有一个人

在我体内翻腾出一片大海

与风相拥

彩虹总在乌云后

为那些隐身的美好

你一遍遍擦拭眼睛和心灵

你的眼里容不得一粒沙子

而你的肉身藏匿了太多的尘土

你想求一阵风，除了酷暑

还能再带走点什么

你想找一片沙滩，除了尘土

还能稍稍卸下这坚硬的外壳

让大海抚慰你的柔软

与迎面来的一阵风相拥，你瞧

它跟你一样，也是咸的

迁

清明，雨的丝线缝合了天空和大地

向日葵停转，光阴抽身

奶奶爱吃桃，她就住在了桃花树下

爷爷爱韭菜，就长眠在韭菜的香气里

一如从前他们安睡

头挨着脚，脚挨着头

菜园要建工地，桃花修不成正果

亡灵也要乔迁。左邻右舍，一个村

一个镇的祖祖辈辈都分离到异乡的山坡上

喜炮响彻青山，桃花纷纷落下

我怎么也高兴不起来

石碑竖下去时，深深压在了我胸口

螺 母

打扫房间时，我从床底下扫出一枚螺母

应该还有一只螺钉在不远处

闹钟、门锁、抽屉、衣柜

没有任何零件脱落的迹象
这也不是那枚随你兑现不了的诺言
一走了之的戒指

一定有什么东西残缺了，它疼
却喊不出。岁月不停走失
颠簸的人世里，我身体的零件
一点点散落，我无法喊疼

夜里，我常常梦见父亲摇晃着烛火回来
那个在机器上丢失拇指的工友
将我的螺母接在他的左手上

徐凤叶

时光的褶痕（组诗）

野渡无人

米市渡的彷徨

拖长了夕阳流淌在河床上的尾音

点起一根烟

暮霭就从指尖

涨到了天际

第一盏灯亮了

星海的尽头

水杉的沉默

笔直单调

不懂得迂回

而芦荻总是摇曳生姿

放下钩子

垂钓一衣秋水

或是一壶浇愁的酒

横呈在漩涡中

一叶扁舟

画下了休止符

预　言

柿子提着灯笼

点亮了秀洲河

时光的旧褶痕里

母亲的笑容

透着金桂的蜜香

她说：霜一降

茄子就要蔫了

人活一茬儿

还没长齐整

就要收割喽

彼时秋菊肃穆

篱笆墙

漂浮在夜色中

黑沉如土地

杀　情

也是春天
桃花开了一树
天气依然
薄
凉

邻村的姐姐出嫁
两个壮汉
呼哧呼哧
抬着打战儿

红色锦被裹着她
真沉

老人说
离魂先是轻的
既而又沉
何况三瓶乐果
暗结的珠胎

乡村公路上
一辆灵车来迎亲
她油黑的长发一直
垂

向地面

那年我十岁
还未爱上任何人

冷

冬至
未雪
白日短行
黑夜长歌
突然想
你
已冷去多年

路

公路一直通到天际
永远也没有尽头的样子

开始总是看不见
一星
两点
既而
漫天星辰

川西的夏夜

聊起故乡

开车的师傅突然沉默

穿行在神的墓园

萤火虫燃起寻亲的灯

路永远也没有尽头的样子

那　天

我们跨过火盆

我们在你生活的每个角落撒下石灰

我们把你

从满地的刨花

生锈的搪瓷缸

打满补丁的被褥中

清理出去

75 年

不长不短

被方方正正束之高阁

那天

我凝视着袅袅远去的烟

看着一丝灰

渐渐淡入广漠的蓝

良久

秋　日

黄金的老虎，悬在一把老虎钳上
又灰又干的果实，悬在篱笆上
你手腕的金表嘀嗒作响
又快又闪的镜头里，蓑衣紧贴着木门

"寂静深处有刀斧"

我们交谈某些思想深处的细节
比如人是可怕的，明明站在日光下
却将自己隐匿起来
比如寂静是可怕的，蜂鸟在头顶发出的轰鸣
耳朵受不了

这绝对不是孤隐的空间
树叶藏起了一些风，风藏起一些历史
野菊花的碎金子遍布山野

要多少我就给你采多少
我是忧郁又风趣的人，告诉我
你是什么样子的人
至少我们要在此刻坦诚相待

摘下彼此的面具吧
喑哑的火在燃烧，我们都被悬在镜子里
你瞧瞧
古朴拙茂的松树上
小松鼠的尾巴要烧着了
我们都该想想秋天的大事了

与富春山有关

黑暗中
一抬头看到金黄的栾树在风中摇摆
秋天在悄悄发生

忽然想起远方那些古老的充满隐喻的事物
深山里，野鸡巡逻、朱鹮振翅
时间变短
我爱上那些破旧的东西
怜惜死亡的叶子
我害怕变老，在我看来
每一片落下来的叶子都是在提前为自己举行葬礼

你看，我还好好地活着，因为想念
因为微观的东西，调动了我全部的神经末梢
你有花树，我有枯萎的大山
尘世中有阴影，亦有清流

我想尽快搭一列火车去富春山

那里，我遗留下一支画笔

两颗心

在灯笼草的小火苗里我说过

——爱

海鸥赞歌
——献给中国人民解放军海军

你是谁

为什么总是骄傲地飞翔在祖国的海岸

为什么你毅然肩负起最重要的使命

为什么你甘愿坚守在蓝天碧海遥望着国泰民安

你是一面驱散历史烟云的旗帜

将华夏儿女的赤子情怀洒向这广袤的深蓝

当致远、经远长眠于黄海的暗涌

当呼啸的浪流企图吞没你雄健的体魄

你栉风沐雨六十八年

用铮铮铁骨锻造蔚蓝盾牌

海魂衫下跳动的心如诗般澎湃

你是纯白的海鸥，是海天的斗士

你是一封寄往遥远海边的无言家书

你誓死捍卫的是我们心中每一条回家的路

夜晚海风吹拂

你耳畔依稀听见了母亲的牵挂、父亲的叮嘱

思乡情涌你却义无反顾

用青春点燃青春

用生命捍卫生命

用海魂激昂灵魂

你是纯白的海鸥，是海天的斗士

你是一股流淌在胸膛里的海澜热血

满怀高天壮志，守望潮涨潮落

九十载岁月风云铸造起定海神兵

当辽宁舰集结护海防线，当 001A 呼之欲出

战火烟云挡不住你科技强兵、保卫和平的决心

山河万里隔不断你心系东方、守护海疆的豪情

海魂振翅迎白日，破军长风啸湍急

你是纯白的海鸥，是海天的斗士

我，走不尽远方的路

勇敢的海鸥将我带往洒有热血的坦途

我，看不清海岛的灯

圣洁的海鸥为我带来从那儿吹来的暖风

今天，我们走进海港，走近英雄的集体

展望同一片美丽的海，心怀同一个蓝色的梦

晴空蓝海破苍茫，剑指远洋再起航

海鸥，迎着光明飞翔的海鸥

请允许我为你唱响一曲英雄的赞歌

唱响你对大海、对人民、对和平最深的眷恋啊

吉他说

"意志"在词典里的解释是决定达到某种目的而产生的心理状态，常以语言或行动表现出来。

"意"拆开来就是一个音乐的"音"，下面一个"心"。

难怪热爱音乐的人通常都具有十足的意志。

听雨水说了一天的心事，终于在下午五点的时候等到了他的阳光小姐。

我骑着一辆很破旧的老爷自行车，在城市的小巷里漫无目的地流浪。

要饭的流浪者都很勤劳，雨一停他们便出来上班，专业一点的通常都跪着，自尊心强一点的都坐着，更有爱心一点的身旁通常会躺一条狗。

我戴着耳机，慢悠悠地骑车，下过雨之后整个城市都凉凉的，空气中弥漫着一种蓝，忧郁却不失生气。

轮胎把一个乞丐的饭碗打翻了，两枚硬币从饭碗里逃了出来，从阴暗的角落滚向宽敞的主街。

一枚十欧分，一枚五十欧分。

这是我第二次碰到这种事，但我对天发誓，我真的是无意的。

第一次是在上海，大概是十年前。

我和一个好友在人行道上走路，我记得当时是在和他描述一部电影的剧情，必须要用到踢腿的动作。

只是一脚，但仅仅这一脚，直接把一个乞丐的饭碗踢上了天。白花花的硬币漫天飞舞，时间瞬间定格，当时乞丐就怒了，估计想杀我的心都有。我一边说不好意思，一边帮他捡钱。好友在一旁嘲笑我。

如今又遇到这种尴尬的情况，不知道欧洲乞丐性格怎么样，会不会对我拳脚相加。阿弥陀佛，我立马下车帮他恢复原状。

"对不起您，我不是故意的。"
"没事，别担心。"

挺好，挺有礼貌。

一想又不对，肯定得问我讨精神损失费，出门又忘了带钱包，完结。

"我没有带钱包，我没有钱能给您，不好意思。"
"你不用担心，这不是强制性的。"

我这才发现他背后有一个吉他包和一个黑色的旅行包。

"您会什么乐器呢？这个里面是不是一把吉他？"
"是的，但是需要修理，我是一名吉他手，我以前总是弹吉他来养活自己并为自己赚取路费，但是很不幸的是它坏了，所以我只能坐在这里讨一点钱来修这把吉他。"

我和他说祝你好运，加油。

回到家我拿出了我的吉他，曾经学过一年，学习目的不纯，应该是用来耍酷或者是一个在小姐姐面前吹嘘的筹码。一层灰，记得唯一弹得还有点样子的就是张震岳的《爱我别走》，可惜唱歌五音不全。

我生疏地按着和弦，四个音之后我就放弃了。
"怎么不弹了?"吉他问我。
"太难听了。"
"开玩笑，我是一把很好的吉他，怎么会难听。"吉他很生气。
"不不不，是我的问题。是我没有练习好。"我连忙解释。
"为什么?"
"我想你应该换一个新的主人，他比我更适合你。"其实在和他说完加油之后我便做了这个决定。
"他热爱音乐吗?"吉他问。
"爱，爱音乐，爱生活。"
"能再唱一遍《爱我别走》给我听吗?"吉他提出了第一个也可能是最后一个要求。
"当然可以。"

弹累了，居然趴在书桌上睡着了，梦到吉他离家出走，没有留下任何字条，梦境音乐是欧版的《爱我别走》，从嗓音判断，应该是那个他。

世界这么大，总会有一条路叫：希望之路。

梦　说

所谓"情"，拆开来是一个竖心旁和一个"青"。

在李白的《将进酒》中有一句："朝如青丝暮成雪。"这里的"青"是代表黑色。

真正的情就是捧着一颗心，一路走到黑，至死不渝。

近日来多梦，每个生殖器官都翻了一倍，四只眼睛、四只耳朵、两个鼻子、两个嘴巴、八条肢体、两个心脏，除了大脑。奔走在现实世界和虚拟梦境中，有一刻竟差点昏厥过去，但一醒过来，四个父母、几百个兄弟姐妹和数以万计的那个女字旁的她。

弗洛伊德在《梦的解析》中曾说："这个世界只有必然，没有偶然，梦境也是如此。"

我是一个奇怪的人，或许我们大家都不太正常。

你有没有过这么一种情况，明明做着梦，却又能清楚地知道自己在做梦，并且你能够选择立即醒来，甚至你能篡改这个梦。

诗
歌

做这个梦的起因如下：

与往常一样，我掏出身体的每个器官，依次摆在书桌前，脾、肝、肺、血管、骨髓和所剩无几的脑汁正写着公众号的文章。

好友一条消息："哇靠，你知不知道薛之谦和高磊鑫复合了？"随之就是一系列的截图。

第一反应是：什么东西？对于薛之谦完全不熟，好像只听过《认真的雪》，没错，我是 20 世纪 80 年代的人，代沟很深。

而后我立马就想到了一个我们共同的挚友，他似乎一直在世俗中切换自己的性格，因为选择了一个不好的时刻，而导致了一场后会无期盼有期。

"那你不是应该发给×××吗？发给我干嘛，我又不懂。"
"对啊！我现在就发！"

结果这个挚友在没有任何回复我们的情况下，立马更新了一条朋友圈："用力爱过的人，不该计较。"

我当时想：爱过的没爱过的错过的哪怕你恨过的，其实都不应计较。

我平时睡得比较晚，再加上时差的缘故，当我翻看朋友圈时，铺天盖地都是薛之谦的评论以及各种公众号抓住大众的"偷窥欲"进行人造心灵鸡汤。

"我明天就去找她！我要和她和好。"
"我现在就去找她！我要和她和好。"

"我马上就去她家楼下，我要和她和好。"

神经病。

或许他们表达的感情不是一种随波逐流，但是说出来的东西，总差点儿意思。

带着一丝好奇，简单了解了一下他们的故事（开玩笑，哪个故事这么好了解？了解自己已经是一件很难的事情了，更何况还要了解他人）。

至于一些拿他们故事进行炒作的文章，真的是，逼我说话难听。

去年买了块表。

旁人的爱情，

之所以成为你这生最大的奢侈，

因为抬头你见不到晴天日，

而低头仍拽着自己的固执。

好了，言归正传，说说这个梦。

梦境有点类似《大话西游》里还不知道自己的托世孙悟空的至尊宝在水帘洞，一双"色迷迷"的眼神和观音大士的"你还是回到了这里"。

那是一场昏昏暗暗的婚礼，挚友挽着新娘的手，拿起一瓶白酒对我说："兄弟，说话算话，吹了它。"

我立马吹了，一点事儿都没有。

然后刹那间就一片漆黑。

诗
歌

451

"一曲肝肠断，天涯何处觅知音。"梦说。

"别人笑我太疯癫，我笑他人看不穿。"我答。

"我喜欢在今天梦里的那个女孩，我见了那么多梦里的女孩，但是唯独她，在梦里我能清晰地看到她的脸。"梦接着说。

"我也是这么想的。"

分开也好，复合也罢。

薛之谦和高磊鑫不过就是一个普通的小明和普通的小红的爱情。

没有谁比谁更爱谁，也没有谁谁比谁谁更幸福。

余生不用指教，

陪我就好。

感情不是一道选择题，也不是一道是非题，我更倾向于它是一道填空题。

如果只有三个空，你填什么呢?

致挚友。

雨　说

所谓"爱"，拆开来就是一个"受"和一个扭曲的"十"。

连忍受你都接受不了，那还谈什么爱？

"汤尼，我很抱歉，以后你只能和我一起生活了。"Bologna 的火车站里一个老人对一个看上去只有十岁的孩子说。

"没关系奶奶，我爱你。"老奶奶用枯手拭去孩子脸上的泪珠，就像是在抚摸一朵盆栽。

一个黑人小孩和一个白人奶奶。

我蹲坐在一旁，完全不知道发生了什么。

天气预报总是说谎，如果作为他的女朋友，我真的不知该如何忍受。

头顶上的天空开始迅速地乌云满布，随之而来的就是淅淅沥沥的小雨。

再一看天气，明天起会有三到四天的降雨，也罢，我不信。

今天的雨比往常的温度高一点，拍打在脸上不那么冷。

诗
歌

453

"汤尼，你喜欢狗吗？我家有一条很大的狗。"

我和他们同一班火车，我没有故意尾随人家（偶尔我会选择坐在漂亮的小姐姐身边），而这次只是因为人太多而座位少，因此刚好坐在一起。

汤尼很久没有说话，只是一直看着窗外。

奶奶摸摸汤尼的头。

"我以前也养过一条狗，养了五年，后来他死了。"汤尼看着奶奶。

"但是你爱他，对吗？每个生命都会死，我也会，你也会。"

"可是我不想你死，你死了我就一个人了。"

孩子抱紧奶奶，两个人很久没说话，外面的雨慢慢大起来。

五分钟后他们互相搀扶着下了车。

十分钟后，我也下车，没有带伞，姑且淋雨。

插上耳机，刚巧放到那首莫西子诗的《要死就死在你手里》。雨水像一条鞭子，催促我走路快一点，不一会就都淋湿了，包括耳机。

"这是什么歌，这么好听。"雨说。

"《要死就死在你手里》。"我答。

"真形象。"他说。

"形象？"

"是啊，我爱阳光，可是她会让我蒸发。"

"那你为什么爱她？"

"爱一个人没有原因。"

"我很享受那种快蒸发的疼痛感，当她照射在我身上时，一种灼热的烧，是冰冷的我不曾接触的。我被她蒸发，但是灵魂被她吸收，和她融为一体。"

"今生今世要死，就一定要死在你手里。"

请你摊开手心，
只是让我静静地——
躺一躺。